상실을 기억하는 말들

박 진 희

지식과교양

머리말

　노을이 질 무렵이면 문득 어린 시절 대구 효목동에서의 어느 하루가 떠오를 때가 있다. 그날은 세 살 위 오빠와 함께 동네 친구들을 이끌고 어른들이 가면 절대 안 된다고 엄포를 놓곤 하던 고속버스터미널에 갔던 날이다. 동네에서 버스 구경도 하지 못했던 시절이다. 얼마나 걸었는지 기억나지 않지만 익숙했던 공간을 벗어난 어느 지점에서의 미묘한 감정은 오랜 시간이 지나도 잊히지 않았다.

　고속버스터미널은 그야말로 신세계였다. 시선을 압도하는 큰 버스들, 그것들이 내뿜는 매캐한 냄새에 어질해지는 느낌까지 들었다. 저것만 타면 넓은 세계, 엄마 아버지가 있는 서울이라는 곳에 갈 수 있는 것인가. 금기의 구역에 왔다는 두려움과 불안함, 그러면서도 그것들을 밀고 들어오는 어떤 벅찬 설렘을 달랠 길이 없었다. 집으로 돌아가는 길, 뒤돌아본 하늘은 더할 수 없이 붉게 물들어 있었다.

　이날에 대한 기억이 언제 맨 처음 떠올랐는지 분명하진 않지만 아마도 상실에 대한 감각 뒤편에서 떠오르지 않았을까 싶다. 언젠가 나이가 들어간다는 건 상실한 것에 대한 기억이 많아지는 것, 또 그런 만큼 잃어버릴 것에 대한 두려움이 깊어가는 것이라는 생각을 한 적이 있다. 상실을 몰랐던 때, 미지에 대한 막연한 두려움과 설렘만이 마음을 가득 채우던 때의 상징이 내겐 바로 고속버스터미널에 갔던 그날이 아닐까. 지금은 엄마도, 아버지도, 붉은 노을을 뒤로한 채 터덜터덜 함께 걸어 돌아왔던 오빠도 내 곁에 없다.

상실은 인간의 숙명이다. 태어난다는 것 자체가 상실을 전제로 하고 있다. '세계에 내던져진 존재'라는 말이 있듯, 탄생이란 태중(胎中)이라는 완전한 세계로부터의 추방, 하나였던 모체로부터의 분리를 의미하기 때문이다. 인간의 삶이란 상실로부터 시작해서 죽음이라는 영원한 상실의 세계를 향해 걸어가는 것이라 해도 틀린 말은 아닐 것이다. 인간의 끝없는 욕망은 이 근원적 상실에서 연원하는 것인지 모른다. 물질, 지위, 명예 등 어떤 것으로도 이 욕망을 결코 채울 수 없는 까닭이 여기에 있다.

브레이크 없는 욕망의 기관차에 올라타 거침없이 달리던 인류는 코로나 펜데믹이라는 큰 위기에 봉착했다. 펜데믹이라는 단어에서 보듯 이 위기는 어느 지역, 어느 나라만의 일이 아니다. 전 지구, 온 인류에게 닥친 재앙이다. 자연을 두려워하고 숭배하던 인간이 자연을 지배하는 주체의 위치에 자리하게 된 변화는 실로 놀랄 만하다.

어느 생물학자에 따르면 25만 년 전쯤 인류가 탄생했는데 그 중 약 24만 년 동안 인류는 정말 하찮은 존재로 남아있었다고 한다. 그 당시 지구에 있는 포유류와 조류 전체의 무게에 인류가 차지하는 비율은 1%가 안됐다. 그런데 2021년 7월 다시 계산한 바에 따르면 지난 1만여 년 동안 그 퍼센티지는 무려 96~99%로 늘어났단다. 1만 년이라는 시간 동안 나머지 종들을 1~3%로 줄이고 인류, 그리고 인류와 관련된 가축들이 지구를 완벽하게 뒤덮었다는 뜻이 된다.

이 과정에서 혹은 결과로 발생하는 것이 환경 파괴, 생물 다양성 감소, 지구온난화 등이다. 워낙 흔하게 회자되는 말이기에 식상하게 느껴지기도 하지만 이 위기로 인류가 멸절할 수도 있을 만큼 심각하다는 게 이 학자의 의견이다. 매년 되풀이되는 조류독감, 돼지열병 등과, 사스, 메르스, 코로나 펜데믹에 이르는 다양한 감염병 또한 이러한 사태와 밀접하게 관련되어 있다. 야생동물 몸에 붙어 있던 바이러스가 새로운 숙주를 찾으면 대부분이 인간 아니면 인간과 가까운 동물이 되기 때문이다.

인간의 끝없는 욕망은 근원적 상실에서 연원한다고 하였다. 중요한 것은 그 상실을 인식하는 것, 근원에 대한 감수성을 상기해야 한다는 사실이다. 그러할 때만이 폭주하는 인간의 욕망을 제어할 수 있게 되기 때문이다. 상실감이란 단순히 어떤 대상의 부재를 느끼는 것이 아니다. 그것을 수용한다는 것은 부재하는 대상에 대한 소중함, 대상과의 관계에 대한 자아 성찰까지 포함하는 행위이다. 여기에서 더 나아가면 우리는 모두 자연의 일부라는 사실을, 상실과 그것으로 인한 슬픔 또한 여기서 기인한다는 것을 인정하는 데에까지 이르게 되는 것이다.

종식될 기미를 보이지 않는 팬데믹은 타자를 배제한 '우리'만의 생존이 가능하지 않음을 체득하게 한다. 후진국에서 속출하고 있는 변이 바이러스가 그들만의 문제로 끝나지 않고 선진국의 방역을 무력하게 만들고 있기 때문이다. 분별과 배제가 아닌 공존과 합일의 감수성만이 모두가 살길인 셈이다. 모체와의 합일이든 자연과의 일체감이든 인간에게는 합일의 충만감에 대한 선험적 기억이 내재해 있다. 이를 동일성이라 불러도 좋고 영원성으로 이해해도 상관없을 것이다. 분명한 것은 이러한 근원에 대한 감수성이 현실에서는 망각된 상태라는 사실이다.

문학의 임무란 바로 이 망각된 감수성을 상기시키는 데 있는 것이 아닌가 한다. 문학은 인간 존재를 더 깊은 차원으로 이끌어 새로운 지평을 열어 나아가게끔 한다. 지금 여기에 부재하는 것들에 대한 상실감을 환기하게 하고 그러한 과정을 통해 타자와의 유대, 공존의 지대를 넓혀가게 하는 것이다. 인간의 삶이 인간 아닌 것들에 얼마나 기대고 있는지를, 상실감과 슬픔이 타자를 이해하고 타자와의 유대를 가능하게 하는 정서라는 것을 다양한 시와 산문을 읽으며 다시 한번 깨닫게 된다. 여기 실린 글들은 이에 대한 기록들이라 할 수 있겠다.

박진희

| 차례 |

4부 본연의 자아와 실존

1부

현실과
그 너머의
세계

존재를 망각한 세계와
존재를 밝히는 시(詩)

세계적인 물리학자 스티븐 호킹이 2018년 3월 14일 타계했다. 그의 삶과 업적이 매우 경이로운 것이었기에 생전 그의 신념이나 언표가 다시금 회자되고 있다. 신은 없다거나 외계인이 존재한다는 등의 내용도 흥미를 끌지만 무엇보다도 인류 멸망에 관한 주장에서 보다 오래 시선이 머물게 된다. 기후문제, 핵이나 바이러스, 소행성 충돌, AI(인공지능)의 발달을 그 원인으로 꼽고 있는데 실상 '소행성 충돌'을 빼면 어느 것 하나 피부에 와 닿지 않는 게 없는 실정이다.

대부분 그 원인이라는 것이 인간의 편리와 안위를 위한 기술 문명의 발달에서 비롯되었는바, 참으로 아이러니라 하지 않을 수 없다. AI만 해도 그렇다. 요즘 대화도 가능하고 상대가 말하기 전에 그 원하는 바를 알아차려 실행하는 단계에까지 왔다고 하니 사람보다 낫다는 말이 괜히 나오는 것이 아니다. 그런데 스티븐 호킹의 말이, AI의 능력이 인간의 그것을 초월하게 될 때 인간은 돌이킬 수 없는 위험에 처하게 된다는 것이니 그냥 웃어넘길 사안도 아닌 것이다. 인간이 이성과 문명이라는 이름하에 자연을 정복하였지만 결국 제2의 자연으로 전락하여 더 강력한 이성과 문명에 의해 정복당하는 형국인 셈이다.

문득 AI의 세계에서도 시(詩)가 가능할까 하는 생각이 들었다. AI가 인간을 능가하는 지능과 인간보다 섬세한 감정을 겸비하고 있는 존재라 할 때, 그렇다면 그들의 세계에는 완미(完美)한 시가 존재하게 될까 하는 생각. 생각은 자연스레 시란 무엇인지, 시인으로 하여금 시를 쓰게 하는 동인은 무엇인지에 대한 물음으로 이어진다.

1. '세계의 비밀'을 밝히는 불확정적인 무엇

코미디를 보다가 와락 운적이 있다
늙은 코미디언이 맨땅에 드러누워
풍뎅이처럼 버둥거리는 것을 보고
그만 울음을 터뜨린 어린 날이 있었다
사람들이 깔깔 웃으며 말했다
아이가 코미디를 보고 운다고
그때 나는 세상에 큰 비밀이 있음을 알았다
웃음과 눈물 사이
살기 위해 버둥거리는
어두운 맨땅을 보았다
그것이 고독이라든가 슬픔이라든가
그런 미흡한 말로 표현되는 것을 알았을 때
나는 그 맨땅에다 시 같은 것을 쓰기 시작했다
늙은 코미디언처럼

거꾸로 뒤집혀 버둥거리는
풍뎅이처럼
— 문정희, 「늙은 코미디언」, 『현대시』, 2018년 3월호.

"코미디를 보다가 와락" 우는 아이, 참 생소한 상황임에 틀림없다. 코미디는 기본적으로 웃기기 위해 설정된 코드다. 따라서 시청자가 웃지 않는다는 것은 그가 그 코드에서 빗겨나 있었다는 의미이며 이는 또 한편으로 코미디가 실패했다는 의미도 된다. 주목할 점은 시적인 것이란 바로 이 코미디가 실패하는 지점에서 발현되고 있다는 사실이다. 웃음을 환기하는 코드의 빈틈, 혹은 구멍에서 "시 같은 것"이 발화되고 있는 것이다.

이 구멍은 위 시에서 '세상의 큰 비밀'로 의미화되고 있다. 서정적 자아가 '세상의 큰 비밀'을 알아차리는 순간 우스꽝스러운 모습에 웃음 대신 울음을 터뜨리게 된다. 더 중요한 것은 이 '큰 비밀'이 바로 "시 같은 것"을 쓰는 바탕이 된다는 점이다. 서정적 자아가 시도 아니고 '시 같은 것'을 쓰게 되는 까닭은 '큰 비밀'을 자명하게 드러낼 '표현'을 발견할 수 없기 때문이다. "고독이라든가 슬픔이라든가/그런 미흡한 말로 표현"되고 있을 뿐인 '비밀'은, 바로 그것을 표현할 언어의 미흡함, 그 비어있음으로 인하여 시가 틈입할 공간을 허용하고, 시인이 '시 같은 것'을 끌어오는 동인으로 작용하게 되는 것이다.

소문이 한바탕 지나간 뒤에
벙어리의 입과
귀머거리의 귀를 버리고서

잘못 들으면 한 마리로 들리는
무한증식의 말을 갖고 싶었다
검고 긴 머리카락과
길들여지지 않은 그리움으로
오래 달려온 튼실한 허벅지를 가진
잘못 들으면 한 마디로 들리는
꽃을 가득 품은 시한폭탄이 되고 싶었다
길이 없어도
기어코 길이 아니어도
바람이 끝내 어떻게 한 문장을 남기는지
한 마디면 어떻고
한 마리면 또 어떨까

천리 밖에서 나를 바라보는
야생의 그 말
— 나호열, 「말의 행방」, 『이 세상에서 가장 슬픈 노래를 알고 있다』, 시
   인동네, 2017년.

'소문', '벙어리의 입', '귀머거리의 귀' 등은 모두 진실의 소통과는 거리
화되어 있는 기호들이다. 이 시의 서정적 자아는 이런 것들을 버리고서
"무한증식의 말"을 갖기를, "꽃을 가득 품은 시한폭탄"이 되기를 욕망한
다. '무한증식'과 '시한폭탄'은 시간의 무한과 제한, 존재의 확장과 파멸이
라는 점에서 대립되는 개념일 수 있지만 불확정성이라는 측면에서는 동
일한 의미망에 자리하는 것으로 볼 수 있다. "잘못 들으면 한 마리로", "잘
못 들으면 한 마디로" 들릴 수 있다는 언표가 이러한 의미의 불확정성을

드러내는 유희적 장치라 할 수 있다.

서정적 자아가 욕망하는 것은 바로 이 불확정적인 의미인 "야생의 말"이자 "길들여지지 않은 그리움"이다. 서정적 자아가 생각하는 시인이란 "길이 없어도/기어코 길이 아니어도" 끝내 '문장'을 남기는 '바람'과 같은 존재가 아닐까. 시의 말, 그 '야생의 말'은 늘 "천리 밖에서 나를 바라보"고 있기에 서정적 자아이자 시인 자신인 '나' 또한 그 거리를 좁히기 위해서는 끊임없이 유동할 수 있는 '바람'과 같은 존재가 되어야 할 터이다.

위 시들에서 시란 무엇인지 명확하게 규정할 수는 없지만 무언가 확정적이고 적확할 수 없는 것, 오히려 자명하다고 인식되는 장의 빈틈 내지 구멍에서 시의 발화가 이루어진다는 것은 확인된 셈이다. 이러한 맥락에서라면 시인이란 끊임없이 '야생의 말', '길들여지지 않은' 무엇을 찾아 헤매는 존재라 할 수 있으며 이 '헤맴'이야말로 시인의 임무라 할 수 있을 것이다.

2. 존재의 진리와 순수에 대한 감각

굳이 '낯설게 하기'라는 개념을 떠올리지 않더라도 나호열의 「말의 행방」에서 표현된 '길이 없거나 아닌 것', '길들여지지 않음', '야생의 말' 등등은 시의 속성 내지 욕망을 잘 드러내 보여주는 심상들이다. 이들이 잘 구현되어 있는 시로 신동혁의 「순수」를 들 수 있겠다. 「순수」에서는 낯설면서도 익숙하고 거친 듯하면서도 생생한 감각을 느낄 수 있다. 불확정적인 의미를 발신하기 위해서는 확실을 가장하고 있는 말[言]이 아닌, 부정형의 감각과 이미지로 매개되어야 한다는 듯, 날것의 이미지와 표현의 절제가 조화를 이루고 있는 시편이다.

　　나는 늘 무언가를 훔친 것 같다

　　손바닥 위의 금붕어처럼
　　이미 끝나버린 비밀이 있는 것 같다

　　숨이 차오르는
　　빛

　　천천히 무뎌지는 것과
　　장미의 연습을 생각해

　　겨울이 지나가고
　　또 다른 겨울이 지나가면

　　땅속 깊이
　　금붕어 한 마리를 묻어둔 것처럼

　　나는 늘 무언가를 기다린 것 같다

　　손바닥을 펼칠 때마다
　　나의 걸음과 헤어지고 있다
　　　　─ 신동혁, 「순수」, 『예술가』, 2018년 봄호.

　시의 구성은 이렇다. 1연에서 3연까지는 '순수'를 환기케 하는 감각 내지 이미지로 이루어져 있다. 4연에서 6연까지는 이 '순수'의 빛이 바래지는 단계이며 7연과 8연에서는 서정적 자아의 '순수'에 대한 상기 내지 의지를 드러내고 있다.

이 시에서는 '순수'를 설명하고 있지 않다. 아무리 치밀하게 설명해도 '순수'의 정의에 이를 수 없을뿐더러 오히려 그것에서 더 멀어지기 때문이다. "늘 무언가를 훔친 것 같"은 윤리적 예민함, "손바닥 위의 금붕어"와 같은 위태로움, "끝나버린 비밀"과 같이 누구나 아는 결말, "숨이 차오르는 빛"과 같은 벅참과 영롱함, 이것들이 표상하는 바가 바로 '순수'다. 시인은 이처럼 지극히 불확실한 말로 설명되는 의미를 최대한 덜어내고 감각과 이미지를 매개로 '순수'를 발신하고 있는 것이다.

시간이 지남에 따라 이처럼 예민하고 날것과 같았던 '순수'는 "천천히 무뎌지"게 된다. '손바닥 위에서 위태롭게 헐떡이던 금붕어'는 "땅속 깊이" 묻혀있을 뿐이다. "장미의 연습", 참으로 낯설면서도 절묘한 표현으로 "야생의 말"이라 할 만하다. 날카롭고 예민하고 아름다운 '순수'의 표상이 '장미'라면 '연습'은 무뎌지고 익숙해지는 과정에 대한 개념일 터이다.

이 시에서 '손바닥'은 '금붕어'와 긴밀하게 연결되어 있다. 이러한 맥락에서 "손바닥을 펼칠 때"라는 것은 "손바닥 위의 금붕어"가 표상하는, 날것과 같은 순수의 감각을 상기하는 때를 의미하는 것으로 볼 수 있다. 그러므로 마지막 연의 의미는, "손바닥을 펼칠 때마다" '걸음'과 같이 익숙하다 못해 무의식적이 되어버린 일상성, 그 죽어있는 감성들과 '헤어진다'는 것이다.

'순수', 이 원초적이고도 선험적인 감각이야말로 '늘 훔친 것' 같은데도 '묻혀있고', 잊은 듯 살아가면서도 '늘 기다리고' 있는, 시인들의 채워지지 않는 욕망 중 하나가 아닌가 한다. '순수'란 때 묻지 않은 깨끗함이라는 사전적 의미에 한정되지 않는다. 시인들이 탐구하고 갈망하는 '순수'에는 끝끝내 가 닿을 수 없는 진리, 근원 등등의 의미가 함의되어 있다. 시인들이 미흡하고 불안정한 언어 사이를 부유하며 '길들여지지 않은', '야생의 말'을 찾아다니는 것은 바로 이러한 진리, 근원 등을 밝혀 드러내고자 하는 데 그 까닭이 있는 것이다.

신동혁의 「순수」가 관념적이라면 이중도의 「돌아가고 싶은 얼굴이」라는 작품은 '순수'에 대한 갈망을 실존적인 차원에서 그리고 있는 경우라 하겠다. 전언한 바와 같이 '순수'에 대한 감각은 근원에 대한 그것과 닿아 있다. 흙에서 나서 흙으로 돌아간다는 말이 있듯 자연이야말로 근원의 표상이라 할 수 있을 것이다. 이중도 시의 '돌아가고 싶은 얼굴'이란 자연의 일부였던 때의 순수한 존재, 인간 존재의 근원적 모습을 형상화한 것으로 볼 수 있다.

　　마음속에서 시월의 낮달처럼 지워져 가는
　　옛 길들이 불러온 허기가 행장을 꾸린 것이다
　　그리운 길 맛을 보기 위해 사지를 육지에 묶은 밧줄을
　　돈오(頓悟)의 도끼로 단숨에 끊은 것이다

　　로마로 통하지 않는 길들을 무능한 시집(詩集)같은 길들을
　　어쩌다 보니 태어난 사람들처럼 어쩌다 보니 생긴 길들을
　　우연히 만나는 노루 발자국 들국화 꿩 소리
　　우연이 지배하는 이름 없는 길들을
　　뱃사람 종아리에 튀어나온 정맥 같은 담쟁이넝쿨
　　빛바랜 돌담 속에서 허물어져 가는 노파들
　　바람과 소금에 갇힌 색(色)의 민낯을 보여 주는 화장하지 않은 길들을

생로병사를 겪는 길들을 정령이 깃들어 사는 길들을
마음껏 포식하고 돌아오는 저녁 바다
객실에 드러누워 눈에 삼삼한 길들을 뭉쳐 보고 펼쳐 본다
빵을 만들어 보다가 달을 만들어 보다가
둥근 달에 솔방울 붙여 얼굴을 만들어 본다
돌아가고 싶은 얼굴이 있었던 것이다
굳어 가는 진흙 가면을 부숴 버리고 싶었던 것이다
— 이중도, 「돌아가고 싶은 얼굴이」, 『동안』, 2018년 봄호.

위 시의 서정적 자아는 '옛 길들'에 대한 '허기'를 느껴 길을 떠난다. 이
길 위에서 서정적 자아는 '노루 발자국'과 '들국화', "빛바랜 돌담 속에서
허물어져 가는 노파들"과 마주치게 되고 '꽹 소리'를 듣게 되기도 한다.
모두 서정적 자아의 의도와는 무관하게 이루어진 조우다. "우연이 지배
하는 이름없는 길들"이라 명명한 까닭도 여기에 있는 것이다. 서정적 자
아가 길 위에서 만나는 대상은 특별하지도 목적적이지도 않은 미미한 존
재들이다.

그렇다면 무엇이 시적 자아로 하여금 길 위에 서게 했으며 그토록 허
기지게 한 것일까. 그것은 이 '길들'이 "로마로 통하지 않는 길들"이며 "무
능한 시집(詩集) 같은 길들"이라는 데서 연원한다. 중심에서 빗겨나 있고
또 중심을 향해 있지 않은 길들이라는 의미이다. "마음속에서 시월의 낮
달처럼 지워져 가는 옛 길"이란 결국 자연과 같은 존재로서 자유로웠던
서정적 자아의 마음이 어느덧 중심 지향적 세계에 포박되어 가고 있음을
의미화한 것이다. "사지를 육지에 묶은 밧줄"이나 "굳어 가는 진흙 가면"
또한 동일한 의미망에 자리하는 표상들인바, 이를 인식한 자아는 포박하

고 있는 '밧줄'을 "돈오(頓悟)의 도끼로 단숨에 끊"고 "우연이 지배하는 이름없는 길" 위에 스스로를 놓아주려 하는 것이다.

중심 지향적 세계에서 인간을 포함한 모든 존재는 도구적 존재일 수밖에 없다. 고유한 가치를 지닌 존재가 아니라 목적에 적합한지 아닌지, 필요한지 아닌지로 그 가치가 결정되기 때문이다. 이러한 세계에서 "무능한 시집(詩集)같은 길들"이나 그 길 위에서 서정적 자아가 만나는 대상들이 주변적 존재에 속한다는 것은 자명한 사실이다. 이 시에서 '옛 길'은 중심과 주변의 경계가 없는, 모든 존재자가 저마다의 고유한 가치를 지니고 있는 공간으로 상징화되어 있다.

위 시의 서정적 자아가 "돌아가고 싶은 얼굴"이란 바로 "굳어 가는 진흙 가면" 아래에 있는 본래의 '얼굴'이며, 이는 도구적 존재로서가 아닌, 자연의 일부로서 자유롭고 순수했던 때의 고유한 자아를 상징하는 것일 터이다. 결국 "돌아가고 싶은 얼굴", '본래의 얼굴'이 표상하는 바 또한 존재의 근원, 진리 등의 의미망에서 벗어나는 것이 아닌 것이다.

3. 동일화 혹은 타자되기

시인들이 끊임없이 자연을 노래하고 그것에 편입되기를 희구하는 까닭은 우리가 속해 있는 '지금 여기'의 현실이 분리주의적이고 파편화되어 있기 때문이다. 자연이 표상하는 유기체적이고 통합적인 관계는 이미 유물이 되어버리고 소위 위와 아래라든가 중심과 주변이라는 위계질서에 의해 구동되는 사회에 우리가 속해 있기 때문이다.

검고 딱딱한 것이 옴짝 못하게 죄고 있으니
발가락은 피도 안 돌고 답답했던 거라
아니, 답답해서라기보다는
한 삼십 년, 건들면 눈물이
작은 호수만큼 쏟아질 눈으로 살다
우두둑, 길고 구불한 발가락 꺾어
한 뼘도 가본 적 없는 첫걸음을 떼는 거라
아니 아니, 걸음을 뗀다기보다
저 신경다발 아래 숨도 못 쉬는 창백한 흙들에게
햇살 한 모금 마시게 해주고 싶었던 거라
아니지 아냐, 꼭 그렇다기보단
햐 이것 봐,
무슨 거북이 등껍질 같이 아스팔트가 일어섰네!
짐짓 놀란 눈으로
무슨 근사한 비유 갖다 대는 치들에게
젠장, 니들 발이나 한번 넣어볼래?
이런 말은 차마 입 밖에 내지도 못하고
어이, 하늘한테나
한 마디 나직이
그것도 발가락으로 한번 뱉어보는 거라

산책길 부스럼 많은 내 점잖은 플라타너스 친구는
— 손진은, 「아스팔트 뚫고 올라온 뿌리」, 『시와정신』, 2018년 봄호.

기술의 진보는 문명의 발달과 물질의 풍요를 가져왔지만 그 이면에 다
양한 부정적 국면 또한 포진하고 있음은 자명한 사실이다. 그 대표적 사

레가 자연 파괴일 것이다. 위 시에서 "검고 딱딱한" 아스팔트에 뿌리가 간혀 있던 '플라타너스'는 바로 인간 중심의 문명에 의해 파괴되어 가는 자연을 대유한 것으로 볼 수 있다.

시적 자아는 산책길에서 늘 만나게 되는 '플라타너스'를 '점잖은 친구'로 호명하며 그에 온전히 동일화되는 양상을 보여준다. "아스팔트 뚫고 올라온 뿌리"에서 시작된 서정적 자아의 시선 내지 마음은, "한 삼십 년, 건들면 눈물이/작은 호수만큼 쏟아질 눈으로 살"아온 '플라타너스'의 고달픈 삶으로, 아스팔트 아래 "숨도 못 쉬"고 있는 "창백한 흙들에게"로 확장된다. 그저 신기한 가십거리의 하나쯤으로 치부해버리는 '치들'과는 달리 서정적 자아는 타자의 고통을 지각하고 그것에 동일화되는 양상을 보여주고 있다.

위 시에서 '플라타너스'는 이 세계에서 주변화된 존재를 상징하는 것으로 볼 수 있다. 이러한 맥락에서 "젠장, 니들 발이나 한번 넣어볼래?"라는 말은 소통이 아니라 소비되고 있을 뿐인 주변화된 존재들의 "차마 입밖에 내지" 못한 속말이라 할 수 있다. "짐짓 놀란 눈으로/무슨 근사한 비유 갖다 대는 치들"이란 바로 타자와 거리를 둔 채 타자의 고통을 소비하고 있는 존재들을 의미화한 것이다.

시인은 동일화되는 존재, 타자가 되어 타자의 말을 자신의 목소리로 들려주는 존재다. 타자의 슬픔과 고통에 예민한 존재, 자신이 타자가 되어 그 슬픔을 온전히 자기 것으로 받아들이는 존재가 바로 시인이라는 존재다.

> 고비에 사는 몽골 유목민들이
> 천년을 지켜온

도축에 관한 불문율에
이런 것이 있다

봄에는 금할 것, 아울러
한밤중과 비 오는 날도 피할 것

그 이유는
겨울 내내 굶주린 짐승들이 불쌍하다는 것과
밤이나 비가 올 때는
차마 친구를 떠나보낼 수 없기 때문이란다

앞에 것은 인간적이고
뒤에 것은 시적이다

고비라는 말은 몽골어로
버려진 땅이라는 뜻,

세상의 모든 바람이 모였다가 흩어지는
그곳에 가면

그들의 약속 같기도 하고
내 슬픔을 닮은 것 같기도 한
쌍봉낙타의 커다란 눈망울이 있다
— 양승준, 「고비 2」, 『몽게구름에 관한 보고서』, 시학, 2016년.

'고비'는 몽골어로 '버려진 땅'이라는 뜻이다. 들뢰즈 가타리에 따르면 이주민과 유목민의 차이는 불모가 된 땅을 대하는 태도에서 드러난다. 이주민은 이주하여 살고 있는 영토가 불모가 되면 버리고 떠나지만 유목민은 오히려 그 불모의 땅에서 살아가는 법을 모색하는 사람들이다. 소유하고 소모하고 버리는 것이 아니라 그것들과 동일화 하는 삶이 유목의 삶일 게다.

'버려진 땅', '고비'에 사는 '몽골 유목민들'의 "천년을 지켜온/도축에 관한 불문율" 또한 동일화 하는 삶의 방식에서 비롯된 것으로 볼 수 있다. 자연이라는 유기적 세계에서 대상들은 중심과 주변으로 분리되지 않으며 서로 '친구'가 된다. "겨울 내내 굶주린 짐승들"은 유목민들이 가엽게 여기는 대상이자 바로 그들 자신이기도 한 것이다.

이 작품을 이끌어가는 주된 정서는 슬픔이다. 이 슬픔의 정서는 생존의 문제와 더불어 존재와 존재 간의 강한 연결성을 함의하고 있는 "그들의 약속"에서 연원한다. 존재 간의 강한 연결성이란 동일성과 다른 말이 아니다. "그들의 약속"에는 대상에 대한 연민, 그리고 소멸과 상실로 인한 슬픔이 포회되어 있다. 서정적 자아는 연민을 인간적인 것에, 슬픔을 시적인 것에 연결시키고 있지만 연민이나 슬픔 모두 동일성에 대한 감각에서 비롯되는 정서임에 틀림없다.

동일성의 세계에서 인간적이라는 말은 시적이라는 말과 상통한다. 인간적이라는 것, 혹은 시적이라는 것은 타자의 고통에 대한 지각과 그것에 대한 공감, 나아가 동일화 즉 타자가 되는 것을 의미한다. 끊임없이 계층을 나누고 세분화하여 경쟁을 부추기는 현대 사회에서 타자의 고통에 공감한다는 것, 타자가 된다는 것은 말처럼 쉬운 일이 아니다. 그것은 중심 내지 주류로부터의 거리화를 의미하는 것이기도 하며 경우에 따라서는 불이익과 불안전을 감수해야 하기 때문이다.

'타자되기'의 지난함을, 주체의 그 치열하고도 처절한 내면을 잘 드러내 보여주는 시로 송경동의 「바다취조실」을 들 수 있다.

밤에도 일하는 사람들이 있다고
달래듯 발밑에서 파도가 철썩인다
나는 모르는 일이라고 말한다

이 밤에도 도는 라인이 있다고
사방에서 파도가 입을 열고 따져 묻는다
나는 이제 모른다 모른다고 한다

이 밤에도 끌려가는 사람들이 있다고
벌떡 일어서 눈 밑까지 다가오는 파도
그래서 어쩌란 말이냐고
나는 이제 모두 잊고만 싶다고 한다

아직도 정신을 못 차렸다고
얼굴을 냅다 후려치는 파도
내가 무엇을 잘못했느냐고
자갈처럼 구르며 울고만 싶다

이십여년 노동운동 한다고 쫓아다니다
무슨 꿈도 없이 찾아간 바닷가
파도의 밤샘 취조
— 송경동, 「바다취조실」, 『나는 한국인이 아니다』, 창비, 2016년.

점차 거세지는 파도와, 동일한 강도로 자신의 내면으로 직핍해 들어가는 서정적 자아의 의식이 이 시를 이끌어가는 두 축이다. 서정적 자아에게 있어 '파도'는 달래듯 철썩이다 따져 묻고 눈 밑까지 들이닥쳐서는 결국 얼굴을 냅다 후려치기에 이른다. 이는 서정적 자아의, 타자의 고통을 외면하고자 하는 태도에 따른 결과다. 서정적 자아는 "모르는 일이라고 말"하다가 "그래서 어쩌란 말이냐고", "내가 무엇을 잘못했느냐고" 항변하는 과정을 거쳐 그만 "자갈처럼 구르며 울고만 싶"어지는 경지에 이르게 된다.

시인은 '파도'와 서정적 자아의 갈등을 전면화하고 있는데 실상 이 '파도'라는 것은 서정적 자아의 내면이 투영된 객관적 상관물이다. 다시 말해 몰아치는 파도는 스스로를 검열하는 서정적 자아의 내면의 표상인 것이다. '정신 차리라'고 다그치는 목소리나 그만 모르는 일로 하고 싶다고 토로하는 목소리나 모두 서정적 자아의 목소리인 셈이다. 이러한 내면적 갈등이 일어나게 된 저간의 사정은 "이십여년 노동운동 한다고 쫓아다"녀온 서정적 자아의 이력에서 유추해볼 수 있다.

절규에 가까운 항변의 말들은 "이십여년 노동운동"의 고달픔을 짐작게 한다. "내가 무엇을 잘못했느냐고/자갈처럼 구르며 울고만 싶다"는 시인의 고백은 "밤에도 일하는 사람들", "밤에도 도는 라인", "밤에 끌려가는 사람들" 등등 이 타자들의 고통에 대해 몰랐고, 모르고, 앞으로도 모를 확률이 높은 우리들을 부끄럽게 한다. 위의 시 앞에서 이 글 또한 이들의 고통을 소비하고 있을 뿐임을 고백하지 않을 수 없다.

위 시들에서 '시적인 것'은 타자의 고통에 대한 공감, 타자와의 동일화로 발현된다. 이러할 때 시적 주체인 시인은 타자가 됨으로써 주체로 형성되는 윤리적 주체의 자리에 놓이게 되는 것이다.

과학 기술의 발달로 인간은 자연을 지배하는 문명의 주체가 되었다고 생각하지만 착각이다. 오히려 인간은 과학 기술 문명에 종속되어 있는 객체이자 도구에 불과하다는 것이 실상일 게다. 이러한 세계에서 인간은 '존재를 망각'한 채 주어진 가치, 획일화된 체계를 내면화하기에 급급할 뿐이다.

다시 처음의 물음으로 돌아가 보자. 시(詩) 내지 시적인 것이란 무엇인가. 시를 쓴다는 것은 어떠한 의미를 지니는가. 그것은 자명하고 진부한 것에서 어떤 '비밀'을 발견해 내는 것이며 이 '비밀'이란 하이데거의 표현을 빌리자면 '존재의 진리'라 할 수 있다. 존재를 망각한 세계에서 존재를 밝혀 드러내는 것이 시이며 시적인 것이다.

존재의 근원적 진리를 드러내는 데 언어는 미흡하고 불안정할 뿐이다. 여기에는 존재와의 마주침, 받아들임, 동일화의 과정이 필요하다. 타자에 대한 지각, 공감, 타자되기의 과정으로도 설명이 가능하다. 주체의 자리를 버리고 타자가 됨으로써 주체로 형성되는 존재, 명징함 뒤에 가려진 불확정적이고 불투명한 무엇을 위해 부단히 언어를 버리는 자, 시(詩)를 끝끝내 '시 같은 것'으로 부르며 의미를 유보하는 자가 시인이라는 존재가 아닌가 한다.

AI의 세계에서 과연 이토록 불명확하고 비효율적이고 체계에 수용되지 않고 무모해 보이는, 시(詩)의 존재가 가능할까. 아니, 시를 꿈꾸기나 할까.

2018년, 최근 여성시의 행보

　여성시라는 제목으로 서정시의 한 갈래를 말하는 것은 매우 낯선 일이다. 여성과 남성이 외따로 존재한다는 사실이야말로 서로 간의 차별성을 말해주는 것이거니와 그러한 구분을 무화시키기 위해 무던히 노력해 오고 있는 것이 작금의 현실이기 때문이다. 그럼에도 불구하고 여성이라든가 여성시라고 하는 것이 어느 특정 시기에 유행한 것이 아니라 여전히 유효하다고 보는 것이 현재의 일반적 추세인 것 같다. 특히 올해는 전세계적으로 유행했던 미투 운동 때문에 더욱 그렇게 느껴지기도 하는 것이다.

　실상 우리 사회에서 여성의 사회적 지위라든가 이를 집단화한 페미니즘에 대한 논의가 시작된 것은 잘 알려진 대로 1980년대이다. 80년대란 투쟁의 시대, 해방을 위한 자기 몸부림이 가장 뚜렷이 진행되던 시기이다. 억압과 피억압, 지배와 피지배의 이분법적 논리가 유행처럼 넘실대던 때가 이 시기인데, 이때의 여성운동은 페니미즘의 운동과 밀접한 연관성을 갖고 있었다. 곧 여성을 억누르는 관습과 질서에 대한 저항, 혹은 남성성과 대등한 위치의 여성성을 위한 일종의 해방투쟁의 일환으로 진행되었다. 특히 이 흐름이 학생운동과 맞물리면서 더 큰 탄력을 받은 것은 익히 알려진 사실이다. 여성은 더 이상 수동적 존재가 아님을, 남성과 여성은 서로 평등한 주체여야 함을 항변하였다. 그 결과 여성은 일정 정도의 위치로 올라가 스스로를 정립하는 주체, 적극적 · 능동적 주체로 거듭 태어나게 되었다.

그러나 불길처럼 타오르던 페미니즘 운동도 소련 동구의 몰락, 곧 진보주의 이념의 상실과 더불어 더 이상 진전을 보이지 못한 채 수면 밑으로 가라앉게 된다. 그러던 것이 최근의 미투 운동으로 새로운 국면을 맞이하게 된 것이다. 이 운동은 여성 개인의 힘으로는 넘을 수 없었던 벽을, 일방적 힘과 강요에 의해 억눌렸던 여성의 권리를 대중과의 연대로 극복해보려는 시도에 의해 전개되었으며 그러한 면에서는 어느 정도 성공을 거둔 것으로 보인다.

여성이 주체가 된 여성 시들이, 최근에 전개되고 있는 이런 조류를 담아내는 것은 당연한 일이고 또 필요한 일이다. 그러나 여성성이 반드시 남성적 권력에 의해 억눌린 영역에서만 시도된다고 할 수는 없을 것이다. 이것으로부터 여타의 방향으로 부채살처럼 퍼져나가는 것이 여성들의 지속적인 관심사일 수 있기 때문이다. 뿐만 아니라 일상사나 사회문제, 인간 존재에 대한 물음이라든가 인생의 고뇌 등도 여전히 여성 시인들이 관심을 갖고 있는 분야이다. 이는 곧 여성들에게 생물학적인 국면이나 전통적인 한계에 갇힐 수 없는 다양성이 내재되어 있다는 사실을 일러주는 것이다.

무게를 가늠할 수 없는 목줄을 건다.

버거움이 어둠처럼 스며들고
어깨가 내려앉을 것 같은데
누구에게도 하소연할 수 없다.
그늘진 도시에서 떠도는 이들이 간절히 원하는
그 줄, 얼마나 목에 걸고 싶어 하는지 안다.
내가 지금 벗어나고 싶어 하는 이 자리는
네가 얼마나 갖고 싶어 하는 자리인 줄 안다.
목줄에 끌려 이리저리 다니느라
해 저물고 파장되어도 팔리지 않는 생선처럼
찌든 비린내에 영혼을 팔아 버린 지 오래되었다.
진정 부끄러움을 안다고 해도
사람들은 손으로 두 눈을 가리면 그뿐
오늘도 홀로 쓸쓸히 숲 속을 거닌다.
무엇으로도 채울 수 없는 허기진 마음
누구에게도 들키고 싶지 않은데
끝을 알 수 없는 지평선이 아슴하다.
거짓말 같은 하루를 잘 살았다고
노을처럼 저 혼자 붉어진다.
멀리서 들려오는 스산한 바람소리
마음은 매처럼 날아올라 칼깃을 세운다.
　　　― 임미리, 「칼깃을 세운다」, 『시와정신』65, 2018년 가을호

　　인용시는 소소한 일상의 모습이 무척 자연스러우면서도 매우 처연하게 묘사된 작품이다. 우선 서정적 주체는 평범한 직장인이고, 또 여기서 자기만족을 느끼지 못하는 결핍의 존재이다. 그것을 단적으로 보여주는 시어가 '목줄'일 것이다. 이 줄은 누군가를 소속시켜주는 안전장치이고

자신의 일상적 삶을 유지케 하는 생명줄이긴 하지만 반대로 자신을 옥죄는, 자유의 의미를 퇴색시키는 것이기도 하다. 그런데 서정적 주체에게 크게 감각되는 것은 전자의 경우가 아니라 후자의 경우이다. 그럼에도 이 줄에 얽매이지 못한 타자들은 역설적이게도 이 줄을 갖고 싶어 한다. 나와 타자 사이에 벌어지는 묘한 불균형을 서정적 주체는 에둘러 표현하고 있는 것이다.

타자가 욕망하는 자리를 차지하고 있는 서정적 주체는 무엇 때문에 버거워하고, 벗어나고자 하는 것일까. 그것은 바로 '부끄러움' 때문이다. 이 부끄러움은 "목줄에 끌려 이리저리 다니느라" 이미 오래 전에 '팔아버린 영혼'에서 기인한다. 어쩌면 이런 부정적 정서들은 서정적 자아 혼자만의 것이 아니라 일상을 견디는 모든 주체에게 다가오는 실존의 문제일지 모른다. 그런데 이 시의 서정적 주체는 "무엇으로도 채울 수 없는 허기진 마음"이라는 시구에서 보듯 유독 예민하게 받아들인다. 이러한 민감한 감수성은 이를 감당해내는 주체가 시인이라는 데에, 그리고 어쩌면 여성이라는 데에서 기인하는 것은 아닐까. 그렇다면 이 부끄러움이란, 누군가는 절실하게 욕망하고 있을 '목줄'을 거는 대가로, 부조리하고 부당하고 불평등한 것들을 묵인해 온 것에서 비롯된 것이라 유추해볼 수 있겠다.

어떻든 서정적 주체는 '목줄'을 벗어 던지지 않는 이상 "거짓말 같은" 하루하루를 '잘' 살아야 한다. 주체의 "마음은 매처럼 날아올라 칼깃을 세운다." 그것은 '목줄'을 벗어 던지기 위해서일까. "거짓말 같은 하루를 잘 살"아내기 위해서일까. 어느 쪽의 삶을 선택하든 '칼깃'이 요구된다는 사실은 변하지 않는다.

우리는 속수무책

할 수 있는 일은
오가는 길마다 점액을 남기는 것

반짝이는, 처절한 생활의 흔적을 벽에 새기는 것

운 좋게 오늘까지 살아 있다면
기어코 숨을 내뱉었다면

희고 연약한 알을 낳고 죽는 것이 삶의 전부
가까스로 부화된 알의 생도 별다르지 않고

당신은 그런 나를 잘도 짓이길 거야, 그렇지?
변기에 던지고 물을 내리거나
어둠 속으로 패대기칠 거야

우리는 어째서
깃털 같은 햇빛에도 허덕이고
왜 당신은 우리를 혐오하지?

당신의 기척만으로도 공포에 떨고
겨우 당신의 손가락을 피해 더 깊은 나락으로 숨어들 때

우리를 발견하지 못한
단단한 등이

이곳에서 멀어져 갔다

이 생의 어느 순간을 안도라 부를 수 있을까

어쩌면 삶은
너무 많이 들킨 건 아닐까?
우리처럼 무력한
그의 허약한 속살을

우리는 우리를 지킬 수 있는 껍질이 없어서

아주 조금씩 움직인다
아주 느리게 움직인다

지긋지긋한 일상을

당신의 벽에 묻히며

끈적끈적하게
— 강지혜, 「민달팽이」, 『시산맥』35, 2018년 가을호

　　이 시는 '자신을 지킬 수 있는 껍질'이 없는 무력한 존재를 '민달팽이'로 형상화하고 있는 작품이다. '민달팽이'는 "당신의 기척만으로도 공포에 떨고/겨우 당신의 손가락을 피해 더 깊은 나락으로 숨어들 때"만이 삶을 영위할 수 있는 존재다. 보호해줄 '껍질'이 없기에 "이 생의 어느 순간"

도 "안도라 부를 수" 없는, 불안한 존재다.

내전, 난민, 학교폭력, 아동학대 등등 연일 뉴스에 등장하는 사건 사고만 보아도 이 세계에 산재해 있는 '민달팽이'와 같은 존재를 어렵지 않게 떠올릴 수 있다. 가정 폭력이나 데이트 폭력, 성폭행, 몰카 등 여성 또한 이 범주에서 자유롭지 않은 것이 사실이다. 이 시에서 쓰고 있는 '무력함'이란 일반적으로 생각할 수 있는 정도의 무게가 아니다. '삶'을 영위하는 것이 '들키지 않는 것'과 등가를 이루는 존재의 '무력함', 일상화되어 있는 공포감에 뒤따르는 '무력함'이기 때문이다.

아이러니한 것은, 살기 위해 들키지 않아야 하지만 들키지 않으면 "우리를 발견하지 못한/단단한 등"마저 "이곳에서 멀어져"가고 만다. 근본적인 보호막을 기대할 수 없게 된다는 뜻이다. 다시 말해 '들킨다는 것'은 폭력과 혐오에 노출되었다는 의미이며 이를 통해서야 겨우 '우리'의 존재를 드러내게 되는 것이다. 사건이 터지고 나서야 관심이 모아지고 뒤늦은 대책을 내어놓는 패턴을 반복해오고 있는 우리 사회의 현실에서 이를 확인할 수 있다. 이 세계에서 '우리'가 '속수무책'으로 "처절한 생활의 흔적을 벽에 새"길 수밖에 없는 이유다.

중심에서 소외되어 있는 주변적 존재, 제어할 수 없는 힘 앞에서 무력한 존재를 그리고 있지만 시인의 시선이 절망적이지만은 않다. 그렇다고 시인이 쉽게 합일을, 희망을 말하고 있는 것 또한 아니다. 다만 '당신'이라는 타자의 '벽'에 '우리'의 "지긋지긋한 일상을" 묻히며 "아주 조금씩", "아주 느리게"라도 '움직이고 있음'을 언표하고 있을 따름이다. 시인은 이를 점액질, 내지 '끈적끈적함'이라는 감각으로 표현하고 있다. 처절하면서도 생명력 있고 절망 속에서도 끝끝내 놓을 수 없는 무엇을 표현하기에 이보다 적절한 감각을 찾기란 어려울 것 같다.

한편, 인간은 모체와의 합일을 이루었던 그 충만한 행복에 대한 선험적 기억을 가지고 있다. 시 쓰기란 이러한 근원에 대한 감수성을 복원하는 행위라 할 수 있다. 대상과의 합일, 그 서정적 동일성을 시의 본연으로 보고 있는 사실은 이 근원에 대한 감수성과 긴밀하게 연결되어 있는 것이다. 이러한 맥락에서 여성은 근원을 내재하고 있는 존재다. 모성이란 근원적 감수성에 다름 아닌 것이다.

　문현미의 「슬픔이 돌아오는 시간」은 바로 이 모성이라는 근원적 감수성을 발현하고 있는 시라 할 수 있겠다.

　　　허공 가득 날이 서 있다
　　　칼집으로 돌아가는 걸 잊은 채
　　　우두커니 날이 서 있다

　　　자꾸만 바스락거리는 울음을 묶어
　　　깊이 파묻었다

　　　사금파리 같은 노숙의 시간을
　　　눈물샘이 마르도록 견디고 있다

　　　끝없이 배반의 날을 세우는 세상을 향해
　　　불쑥 치밀어 오르는 시퍼런 칼날

　　　숨 쉬고 있어도 죽은 것만 같은 목숨의 바지랑대가 휘청거린다

　　　생피로 찍어 올리는

그리움 한 줌, 사무치게 뜨겁다
— 문현미, 「슬픔이 돌아오는 시간 – 세월호」, 『시와시학』 111, 2018년
   가을호

위 시는 '세월호'에 관한 시임을 제목에서 밝혀 놓고 있다. '세월호'는 단순히 사고로 많은 인명 피해를 낸 사건에 그치지 않는다. 사고 이후 자식을, 가족을, 친구를 잃은 유가족과 생존자는 슬퍼하고 그리워하는 감정에 머물러 있을 수 없었다. 어쩌면 이들에게 슬픔과 그리움은 사치일 수도 있었겠다. 진실이 규명되기 전에 잊히거나 묻혀버리지 않기 위해 처절하게 싸워야 했다. 슬픔과 위무에 이념과 정치 성향이 따로 있겠는가마는 이익집단의 입장에 따라 무시되고 왜곡되는 진실, 그에 따르는 온갖 비난과 조롱 속에서 견디고 버텨야 하는 시간이었다. 위 시에서 '날이 서 있는 칼', '배반의 날', '치밀어 오르는 시퍼런 칼날' 등이 반복해서 등장하는 이유가 바로 여기에 있는 것이다.

인간은 태생적으로 결핍과 그로 인한 상실을 내재한 존재다. 탄생 그 자체가 모체와의 분리를 함의하는 것이기 때문이다. 그러므로 인간의 심연에, 근원에 집중하게 되면 상실로 인한 슬픔과 마주칠 수밖에 없으며 슬픔에 공명하는 것은 인간의 본능이라고 할 수 있다. 그러나 근대 이후 도구적 이성과 무한 경쟁을 기반으로 하는 자본주의의 발달로, 현대 사회는 그러한 본능마저 삭제되는 시공간이 되었다. 이러한 세계에서 인간은 슬픔에 공감하기보다는 분노를 표출하는 데 익숙하다. 슬픔이 포용과 위무를 함의하고 동일화와 지속성을 특징으로 하는 정서라면 분노에는 배척과 폭력이 배태되어 있으며 타자화와 휘발성을 그 특징으로 하고 있는 정서라 할 수 있다.

위 시는 인간 본능의 심성에 충실하다는 차원에서 의미가 있는 경우이다. 서정적 자아가 그 모든 것들에 앞서 이들의 슬픔에 동화되어 있기 때문이다. 그러하기에 "세상을 향해/불쑥 치밀어 오르는 시퍼런 칼날"까지도 품을 수 있는 것이다. 이것이야말로 아픈 대상을 대하는 모성적 태도, 근원적 감수성에서 발원하는 그것이 아닌가 한다. 서정적 자아는 이들의 삶을, 살아도 사는 것이 아니고 "숨 쉬고 있어도 죽은 것만 같은 목숨"으로 표현하고 있다.

2018년 7월, 세월호 참사에 대한 국가 책임을 인정하는 판결이 나왔다. 위 시의 제목이 "슬픔이 돌아오는 시간"인 까닭을 이 사실에서 간취해볼 수 있다. 시인은 슬픔이 거세된 세계에 이제 온전한 슬픔의 시간이, 그리움의 시간이 허락되기를 염원하고 있는 것이다.

> 주머니를 비웠는데 다시 주머니를 뒤적거려요
> 믿음에 대한 이야기에요
> 냉장고를 열다가 멈춰서서
> 이국인이 중얼거리던 말을 생각해요
> 아니 여긴 아니라고
> 가끔 소리 없는 입술을 읽을 때가 있어요
> 거실에서 방으로 가면 모르는 얼굴이 생각나고
> 자꾸만 두리번거려요 무슨 말이 필요했을까
> 침대*를 열었더니 층층이
> 숨 쉴 수 없는 신앙이 들어 있고
> 만지지 않고 듣지 않아도 믿는 사람들처럼
> 날마다 조금씩 병이 들어요
> 숨 쉬는** 모든 것은 또 하루가 됩니다

몸속 어느 장기 하나 만질 수 없고
눈앞에는 온통 보이지 않는 것들
어제, 마지막 빙하가 녹기 시작했어요
아주 먼 나라의 이야기처럼
내일은 언제나 까마득하고
누구의 마음도 알 수 없어요
음식물 수거함에 처박힌 비닐봉지들
제자리에서 항상 숨을 뿜어내는 가구들과
집은 조금씩 허물어지죠 매일매일
믿음에 대한 이야기예요
화를 내다가 하마터면 죽일 뻔 했어요
무엇을 믿을 수 있겠어요
깜깜한 살의마다 태어나는 괴물들
유리창마다 일그러진 얼굴과

*, ** 라돈 매트리스와 가습기 살균제에는 친환경마크가 부착되어 있다
　— 최설, 「우리의 이름은 이것」, 『현대시』, 2018년 10월호

　인용한 시의 모티프가 되고 있는 것은 매트리스나 가습기 살균제와 같은 생활필수품이다. 이는 여성에게 보다 섬세하게 인식되는 시적 대상이라 할 수 있다. 현대 사회에서 '여성 = 가사'라는 도식이 많이 희석된 것은 사실이나 그럼에도 생활물품을 선택하는 것에 여성이 더 깊게 관여하고 있는 것 또한 부정할 수 없는 사실이다. 특히 육아에 관련된 물품에서는 더욱 그러하다. 실제로 친환경마크가 부착되어 있는 매트리스나 가습기 살균제는 아이를 염두에 둔, 보다 좋은 환경을 위한 선택이었지만 그 선

택으로 인해 가장 큰 피해를 입은 대상은 바로 어린 아이들이었다. 이로 인해 무너져간 것은 부모 모두의 심정이었겠으나 선택을 한 '엄마'의 죄책감은 그 누구도 대신할 수 있는 것이 아니었을 터이다. "하마터면 죽일 뻔"할 만큼의 '화'가 나는 이유도 이러한 맥락에서 이해해볼 수 있을 것이다.

우리 사회에서 한때 '웰빙'이 유행이었던 때가 있었다. 말 그대로 건강하게 잘 사는 것을 지향하는 문화라 일컬을 수 있다. 먹고 자고 입는 것에 주의를 기울여 친환경, 유기농, 천연, 자연산 등을 선택의 기준으로 삼았다. 이 선택이 '웰빙'으로 이어지는 것은 표기된 사실이 진실일 경우에만 가능한 것이다. 위 시가 소재로 삼고 있는 것이 바로 이 지점이다.

시인에 따르면 이 세계는 거짓으로 가득 차 있다. 건강하게 살고자 하는 욕망은 이 거짓에 기만당한다. 거실, 방, 냉장고, 침대, 가습기 살균제까지 어느 곳도, 어느 것도 안전하지 않다. 선택을 부추기는 기호는 거짓이다. 진실이 삭제된 기호는 "이국인이 중얼거리던 말", "소리 없는 입술"에 지나지 않는다. 예수는 그의 부활을 믿지 못하는 토마스에게 보지 않고 믿는 자는 행복하다고 말했다지만 "만지지 않고 듣지 않아도 믿는" 이 세계의 사람들은 "날마다 조금씩 병이 들" 뿐이다.

그러나 시인은 불신의 대상이, 제품을 생산하는 기업이나 이와 관련된 몇몇 개인에 한정되는 것이 아님을 드러내고 있다. "누구의 마음도 알 수 없"다는 시구가 그것이다. "어제, 마지막 빙하가 녹기 시작했"고 '집은 매일매일 조금씩 허물어지'고 있는 까닭은 이들에게만 원인이 있는 것이 아니다. "음식물 수거함에 처박힌 비닐봉지들"에서 알 수 있듯 불특정한 다수의 일상적인 거짓에서 비롯되는 것이다.

'주머니를 비웠는데 다시 주머니를 뒤적거린다'는 표현에서 시적 자아 자신도 믿을 수 없는 대상에 포함되고 있음을 알 수 있다. 따라서 "화를 내다가 하마터면 죽일 뻔 했"다는 대상은 그 누구도 아닌 바로 우리 자신이 되는 것이다. 이 시의 제목이 "우리의 이름은 이것"인 것도 바로 이러한 맥락에서다. 위 시에 따르면 '우리의 이름은 괴물'이 된다. 우리를 병들게 하고 우리가 살고 있는 공간을 허물고 있는 것은 바로 우리 자신이라는, 모두가 알고 있지만 아무도 알고 싶어 하지 않는 이 사실을 뼈저리게 통찰하고 있는 것이다.

　　해마다 온다
　　매화나무 가지가 꽃을 피워내듯
　　일생동안 온다
　　매화나무 가지를 흔드는 바람처럼

　　어제 잃어버린 신발을 찾는 것처럼
　　어떤 일을 하는 동안에도
　　어떤 일이 무엇인지 물어 볼 새도 없이
　　열리기만 하는 문(門), 그 틈새로
　　헐벗어도 눈부신 아기로 온다

　　언젠가 나는 태어나지 않은 별에게
　　노래를 들려 준 적 있다
　　오늘 뭐 하지, 묻기도 전에 한 점이 되어 날아간
　　초저녁별을 노래 한 적 있다

　　사라지는 별빛이 환(幻)이고 갑(甲)이었는지 모른다

태어난 것을 모르는
노래가 태어나기 위해 돌아온다

짧게는 몇 시간, 길게는 며칠
작은 얼굴들을 여러 개 만들어 순서대로 놀면서
오래 사랑했던 사람들과 방금 인사를 나눈 벌레들과
헤어지는 순간을 연습할 때

일생동안 피는 꽃으로 온다
한 잎, 한 잎 꽃잎 떨어뜨리며 먼 우주에서 온다
스스럼없이 온다
― 강영은, 「생일(生日)」, 『시와 표현』62, 2018년 10월호

문현미나 최설의 시가 우리 사회가 직면한 현실을 핍진하게 드러내고
있는 작품이라면, 강영은의 「생일(生日)」은 생의 형이상학적 측면, 자연
의 섭리에 대한 통찰을 드러내고 있는 시라 할 수 있겠다.

익히 알고 있는바 '생일'은 존재가 탄생한 날이다. 이 날은 '해마다' 오
고 죽기 전까지 '일생동안' 온다. "매화나무 가지가 꽃을 피워내듯" 설렘
으로 다가오기도 하고 "매화나무 가지를 흔드는 바람처럼" 심난하게 느
껴지기도 한다. 삶의 희로애락을, 생일을 맞이하는 서정적 자아의 심정
으로 표현하고 있는 것이다.

아무리 힘에 부치는 삶일지라도 '해마다' 열리는 생의 '문'은 감사할 일
이다. "헐벗어도 눈부신 아기로 온다"는 것은 이러한 의식에서만이 가능
한 표현이다. 그런데 "태어나지 않은 별에게/노래를 들려 준 적 있다"는
시구에서, 시인의 의식이 현실의 경계를 초월하고 있음을 간취할 수 있

다. 꼼꼼히 읽어보면 이 시는 시기적으로 구분되어 있다. 시의 전반부는 탄생을, 중반부는 삶과 죽음이 혼재되어 있는 시기를 그리고 있으며 시의 후반부는 죽음에 경도되어 있다. 탄생에서 죽음에 이르는 생의 여정, 그 심상을 마치 징검다리를 건너듯 띄엄띄엄 제시하고 있다.

이 시는 '생일', 즉 탄생한 날에 대한 이미지를 전경화하고 있지만 결국 죽음에 관한 전언을 하고 있는 셈이다. "오래 사랑했던 사람들과 방금 인사를 나눈 벌레들과/헤어지는 순간을 연습"한다는 시구에서 이를 확인할 수 있다. 영원한 시간일지 모르는 죽음 앞에서, 만난 시간의 길고 짧음은 의미가 없는 것이다. 궁극적인 시인의 통찰은 "한 잎, 한 잎 꽃잎 떨어뜨리며 먼 우주에서 온다"는 시구에서 드러난다. 이 행위의 주체는 물론 '생일'이다. '생일'이 '매해 한 잎, 한 잎 꽃잎 떨어뜨리며 먼 우주에서 온다'는 것은 탄생이 곧 죽음의 스타트라인이라는 의미에 다름 아니다. 인간을 포함한 모든 생명은 탄생과 동시에 죽음을 향해 한걸음씩 나아가고 있다는 뜻이다. 그것도 '스스럼 없이'.

최근의 여성시들은 과거와는 뚜렷이 구별된다. 하나의 주류가 형성되었다고 해서 거기에 아무 여과 없이 무작정 편승하지 않는다는 뜻이다. 80년대의 페미니즘이 문단의 주류적 현상으로 펼쳐지던 시기와는 사뭇 다른 것이다. 그만큼 여성들의, 활동하는 외연이 넓어졌다는 것이고, 현실과 자신을 짚어내는 사유 또한 깊어졌다는 뜻이다. 이는 여류 시인들 자신이나 문단을 위해서도 매우 바람직한 일이라 할 수 있을 것이다.

흐르는 강물을 거꾸로 거슬러
오르는 연어들처럼

2018년은 그 어느 해보다 다사다난했던 것 같다. 남북정상회담, 평창 동계올림픽, 미투 운동, 권력층의 갑질 등등 크게 이슈가 되었던 사건들을 그리 어렵지 않게 열거할 수 있으니 말이다. 그 중에서도 가장 크게 다가오는 사건은 단연코 남북정상회담일 것이다. 한 해에 세 차례나 열렸다는 것도 놀라운 사실이지만 북미 정상회담을 비롯하여 한반도 긴장 완화라는 실질적인 효과를 이끌어낸 것 또한 기왕의 회담과는 차별성을 갖기 때문이다. 아직 갈 길이 멀다 하지만 70여 년 동안 이어져온 적대적 분단 관계와, 전쟁이라는 극단적 위기상황에까지 치달았던 한 때의 정세를 상기해보면 지금의 분위기는 매우 고무적이라 할 만하다. 견고한 모든 것은 대기 속에 녹아버린다고 했던가. 남과 북은 같은 언어를 쓰고 있는 한민족이라는 사실이 새삼 각인되면서 다시 흐르고 스밀 수도 있겠다는 생각에 벅차올랐던 기억이 새롭다.

영원히 고착될 것만 같던 남과 북의 심리적 거리도 이렇듯 한 걸음 좁혀졌건만 대한민국 내에서의 갈등과 불화는 점차 심화되어가는 것만 같다. 미투, 갑질, 학교폭력, 여혐 남혐 등등 기사에 반복적으로, 끊이지 않고 오르내리는 단어들이 이를 말해준다.

시는 동일화를 본질로 한다. 대상과의 화해, 세계와의 융화가 시정신의 핵심이라는 의미이다. 근대 이후 원자화된 자아와 파편화된 공동체, 그 상실된 가치가 시의 주된 모티프가 되고 있는 까닭이 여기에 있는 것이다. 시의 내용이란 대체로 현실에 대한 인식이나 결락된 것에 대한 희구와 갈망이기 때문이다.

시적 대상과의 불화를 밝혀 드러내고 부단히 그것과의 화해를 모색하는 것이 시의 세계다. 그러나 이것이 무조건적인 동일화를 의미하는 것이 아님은 물론이다. 건강한 동일성, 진정한 동일성을 이루기 위해서는 불화에 직면해야 하며, 궁극에 이르기까지 동일화를 유보하면서 불화에 응전해야 한다. 이러한 지난한 과정을 통해야만 각자의 고유성은 지키되 그것을 포회하는 공동선 곧 건강한 동일성에 이를 수 있는 것이다.

자아와 타자, 세계에 대한 분노와 혐오가 농밀해지고 있는 것이 '지금 여기'의 현실이다. 시인의 시선이 이러한 현실을 간과할 리 없다. 그렇다면 현대시에 드러나고 있는, 이 불화의 세계를 건너가는 방식은 무엇일까. 시인들은 어떠한 포즈로 이 세계에 응전하고 있을까.

숲 속도 아닌데 이 도시는 벌레들이 넘쳐 납니다. 학식충이 꿈인 급식충 두 명이 짝짓기 할 장소를 찾기 위해 놀이터로 숨어들다 하필 화를 낼 준비를 하고 있던 꼰대충에게 잘못 걸렸습니다. 꼰대충은 화가 나면 항상 뒷짐을 지고 "어린노무새끼들이"라고 웁니다. 꼰대충의 공격에 당황한 급식충은 다른 급식충들을 페메로 불러 모아 골목 끝 자신들의 서식지로 돌아가 흡연충으로 탈피합니다. 꼰대충은 이십 년이 지나면 등산을 즐겨하는 틀딱충으로 탈피해 염치를 지우고 임신한 맘충과 지하철의 좌석을 놓고 전투를 벌일 것입니다. 물론 급식충도 자신의 미래가 꼰대충이나 틀딱충이라는 걸 모르는 건 아니지요. 얼마 전부터 정부는 문과충을 줄여 국가의 생태 환경 근간을 바꾸겠다고 발표를 하고 엄지손가락 밖에 없는 따봉충들이 일제히 좋아요를 눌러대며 지원사격을 합니다. 그러나 뭐니 뭐니 해도 땅콩을 좋아하고 자주 발작하는 갑질충들에 대한 뉴스가 없다면 이곳은 너무나도 심심할 겁니다. 누구나 갑질충이 될 수 있지만 정도가 심한 갑질충은 안도감을 불러일으키는데 아주 그만이지요. 야간의 도심은 야행성의 폰딧불이들이 넘쳐납니다. 폰딧불이들은 시력이 퇴화한 대신 이슈는 기막히게 찾아내는 능력이 있어 가끔 스스로 교통사고나 낙상사고 이슈가 되기도 합니다. 이어폰을 끼고 걷던 폰딧불이 한 마리가 결국 마주 오던 공시충과 부딪칩니다. 공시충은 면목이 없는 탓에 항상 고개를 숙이고 보행합니다. 노량진이 아름다운 건 바로 공시충 때문이지만 공시충은 노량진을 떠나는 게 꿈인 사람들이라고 지나가던 설명충이 굳이 이야기합니다. 그리고 말을 끝내는 대신 안경을 오른손 검지 끝으로 밀어올리며 심각하게 또 한 마디 덧붙네요. 이 도시는 혐오충에 감염되었습니다. 아무도 안전할 수 없죠.

그런데, 당신은 어떤 곤충입니까?

— 정창준, 「곤충도시」, 『현대시』, 2018년 12월호.

우리 사회를 일컫는 용어들로 불안사회, 피로사회, 위험사회, 절벽사회, 분노사회 등등이 있다. 혐오사회도 그 중 하나다. 위 시는 이 혐오사회의 면모를 적나라하게, 사실적으로 그리고 있는 경우다. 언젠가부터 온라인과 실생활에서 '-충(蟲)'이라는 접미어를 붙인 말이 난무하고 있는데 위 시는 이러한 현실을 인유하여 그리고 있기 때문이다.

급식을 먹고 있는 중·고등학생, 학식을 먹는 대학생, 공무원 시험을 준비하는 취업준비생, 기성세대인 중년층, 틀니를 사용하는 노년층, 임산부나 아이를 키우고 있는 엄마 등 이 벌레로 호명되는 대상에는 예외가 없다. 그야말로 '만인의 만인에 대한' 혐오라 할 만하다.

시적 자아는 '급식충'의 미래가 결국 '꼰대충'이나 '틀딱충'이라는 것, 그들 자신도 이 사실을 알고 있다는 점을 언급한다. 이러한 구도에서라면 평생 '벌레'에서 벗어날 수 없다는 절망적인 현실을 드러내고 있는 것이다. 이를 인식하고 있다면 변화가 있어야 할 터이지만 그 길은 요원해 보이기만 한다. 시적 자아가 우리가 살고 있는 세계를 "곤충도시"로 명명하고 "혐오충에 감염"된 이 도시에서는 "아무도 안전할 수 없"다고 한 까닭이 여기에 있는 것이다. 위 시는 우리 모두가 벌레로 불리는 것이 더 이상 충격적이지 않은, 혐오가 일상이 되어버린 사회를 드러내 보여주고 있다는 점에서 의미가 있다.

혐오의 정서는 우리나라에 한정된 문제만은 아니다. 종교, 인종, 성적 정체성, 계층 등에 기반한 혐오 정서의 확산과 심화는 전세계적으로 문제가 되고 있다. 사회학자들은, 근대 이후 폭발적인 속도로 이어온 성장이 한계에 이르게 되고 이로 인한 기회의 수축과 극심한 경쟁이 서로 간의 혐오 정서를 부추기는 동인이 되고 있다고 분석하고 있다. 그러나 어려운 처지에 있는 사람들이 오히려 불우이웃 돕기에 더 적극적인 경우를 우리는 익히 보아왔다. 물리적인 환경도 하나의 원인이 될 수 있겠지만 더 본질적인 문제는 우리가 상실한 가치에 있는 것이 아닌가 한다. 이 각박한 현실을 건너가며 우리가 잃어버린 것은 무엇이며 또 포기해버린 가치는 어떤 것일까. 다음 시들에서 이에 대한 단서를 유추해볼 수 있다.

도시로 이사 온 김씨
어머니가 남기고 간 항아리를
부대자루에 넣고
몽둥이로 두들겨 박살을 냈다
항아리는 비명 한 번 제대로 지르지 못하고
개처럼 살해당했다
자루 속에 피가 낭자했다

쿵, 어머니에게로 가는 문 하나가
아득히 닫혔다.
— 강만, 「유산의 살해」, 『시와 사람』, 2018년 겨울호.

　잘 알려진 대로 문학에서 고향은 모성과 동격이다. 인간의 탄생은 모체와의 분리를 의미한다. 다시 말해 인간은 모체와 한 몸이었을 때가 존재한다는 뜻이다. 고향 또한 유대와 통합의 공간, 전일성이 담보되는 공간을 상징한다는 점에서 모성과 등가를 이루는 것이다. 위 시는 이를 잘 드러내 보여주고 있다.

　이 시에 등장하는 '김씨'는 고향과 어머니를 다 상실한 존재다. 도시로 이사 옴으로 해서 고향을 상실했으며 어머니는 돌아가시고 어머니가 남긴 항아리만 남아있기 때문이다. 그런데 '김씨'는 이 항아리마저 "부대자루에 넣고/몽둥이로 두들겨 박살을" 낸다. 이 행위는 근대와 전근대의 단절이라는 측면에서 매우 상징적이다. 도시라는 공간에서 항아리는 부피만 차지하고 유용성은 떨어지는 물건이다. 근대의 시공간에서 전근대에 속하는 것들 또한 대체로 동일한 의미역에 해당된다.

　그런데 주목해야 할 점은 이 시에서 '항아리'라는 무용한 사물을 생명이 있는 존재로 묘파하고 있다는 것이다. "항아리는 비명 한 번 제대로 지르지 못하고/개처럼 살해당했다"거나 "자루 속에 피가 낭자했다"라는 대목이 그것이다. '김씨'에게는 무용한 물건을 버리기 쉽게 조각내는 행위에 지나지 않는 것이 시적 자아에게는 '살해'로 와 닿은 것이다.

시적 자아에게 '항아리'는 단순한 사물이 아니다. 그것은 전일성을 담보하고 있는 동일성의 세계, 근원 내지 영원성과 관련된 세계와 원자화된 자아를 연결시켜주는 매개체로 인식되고 있다. '항아리'가 박살난 것을 두고 "쿵, 어머니에게로 가는 문 하나가/아득히 닫혔다."고 표현한 대목에서 이를 확인할 수 있다. 도시에서 적응한다는 것은 결국 '어머니'나 '고향' 등으로 대변되는 근원과의 단절을 의미하는 셈이다.

> 소리 죽인 가을 강을 바라보다 꽁초가 타들어 가는 줄도 모르고 있는 재삼, 이렇다 할 일 없이 길고 긴 밤 모과차 마시며 가을 빗소리나 듣고 있는 용래, 삼포 가는 길 위의 백화와 영달, 상엿집이 있던 타리고개의 선소리꾼 황 씨, 버려진 여물통에 비친 별빛, 공납금 대려고 보리쌀을 내다 팔고 있는 아낙네들, 물고기와 참게랑 노는 아이들, 로쟈의 머리를 감싸주던 소냐를 닮은 미스 진, 녹음기로는 다 담아낼 수도 없는 박 노인의 목도소리, 황장목으로 어깨와 등이 내려앉을까 봐 악으로 받쳐주던 소리, 그 소리로 점점, 이젠 골방에서 폰으로 반구대 암각화나 검색하고 있다. 더 시퍼렇게 멍들어 가던 동해 바다의 고래, 귀신고래의 신화를 찾아다니며 떠돌던 내 친구
>
> 시간을 계산기가 아니라 돗자리로 사용하다
> 시간으로부터 밀려난 자들.
> ― 최서림, 「뒤안길로 사라져버린 것들」, 『예술가』35, 2018년 겨울호.

전일성을 담보하고 있는 동일성의 세계란 시가 궁극적으로 구현하고자 하는 세계와 다른 것이 아니다. 강만의 「유산의 살해」가 '항아리'를 매개로 근대와 전근대, 도시와 전원의 단절을 그리고 있다면 위 시는 문학을 포함한 동일성의 세계가 구현하는 문화적 가치의 상실을 드러내고 있다.

박재삼의 「울음이 타는 가을 강」이나 박용래의 「모과차」, 황석영의 「삼포 가는 길」 등 위 시에는 서정적인 문학 작품들이 배음으로 깔려있고 그 위에 일상의 서정성들이 파노라마처럼 이어지고 있다. 이 서정성은 현실과는 거리가 먼 문학의 세계에서부터 "녹음기로는 다 담아낼 수도 없는 박 노인의 목도소리", "그 소리로 점점 더 시퍼렇게 멍들어 가던 동해 바다의 고래"를 거쳐 결국엔 "귀신고래의 신화를 찾아다니며 떠돌던" 서정적 자아의 친구에까지 이른다. 서정적 동일성의 세계가 현실과는 동떨어진 문학의 세계, 관념의 세계에만 존재하는 것이 아님을 이 시는 드러내 보여주고 있다.

위 시에 등장하는 대상들은 "버려진 여물통에 비친 별빛"과 같이 생산과는 거리가 먼 사소하고도 미미한 존재들이다. 오히려 버려지고 내어주는 존재들이다. 그러나 이들은 그 무엇으로도 대체가 불가능하며, 복제 또한 불가능한 존재들이다. 자본으로 치환될 수 없는 고유한 가치를 지니고 있는 존재들이자 서로에게 스미고 흐를 수 있는 서정적 존재들이다. 근대 이후 인간은 시간마저 공간화하여 계측 가능한 물리적인 것으로 만들었지만 이 서정적 존재들은 이러한 시간을 "계산기가 아니라 돗자리로 사용하다/시간으로부터 밀려난 자들"이다. 이 시의 제목이 "뒤안 길로 사라져버린 것들"인 것은 바로 이와 같은 까닭에서다.

그렇다면 왜 우리는 이러한 서정적인 것들과 결별하게 되었을까. 위 시들에서 드러나는 바와 같이 인간 스스로 끊어내게 하거나 '뒤안길로 사라져 버리도록' 추동하는 요인은 무엇일까. 그것은 바로 제어되지 않는 인간의 욕망으로부터 기인한다.

> - 욕심들 왜 그리 모질까.
> - 사는 게 힘겨워 그리 됐겠지요.
> - 그래도 산처럼 몸 불려서야 쓰나.
> - 뾰족한 방법이 없잖아요.
> - 누리고 지킬 범위라는 게 있네.
> - 그것으로 다스려질 욕망이라면
> 아우성들 누그러졌겠지요.
> - 하지만 모서리에 웅크린 이들
> 눈물과 한숨이 깊어지면 모두 해롭네.
> - 부침을 거듭하며 흘러온 인간사,
> 지켜보는 것도 방법입니다.
> - 실오라기 하나 걸치지 못하고 떠나는 길,
> 같이 가면 낫지 않겠나.
> — 황성주, 「어느 대화1」, 『시와 정신』66, 2018년 겨울호.

위 시는 대화의 형식으로 불화의 세계에 대한 진단과 방안을 드러내고 있다. 욕심과 욕망은 사전적으로 의미에 차이가 있지만, 위 시에서 '모진 욕심'과 '다스려지지 않는 욕망'은 이성적으로 제어되지 않는 수준의 갈망이라는, 동일한 의미로 쓰이고 있다. 서정적 자아는 욕심 내지 욕망에 대한 우려와 경계의 마음을 표출하고 있지만 상대는 그 반대편의 입장에서 의견을 제시하고 있다. '사는 게 힘들어 그리 되었다'거나 '뾰족한 방법이 없다'는 등의 언술이 그것인데 이는 독자들로 하여금 서정적 자아의 주관적 관념에 경도되지 않고 평형적인 감각으로 사안을 응시하게 한다. 이와 같은 서정적 자아와 대화를 나누는 인물 간의 거리는 객관성을 확보하고 시적 긴장을 유지하는 데 유용한 장치가 되고 있다.

니체에 따르면 괴물과 싸우는 사람은 그 싸움 중 괴물이 되지 않도록 조심해야 한다. 그가 심연을 오랫동안 들여다본다면, 그 심연 또한 그를 들여다볼 것이기 때문이라 했다. "모서리에 웅크린 이들/눈물과 한숨이 깊어지면 모두 해롭"다는 서정적 자아의 탄식 또한 이러한 맥락에서 이해해볼 수 있겠다. 유대와 통합이 사라진 세계에서 '눈물과 한숨이 깊어진' 존재, 파편화된 존재가 살아남기 위해서는 그들을 억압하는 괴물과 싸워 이겨야 한다. 괴물을 이기기 위해서는 괴물보다 더 강한 존재가 되어야 한다는 것은 자명한 이치다. 그러한 과정에서 존재는 자칫 괴물보다 더 센 괴물이 될 수도 있는 것이다. 누군가의 '모진 욕심' 때문에 '눈물과 한숨이 깊어진' 이들이 결국 분노와 함께 더 '모진 욕심'을 품게 되는 것, 괴물과 싸우다가 그들 자신조차도 괴물이 되는 것, 이것이 서정적 자아가 우려하는 바다.

서정적 자아의 깊은 우려와는 달리 상대는 "부침을 거듭하며 흘러온 인간사,/지켜보는 것도 방법"이라며 초월적 입장에서 방안을 제시하고 있다. 서정적 자아 또한 현실을 초월한 관점이라는 점에서는 동일하나 보다 실천적인 방안을 제시한다. 그것은 바로 죽음의 위치에 미리 서 보는 것이다. 굳이 불교의 사상을 끌어오지 않더라도 죽음의 문턱에서 현실의 모든 것은 아무 의미가 없게 된다. 죽음 앞에서 왜 그렇게 아등바등 살았는지 후회하는 것도 바로 이러한 까닭에서다. 죽음의 관점에서라면 괴물과 싸우다가 괴물이 되기보다 괴물로부터 자유로워지는 것을 선택하게 된다는 것이다.

어쩌면, 사라진 "큰 발의 사내"(고명자, 「장미의 방향」)처럼.

　　　큰 발의 사내가 사라졌다
　　　흙 묻은 작업화를 벗어 두고 갔다

　　　담장 아래 한 켤레의 침묵에는 주인이 없고
　　　고칠 데 많아 심란한 동네에도
　　　붉은 장미는 줄줄이 피어나고

　　　꽃냄새가 징그러워
　　　막걸리라도 한 병 사러 나갔겠지
　　　길을 파 뒤집다가
　　　끝장난 하루를 봐 버렸을지 몰라
　　　불현 듯 멀리 달아나 버렸을지 몰라

　　　조막만한 것들이
　　　조막만한 발을 삿대처럼 휘저으며
　　　흙별을 찾아 내겠다 몰려들 올 터인데

　　　바람이 없는 날에도 헌 지붕은 들썩거리고
　　　사람보다 더 독하게 붙어사는 장미
　　　고칠 데가 경부선만큼 길어진 골목 안쪽
　　　— 고명자, 「장미의 방향」, 『동안』22, 2018년 겨울호.

위 시는 첫 행에서부터 독자의 주의를 끄는 데 성공하고 있다. 누군가

손나팔을 하고 "큰 발의 사내가 사라졌다"라고 크게 외치는 장면이 상상되기 때문이다. 주의가 집중되면서 자연스럽게 "큰 발의 사내"는 왜 사라진 것일까 하는 궁금증이 인다. 생뚱맞게도 괴물이 되지 않기 위해서라 생각해본다.

"큰 발의 사내"는 "흙 묻은 작업화를 벗어 두고" 사라졌다. 출가하면서 싯타르타가 가장 먼저 한 일이 궁중에서 신고 있던 신을 벗어던지고 맨발이 되는 것이었다는 점에서 알 수 있듯 신발은 곧 존재를 에워싸고 있는 틀이다. 따라서 흙 묻은 작업화를 벗어 두고 떠났다는 것은 큰 발의 사내를 규정하는 어떤 틀을 벗어났다는 의미이다. 그런데 주목을 끄는 것은 "꽃냄새가 징그러워/막걸리라도 한 병 사러 나갔을" 것이라는 서정적 자아의 추측이다. '큰 발 사내'의, 작업화를 벗어두고 떠난 행위에 '꽃냄새'가 원인으로 작용하고 있기 때문이다.

근대는 흔히 컨베이어벨트로 상징화된다. 끊임없이 돌아가는 벨트 위에서 인간 또한 하나의 부속품에 지나지 않으며 여기에서 일탈하는 순간 그것은 곧 낙오 내지 도태를 의미하는 것이 된다. 그러나 사내는 '꽃냄새'를 이유로 낙오의 길이 될지도 모를 일탈을 한 것이다. 사내가 떠난 것이 우선은 비극적인 정서를 불러일으키지만 이 '꽃냄새' 때문에 낭만적인 것으로 귀결된다. 괴물과는 멀어졌다는 의미다.

사내는 '꽃냄새' 때문에 혹은 "길을 파 뒤집다가 끝장난 하루를 봐 버려서" 그 자리를 벗어나는 것을 택하고, 사내가 사라진 골목은 "바람이 없는 날에도 헌 지붕은 들썩거리고", "고칠 데가 경부선만큼 길어"지게 된다. 근대 이후 인간 존재가 언제든 대체 가능한 부속품으로 전락했다는 사실을 상기할 때 이 시에서는 사내의 빈자리가 부각되고 있다는 점에서도 서정적이다.

그런데 묘한 것은 사내의 빈자리를 장미가 채운다는 사실이다. "조막만한 것들이 조막만한 발을 삿대처럼 휘저으며 흙별을 찾아내겠다 몰려"든다. 사내의 '큰 발'과 장미의 '조막만한 발'이 오버랩 된다. '주인 없는 한 켤레의 침묵'이 비극적으로만 느껴지지는 않는 까닭이다. '장미'의 개입으로 인해 사내의 사라짐은 비극적인 것과, 역동적이면서도 아름다운 것 사이 어느 즈음의 정서를 느끼게 한다. 이 중층적이면서도 모호한 정서가 매력적이다.

시에서 동일성은 쉽게 이루어지지 않으며 또 쉽게 이루어져서도 안 된다. 쉽게 이루어지는 동일성은 오히려 동일성이 아니다. 위 시에서 일차원적으로 동일성을 떠올린다는 것은 어려운 일이다. 그러나 인간과 자연, 이를 에워싸고 있는 공간이 서로의 결핍을 각인하고 메우는 과정이 그려져 있어 또 다른 차원의 서정적 동일성을 발현하고 있는 경우로 볼 수 있다. 시에서 느껴지는 쓸쓸하면서도 아름답고, 애틋하면서도 또 한편으로는 역동적인, 이 불확정적이면서 모호한 정서는 바로 다른 양상의 서정적 동일성에서 비롯되는 것이다.

서정적 동일성의 세계에서는 이처럼 인간과 비인간의 경계가 무화된다. 있고 없음, 많고 적음, 높고 낮음의 차이가 의미가 없는 세계가 바로 서정적 동일성의 세계인 것이다. 이는 인간과 자연이 하나였던 태초의 세계와도 같은 것이고 다시 무로 돌아가는 죽음의 관점에서 가능한 세계이기도 하다.

우리는 죽음이 "실오라기 하나 걸치지 못하고 떠나는 길"(황성주의 「어느 대화1」)이라는 것을 자주 잊고 산다. 현실에서 만들어지는 개체의 차이가 실은 걸치고 있는 옷의 차이에 지나지 않는다는 것을 너무 늦게 깨닫는다. 이는 동일성에 대한 감각과 다른 것이 아니다. 구분하고 분별하여 배척하는 것이 아닌, 존재론적인 측면에서 우리는 하나라는 인식이 바로 그것이다. 이러한 인식을 아름답게 시화하고 있는 작품으로 함민복의 「촌수(寸數)」가 있다.

> 식당의 숟가락은 몇 사람의 입을 들락거렸을까
> 이 공기는 몇 만의 이파리들을 지났을까
> 저 교회에서 뉘우침 당한 죄들은 다 어디로 흘러갔을까
>
> 내 눈동자가 담았던 눈동자들
> 귓속을 지나간 바람 소리
> 나를 태워준 바퀴들의 회전수
>
> 내가 살아오며 만난 것들이
> 나와 무관하게 만났을 모든 것들이
> 나를 담고 있는 침묵의 그릇 아닐까
>
> 태양과 촌수가 같은 우리들은
> 저기 풀숲에 허물을 벗어 놓은
> 뱀과도 촌수가 같은 것 아닐까
> ― 함민복, 「촌수(寸數)」, 『문학청춘』38, 2018년 겨울호.

위 시의 제목은 '촌수'다. 곧 멀고 가까움의 관계에 대한 작품인 셈이다. 이 관계에 대한 시인의 발상이 참신하다. "식당의 숟가락"만 해도 그렇다. 자주 들르는 식당이라면 이 '숟가락'은 '나'와 몇 번이나 만났을지 모르는 일이고 '나' 이외의 "몇 사람의 입을 들락거렸을"지 모르는 일이

다. 그렇다면 이 숟가락을 사용했던 수많은 사람은 '나'와 관계가 있는 것일까. '내'가 들이마시고 내쉬고 있는 '이 공기'는 "몇 만의 이파리들"을 지나왔을 터인데 그 "몇 만의 이파리들"은 또한 '나'와 관계가 있는 것일까, 없는 것일까.

시인에 따르면 "내가 살아오며 만난 것들"은 물론 "나와 무관하게 만났을 모든 것들이/나를 담고 있는 침묵의 그릇"이다. "내 눈동자가 담았던 눈동자들", "귓속을 지나간 바람 소리", "나를 태워준 바퀴들의 회전수"와 같이 '나'와 무관한 듯 스쳐지나간 것들이 '나'를 이루고 있는 것들이라는 것이다. 인간 중심에서 벗어난 관점이라는 점에서도 의미가 있지만 이러한 관점에 설 때 사소하고 의미 없는 존재란 있을 수 없게 된다. 하이데거가 말한 존재를 밝혀 드러내는 것이 바로 이러한 것이 아니겠는가. 이러할 때 우리는 감히 올려다 볼 수도 없을 '태양'과도 촌수가 같게 되고 또한 풀숲에 허물을 벗어 놓은 뱀과도 촌수가 같게 되는 것이다. 그렇다면 뱀과 태양도 무관하다고 할 수 없을 것이다. 이러한 세계가 바로 유토피아이자 서정적 동일성의 세계다. 이 세계에서는 귀하고 천한 것이 따로 있는 것이 아니라 서로는 서로에 의해 존재하고 서로가 서로를 이루는 요소가 된다.

분노와 공포, 혐오가 일상화된 지 오래다. 부모와 자식 사이, 스승과 제자 사이, 연인 사이, 친구 사이 그 어느 관계도 이 정서들로부터 자유롭지 않다. 또한 이제 이러한 종류의 기사들이 그다지 충격적이지도 않고, 충격적이다 해도 그 충격이 오래 지속되지도 않는다. 익숙해진다는 것, 무디어진다는 것에 두려움을 느끼게 되는 요즘이다. 현대 사회의 주체는 익명이나 무리의 뒤에서는 강해 보인다. 그러나 개별적 주체로서는 그저 빠른 유속의 강물에 떠내려가는 듯 무력해 보일 뿐이다.

이러한 시대에 시는 무엇을 할 수 있을 것이며 서정성이란 또 무슨 의미가 있을까. 그러나 거친 유속의 강물과 폭포를 거슬러 올라가 자신이 태어난 강으로 돌아가는 연어를 떠올려볼 만하다. 연어는 태어난 강의 냄새를 기억하고 있는 까닭에 정확히 자신이 태어난 강으로 돌아갈 수 있다고 한다. 그곳에 도착할 때까지 연어는 쉬지도 않고 먹지도 않고 앞으로 나아간다. 강에 도착하기 전에 죽는 경우도 많고 강에 도착한다고 해도 연어의 몸은 이미 만신창이가 되어 있다. 그렇게 도착한 강에서 연어는 알을 낳고 죽는다. 알에서 부화한 새끼는 바다로 내려가 살다가 어미가 그랬듯 태어난 강을 향해 다시 강물을 거슬러 오르게 된다.

시는, 서정성은, 자신이 태어난 강을 기억하고 그곳에 이르기 위해 강을 거슬러 올라가는 연어에 비견될 수 있을 것이다. 시대가 거칠고 험할수록 서정성은 더욱 힘 있게 거슬러 올라가야 하는 것이다. 인간이 자연과 하나였을 때, 모든 존재가 서로에게 스며드는 것이 가능했던 세계를 시는 본연으로 간직하고 있기 때문이다. 오직 그 세계를 향해 거친 시류를 거슬러 올라가는 것, 이것이야말로 시의 본능이자 시인의 사명이라 할 수 있을 것이다.

현실에 대한 인식과
현실 너머의 세계에 대한 탐구

영화 〈동주〉에서 윤동주는 송몽규와의 관계를 중심으로 그려진다. 이러한 까닭에 영화 속 윤동주의 '부끄러움'에는 사회참여적인 맥락이 스며들게 된다. 문학을 사회 계몽의 도구로 인식했던 투사 송몽규 옆에서 윤동주는 자신의 시를 쓰는 행위를 끊임없이 검열할 수밖에 없게 된 것이다. "시인이란 슬픈 천명"이라 한 것도 "인생은 살기 어렵다는데/시가 이렇게 쉽게 씌어지는 것은/부끄러운 일이다."라고 노래한 것도 이러한 까닭에서다.

칠레의 시인 파블로 네루다는 그의 자서전에서 "리얼리스트가 아닌 시인은 죽은 시인"이며 "리얼리스트에 불과한 시인도 죽은 시인"이라고 했다. 시인이라면 현실에 대한 의식을 배제해서는 안 되지만 그 너머에 대한 사유와 깊이 또한 담보하고 있어야 한다는 의미일 터이다. 윤동주의 괴로움 내지 부끄러움도 여기에서 벗어나는 것이 아니다. "잎새에 이는 바람에도 나는 괴로워했다"는 시적 자아로서의 염결성이 현실의 삶과 부합하는 것인지에 대한 성찰, 그리고 그것이 사회적으로도 의미 있는 것인가에 대한 고민이 바로 그것이다.

송몽규가 외부의 목소리에 귀를 기울이고 그 부름에 응답하고자 고투한 리얼리스트였다면 윤동주는 자신의 내면 깊은 곳에서 들려오는 목소리에 귀를 기울인 내면의 리얼리스트였다고 할 수 있겠다. 그러나 이것이 윤동주가 현실에 소홀했다는 의미는 아니다. 그의 깊은 부끄러움은 그만큼 우리 민족이 처한 현실을 강하게 인식하고 있었다는 방증인 까닭이다. 실질적으로도 그는 27세의 꽃다운 나이에 후쿠오카 감옥에서 죽음을 맞이하지 않았는가.

그렇다고 윤동주를 리얼리스트로 규정하는 것도 어색하게 느껴지는 것이 사실이다. "별을 노래하는 마음으로 모든 죽어가는 것을 사랑"하고자 했던 윤동주의, 시인이자 인간으로서의 삶의 태도가 지극히 순수했기 때문이다. 다시 말해 윤동주에게 있어 당대 우리 민족이 처한 현실에 대한 괴로움은 인간을 포함한 모든 존재에 대한 사랑과 연민에 포함되는 것이었다는 뜻이다.

윤동주에게 '리얼리스트에 불과한 시인'이라는 명명은 더더욱 어울리지 않는다. 윤동주는 현실을 배제하지 않았지만, 아니 배제할 수 없었지만 현실 너머의 세계에 어쩔 수 없이 이끌렸던 그야말로 '시인'이었기 때문이다. 그는 가변적인 현실이 아닌 보다 근원적인 것, 가령 영원이라든가 순수, 존재, 혹은 세계에 던져진 존재로서의 사랑, 고독, 슬픔, 연민 등과 같은 것을 주로 노래했다. 이는 결국 윤리적인 문제와 관련이 있을 것이다. 현실에 대한 인식과 현실 너머의 세계에 대한 감각, 그 사이에서 윤동주의 자아성찰과 부끄러움은 발현되고 있었던 셈이다.

그렇다면 요즈음 시인들의 윤리감각은 어떠한가. 윤동주와 달리 과연 현대 시인들이 인식하고 있는 현실은 어떠한 모습이며 시인들의 심안에 포착된 세계, 현실 너머의 그것은 또 우리에게 무엇을 말해주고 있을까.

기계가 싱 – 싱 – 돌아갈 때
당신 또한 씽 – 씽 – 돌아가야 하지

돌다보면 밖으로 튕겨 나가려고 할 때
은근히 튕겨 나가지 않게 당기는 힘

그 긴장이 기술이다
기계가 싱 – 싱 – 돌아갈 때
당신 또한 씽 – 씽 – 팔려가야 하지

최신 스마트폰에 사륜구동 자동차를 얻어도
왠지 점점 구차해진다는 느낌?

그 욕망이 기술이다

희열과 고통의 긴장 사이에서
충족과 허탈의 욕망 사이에서

기술은 신기술을 낳고
또 신기술이 차세대 기술을 낳는 것은

기술이 분배를 요구하기 때문이다
기술이 평등을 지향하기 때문이다
― 조기조, 「기술과 평등」, 『시에』, 2019년 봄호.

인용한 시는 현대 사회에서 인간을 억압하고 있는 것이 무엇인지 단적으로 보여주고 있는 작품이다. 물질문명의 발달로 인간은 편리를 얻은 듯하지만 실질적으로는 오히려 그것의 노예가 되어버린 현실을 위 시는 중의적이고 반어적인 기법으로 잘 그려내고 있다.

"기계가 싱 - 싱 - 돌아"간다는 것은 현대 자본주의의 핵심이라 할 수 있는 대량생산을 환기시킨다. 컨베이어 벨트로 표상되는 대량생산 시스템은 생산성을 높이고 가격을 낮추어 대량소비를 불러오게 되었다. 싸고 편리하게 물건을 살 수 있게 되었지만 이는 곧 인간 소외를 의미하는 것이기도 했다. 인간도 또한 공장에서 돌아가는 기계 부품의 하나로 전락하게 된다. 그럼에도 인간은 이 역할을 마다할 수 없다. 자본주의 사회에서 삶을 영위한다는 것은 소비행위를 한다는 것이고 소비를 하기 위해서는 생산에 참여해야 하기 때문이다.

자본주의 사회에서 소비행위는 단순히 필요한 물건을 사는 것에 그치는 것이 아니다. 여기에는 인간의 욕망이 결부되어 있다. 자본주의는 사용가치가 아닌 교환가치에 의해 구동되는 사회이기 때문이다. 즉 '무엇'인지 보다 '얼마짜리'인지가 중요하다는 의미다. 이 욕망이야 말로 인간으로 하여금 '밖으로 튕겨나가지 않도록' 하는 '은근히 당기는 힘'일 터이다.

시인에 따르면 이 욕망을 관리하는 것이 자본주의의 '기술'이다. "최신 스마트폰에 사륜구동 자동차"를 손에 넣기 위하여 인간은 '밖으로 튕겨나가지' 못한다. 이를 성취했다고 끝이 아니다. 자본주의는 끊임없이 욕망을 재생산하고 인간의 욕망은 이것에서 저것으로 미끄러져갈 뿐 결코 채워지지 않는다. "기술은 신기술을 낳고/또 신기술이 차세대 기술을 낳는"다는 시구는 바로 이러한 맥락에서 이해되는 것이다.

이 시의 마지막 연은 이와 같은 자본주의 사회의 소비문화를 잘 담아 내고 있다. "기술이 분배를 요구"하고 "기술이 평등을 지향"한다는 표현이 그러하다. 일반적으로 분배와 평등은 긍정의 의미로 다가온다. 자본이나 권력 등에 있어서의 분배와 평등은 분명 부정과는 거리가 멀기 때문이다. 그러나 이 시에서 '기술'에 관련된 것은 '욕망'이다. 그러므로 '기술'이 요구하고 지향하는 것은 욕망의 분배요 평등인 것이다. 이는 타자의 욕망을 욕망하는 인간 욕망의 패러다임을 비틀어 표현한 것인바 인간은 결코 욕망에서 벗어날 수 없음을 절묘하게 드러내 보이고 있다.

밤마다 우리는 엄마 손에 이끌려
낡은 성경책 속으로 들어가야 했어요
그 어떤 기도에도 좀처럼 응답을 주지 않던 책,
엄마는 조금 더 기다려 보라 했지만
그럴수록 우리는 문장 사이에 모로 누운 채
드넓은 악몽의 풀밭을 헤매야 했지요
길 잃은 양처럼 더러워진 얼굴로
뿌리째 마른 단어들을 질겅질겅 씹고 있으면
젖과 꿀이 흐르는 땅 가나안도 그저
가난이 머무는 땅일 거라고 믿게 되었죠
자고 일어나면 조금 더 납작해진
서로의 얼굴을 마주보며 실실 웃기도 했지만
그러면서 실제로 웃는 법은 잊어 갔어요
달콤하게 혀를 적셔줄 문장은 없나요,
성경책 페이지 밖으로 얼굴을 내밀고 물으면
너희들 믿음이 부족하구나, 이미 압화처럼 얇아진 엄마가

귀퉁이가 바스라진 눈을 감고서
또 다시 중얼중얼 기도를 시작했어요
아무리 기다려도 성령은 임하지 않고
우리의 질문은 서서히 말라 침묵으로 변했죠
창세기에서 시작한 우리의 잠은
구약을 지나 이제 신약의 마지막까지 다 와 가는데
엄마가 약속한 세상은 여전히 오지 않았죠
— 길상호, 「성령의 집」, 『시와 정신』, 2019년 봄호.

　이 작품은 현대사회와, 그 세계를 살고 있는 자아를 상징적으로 그리고 있는 시다. 일반적인 관점에서 어머니는 동일성의 표상이며 아버지는 사회의 법, 질서 등을 상징한다. 어머니와의 행복한 동일성에서 추방되어 금기를 수용하며 아버지의 세계로 진입하는 것이 인간의 사회화 과정이다. 그런데 위 시에서는 이 아버지의 세계가 더 강력하고 절대적인 이미지로 제시되고 있다. 바로 이 시의 제목이기도 한 '성령의 집'이 그것이다. '성경책'은 '성령의 집'에서 삶을 영위하는 존재의 지침 같은 것이다.

　주목할 점은 인간이 사회적 존재로 거듭나는 것은 당위적인 문제에 해당함에도 위 시에서는 이 과정이 매우 비극적으로 그려지고 있다는 사실이다. "드넓은 악몽의 풀밭을 헤매야 했"다거나 "길 잃은 양처럼 더러워진 얼굴로/뿌리째 마른 단어들을 질겅질겅 씹고 있"다는 표현이 그러하다. 이 '성령의 집'에서 존재들은 점점 '얇아가고' '웃는 법을 잊어' 간다. "달콤하게 혀를 적셔줄 문장"을 갈구하지만 그럴수록 믿음과 순종을 강요할 뿐이다. 결국 질문조차 하지 않게 된다.

　'창세기에서 구약을 지나 신약의 마지막까지 다 와 간다'는 것은 성경

속의 시간의 질서이기도 하면서 시적 자아의 물리적 시간의 흐름이기도 하다. 동일성이 담보되던 아이가 중장년을 거쳐 노년으로 가면서 자기 동일성이 어떻게 해체되는가를 말하고 있는 것이다. 이 시가 비극적으로 느껴지는 것은 이끄는 대로 믿고 따랐지만 끝끝내 "성령은 임하지 않았"고 "엄마가 약속한 세상"도 여전히 오지 않았기 때문이다. 먼저 진입해 있는 '엄마' 또한 "압화처럼 얇아"져 있고 "귀퉁이가 바스라진 눈을 감고서/또 다시 중얼중얼 기도를" 할 뿐, 전혀 희망을 제시하지 못하고 있는 것이다.

시인은 이러한 과정을 존재의 '잠'으로 표상하고 있다. 물리적인 인생의 시간은 막바지를 향해 가고 있지만 존재는 깨어 있지 못하다는 것이다. 여기서 우리가 확인할 수 있는 것이 순환의 정서다. 아이를 통해 발화되는 세계에 대한 의문과 회의는 수신되지 못하고 결국 아이는 질문과 웃음을 잃은 채 어른이 된다. 어른이 된 아이의 모습은 곧 "압화처럼 얇아"진 '엄마'의 모습과 다른 것이 아니다. 시인이 현실에서 인식한 것은 이처럼 견고하게 맞물려 돌아가는, 변하지 않는 세계와 그 안에서 무력하게 존재하는 자아인 것이다.

> 누구도 그가 아니고
> 그와 비슷하지도 않으니까
>
> 일터에 간 자식이 돌아오지 않거나
> 수학여행 간 자식이 오지 않은
>
> 그 부모의 마음은 어떤 것일까

말을 걸 수 없을 테고
눈을 볼 수 없을 텐데
밥 먹고
게임 하고
늦잠 자는 것도 볼 수 없는 걸 텐데

그건 어떤 걸까
어느 한 쪽 편이 완전히 무너진 것이겠지
왜냐면
그가 답을 안 하는 걸 테니까

답이 없는 건
냄새도 소리도 웃음도 없는 건
그를 되돌려 놓을 수 없는 거니까

몇 날 며칠 바닥을 구르고
몇 끼를 굶고 잠을 안 자도
그는 오지 않는 거니까
부르면 대답해 주던
그가 오지 않는 거니까

다른 사람들은 알 수 없는 거니까

가슴이 온통 바닥에 떨어져 깨져버리니까
두 다리로 설 수도 없을 테니까

누구도 그가 아니고
그와 비슷하지도 않으니까
― 허연, 「누구도 그가 아니니까」, 『리토피아』, 2019년 봄호.

견고한 세계와 무력한 존재의 격렬한 충돌, 하면 떠오르는 것이 있다. 바로 세월호 참사다. 이제 5주기가 되었지만 아직까지 명확한 원인과 책임 소재를 밝히지 못하고 있다. 그럼에도 이제 그만하자는 목소리는 이미 오래 전부터 있어 왔으며 최근에는 전 현직 국회의원들의 막말로 논란이 가중되어 있는 상태다. 또 하나, 자주 기사화되고 있는 것이 현장실습 학생들의 사망 사고 소식이다. 고등학교도 졸업하지 않은 학생이 직면한 열악한 노동환경과 그러한 환경에 노출될 수밖에 없는 정책의 구조적 문제까지 언급되고 있지만 개선될 여지는 요원하다. 위 시의 배경이 되고 있는 "일터에 간 자식이 돌아오지 않거나/수학여행 간 자식이 오지 않은" 사건이란 바로 이 두 경우를 환기하고 있는 것이다.

시인이 주목하고 있는 것은 이들 "부모의 마음"이다. 이들을 타자화하는 사회나 대상에 대한 비판이 아니라 시인은 이들 부모가 겪고 있을 슬픔에 최대한 집중하고 있다. 그래서일까. 이 시는 어떤 상징이나 압축, 시적 비유의 장치도 없다. 내용조차 지극히 상식적일 뿐이다. 가령 누군가가 이 세상에 없다는 것은 그에게 "말을 걸 수 없"고 그의 "눈을 볼 수 없"고 그가 "밥 먹고/게임 하고/늦잠 자는 것도 볼 수 없"다는 것을 의미한다. 이는 지극히 자명한 사실이다.

여기에 그 어떤 시적인 포즈도 찾아볼 수 없다. 슬퍼하는 시인의, 슬픔에 공감하려는 시인의 진정성만 느껴질 뿐이다. 이것이야말로 여러 번 읽을수록 시가 아닌, 이들의 슬픔에 근접해가는 느낌이 드는 까닭이 아닌가 한다. 그러나 시인은 단언한다. "다른 사람들은 알 수 없는 거"라고. 불러도 그가 대답할 수 없다는 사실을 받아들일 수 없어 "몇 날 며칠 바닥을 구르고/몇 끼를 굶고 잠을 안자"는 심정을 겪어보지 않은 사람은 모른다는 것이다. 그 누구도, 그 무엇도 '그'를 대신할 수 없다는 지극히 평범한 사실이 이 시에서는 가장 무겁고 가장 슬프게 다가온다.

공적 사적인 것을 떠나 모든 사건은 각자의 이해관계에 따라 입장과 언행이 첨예하게 갈리게 된다. 그러나 그 이해관계 이전의 근원적 차원에서는 다를 것이 없다. 시인은 이 근원적 차원에서의 슬픔과 그것에 대한 공감에 주목한다.

아프리카에서는 육신의 죽음을 죽음으로 인정하지 않는다고 한다. 누군가 그를 기억하고 있는 한 그는 '살아있는 사자(死者)', 즉 죽은 자로 살아있다는 것이다. 그가 진정한 죽음에 이르게 되는 것은 바로 타자의 '잊힘'을 통해서다. 아무도 그를 기억하는 사람이 없을 때 그는 비로소 죽음을 완성할 수 있게 되는 것이다.

상실의 상처는 진정한 애도를 통해서만이 치유될 수 있다. 해결되지 않은 채 억압되어 있는 상처는 다시 드러나기 마련이다. '이제 지긋지긋하다'는 막말과 '징하게 해 처먹었다'는 조롱으로 상처를 환기시키는 것은 아이러니하게도, 발화자의 의도와는 상반되게 부단히 죽은 자들을 살아있도록 추동하는 행위일 뿐이다. 이들의 죽음을 완성하는 길은 오히려 의혹과 억울함을 해소하고 이들의 죽음을 진정으로 애도하는 것이다. 그러할 때만이 '잊히는' 것이 용납될 것이고 다시는 똑같은 일이 반복되지 않을 것이기 때문이다.

히말라야 산자락에 숨어 있는 조그마한 왕국

국법에 숲 보호가 최우선이라고 강조한 나라
그래서 터널도 없고 직선 고속도로도 없는 나라
외국인 관광객 몰려오는 것도 그렇게 좋아하지 않는 나라
그래도 자동차 숫자는 자꾸 늘고
교통사고라는 기이한 말도 나오니
할 수 없이 수도 한복판 교차로에 신호등을 세운 나라
부탄 유일의 교통신호등
가시오
서시오

부탄 주민들은 참을 수 없어 항의 한다
저 괴물은 무엇이냐?
그래도 사람인데 어찌 기계가
서라면 서고
가라면 갈 수 있느냐?
결국 철거된 신호등

나는 사거리 신호등 자리에 서서
원주민들에게 고개 숙여 절을 한다
— 윤범모, 「교통신호등」, 『시와 시학』, 2019년 봄호.

이 작품은 문명의 이기와 거리를 두고 있다는 점에서 이채로운 경우이다. 부탄은 세계에서 손꼽히는 가난한 나라이면서도 특이하게 국민들의 행복지수가 높은 나라이다. 자본이 곧 행복의 지표가 되고 있는 까닭에 속도와 효율의 무한 경쟁에 돌입하고 있는 현대 사회에서 이런 모습들은 이해하기 어려운 대목이다. 위 시에서는 부탄을 가난하지만 행복한 나라

로 만드는 요인을 밝혀 드러내고 있어 독자의 주목을 끈다. 아울러 흥미로운 서사의 도입이 독자의 몰입을 유도하는 장치가 되고 있다.

"국법에 숲 보호가 최우선이라고 강조한 나라", "터널도 없고 직선 고속도로도 없는 나라", "외국인 관광객 몰려오는 것도 그렇게 좋아하지 않는 나라"에서 보듯, 부탄은 확실히 현대 자본주의 국가와 꽤 거리가 있어 보인다. 그럼에도 물질문명의 이기라는 흐름에 영원히 노출되지 않을 수는 없을 것이다. "자동차 숫자는 자꾸 늘고/교통사고라는 기이한 말"이 생겨나게 된 현실이 이를 말해준다. 급기야는 "수도 한복판 교차로에 신호등을 세"우게 되고 이는 "부탄 유일의 교통신호등"이 된다.

산업혁명을 떠올리면 이를 기점으로 편리와 효율의 측면으로 삶의 패러다임이 바뀔 법한데 "히말라야 산자락에 숨어 있는 조그마한 왕국"의 백성들은 전혀 다른 반응을 보인다. 문명의 이기를 '괴물'로 인식하고 "그래도 사람인데 어찌 기계가/서라면 서고/가라면 갈 수 있느냐?"라고 항의한다. 더욱 신기한 것은 결국 하나뿐인 교통신호등이 부탄 주민들의 항의로 철거되었다는 사실이다.

서정적 자아가 "사거리 신호등 자리에 서서/원주민들에게 고개 숙여 절을" 한 까닭은 무엇일까. 그것은 바로 인간의 존엄을 편리와 효율, 그것과 맞물려 돌아가는 채워질 수 없는 욕망과 맞바꾸지 않은 무구함 때문일 것이다.

시인들이 표명하는 이런 관심들은 우리 사회와 동떨어진 것이 아니다. 인간을 포함한, 세계를 이루고 있는 다양한 존재의 가치를 배제한 이데올로기, 효율과 편리에 치우친 질서로 인한 상처와 소외가 시인들의 주된 관심사였기 때문이다. 이는 도구적 존재가 아닌 전일적 존재로서의 가치에 대한 성찰에 다름이 아니다. 이 전일적 존재로서의 자존감은 타자의 존재 또한 수용하게 한다. 이를 잘 드러내 보여주고 있는 시로 황동규의 「날 테면 날아보게」가 있다.

10여 년 전 가을 어느 날 모르는 사이에
날벌레 하나 눈 한가운데서 날았다.
아무리 해도, 정신 멍해지도록 눈 꽉 감았다 떠도
내보낼 수 없어
신경을 내려놓았지, 날건 말건!
생각을 바꿨는지 딴청에 지쳤는지
첫 눈 내릴 무렵 못이기는 척 눈에서 나갔던 그가
며칠 전 돌아왔다.
끈질기게 나는 품이 자리 도로 내달라는 것.

그간 나가 있어준 것만도 고맙긴 고맙네.
8년 전 겨울 동해 죽변항(竹邊港)
눈송이들 희끗희끗 춤추며
검은 물결에 몸 던지는 밤바다에 취해
2미터 넘는 축대에서 추락.
그때 등 근육 그러쥐고 비튼 통점, 등 오른 편에 자리 잡고
나갔다 들어오고 들어갔다 나가고
자리 비운 때도 늘 거기가 켕기는데,
날벌레도 날던 곳에 와 날고 싶지 않겠는가?

발코니 식물들도 하나씩 옷 갈아입으며
'이게 본래의 나요!' 하는 가을날,
등 통점은 안티플라민 파스 붙여가며 달래지만

'나는 눈 속에서 날도록 태어난 자요!'를 밖으로 모실 방도는?
없다. 말끔히 걷힌 늦가을 안개처럼 없다.
그저 문득 생각나 말해준다.
'이 눈엔 물이 뜨겁게 차올라 왈칵 넘치곤 한다.'
— 황동규, 「날 테면 날아보게」, 『시와 표현』, 2019년 1ㆍ2월호.

  이 시의 시적 대상은 이름도 명확하게 밝히고 있지 않은, 눈〔目〕 속에 날고 있는 '날벌레'다. 사실 이러한 증상은 질환에 해당한다. 그런데 이 증상을 치유하는 시인의 방식이 이채롭다. 시인은 눈 속에 날아다니는 것을 인격화하여 '그'라 부르고, '그'를 받아들이는 과정을 그리고 있기 때문이다.

  이 시에서 '그'는, "등 오른 편에 자리 잡고" 있는 '통점'과 함께 서정적 자아를 성가시게 하는 타자로 존재한다. 자아에게 불편함을 주는 타자라면 '그들'을 배척하는 것이 인지상정일 것이다. 그러나 그들을 자아 "밖으로" 내보낼 수 있는 방법이란 따로 없다. 시인은 관점을 바꾼다. 주체의 입장에서 보면 '그'는 추방해야 할 타자이지만 그것은 어디까지나 주체 측에서의 관점이고 해석일 뿐이다. '그'를 주체의 자리에 놓으면 '그'의 본질은 "눈 속에서 날도록 태어난 자"인 것이고 서정적 자아는 '그'로 하여금 본질대로 존재하지 못하도록 방해하는 타자가 되는 것이다.

  봄이 오면 꽃이 피고 가을이 오면 잎이 떨어지듯 '그들'이 그렇게 있는 것은 자연스러운 일이다. 그것을 주체의 이해득실에 맞추려다보니 동일화할 수 없는 대상, 타자가 되는 것이다. 세계는 자아와 타자의 공존으로 이루어진다. 타자를 있는 그대로 인정할 수 있어야 공존이 가능해진다는 것을 이 시는 일러주고 있다.

이 시의 마지막 행은 우리에게 많은 시사점을 불러일으킨다. 내용은 서정적 자아의 눈에서는 때때로 뜨거운 눈물이 흐른다는 것이다. 우리는 여기서 두 가지 의미를 생각해볼 수 있는데 하나는 타자와의 공존에 있어서 '그' 또한 마찬가지로 불편하다는 점이다. 다른 하나는 약간의 비약을 감수한다면 타자와의 공존을 가능하게 하는 것은 '뜨거운 눈물'로 표상되고 있는 서정적 동일성의 감수성이라는 점이다. 여기에서 동일성이라 함은 대상을 주체에로 환원시키는 주체 중심의 동일성을 의미하는 것이 아니다. 각자의 고유한 성질을 인정하면서 공존하는 상호 주체적인 동일성을 의미하는 것이다.

2019년은 임시정부 수립 100주년이자 3·1운동 100주년이 되는 해다. 지금 여기의 현실은 분명 송몽규나 윤동주가 살아내야 했던 시대, 시인이 되기를 꿈꾸는 것이 부끄러움이 될 수밖에 없는 그 시대와는 확연히 다르다. 그럼에도 시대를 막론하고 다양한 양태로 자유를 억압하는 기제는 꾸준히 있어 왔다. 이해관계에 따라 사회의 여러 계층이나 개인은 각기 다른 방식으로 이에 응전해오고 있었다.

현장 시인들의 시에서 현실의 상처, 모순, 부조리함 등에 대한 인식과 이러한 세계에 던져져 있는 인간 존재에 대한 관심을 확인할 수 있었다. 자본주의 세계에서 소외되고 있는 존재, 획일화된 상징적 질서 속에서 무기력해지고 있는 인간 존재에 대한 성찰이 그것이다. 또한 이는 현실을 단순히 보여주는 것에 그치는 것이 아니고 현실 너머의 보다 근원적인 세계에 대한 탐구와 밀접한 관련을 맺고 있었다.

존재의 결여와 그 심연

　인간의 존재는 결핍을 전제한다. '세계에 내던져진 존재'라는 말이 있듯 존재의 탄생에는 모체로부터의 분리, 가장 안온한 시공간으로부터의 추방이라는 의미가 배태되어 있기 때문이다. 인간의 욕망은 이 근원적 결핍에서 비롯된다. 욕망이, 다른 욕망으로 건너갈 뿐 결코 채워지지 않는 까닭이 여기에 있다.

　문학은 주체의 욕망이 발현되는 장이라 할 수 있다. 문학이 현실에 대한 재현이라 할 때 이 현실이란 다양한 양태의 결여와 그에 따른 주체의 욕망이 함의되어 있는 현실이다. 여기서 결여란 근원적인 결핍을 포함하여 사회 · 정치 · 경제적 차원과 정신 · 물리적 차원에서 이루어지는 중층적인 결여가 될 것이다. 시인이란 이 복잡다단한 결여와 욕망을 명징하게 지시해줄 언어를 탐색하는 존재다.

　시인은 대상을 지시해줄 정확한 언어를 욕망하는 존재인 셈이다. 욕망의 특질이 그러하듯 이 언어에 대한 시인의 욕망 또한 실패를 노정하고 있다. 어쩌면 정확한 언어에 근접하고자 하는 고투 자체에 의미가 있는 것인지 모르겠다. 그것은 결여의 심연을 들여다보는 행위이자 욕망의 본질을 파악하고자 하는 성찰의 행위이기 때문이다.

> 달걀껍질을 까주더군요 유리창을 닦고 있는 내 손에 보얗게 윤이 나는 달걀을 말이죠 아빠의 장지로 가는 길에 목이 메었어요 아버지처럼 생각해 그때 열네 살이었고 공소시효가 10년이란 걸 안 지가 오래된 일입니다만 사월 복사꽃이 만발해지면 두드러기 일 듯 가려워집니다 달걀을 받아든 손가락이, 넘기던 목구멍이, 잔기침을 해대며 박박 긁어도 가려움은 비 맞은 목련처럼 뭉텅뭉텅 떨어집니다 아버지처럼 생각해 - 오늘도 손톱을 바짝 깎았습니다 자르면 새로운 꼬리가 돋아나는 도마뱀처럼 기억의 모가지를 싹둑 자르고 다른 기억을 심을 수는 없는가 봐요 돌이켜보니 아버지처럼 생각하라는 말은 결코 아버지가 아니라는 거였어요
>
> — 정 온, 「손톱 먹고 자라는 꽃에 대한 이야기」, 『시와 정신』, 2019년 여름호.

위 시에서 존재의 결여는 타자의 폭력에 의해 이루어진다. 위 시가 다루고 있는 것은 시적 자아의 성폭력으로 인한 트라우마임을 유추할 수 있다. 그러나 이 시에서는 '성폭력'이라는 단어를 찾아볼 수 없다. 그것은 시적 자아가 겪고 있는 섬세하면서도 중층적인 고통을 지시해줄 정확한 언어가 아니다. 그것은 통계나 자료와 같은 객관적 용어일 뿐이다.

사건은 시적 자아가 '열네 살'이 되던 해, '복사꽃이 만발한 사월'에 일어났다. "공소시효가 10년이란 걸 안 지가 오래된 일"이라는 대목에서 시간이 많이 흘렀음을 알 수 있다. 그러나 시적 자아는 "사월 복사꽃이 만발"하는 때만 되면 그 사건을 상기하게 된다. "기억의 모가지를 싹둑 자르고 다른 기억을 심"고 싶은 마음이 간절하지만 때만 되면 "두드러기 일

듯 가려워"지는 몸이 사건을 재현케 한다.

특히 "아빠의 장지로 가는 길에 목이 메었어요"라는 시구를 보자. 이는 우선 '아빠'의 죽음으로 인한 슬픔으로 읽을 수 있다. 그러나 이 시구의 의미는 그렇게 단순하지 않다. '아빠'는 "아버지처럼 생각해"라고 말했던 가해자를 환기하게 하고 '목이 메이'는 감각은 가해자가 '껍질을 까주었던' 삶은 '달걀'의 심상과 겹쳐지게 된다. "아버지처럼 생각"하라는 말도 표층적으로는 보호, 자애, 따뜻함 등의 이미지를 환기하게 하지만 그 실체는 시적 자아로 하여금 '아빠'를 잃은 슬픔까지도 온전히 전유하지 못하도록 만든 말인 것이다.

이 시에서 '아버지', '꽃' 등 일반적으로 친숙하고 긍정적인 편에 속하는 의미들이 시적 자아에게는 오히려 통제하지 못할 고통을 주는 대상으로 등장한다. 이것이 '성폭력'이라는 덩치 큰 말로는 시적 자아의 고통을 지시해줄 수 없는 까닭이다. '아빠', '꽃' 등의 관습적인 의미가 산종되는 그 자리가 바로 시적 자아의 결여의 심연이라 할 수 있을 것이다. 독자는 지시해줄 수 있는 말이 없는 이 자리, 이 비어있음에 오래 머물 수밖에 없으며 거기에서 시적 자아의 고통의 결을 더듬어보게 된다.

시의 제목인 "손톱 먹고 자라는 꽃에 대한 이야기"라는 표현에서 이 고통은 끊임없이 반복될 것이라는 것을 유추할 수 있다. 손톱을 아무리 바짝 잘라도 손톱은 계속 자랄 것이고, 시적 자아가 기억을 잘라내고 싶은 심정으로 바짝 자르는 손톱은 아이러니하게도 그토록 지우고 싶은 '꽃'이라는 상처의 양식이 되고 있기 때문이다.

획, 얼굴을 강타한 햄버거를 볼 수 없어요 직구였거든요 변화구였다면
약간의 낌새를 챌 수 있었을 거예요 햄버거는 무안하죠 속이 쏟아진 거죠

비어서 식어서 나와 햄버거 속은 붉은 거예요 바닥에 떨어진 얼굴은 누구
의 얼굴일까요 지나가던 개가 피해 가고 있죠 나는 툭툭 털어요 질문은 사
절입니다 속이 사라진 나를 당신은 자꾸 물어요 물려서 답할 수가 없어요
내가 묻고 싶네요 당신은 어디서 굴러온 뼈인가요 통뼈라도 나는 알 바 아
닙니다 굴러가세요 굴러가다 보면 네거리가 나와요 당신이라면 빨간 신
호등도 푸른 신호등으로 보일 거예요 성격이니 그냥 가도 무방하겠죠 다
만 당신 안의 개는 데려가세요 지나가는 개도 알 바 아니니까
　　— 임효빈, 「나는 알 바 아니다」, 『문예바다』, 2019년 여름호.

　　언어폭력을 포함해 모든 폭력은 깊은 상흔을 남긴다. 그것은 피해자로
하여금 존재의 부정, 자기동일성의 파괴를 경험하게 하기 때문이다. 위
시는 언어유희를 통해 갑질이라는 폭력이 일상화되어 있는 현세태를 가
벼운 필치로 보여주고 있다. 이 시의 제목으로 쓰이기도 한 '나는 알 바
아니'라는 진술에는 '나와 관계없는 일'이라는 선언과 '나는 알바(아르바
이트)가 아니'라는 존재에 대한 규정이 이중적으로 내포되어 있다. 옷깃
만 스쳐도 인연이라는 말이 있는데 시적 자아가 관계의 단절을 선언하는
것도, '알바'가 자아의 본질이 아님을 토로하는 것도 씁쓸하기는 마찬가
지다.
　　풍자적 필치는 가볍게 느껴질지 몰라도 위 시가 드러내 보여주고 있는
실상은 결코 가벼운 것이 아님이 드러난다. 첫째는 위 시의 시적 대상들
이 개별적 존재로서가 아닌 '진상고객'과 '알바'라는 익명성으로 등장하
고 있다는 점에서 그러하다. 둘째는 이들을 지시하는, 혹은 동일화하는
대상이 사물이라는 점에서 그러하다. 시적 자아는 '진상 고객'이 자신의
얼굴에 던진 '햄버거'와 자신을 동일화하고 있다. '무안'하고 "속이 쏟아

진"것은 던져진 햄버거이자 시적 자아 자신이기도 한 것이다. 햄버거를 던진 사람은 "어디서 굴러온 뼈"로 지칭되고 있다. 익명으로 존재하는 것이나 사물로 지시되는 것이나 존재의 고유한 성질을 삭제하고 있다는 점에서 공통적이다.

사실 '갑질'을 포함한 다양한 양상의 폭력은 모두 개별적 존재의 고유성을 배제하고 익명의 존재로 사물화하는 데서 비롯된다. 이는 물리적 힘을 포함한 역할, 지위 등 권력에 따른 서열이 강조되는 사회에서 두드러지는 양상이다. 위 시는 현대 사회가 존재 간 관계에서 무엇을 결여하게 만드는가를 보여준다. 이러한 세계에서 존재는 타자를 불신하고 스스로를 소외시키기 쉽다.

내 삶의 주인공은 나라는 카피를 믿지마

희망을 전단지처럼 나눠주는 사람들을 믿지 마

내가 울어도 배경음악이 깔리지 않고
가도 가도 막장인지 채널이 돌아가잖아

주인공이라면 폼 한번 죽이게 잡아봐야지
죽을 때 죽더라도 찍소리 한번 내봐야지

인생은 드라마라는데
왠지 이상한 연속극이야

주인공이 너무 시시해,

재미없어,

다음에 궁금한 내용이 점점 없어져,

차라리 내 삶의 조연은 나라고 해
내 삶의 시청자는 나라고 해도 좋아

내가 좌절해도 기회는 주어지지 않고
마침내 하려는 말을 비장하게 할 수도 없지

주인공이 죽으면 연속극이 끝나야 하는데
끝날 것 같지 않아

삶이 끝나도 세상은 계속될 거야
내가 일찌감치 이상하다고 했잖아
— 조항록, 「나는 뭘까?」, 『시와사람』, 2019년 여름호.

인용한 시는 "나는 뭘까?"라는 제목에서부터 존재의 사물화를 시사하고 있다. 위 시는 이러한 존재가 세계 내에서 느끼는 소외감을 잘 드러내보여주고 있다. 시적 자아는 자신은 "내 삶의 주인공"이 아니며 "내 삶의 조연", 더 나아가 "내 삶의 시청자"라 규정한다. 이 부분이 진하게 강조되어 있어 가장 먼저 눈에 들어오고 시를 읽다가도 자연스럽게 시선이 머물게 된다.

그렇다면 시적 자아는 왜 자신을 삶의 주인공이 아니라고 느끼는 것일까. 드라마는 주인공을 중심으로 전개된다. 주인공에겐 시련이 주어지게 마련이다. 주인공은 그 시련을 보란 듯이 극복해 결국 행복을 쟁취하게 된다. 혹 비극적 결말인 경우에도 주인공은 "폼 한번 죽이게" 죽음을 맞게 되고 그 죽음은 주인공을 더 빛나게 한다. 그러나 삶이라는 드라마에서 주인공인 시적 자아는 스스로가 너무 '시시하다'고 여긴다. 주인공이라고는 하는데 울어도 조명되는 법이 없다. 좌절 후엔 극복과 영광으로 이어져야 하는데 기회조차 주어지지 않는다. 비극적 결말이라고 쳐도 "마침내 하려는 말을 비장하게 할 수도 없"다. 그래서 이 드라마는 '재미도 없고 다음이 궁금'하지도 않다. 심지어 주인공인 '나'가 없어도 이 세계라는 드라마에는 아무런 변화가 없을 것이라는 것을 확신할 수 있다.

이 시의 시적 자아는 세계 내에서 극심한 소외감을 느끼는, 사물화되어 있는 존재를 표상한다. 이 소외감은 사회경제적 지표에서 비롯되는 것일 수도 있고 내면의 문제일 수도 있다. 어떻든 주인공이 저 혼자 주인공이 될 수는 없듯 소외감을 느끼는 존재에게는 보아주고 들어주는 존재, 타자가 필요하다. 권위, 위계에 따른 질서가 아닌 타자와의 진정한 관계가 사회의 배음으로 깔릴 때, 그때 자아는 더 이상 주인공이기를 원하지 않게, 아니 그럴 필요가 없게 될 것이다. 결국 소외된 존재의 결핍은 타자로부터 비롯되는 것이며 타자는 현대 사회의 결여이자 욕망이 되는 셈이다.

난 그게 어떻게 시작되었는지 전혀 모른다. 다만 그게 피할 수 없는 인과법칙 같은 게 아닌 건 분명하다.

이를테면 난 지금껏 왜 내 마음이 온전한 사과보다 한사코 벌레 먹은 사과, 둘째 딸이 생일선물로 사준 새 구두보다 신발장 한 구석에 처박아둔

스무 해 전의 낡은 등산화 한 짝에 더 오래 머무르는지 잘 알지 못한다. 시도 때도 없이 내 눈길이 곧잘 상춧잎처럼 쉬 찢기거나 상처받기 쉬운 것들, 아니면 그 연한 상춧잎을 갉아먹는 달팽이 등껍질처럼 부서지기 쉬운 것들 앞에서 저절로 멈추는지 지레짐작해볼 뿐이다.

뭐 그렇다고 내가 타고난 휴머니스트라고 떠벌리자는 건 아니다. 무엇보다도 온몸의 무게를 지탱하면서도 정작 푸대접받고 있는 발뒤꿈치처럼 내가 왜 보잘것없고, 가난한 것들 앞에 무력해지는지 굳이 그 원인을 추적하거나 캐묻고 싶은 것은 아니다.

— 그럼에도 불구하고 이왕지사 내가 이 말을 꺼낸 김에 한마디 한다면, 지금껏 난 내 운명의 주인이 나라고 확신하며 살아온 자이다. 하지만 언제부턴가 제 의지보다 왠지 그래야만 한다는 그 어떤 정언명령이 날 여기까지 떠밀고 왔다는 생각이다. 아니, 여전히 뭔지 모르지만 앞으로도 그래야만 할 것 같다는 생각이 날 죄인처럼 떠밀고 가리라는 예감에 사로잡혀 있다.

난 여전히 누군가 날 뒷목을 쥔 채 질질 끌고 다니는 건 아닌지 느낄 때마다 지레 깜짝 놀라는 편이다, 하지만 요즘 들어 부쩍 난 그 우악스런 손길을 무작정 뿌리치기보다 꿋꿋하게 맞서는 것이 낫다고 믿는 중이다, 그게 여태껏 내가 알지 못한 사랑의 본질이고, 눈먼 맹인 같은 내가 유일하게 의지하는 상상력의 승리라고 느끼고 있는 중이라 하겠다.

— 임동확, 「아직도 난 그 이유를 모른다」, 『문학청춘』, 2019년 여름호.

시인이란 타자화된 존재에 대한 마음을 동력으로 삼아 시를 쓰는 존재가 아닐까. 위 시를 읽으며 든 생각이다. '마음' 대신 '슬픔'으로 쓰고 싶었지만 '슬픔'으로 단정하기에는 뭔가 머뭇거려지는 것이 있다.

시는 '모른다'로 시작한다. 무엇을 모르는가. 왜 마음이 머무는 대상이

"온전한 사과보다 한사코 벌레 먹은 사과"인지, '딸이 선물해준 새 구두보다 스무 해 전의 낡은 등산화 한 짝'인지 모른다는 것이다. 왜 "상처받기 쉬운 것들", "부서지기 쉬운 것들" 앞에서 시선이 머무는지, "보잘것 없고, 가난한 것들 앞에 무력해지는지"를 모른다는 것이다. 여기까지 읽으면 너무 직설적이어서 민망한 감이 든다. 시인도 이를 의식했는지 "내가 타고난 휴머니스트라고 떠벌리자는 건 아니"라고 무마하고 있다.

시적 자아가 정작 하고 싶은 말은, 언제부터 시작되었는지 그리고 그것이 무엇인지 모르지만 그 모르는 무엇인가가 자신을 떠밀고 있다는 사실이다. 시적 자아는 "내 운명의 주인이 나라고 확신하며 살아온 자"이기에 자신의 의지가 무력해지는 이 지점이 불편할 수 있다. "죄인처럼 떠밀고 가리라는 예감"이라든가 "누군가 날 뒷목을 쥔 채 질질 끌고 다니는 건 아닌지", "우악스런 손길" 등과 같은 표현은 바로 이 불편함에서 기인한 것일 터다. 이런 의식이 들 때마다 시적 자아는 "지레 깜짝 놀라"게 된다.

이러한 시적 자아에게 의식의 변환이 일어난다. "그 우악스런 손길을 무작정 뿌리치기보다 꿋꿋하게 맞서는 것이 낫다고 믿"기로 한 것이다. 쉽게 봉합하지 않겠다는 것이다. 가령 타자화된 대상이 마음을 끌 때 그 심연에는 순수한 주체의 의지, 무언가 알지 못할 운명 같은 것, 도덕적 책무감, 타자의 시선 등 다양한 층위의 결이 흐르고 있을 것이다. 시적 자아는 그 심연을 오래 들여다보겠다는 것이다. 쉽게 대상과 동일화하지 않겠다는 것이다. 이 알 수 없음, 머뭇거림이 '사랑의 본질'이고 시적 '상상력'은 '꿋꿋하게 맞서'고 있는 유보된 시공간에서 발현되는 것이라 믿고 있기 때문이다.

애초에 욕망이란 채워질 수 없음이 전제되어 있는 것과 같이 언어를 매개로 하는 현실의 재현 또한 실패를 내재하고 있다. 현실과 재현 사이에는 거리가, 메워질 수 없는 틈이 존재할 수밖에 없기 때문이다. 그것을 언어의 한계로 규정할 수도 있겠지만 또 한편으로는 아감벤의 표현대로 '언어의 심연'이라 언표할 수도 있겠다. 아감벤은 현대 작가들이 "언어의 심연에서 들려오는 신음 소리를 듣지 못하고 언어를 하나의 순수한 도구로 사용할 수 있다고 믿"[1]고 있음을 지적했다. "죄인처럼 떠밀고" 가려는 그 무엇에 "꿋꿋하게 맞서"고자 하는 결의는 바로 "언어의 심연에서 들려오는 신음 소리"에 귀 기울이고자 하는 행위와 다르지 않다는 판단이다.

중심을 욕망하는, 혹은 그것을 욕망하게 하는 현실, 주변적 존재와 그들에 대한 마음 등 시인들의 시선에 비친 현실에는 중심과 주변의 경계가 뚜렷하다. 그리고 시인들의 마음을 끄는 것은 중심에서 벗어난 대상들임을 알 수 있었다. 그런데 중심에서 벗어난 대상임에는 동일하나 스스로 '중심에서 바깥으로 걸어 나간' 인물을 조명하고 있는 시가 있어 눈길을 끈다. 이 인물의 행적만으로도 놀라우나 그 행적이 우리에게 미친 영향을 생각하면 저절로 고개가 숙여진다.

> 중심에서 바깥으로 스스로 걸어나간 사람
> 가진 것, 누린 것 다 내려놓고
> 삭풍 속 얼어붙은 압록강
> 돌투성이 땅 거침없이 내달린 사람
>
> 사지(死地)에서 사지로,
> 빛으로 어둠에 맞서 싸운 대한민족

---

1) 조르조 아감벤, 『불과 글』, 책세상, 2016. 19쪽.

가슴에 출렁이는 너른 바다는
중국을 덮고 아시아를 넘어 세계를 향해

한 나라의 독립군, 그 이전에
당신 생의 독립군
간과 뇌를 땅에 뿌리게 될지라도*
사로잡힌 이 몸이 감히 천년의 기운을 닦노라**

인간의 시간은 광야에서 비롯되었으니
아직 오지 않은 천년,
몸으로 열어가는 자유와 평등의 뿌리
권력은 움켜쥐는 게 아니라 나누는 것
하루살이처럼 급급한 밤
책 덮고 눈 감으니 선연히 떠오른다
천년의 아침을 내다보는
서늘한 눈동자
— 박설희, 「이회영」, 『푸른사상』, 2019년 여름호.
* 경술국치 직전에 동지들에게 한 말
** 이회영, 「서직(黍稷)」 중에서

매년 여름이면 8 · 15 광복절이 돌아오지만 올해는 3 · 1 운동 100주년, 임시정부수립 100주년 되는 해라 더욱 의미가 깊다. 여름호에 실린 독립운동가에 대한 헌시가 뜻 깊게 다가오는 이유다. 많은 독립운동가 중에서도 이회영은 독립운동의 초석을 다진 지도자로 평가받는다. 1910년 한일합방이 되자 그를 포함한 6형제와 그 일가가 모두 만주로 망명하여 독립을 위하여 목숨을 바쳤기 때문이다.

그의 집안은 10대에 걸쳐 큰 벼슬을 해 온 명문대가이며 그에 못지않은 막대한 재산도 소유하고 있었다. 그 모든 권력과 재산을 내려놓고 독립을 위해 헌신한다는 것이 결코 쉬운 일은 아니었을 것이다. "중심에서 바깥으로 스스로 걸어나간 사람"이라는 표현은 여기에서 비롯된다.

드라마 속 주인공이라면 이러한 결단과 고난 뒤에는 반드시 찬란한 영광이 따라오게 마련이다. 그러나 독립을 위해 목숨을 바친 이들에게는 해당되지 않는 일이었다. 오죽하면 '독립운동을 하면 3대가 망한다'는 말이 있었겠는가. 이회영과 그의 형제들 또한 예외가 아니었다. 오랜 세월 굶주림 속에서 고통 받아야 했으며 해방 후에도 이들은 제대로 조명되지 못했다. 이회영이 무정부주의자였던 까닭도 있었겠지만 일제하에서 기승부리던 친일 세력이 해방 후에도 제대로 청산되지 못하고 그대로 이어졌기 때문이다.

그러나 이회영에게는 이 또한 관계없는 일인지 모른다. 1932년 최후의 독립운동을 위하여 만주행을 결심하면서 그는 자신의 심정을 '시사여귀(視死如歸)'로 표현했다. 죽음을 고향과 같이 여긴다, 즉 죽음을 두려워하지 않고 고향으로 돌아가는 듯이 여기겠다는 말이다. 그는 "사지(死地)에서 사지로" 스스로 찾아 들어갔던 것이다. 그도 인간일진대 고통과 죽음이 어찌 두렵지 않았겠는가마는 그에게는 "천년의 기운을 닦"는다는 신념이 있었고 꿈이 있었다.

"천년의 아침"과 대조를 이루는 "하루살이처럼 급급한 밤"은 '내 삶의 주인공'도 될 수 없는 현대인의 삶을 암유하는 듯하다. 그래서일까. 시인은 이회영을 "한 나라의 독립군, 그 이전에/당신 생의 독립군"이라 표현한다. 모두가 가기를 두려워하는 길, 옳은 줄은 알겠으나 희망이 있는지는 알지 못하는 길, 고통이 따른다는 것은 확실히 아는 길을 그는 뚜벅뚜벅 걸어갔기 때문이다.

나에게 서정시만 쓰게 해다오, 시대여

열셋이 될 때까지 나는 구름은 산의 파도라 생각했다 두메양지꽃은 작은 산이 내보낸 막내딸이라 생각했다 새가 구름을 쪼는 날은 새총을 만들었으나 쏘지는 않았다

나의 첫 번째 파도는 을유해방이었지만 그땐 나는 2살배기 누에에 불외했다
일가와 친척을 구별 못하는 7살이 오고 고모와 이모를 구별 못하는 8살엔 미증유의 전쟁이 산과 내를 휩쓸어 영문 모를 산속 토굴에서 두더지가 되어 잠들었다 달도 없는 칠흑의 밤에는 문제산을 밝히는 소이탄의 명멸을 불꽃놀이로 구경했다

그해 4월은 죽순 같은 소년이 청년으로 걸어가는 주석(註釋) 없는 난해한 문장으로 내게 왔다 남만(南灣)에서 고교생의 시신이 떠오르고 대처의 젊은 가슴들은 분연히 일어나 세상을 바꾸자는 함성으로 몰려왔다 나는 연필 쥐던 손으로 돌멩이를 주워 소읍의 경찰서를 향해 던지면서 나도 모르는 사이 소요죄의 죄명을 쓴 불량학생이 되었고 손목에 수갑을 찬 생애 최초의 수인이 되었다 파꽃 피고 배추잎 벌고 싸리나무가 기슭을 누르고 흰 눈이 맨땅을 덮는 그 해, 검정교복의 소년은 아림의 예술제에서 장원을 하고 마분지의 시화(詩畵)를 바람벽에 걸면서도 국정교과서를 복음서처럼 외우는 구절양장의 청년으로 걸어갔다

나의 청년은 민들레같이 외로웠지만 단신으로 국경을 넘는 탈국자처럼 그림자도 없는 밤의 학교에서 박래의 문학과 사력질의 이론들을 익혔다 청년은 누구에게나 그립고 안타까운 파도타기를 강요한다 이 땅에 살려고 황산벌 훈련소에서 사격을 익히고 민국의 백성이 되려고 춘천 원주 횡성을 누비는 병사가 되었다 백두대간에 비 오고 눈 내릴 때 나는 패랭이꽃 같은 직업도 진달래 같은 연애도 모두 흙속에 묻었다 제대를 하고 2급 정교사가 되고도 또 무슨 한이 남아 다시 낯설고 고집 센 책들을 부둥켜 밤을 이기는 초충(草蟲)의 청년을 걷고 걸어 누가 가져다주었는지 분에도 넘치는 대학선생이 되었다

　　나는 정치로는 무정부주의자고 문학으로는 서정주의자다 그러기에 내 일생 한 사람의 대통령도 존경한 적이 없고 한 편의 이념시를 쓴 적도 없다 그 흔한 민중시를 쓴 일이 없고 그토록 많이도 우려먹은 세월호 시도 두어 편 써놓고는 서랍 속에 꼭꼭 잠가버렸다

　　나는 대통령도 하나의 직업, 하나의 직함이라고 생각한다. 지난 시절, 대통령의 투신, 대통령의 탄핵을 보면서는 이 땅에 그래도 먹이를 물어 나르는 일개미들이 있다는 생각, 등 대이고 누울 땅이 남아 있다는 생각에 가슴 뛰었고 대한민국이 죽비보다 무거운 법치국가라는 것을 아프게 깨달았다

　　나 이제 공자보다 3살을 더 살았으니 그것만으로도 이 나라 이 땅의 은혜를 받았다고 하리라. 그러나 시대여, 발이 있다면 너 혼자 걸어가라, 역사여, 가려거든 바퀴자국을 낮게 내면서 굴러가라 나는 네 수레바퀴에 치는 풀 넌출처럼 혹은 이 시대의 직업 가운데 연봉 최하위인 시인이 되어 고비를 걸어가리라, 바라노니, 시대여, 역사여 나에게 무명베같이 따습은

시를 쓰게 해다오, 손 모아 비노니, 나에게 시지프스의 눈물 밴 서정시만
을 쓸 수 있게 해다오
　— 이기철, 「첫 번째 백서(帛書)」, 『현대시』, 2019년 7월호.

　해방에서 촛불혁명까지, 시인 자신이기도 한 시적 자아의 일대기는 우
리 역사의 주요 근현대사와 맞물린다. 이 시는 시인의 욕망을 직접적으
로 밝히고 있을 뿐만 아니라 수미상관으로 강조까지 하고 있다. "서정시
만 쓰게 해"달라는 것이 그것이다. 시인은 시대를 향하여 "발이 있다면
너 혼자 걸어가라"라고 하고 역사에는 "가려거든 바퀴자국을 낮게 내면
서 굴러가라"라고 단호하게 주문한다. 마치 '나와는 관계없는 일이다.'라
는 듯이. 그렇다고 시인이 문학의 참여와 순수를 주제로 삼고 있는 것은
아니다.

　한편 시인은 자신의 정체성을 "정치로는 무정부주의자", "문학으로는
서정주의자"로 규정하고 있다. 인간을 억압하는 모든 권위를 거부하며
대상과의 동일성을 지향하겠다는 뜻이다. 언뜻 보면 '시대'와 '역사'와는
관련 없이 극단적인 개인주의로 살겠다는 의미로 읽을 수 있겠다. '사로
잡힌 몸'으로도 '천년의 기운을 닦'겠다는 위인이 있었고 우리는 그러한
역사 위에 발 딛고 서 있는 것임을 상기할 때 지식인으로서, 문학인으로
서 다소 무책임한 것이 아닌가 하는 생각이 드는 것이 사실이다.

　그러나 가만히 생각해보면 나라를 위해 목숨을 바치는 영웅이 있다는
것이 감사하고 자랑스러운 일일지 모르나 더 이상 그러한 영웅이, 혁명
이 필요하지 않은 나라가 행복한 나라가 아니겠는가. 세계와의 서정적
동일성을 지향하는 것이 서정시다. 아도르노는 "아우슈비츠 이후 서정시
를 쓰는 것은 야만이다"라고 했다. 억압과 폭력이 난무한 세계에서 이상

향으로서의 그것이 아니라면 세계와의 동일성을 그린다는 것은 어불성설일 것이다. 그러므로 '서정시만 쓰게 해달라'는 말은 실상 시대의 안녕을 향한 절실한 기원이 되는 셈이다.

이 시에 그려져 있는 시인의 일대기는 이러한 절실한 기원이 어디로부터 연원하는가를 짐작게 한다. 시인은 자연의 일부로 세계와의 동일화를 구현했던 때를 간직하고 있다. "구름은 산의 파도라 생각"하고 "두메양지꽃은 작은 산이 내보낸 막내딸이라 생각"했던 때가 그것이다. 아마 이러한 상황에 변동이 없었다면 서정시에 대한 절실한 욕망은 발현되지 않았을 것이다. 욕망은 결핍에서 비롯되는 것이기에 그러하다.

시인은 전쟁, 군부 독재의 시대 등을 건너면서 동일성 세계의 파괴 내지 상실을 뼈아프게 경험했다. 4·19에는 교복을 입은 학생의 신분으로 수인이 된 바 있다. 시인의 결핍이자 욕망인 동일성의 세계는 시인에게 있어서 이처럼 관념적인 것이 아니라 경험적 차원의 구체적 세계인 것이다. '서정시만 쓰게 해달라'는 시인의 요청이 진정성을 확보하게 되는 것은 바로 이러한 구체적 경험에서 기인하는 것이라 할 수 있겠다.

시인들의 구경적 목적은 서정적 동일성의 세계를 구현하는 것일 터이다. 그러나 이 동일성의 세계가 관념적인 것이 아니라 신체적인 언어, 살아있는 언어로 채워지기 위해서는 불화의 현실을, 결여의 심연을 오래, 치밀하게 들여다볼 필요가 있다. 그것을 쉽게 봉합해버리지 않고 그것의 '심연에서 들려오는 신음소리'에 귀를 기울여야 하는 것이다.

현대 시인들의 시에서 이러한 태도를 확인할 수 있었다. 결여를 내재하고 있는 불화의 현실 앞에서 그것을 지시해줄 정확한 언어를 찾기 위해 시인들은 꿋꿋하게 맞서고 또 끊임없이 머뭇거리고 있었다. 시인들의 이와 같은 성실한 고투가 독자들로 하여금 서정적 동일성을 정물적이고 관념적인 것이 아니라 구체적이고 역동적인 것으로 감각하게 하는 것이다.

타자의 계절, 계절을 앓는 시

겨울이면 어김없이 백석을 떠올리게 된다. '푹푹 나리는 눈' 속의 '나와 나타샤와 흰 당나귀'(「나와 나타샤와 흰 당나귀」), '싸락눈을 맞고 선 굳고 정한 갈매나무'(「남신의주 유동 박시봉방」), '시퍼러둥둥'하니 추운 날 '흰 바람벽'에 어른거리는 '내 가난한 늙은 어머니'(「흰 바람벽이 있어」) 등 그의 시의 주요한 배경은 대부분 차고 하얀 겨울 이미지다. 그것이 주는 따뜻하고 푸근하고 애틋한 또 그러면서도 차갑고 고고한 이 복합적인 느낌을 명징하게 설명하기 어렵다. 그러나 이 중층적인 정서는 겨울이면 어김없이 백석의 시집을 넘기게 한다.

자연은 예술이라는 말이 있기 전부터 표현의 소재가 되어왔다. 인간을 포함한 모든 생명의 근원이기에 그러할 것이다. 자연의 일부인 인간은 자연 현상에 관한 관찰을 통해 이치나 섭리를 터득했고 삶에 적용했다. 자연의 중요한 섭리 중 하나가 생성과 소멸의 순환을 통해 이 세계가 이어지고 있다는 것일 터, 우리는 계절을 통해 쉽게 그러한 자연의 섭리 내지 질서를 확인할 수 있다.

계절은 저마다 특징이 있고 그것에 따라 문학적 상징성을 갖는다. 인간의 탄생에서 소멸에 이르는 과정을 계절의 흐름으로 비유하기도 하고 인간사의 희로애락을 특정 계절이 상징하기도 한다. 일본 하이쿠의 경우 계절에 관한 시어를 포함하는 것을 원칙으로 할 만큼 계절이 갖는 상징성을 중요하게 여긴다. 우리 시문학이라고 다르지 않다. 굳이 산수시나 청록파를 언급하지 않더라도 근대에서 현대에 이르기까지 계절은 삶의 진실을 드러내는 데 주요한 시적 모티프로 자리해왔다.

이러한 맥락에서 현대시에 구현되고 있는 계절의 상징성을 살펴보는 것도 의미가 있을 것이다. 가령 현대 시인들은 계절의 보편적인 상징성에 충실한지, 혹은 그것에서 얼마나 벗어나는지, 그것을 초월하는 상상력은 무엇인지, 이를 통해 어떠한 정서를, 의미를 드러내 보여줄 것인지 등등. 근래 발표된 시들에서 다양한 계절을 만날 수 있었으나 그 중에서도 겨울에 관한 시가 많았다.

수확의 계절이 지난 후 맞게 되는 겨울은 대체로 춥고 메마른 이미지, 시련의 상징으로 발현되는 경우가 많다. 현장에서 만난 시인들의 시에서 이러한 이미지를 찾는 것은 어렵지 않았다. 길상호의 「그리고 날들, 그래서 당신은」을 먼저 보자. 접속사가 내용상의 구조적 밀도와 긴장을 끌어올리는 시적 장치가 되고 있다는 점에서 특징적이다.

그리고 겨울이 찾아들었다, 장판 밑으로 한 겹 얼음, 보일러 호스에는 냉기류가 흘렀다. 누울 때마다 바닥을 향해 열어둔 당신의 귀에 동토가 넓어졌다. 그리고 적막을 어루만지듯 눈이 내렸다. 당신은 따뜻한 음악을 듣고 싶었지만 스피커 속 악기들은 벌써 오래 전에 녹이 슬었다. 밤이 고장난 CD 플레이어처럼 더는 돌지 않았다. 그리고 수면유도제는 약효가 다했다. 당신은 몇 알의 눈송이를 더 집어다가 혀 위에 올려놓고 녹였다. 잠까지 꽁꽁 얼리고 나면 쉴 수 있을 거라고, 가로등은 창가를 기웃거리며 밤을 감시하고 있었다. 당신의 오른손이 왼쪽 손목을 잡았을 때 맥박은 더 이상 즐겁게 뛰어놀지 않았다. 얼음을 똑, 똑, 똑, 울고 있는 맥박, 그리고 또 그리고, 겨울이었다. 그래서 당신은 지나간 계절들을 찾아 눈을 돌렸지만 달력은 모두 뜯겨 있었다.

　　— 길상호, 「그리고 날들, 그래서 당신은」, 『시와 표현』, 2019. 11 · 12월호.

"그리고 날들, 그래서 당신은"이란 제목에서 어떠한 '날들'의 연속과 그것에 대한 '당신'의 반응이 이 시의 내용임을 유추할 수 있다. 연속되는 '날들'이란 바로 겨울이며 이 시에서 겨울은 모든 것이 얼어붙는 불모의 시공간으로 표상된다.

화자는 겨울이 찾아든 '당신'의 일상을 묘파하고 있다. 겨울은 먼저 '당신'의 공간을 얼어붙게 만들었다. 이 얼어붙음은 일상적 공간의 물리적 현상만을 의미하는 것이 아니다. 그 곳은 '당신'의 육체적, 정신적 기능을 서서히 정지시키는 적막과 불모의 공간이다. 여기에서 '당신'은 누군가의 목소리를 들을 수도, 위로를 받을 수도 없고 쉴 수도, 잠을 잘 수도 없다. 그 어떤 것도 허락되지 않는 봉인된 방이 '겨울이 찾아든' '당신'의 공간인 것이다.

흔히 눈은 모든 대상을 공평하게 덮고 가려준다는 면에서 평등, 포용, 정화의 의미를 갖는다. 시적 화자는 눈의 이러한 긍정적 기능에 희망을 걸고 있다. "적막을 어루만지듯 눈이 내렸다."라는 대목이 그러하다. 그러나 이 불모의 공간에서 '눈'은 "잠까지 꽁꽁 얼리"는, 그저 겨울의 일부일 뿐이다. 더욱 절망적인 것은 계절의 속성이라 할 수 있는 순환성마저 소멸되었다는 사실이다.

밤이 가고 새벽이 오는 것이나 겨울이 가고 봄이 찾아드는 것은 거스를 수 없는 자연의 질서이건만 이 시에서 그것은 파기된 것으로 드러난다. '밤'은 "고장 난 CD 플레이어처럼 더는 돌지 않"고 계절은 "그리고 또 그리고, 겨울"일 뿐이다. "그래서 당신은 지나간 계절들을 찾아 눈을 돌렸지만 달력은 모두 뜯겨 있었다." 결국 미래에도 희망을 가질 수 없고 지나간 시간에서도 위로를 받을 수 없는, 다만 지속될 뿐인 '겨울' 속에 놓여 있는 것이 '당신'인 셈이다.

"그리고 날들, 그래서 당신은"이란 제목은 이 시의 수미상관과 정확하게 맞물려 있다. 이러한 구성은 이 시에서 느껴지는 절망감에 더욱 깊이 침잠하게 하는 장치로 기능한다. 시를 읽어가다 보면 결핍, 불통, 적막, 불면 등 '당신'을 포위하고 있는 기표들이 마치 창살이라도 되는 듯 그 안에서 한 발짝도 나서지 못할 것 같은 지독한 무력감에 휩싸이게 된다.

길상호 시의 '겨울'이 다소 관념적이라면 이를 보다 실존적인 차원에서 의미화하고 있는 것이 윤석산의 「지난 겨울」이다.

> 지하철 공중변소 한 구석 겨울옷 한 벌
> 널브러져 있다.
> 어느 노숙자가 겨우내 입었던 옷인가 보다.
>
> 웅크린 채, 견뎌왔을
> 고단한 삶의 굴곡, 그대로 드러낸 채
> 버려져 있다.

밖으론 초여름의 더위 이제 막 시작되고 있는데
화단으로는 알 수 없는 들풀들
한창 웃통 벗어부치고 있는데

바쁜 걸음으로 잠시 일들을 보고
지나치는 지하철, 공중변소 한 구석
아무의 눈길도 되지 못하는,
혹독하게 견딘 지난겨울
우리의 관심 밖, 다만 그렇게 널브러져 있다.
— 윤석산, 「지난 겨울」, 『시와 시학』, 2019년 겨울호.

　제목이 "지난겨울"이지만 이 시에서 그것을 묘사하고 있지는 않다. 이
시에서 묘사하고 있는 것은 오히려 현재이다. 안과 밖, '이제'와 '지난', 역
동적인 것과 정적인 것, 여름과 겨울 등 이 시의 전개를 이끌어 가고 있는
시적 수사는 대비이다. 그 중에서도 '이제'와 '지난', 곧 현재와 과거의 대
비의 경우 특징적인 것은 현재를 묘파할수록 과거인 '지난겨울'이 조명
되는 아이러니를 구현하고 있다는 점이다.
　서정적 자아의 시선에 "지하철 공중변소 한 구석 겨울옷 한 벌/널브러
져 있"는 것이 포착된다. 그는 곧 그것을 겨우내 입었을 '어느 노숙자'를
떠올린다. 서정적 자아에게 '널브러져 있는 겨울옷'와 '노숙자'는 등가이
다. 겨울옷의 널브러져 있는 형태는 그대로 노숙자의 "웅크린 채, 견뎌왔
을/고단한 삶의 굴곡"을 형상화하고 있는 것이기 때문이다.
　'지하철 공중변소 안'은 여전히 '지난겨울'이지만 실상 '밖'은 "초여름
의 더위"가 "이제 막 시작되고 있"다. '화단'에는 "알 수 없는 들풀들"이
"한창 웃통 벗어부치고 있"다. 사람들은 "바쁜 걸음으로 잠시 일들을 보

고" 지나쳐 간다. 역동적인 생명성이 느껴진다. 그러나 이러한 현재의 역동성은 '어느 노숙자'와 그의 "혹독하게 견딘 지난겨울"을 "우리의 관심 밖"으로 더욱 철저하게 고립시키는 장치로 기능한다. 철지난 '겨울 옷' 한 벌에서 누군가의 "웅크린 채 견뎌왔을" 삶을 떠올리는 서정적 자아의 시선이 따뜻하게 느껴지는 까닭이기도 하다.

마지막 연에 이르면 독자의 의식은 '노숙자'에서 '관심 밖'의 존재에로 자연스럽게 확장된다. 우리가 살고 있는 세계에서 "아무의 눈길도 되지 못하는" 존재, 미래를 저당 잡힌 채 '지난겨울'에 봉인되어 버린 존재가 노숙자에 한정되지 않기 때문이다. 결핍, 소외, 불안, 우울 등 파편화된 존재로서의 내면은 유대적 공동체를 포기한 현대인의 숙명이라 할 수 있을 것이다. 윤석산의 '겨울'은 누군가의 고달프고 시린 실존의 시간이자 현대인의 내면에 대한 상징이기도 한 것이다.

눈 오는 날
바람이 몹시 차가웠습니다

눈길을 지나온 신발이
꽁꽁 얼어붙어서

신발 벗기가 여간 어려운 게 아니었습니다

신발 속에 갇힌 두 발이
쓰리고 아픈 것이

눈 때문도

바람 때문도 아니었습니다

아픈 엄니 걸어온 길이
함께 따라왔기 때문입니다
— 양문규, 「눈길」, 『시와 정신』, 2019년 겨울호.

　인용한 시에서도 겨울은 시련으로 의미화되고 있지만 자아와 타자가
체험을 공유하고 있다는 점에서 앞의 두 시편들과 차이가 있다. 제목이
나 소재에서 이 시는 이청준의 단편소설 「눈길」을 떠올리게 하는 게 사실
이다. 그러나 이청준 소설과의 차질성도 체험의 여부에 있다. 이청준의
'눈길'은 어머니 혼자 걸었던 길이다. 물론 주인공인 '나'도 걸었지만 배웅
하는 어머니와 함께였다. 아들을 배웅하고 난 어머니가, 홀로 눈물을 흘
리면서 아들의 발자국을 밟으며 되돌아 왔던 길이 '눈길'이다. '나'는 오랜
세월이 지난 시점에 아내와 어머니의 대화를 통해 전해들을 뿐이다. 물
론 소설에서는 주인공이 어머니를 외면했던 마음의 깊이만큼, 어머니가
걸었던 '눈길'을 모르고 살았던 세월만큼 죄책감은 커지는 구조이다. 주
인공이 느끼는 것은 죄책감이지 어머니의 아픔에 대한 공감이 아닌 것이
다.
　인식과 이해를 통한 공감과, 경험을 통한 그것에는 분명 차이가 있을
수밖에 없다. 위 시는 서정적 자아의 체험을 통한 정서의 발현으로 울림
이 큰 경우라 하겠다. 내용은 비교적 단순하다. 눈 내리고 바람이 차가운
날 서정적 자아가 눈길을 걷게 된다. "눈길을 지나온 신발이 꽁꽁 얼어붙
어" 신발은 잘 벗겨지지 않고 신발 속에 갇힌 발은 쓰리고 아프다. 이것이
4연까지의 내용이다. 특별한 비유나 시적장치도 없다.

다소 느슨했던 긴장감은 5연에서 긴축된다. 지금까지의 전개로 보면 발이 쓰리고 아픈 이유가 신발에 얼어붙은 눈 때문이라는 것이 당위적 귀결일 텐데 이를 부정하고 있기 때문이다. 긴축된 시적 긴장은 마지막 연에서 절정을 이룬다. "아픈 엄니 걸어온 길이/함께 따라왔기 때문"이라는 대목이 그것이다. '아픈 엄니'는 앞에 등장하지도 않는다. 1~5연까지는 행, 연이라는 시적 형식을 취하고 있지 않았다면 산문의 몇 문장이라 해도 무방할 것이다. 그런데 이렇게 한껏 힘을 뺀 진술들이 오히려 마지막 연을 절정으로 끌어올리는 장치가 되고 있다. 결국 아픈 것은 '발'이 아니라 '아픈 엄니'로 인한 서정적 자아의 마음인 것이다.

'눈길'은 집으로 가는 물리적 길일 수도 있다. 눈이 많이 내린 날이었을 것이다. 서정적 자아는 느지막이 눈길을 걸어 집으로 돌아간다. 발은 점점 시리고 아파오는데 그럴수록 이 길을 걸어 집으로 갔을 '아픈 엄니' 생각도 깊어지며 마음이 아려온다. 혹은 '눈길'이 "아픈 엄니 걸어온 길", 그야말로 평생 고생한 '엄니'의 인생길일 수도 있다. 눈길을 걸어 집으로 돌아오는 내내 요즘 부쩍 쇠약해진 '엄니' 생각에 서정적 자아는 마음이 아팠을 것이다. 어떻든 서정적 자아의 체험을 통해 발현되는 정서, 곧 육체적인 고통에서 사랑, 연민, 아픔 등의 정서로 전이되는 과정이 돋보이는 작품이다.

다음으로는 여름에 관한 시를 한 편 보자. 겨울을 "강철로 된 무지개"(「절정」)라 표현한 이육사는 "내 고장 칠월은 청포도가 익어가는 시절"(「청포도」)이라 노래했다. 독립운동을 하면서 많은 시간 고향을 떠나 있었던 이육사에게 여름은 고향의 청포도가 익어가는 싱그러운 계절로 떠올려졌던가 보다. 흔히 여름은 생명이 뻗쳐나가는 역동성을 특징으로 갖는다. 녹음방초(綠陰芳草)의 계절이라는 말에서도 확인되듯 여름은 푸르게 우거진 숲과 향기로운 풀의 계절인 것이다. 물론 그 이면도 존재한다. 내리쬐는 태양과 더위는 갈증, 지침, 에너지의 소진 등으로 의미화된다. 현장 시인들의 시는 약속이나 한 듯 대부분 후자 쪽에 자리하고 있었다.

1.
로자, 고시원을 옮겨 다니며 생을 허비했어요. 스티커를 이곳저곳에 붙여 가며 아이들을 가르쳤지만, 늘 그 자리에 있어요. 퀵으로 내 영혼을 고향으로 보내보지만, 어느새 다시 돌아와 엘리베이터를 타고 있어요. 오징어처럼, 아버지의 눈썹처럼, 그리고 늙어가는 일상처럼.

2.
로자, 한여름 밤의 룩셈부르크가 그리워요. 어제는 너무 더웠어요. 한밤의 숲에서 나무들과 동침을 했어요. 쥐들이 나의 밤을 갉아 먹어요. 나의 눈은 허공 백 미터 위로만 날아다녀요.

로자, 나는 외로운 두 마리 새를 키워요. 이미 한 마리는 죽어가고 있어요. 나의 가슴으로 날아와 죽어가는 새를 어떻게 하지요? 당신이 독백처럼 했던 말이 허공 위에 둥둥 떠 있어요. 숲에서 광란의 아리아가 울려 퍼져요.

3.
로자, 자본주의는 열쇠의 천국이지요. 집집마다 비밀번호가 가득하고 얼굴에 가면을 쓴 사람들뿐이에요.

로자, 고시원을 옮겨 다니며 생을 허비했어요. 나의 오두막에는 밤의 비밀이 있어요. 복권을 사볼까, 운세를 볼까, 나무들이 말 웃음 소리를 내며 밤새 꿈속으로 녹아내려요.

로자, 벌거벗은 한 영혼이 타임캡슐을 타고
한여름 밤의 룩셈부르크를 꿈꿔요.
— 이현채, 「한여름 밤의 룩셈부르크」, 『현대시』, 2019년 12월호.

이 시는 시적 자아의 일상과 내면 심리를 통해 자본주의 사회에서의 불안정한 삶을 드러내 보여주고 있다. 시적 자아는 '집집마다' 찾아다니며 아이들을 가르치는 방문교사다. 나름대로 열심히 달려보지만 "늘 그자리"에 있을 뿐이다. 정직한 노동으로는 미래를 바꿀 수 없다. 서정적 자아가 '복권'이나 '운세'를 기웃거리는 까닭이다. 자본주의 사회에서의 계층 간의 견고한 벽을 느끼게 하는 대목이다.

서정적 자아에게 감각되는 '자본주의'는 "집집마다 비밀번호가 가득하고 얼굴에 가면을 쓴 사람들뿐"인 절망적인 공간이다. 이러한 공간의 대척되는 지점에 자리하고 있는 것이 '고향'이다. '고향'은 대상과의 동일화가 가능한 유대와 통합의 공간이다. 서정적 자아의 '영혼'은 끊임없이 '고향'으로 달려가지만 다시 현실로 소환되어 '엘리베이터'를 타고 스티커를 붙이고 있는 자신을 발견한다. 그의 일상은 늙어갈 뿐이다.

여름이라는 계절은 이 시에서 자본주의 사회에서 철저하게 소외되어 있는 서정적 자아의 절망적인 현실을 표상한다. 그 어느 때보다 부동산 문제가 뜨거운 감자가 되어 있는 우리 사회의 현실 때문일까. 서정적 자아의 소외의식과 절망감이 특히 공간적 심상을 중심으로 전개되고 있다는 점에서 주목을 끈다. '너무 더운' 한여름의 밤, 서정적 자아가 쉴 수 있는 공간은 없다. "집집마다 비밀번호"로 자신을 숨기고 보호하는 세계에서, "한밤의 숲"에 노출된 채 쥐로부터 밤을 갉아 먹히고 있는 것이 서정적 자아의 현실이다. "고시원을 옮겨 다니며 생을 허비"했다는 탄식에서 보듯 이 공간은 추상적인 것이 아니라 주거공간이라는 매우 실존적인 차원의 개념이다.

서정적 자아에게 있어 '자본주의'란 인간이 삶을 영위하는 데 가장 기본이 되는 요건 중 하나조차도 허락되지 않는 곳이다. 서정적 자아가 '로자'를 호명하고 '룩셈부르크'를 그리워하는 까닭이 바로 여기에 있는 것이다. 각 연의 첫머리마다 반복적으로 호명하고 있는 '로자'는 사회주의 이론가이자 혁명가인 '로자 룩셈부르크'일 터이다. 이 시에 등장하고 있는 이국적 공간 '룩셈부르크'는 '로자 룩셈부르크'의 '룩셈부르크'와 등가를 이루면서 물리적 공간으로 수신된다. 즉 '룩셈부르크'는 자아를 철저하게 소외시키는 자본주의 사회의 대척점에 있는, 절망적 현실의 반대편에 있는 이상적 공간인 셈이다.

계절은 순환하는 것이기에 순서는 큰 의미가 없겠지만 우리는 통상 '봄, 여름, 가을, 겨울'로 부르며 봄을 가장 앞자리에 놓는다. 봄에 새싹이 돋으면 여름에 무성해지고 가을에 열매를 맺으며 겨울에는 모든 것을 떨구고 무(無)로 돌아간다. 그리고 다시 봄이 시작되는 것이다. 봄은 시작, 소생, 약동과 긴밀하게 연결되어 있다. 그런데 전순복의 「숨결이 떠난 풍경」에서는 이러한 의미의 양상이 달라 이채로운 경우이다. 이 시에서 '봄'은 "숨결이 떠난 풍경", 즉 죽음의 계절적 배경이 되고 있기 때문이다.

장독대 정화수에 수많은 새벽 별이 다녀갈 동안

열아홉 살 흑단 같던 머리카락이 백로가 되어버린 노인

할미꽃 같은 허리로 앞뒤 남새밭을 다니고
항아리 뚜껑을 여닫으며 햇빛을 그러모을 동안
우물과 아궁이의 가슴도 일렁거렸다

노인의 기척에 귀를 세운 것들이
일어서고 찰랑대고 넘실거릴 때
여기저기 관절통을 앓는 집도 달그락달그락 몸을 움직였다

봄이 고치를 열고 태어날 무렵
수수깡처럼 가벼운 노인이 폐가에서 빠져나오자
오랜 세월 관절염을 앓고 있던
문짝과 마루, 우물과 아궁이도 그만 숨을 놓아버렸는데

남새밭 한 귀퉁이 주인 잃은 대파들 상주 노릇을 한다며 일제히
흰 머리핀을 꽂고 있다
― 전순복, 「숨결이 떠난 풍경」, 『시에』, 2019년 겨울호.

이 시는 우선 첫 연의 함축미로 눈길을 끈다. 열아홉에서 백발노인이
되기까지의 긴 시간을 "장독대 정화수에 수많은 새벽 별이 다녀갈 동안"
으로 압축하고 있지만 이 한 행만으로도 겸허하고 성실하고 정갈한 노인
의 삶을 표현하는 데 부족함이 없어 보이기 때문이다. 압축적으로 표현
된 노인의 삶에 대한 태도로, 대상과 이루는 노인의 아름다운 동일화는
신뢰를 담보하게 된다.

앞서 언급한 대로 이 시에서 '봄'은 탄생, 생산과 관련되는 것이 아니라 죽음의 배경이 되고 있다. "봄이 고치를 열고 태어날 무렵/수수깡처럼 가벼운 노인"의 숨결이 집에서 떠난다는 대목에서 확인된다. 노인이 숨을 거두자 노인이 살뜰히 닦고 거두던 "문짝과 마루, 우물과 아궁이도 그만 숨을 놓아버"린다. 이것들은 단순히 집의 부속물이 아니다. "여기저기 관절통을 앓는 집"이라거나 "오랜 세월 관절염을 앓고 있던/문짝과 마루, 우물과 아궁이"에서 보듯 노인과 함께 늙어가는 '집'은 그 자체로 노인이다. 오랜 시간 노인의 손길이 닿아온 모든 대상은 노인과 동일화되어 있는 것이다.

그렇다면 왜 노인과 집이 숨을 놓아버리는 때가 가을이나 겨울이 아니라 봄일까. 위 시를 꼼꼼히 읽어보면 노인이 숨을 놓아버릴 때만이 아니라 시 전체에 봄의 심상이 전경화되어 있다. 가령 2연을 보면 노인은 "할미꽃 같은 허리로 앞뒤 남새밭을 다니고/항아리 뚜껑을 여닫으며 햇빛을 그러모"은다. 따스한 '햇빛'과 노인의 바지런한 움직임으로 남새밭에서는 푸성귀가 싹을 틔우고 있고 항아리에는 갖가지 장이 정갈하게 담겨 있을 듯하다. "우물과 아궁이의 가슴도 일렁거렸다"는 시구는 보다 확실하게 봄의 심상을 느끼게 해준다. '봄 처녀'의 설렘이나 아지랑이를 환기하게 되기 때문이다. 3연의 "노인의 기척에 귀를 세운 것들이/일어서고 찰랑대고 넘실거"린다는 대목도 '가슴의 일렁임'에서 한 걸음 더 나아간 움직임으로 약동하는 봄의 심상을 더욱 고조시키는 역할을 하고 있다. 심지어 노인의 죽음을 애도하는 '남새밭 대파들'에서도 상승과 약동의 이미지가 발현되고 있을 정도다.

살펴본 바와 같이 이 시에서는 탄생과 약동의 이미지와 노쇠와 소멸의 이미지가 혼용되어 있다. 이와 같은 시적 의장으로 "봄이 고치를 열고 태어날 무렵"에 이루어지는 노인의 소멸은 자연스럽게 인식되고 '죽음'의 이미지는 밝고 경쾌한 봄의 심상 속에 스미게 된다. 낡고 늙음이 비극적이지 않고 자연의 일부로 느껴지는 까닭이 여기에 있다. 기실 삶과 죽음, 생성과 소멸은 이분법적으로 분리되어 있는 것이 아니다. 무수한 소멸이 삶 안에서 이루어지고 있고 생은 또 그러한 소멸 위에서 이어지고 있다. 삶 안에 이미 죽음이 있으며 소멸한 것은 다시 존재하는 것들에 스민다. 자연에서 와서 자연으로 돌아간다는 말이 있듯 모든 것은 자연 안에서 순환하는 것이다. 계절이 그러하듯.

나무가 거칠게 시위하는 밤이다
절박한 투쟁인데 사람들은 모이지 않았다
외칠 구호는 마땅치 않다
무리를 지어 저항하다가 슬그머니 바람과 타협하기도 했다
목이 터져라 외치되 왜 하나같이 사무적이기만 할까
희망을 세뇌시키는 책 따윈 외울 만큼 읽었지만
나는 희망을 믿지 않는다
속수무책 방기되는 생을 대역죄인이라고 할 수 있는가
사람들을 만나고 오면
있지도 않은 일을 자백당한 것 같다
신이 바라던 세상은 뽑기 놀이로 얻는 게 아니다
달빛이 플래카드처럼 내걸리고
뒹굴던 나뭇잎이 우르르 가두행진을 한다
초겨울은 낙엽을 고운 가루로 빻기까지
얼마나 새된 아우성을 들었을까
불빛이 눈시울처럼 젖은 길을 걷다 보면

한 해가 다 가기도 했다
무얼 바꾸려고 모두들 꿈속에서조차 깃발을 흔들어 대는지
차바퀴에 숨어 어둠을 켠 고양이 눈빛에서
내가 언뜻 본 것은
끝내 혁신할 수 없었던 외로운 극지였다
— 이영옥, 「혁명꾼」, 『시와 정신』, 2019년 겨울호.

이 시의 계절적 배경은 늦가을에서 초겨울로 넘어가는 때이다. 가을은 수확의 계절이기도 하지만 조락의 계절이기도 하다. 여름내 무성했던 초록 잎들이 시들어 떨어지는 계절이다. 꽃이든 잎이든 지는 것은 쓸쓸하다. 이러한 까닭에 가을은 인생의 황혼을 표상하는가 하면 허무와 상실의 정서와 밀접하게 연결되기도 한다. 위 시의 경우 이러한 가을에 대한 보편적 상징에서 크게 벗어나는 것처럼 보인다. 늦가을 조락의 현상을 역동적이어야 할 '시위' 내지 혁명의 과정으로 형상화하고 있기 때문이다. 그러나 시를 꼼꼼히 읽어가다 보면 우리가 이르게 되는 지점은 결국 소란스런 시위의 현장이 아니라 "외로움의 극지"이다.

이 시를 관류하고 있는 모티프는 주변화와 불확실성이다. "절박한 투쟁"임에도 관심을 기울이는 사람이 없다. 투쟁의 주체는 마땅히 외칠 구호조차 없다. 무엇을 위한 투쟁인지, 이 투쟁이 진정 자아가 원하는 바를 담보하고 있는지도 불분명하다. 이것이, 무리지어 저항하다가 슬그머니 타협하거나 "목이 터져라 외치되 하나같이 사무적이기만" 한 까닭이다. 이는 극단적 자본주의와 무한 경쟁의 사회에 고유한 개별 주체로 존재하지 못하는 현대인의 내면 풍경이라 할 수 있을 것이다. 절박하지만 속수무책으로 방기되는 생, 희망조차도 가질 수 없는 세계가 '늦가을 밤'이 표

상하는 바다.

시위가 막바지로 접어들었다. "뒹굴던 나뭇잎이 우르르 가두행진을" 하며 "새된 아우성"을 친다. 그러나 이 시위의 결과는 참담하다. 시위를 하던 주체, 소위 '혁명꾼'이 결국엔 '고운 가루'로 비유되는, 더 이상 소리조차 낼 수 없는 존재로 남기 때문이다. '나무의 거친 시위'에서 서정적 자아가 확인한 것은 "끝내 혁신할 수 없었던 외로운 극지"이다.

이러한 맥락에서 이 시는 가을이 상징하는 보편적 정서에 충실하다 하겠다. 그러나 그것에 이르는 과정이 참신하다. 가을을 과격한 시위로 형상화하면서도 또 시위와는 거리가 먼 "외로운 극지"로 독자를 이끌고 있기 때문이다. 비유가 낯설면서도 절묘하다. 계절적 현상에 감정을 이입하되 자아의 내면에만 매몰되지 않고 사회적 문제로 확장하고 있는 점도 주목할 만하다.

현대시에서 계절은 보편적 상징성으로 구현되기도 하고 전혀 다른 방향으로 상상되기도 했다. 자아의 내면적 풍경이 되기도 하고 사회의 구조적 부조리의 표상이 되기도 한다. 공통적인 것은 계절이 지닌 성질에 관계없이 그것이 대부분 불모의 세계와 긴밀하게 연결되어 있다는 사실이다. 그 세계 속에서 주체는 타자로 존재한다. 우리는 이 타자의 계절 속에서 '외로운 극지'를 마주하게 된다. 시인들의 관심이 현대인의 파편화된 삶에 대한 탐구와 이 세계에서 소외되어 있는 존재에 대한 응시에 기울어 있다는 방증일 것이다. 시인들의 상상력은 자연의 흐름이자 질서인 계절을 통해 역설적으로 인간이 자연으로부터 얼마나 멀리 떨어져있는지를, 그러한 삶이 어떠한 모습인지를 드러내 보여주고 있는 것이다.

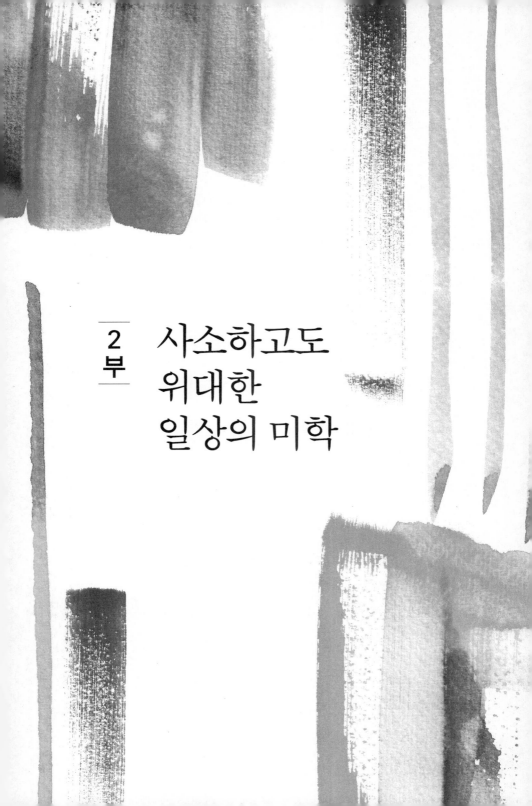

2부

사소하고도
위대한
일상의 미학

일상을 가로지르는 시의 미학

코로나19로 인해 우리의 일상은 완전히 달라졌다. 별 의식 없이 해오던 보통의 일이 이젠 더 이상 보통의 일이 아니게 된 것이다. 사회적 거리두기에서 생활방역으로 전환하면서 정부는 이것이 예전 일상으로의 복귀를 의미하는 것이 아님을 강조했다. '상당 기간, 어쩌면 영원히' 예전 일상으로 돌아가지 못할 것이라고도 했다. 사태의 심각성을 환기하고라도 '영원'이라는 말 앞에서는 아득해지고 만다.

일상이란 늘 반복되는 보통의 일이다. 일상의 의미를 구성하는 '늘'이나 '반복', '보통'이라는 말에서 느껴지는 것은 흐트러지지 않는 어떤 견고함 같은 것이다. 숨을 쉬는 것이나 걷는 행위처럼 굳이 의식하지 않아도 앞으로 변함없이 반복될 것이라는 믿음이 일상 속에는 내재해 있는 것이다. 그러나 한순간에 일상은 완전히 낯선 것이 되었고 지속될 것으로 여겨졌던 기왕의 일상은 이제 다시 돌아가지 못할 것이 되어버렸다. 일상이 이토록 불안정한 것이었던가.

비 갠 후
서울의 낯빛이 돌아왔다
모두 제자리여서 반갑다
거리가 붐비기 시작하는 점심시간
한 끼의 수다를 찾아
오늘도 기꺼이 떠날 것이다
재스민을 따라 얼룩말 띠무늬를 밟자
서른에서 카운트다운이 시작된다
거꾸로 가는 시간은
항상 제로에서 안색을 바꾼다
모퉁이 은행에서 우회전이 불안
보도블록의 연속무늬를 조심하라
그곳이 그곳인 곳에
무너지는 빈칸이 있다
이음매 속에 숨어 사는 모서리
갈라서자 바로 날을 세우는 각도가 있다
정장에 인식표를 드리우고
세상의 요철을 따라가는 정오의 리듬
누군가 기울면 누군가 기울고
아무나 서면 아무나 서고
도미노가 도착하는 끝에
유리문이 닫히고 있다
수년을 다니던 든든한 길이지만
오늘 술렁이고 있다
빗물이 할퀴고 지나간 어젯밤
발길 아래 물길이 얼마나 헤집었는지

딛자마자 꺼지는 여기저기
빈속에서 누런 위액이 솟는다
구수한 순두부를 찾아가는
길 아래 길이
수상하다
— 양균원, 「카운트다운」, 『문예바다』 2020년 봄호.

위 시는 익숙함에 가려진 무의식적 안정감의 이면을 아이러니적 기법을 통해 잘 드러내 보여주고 있는 작품이다. 시적 자아는 "비 갠 후 / 서울의 낯빛이 돌아왔다"고 선언하고 "모두 제자리여서 반갑다"는 감회를 드러내고 있다. '제자리'라는 표현에는 변함이 없다는 것과 다시 예전의 익숙함으로 돌아왔다는 것에 대한 안도가 자리하고 있다. 그러나 이는 착각임이 드러난다.

동일한 패턴은 안정감을 준다. 다음을 예측할 수 있기 때문이다. 우리의 일상도 "보도블록의 연속무늬"와 같이 동일한 패턴으로 이어질 것 같지만 "그곳이 그곳인 곳에 / 무너지는 빈칸이 있다"고 시적 자아는 경고하고 있다. "수년을 다니던 든든한 길"이라는 생각은 "딛자마자 꺼지는 여기저기"로 인해 허상이었음을 깨닫게 된다.

견고한 모든 것은 대기 중에 녹아내린다고 했던가. 너무도 당연했던 것이 더 이상 당연한 것이 아니게 되었다. 이 충격적인 경험을, 그것도 전 세계인이 함께 공유하고 있음을 상기하면 우리가 견고하다고 믿고 있던 모든 것에, 당연하다고 생각했던 삶의 방식에 의문을 제기하게 된다. 어디에서 또 어떤 '카운트다운'이 시작되었을지 모르는 일이다. 우리 생을 이루는 기저의 불안정성을 이 시는 환기하게 한다.

일상에 관한 또 다른 시각을 보여주는 시로 박송이의 「우리가 매일 기적을 살 순 없지만」이라는 작품이 있다.

> 호흡을 길어 나르는 허파와 기도와
> 속눈썹과 발가락들의 꼼지락거림이
> 실은 어마어마한 생의 증거였으니
> 우리 매 순간 움직임이 기적이었으니
> 부정할 수 없고
> 우리 아닌 사소한 흔들거림과 맥락에게
> 아니 맥박에게
> 살아주어서 고맙다 고맙다
> 어른스러운 고개로 까닥여봅니다
> 걸음마 보조기 없이 아기가 오종종
> 내게 한 걸음씩 내디딜 때
> 기적의 한 걸음을 뗐구나
> 우리는 늙어가는 것이 아니라
> 하, 눈부신 아기의 까만 머리털처럼 보이는
> 보이지 않는 기적을 자라고 있음을
> 새삼 놀라운 평범함을 그 꿀맛을 검지로
> 꾹꾹 찍어 맛보고 있습니다
> ― 박송이, 「우리가 매일 기적을 살 순 없지만」, 『시와정신』, 2020년 봄호.

제목에서는 "우리가 매일 기적을 살 순 없"다고 쓰고 있지만 실상 이 시의 내용은 일상의 매순간이 기적이라는 것이다. 우리가 일상 속에 있을 때는 일상을 감각하기 어렵다. 시계의 바늘이 일정한 속도로 움직이는 것과 같이 습관적 시간의 흐름이 일상일지 모른다. 정작 일상을 인식하게 되는 때는 일상의 불안정함, 일상의 부재에 맞닥뜨리는 순간이다. 시계 바늘이 멈추고 나서야 비로소 시계가 째깍거리고 있었음을 알게 되는 것과 같이. 그렇다면 우리가 일상 속에 있을 때 그것에 대한 감각을 깨우고 있다면, 지금이 좋은 순간임을 안다면 그 순간이 모인 생의 밀도와 결은 다를 수밖에 없을 것이다.

삶과 죽음에 대한 운위는 거창하게 느껴진다. 그러나 시인은 그 차이가 고작 눈을 깜빡거리고 발가락을 꼼지락거리는 것에 지나지 않는다는 사실을 아기의 탄생과 성장을 통해 통찰한다. 그리고 그러한 통찰의 시선을 '우리'에게로 확장한다. 눈에 보이지는 않지만 아기의 머리털이 자라고 있는 것과 같이 '우리' 또한 매순간 자라고 있음을 깨어 인식해야 한다는 것이다. '평범함의 놀라움'을 매순간 각성하는 것, 그것이 늙음과 성장의 차이인 것이다.

설렁탕의 계절이 있다면 지금이다
이따금
나는 춥고
너는 춥다

뚝배기 속의 설렁탕은 하얗고 조용하다
시대와 무관하게 거의 모든 뉴스가 절망적이라
너는 어렵고
나는 이 상황이 싫다

설렁탕에 숟가락을 넣고 들어올리면 국물 말고도 뭐가 많이 건져진다

파와 고기와 소면 그리고

속보가 뜬다 바이러스가 한국에 상륙했다고 한다 비말감염을 주의하라
고 한다 타인과의
접촉을 최대한 피하고 피치 못할 사정이 아니면
외출을 자제하라고 한다
고개를 숙이고
너는 나는 나는 너는
국을 떠먹는다

여기서 나갈까 여기서 나가면 안 될까
너는 걷는다
나는 걷는다
옷에 설렁탕 냄새가 밴 채로

가만 지나온 자리에
살눈이 내리길 기원하면서
—구현우, 「무정」, 『문학선』, 2020년 봄호.

시기가 시기이니만큼 코로나19를 소재로 한 시가 많았다. 그 중에서도
구현우의 「무정」이 눈에 띈 것은 타자와의 관계 내지 거리를 세심한 필
치로 형상화하고 있기 때문이었을 것이다. 일상의 결을 가름하는 주요한
요건 중 하나는 타자와의 관계이다. 어떤 대상과 어떠한 관계를 맺느냐
에 따라 일상의 질이랄까 양태가 결정된다고 해도 과언이 아니다. 아이
러니한 것은 코로나19의 위협으로부터 살아남기 위해 가장 중요한 것이

서로 간에 거리 두기라는 사실이다.

위 시에서도 이러한 상황을 "비말감염을 주의하라", "타인과의 접촉을 최대한 피하고 / 외출을 자제하라"는 구체적인 수칙을 들어 제시하고 있다. 주목을 끄는 것은 위 시에서 초점화되고 있는 것이 수칙으로 주어지는 거리 두기가 아니라 그 이전에 이미 자리하고 있던 타자와의 불모적 관계라는 점이다. '바이러스 상륙'이라는 '속보'와 이에 따른 '거리 두기'라는 생활수칙은 오히려 허울뿐인 '나'와 '너'의 '무정'한 관계를 더 이상 지속하지 않아도 될 좋은 구실로 작용하고 있다.

'너'와 '나'는 함께 식당에서 설렁탕을 먹고 있다. 그러나 '함께'라는 말은 어울리지 않을 정도로 둘의 관계는 차고도 건조하다. 시인은 의도적으로 두 대상을 연결하는 '와'라는 접속 조사나 '도'라는 보조사를 쓰지 않고 있다. 가령 시인은 '너와 네가 걷는다'라든가 '나는 춥다 / 너도 춥다'라 표현하지 않는다. "너는 나는 나는 너는"이라는 시구에서 보듯 기어이 '나는'이고 끝끝내 '너는'이다. 이러한 시적 의장은 대상 간의 동일성을 철저하게 배제하는 장치가 되고 있다.

"너는 어렵고 / 나는 이 상황이 싫다"라는 시구는 둘 사이의 심적 거리를 단적으로 보여준다. 그러나 '너'에게는 들리지 않을 '나'의 내면의 소리일 뿐이다. 시인은 이를 뚝배기 속의 설렁탕으로 형상화한다. 보기에 "뚝배기 속의 설렁탕은 하얗고 조용하"지만 정작 "숟가락을 넣고 들어올리면 국물 말고도 뭐가 많이 건져진다" 이는 본질은 은폐된 채 피상적으로 유지되고 있는 둘의 관계와 상동적 구도라 할 수 있다.

일상을 온통 뒤흔들어버린 코로나19로부터 인간은 '거리 두기'를 요구받고 있다. 이러한 때 시인은 물리적 거리 너머에 있는, 현대인의 관계의 심연을 정면으로 응시하고 있다. 그 완고한 시선에 한껏 송연해지다가

"옷에 설렁탕 냄새가 밴 채로 // 가만 지나온 자리에 / 살눈이 내리길 기원하"는 대목에선 결국 처연함을 느끼게 된다.

현대인의 관계에 대한 부정의식을 드러내고 있는 또 다른 시로 김경미의 「기다림은 추한 것」이 있다. 관계의 본질에 대한 탐색이라는 점에서 공통적이지만 시적 자아의 태도에서 차이가 있다. 위 시의 자아가 관계의 본질을 감추고 타자를 미끄러져간다면 김경미 시의 자아는 부정을 드러내고 산뜻해지기를 선택한다.

구름들 모였다 금방 흩어지고 다음엔 심지어 비켜간다

부정적인 생각을 많이 하면
모든 게 산뜻하고 선명해진다

오래전, 당연한 모임을 들떠서 기다리던 친구에게
말해버렸다
너 빼고 이미 모였었어 너 기다리는 거 안타까워서
말해주는 거야

안타까워서가 아니라 추해서였다

벌받는 것만큼 산뜻한 것도 없다
친구는 모르게 모인 친구들이 아니라
말해준 나를 용서하지 않았고

똑같이 당했을 때 나는

모르게 모인 친구들을 다 버렸다

추하긴 마찬가지지만
고독만큼 깨끗한 인류도 없으므로
구름만큼 약한 것도 없으므로
— 김경미, 「기다림은 추한 것」, 『포지션』, 2020년 봄호.

시인이 파악한 인간관계는 '구름'과 같은 것이다. "모였다 금방 흩어지고 다음엔 심지어 비켜"가기도 하기 때문이다. 이런 점에서 보면 인간관계만큼 "약한 것도 없"다. 그러나 또 한편으로는 현대 사회에서 이러한 관계는 필연적인 것이며 오히려 어느 정도의 거리를 상정하는 것이 현명한 관계로 여겨지기도 하는 것이 사실이다. 또 설사 가식적인 관계임을 인식했다 하더라도 이를 곧이곧대로 드러내는 경우는 드물다. '좋은 게 좋은 거'라는 말도 있듯이 굳이 드러내어 이득 되는 것이 없다는 판단에 서일 것이다. 그런데 이 시의 시적 자아는 굳이 들추어내어 불화를 일으키고야 만다.

시적 자아는 "부정적인 생각을 많이 하면 / 모든 게 산뜻하고 선명해진다"라고 단언한다. 여기에서 "부정적인 생각"이란 회의나 비판적 사고로 볼 수 있다. 이 시에서 그것은 생각에 머물지 않고 발설이라는 실천으로까지 이어진다. 그런데 그 실천의 결과는 정반합의 변증법적 구도로, 반성이나 화해, 소통 등과 같은 긍정성으로 귀결되지 않는다. 타자화를 통한 무리의 결속은 부단히 지속되고 타자화의 대상만이 달라질 뿐이다.

실상 현대사회의 인간관계에 대한 투시는 시적 주제에 있어서 그리 특별한 것이 못된다. 이 시의 매력은 시크한 포즈로 부정성을 끝까지 견지해나가는 데 있다. 이 시의 제목은 부정성의 시의식을 단적으로 보여준다. '기다림'이라는 정서를 '추한 것'과 연결시키고 있기 때문이다. 이러한 낯설고 충격적이기까지 한 등가의 관계는 '기다림이 왜 추한가', '무엇이 기다림을 추하게 만드는가'라는 구조적인 문제에까지 생각이 이르게 한다. 섣부른 반성과 화해로 봉합하는 것이 아니라 그것에 근접하기 위하여 끝까지 들추어내는 것, 이것이 부정성의 힘이 아닌가 한다. "부정적인 생각을 많이 하면 모든 게 산뜻하고 선명해진다"는 언표는 이러한 맥락에서 이해할 때 의미가 분명해진다.

일상은 반복이다. 반복이란 익숙함, 곧 긴장이 없는 편안함을 의미한다. 보편적으로 인간은 낯선 것을 익숙한 것으로 만들어 편안한 상태를 유지하려 한다. 그러나 시인들은 다르다. 이러한 일상성에 매몰되어 있어서는 시인이라 할 수 없을 것이다. '온갖 슬프지 않은 것에도 슬퍼할 줄 아는 혼'이 시인이라는 백석의 언표는 일상 속에서 일상적이지 않은, 결코 일상적일 수 없는 시인의 시안과 감수성을 일컫는 말일 터이다.

이러한 맥락에서 의미를 획득하고 있는 시가 김지숙의 「데드플라이 – DeadVlei」이다. 익숙한 언어와 관습화되어 있는 의미를 버리고 그 공간을 낯설고 긴축된 감각과 이미지로 메우고 있기 때문이다.

나무는 바람 소릴 들으며 분진으로 뿜어 올린 가지가 곧 바람의 일부가 되리라는 걸 알았을까 잎잎의 요소들이 고요가 되고 생의 속도로 흐르던 물관이 사막에 가까운 표정으로 숨 쉬고 있다

바람의 냄새를 맡는 일은 뿌리에서 긴 혓바닥을 꺼내 자주 바닥을 핥으면서 아무도 모르게 말라가는 것임을 온몸으로 이해한 적이 있다

슬픔이 쉽게 허락되지 않는 곳 죽은 나무를 위해 슬퍼해줄 눈이 없는 곳
그늘과 그늘이 만나 증발해버리는 곳

데드플라이에서는 바람이 모래를 실어 나르지 않는다 모래 사이 숨은
이야기가 바람 따라 날리며 바람 버리고 떨어진다

눈물이 죽은 나무가 되는 꿈을 꾼 적이 있다
— 김지숙, 「데드플라이 - DeadVlei」, 『시와정신』, 2020년 봄호.

시의 공간적 배경은 '데드플라이'이다. 데드플라이란 죽음의 웅덩이라
는 뜻으로 나미브사막에 있는 사막지대이다. 한때 물이 있고 나무가 자
라던 땅이었으나 바람으로 인해 사방이 사구로 막히면서 자라던 나무들
이 길고 긴 시간 말라 죽은 채로 서있는 곳이다.

이 시를 읽고 있노라면 마치 오래전 천천히 말라갔을 나무의 옅어져
가는 숨결이 느껴지는 것 같다. 몇 백 년 동안 바람으로 머물면서 '증발하
는' 나무의 물기를 무심히 보고 있었던 것도 같다. 이 시는 구체적인 서사
가 있는 것도 아니고 명징한 의미를 전달하는 것도 아니다. 그러하기에
낯설고 난해하게 느껴지는 것이 사실이다. 그럼에도 읽고 또 읽다 보면
데드플라이의 죽음의 여정, 그 길고도 메마른 시간이 내 기억의 어느 한
켠에 자리하고 있었던 것 같은 착각이 든다. 그 까닭이 무엇일까.

먼저 "바람의 냄새를 맡는 일은 뿌리에서 긴 혓바닥을 꺼내 자주 바닥
을 핥으면서 아무도 모르게 말라가는 것"이라는 시구를 보자. 데드플라
이에서 "바람의 냄새"는 죽음의 냄새와 다른 것이 아니다. "뿌리에서 긴
혓바닥을 꺼내 자주 바닥을 핥"는 행위는 살고자 하는 의지를 환기한다.

그러나 마른 '바닥'을 핥으면 핥을수록 말라가는 속도는 빨라질 것이다. 살고자 하는 행위를 하면 할수록 죽음을 재촉하게 되는 것이다. 시적 자아는 이를 "온몸으로 이해한 적이 있다"고 고백하고 있다. "그늘과 그늘이 만나 증발해버리는 곳"이라는 시구도 그러하고 김지숙의 시는 이렇듯 상충하고 불화하는 지점에서 발화가 이루어진다.

그 절정을 이루는 대목이 마지막 연이다. 데드플라이에서 바람은 그리 가벼운 의미가 아니다. 데드플라이라는 죽음의 웅덩이를 만들고 궁극적으로 나무의 죽음에 관계하고 있는 것이 바람이기 때문이다. 바람이 죽음과 긴밀하게 연결되는 것은 모래를 실어 나르는 역할에 있다. 그러나 시인은 이를 통렬하게 전복시킨다. "모래 사이 숨은 이야기가 바람 따라 날리며 바람 버리고 떨어진다"는 대목에서 보듯 죽음의 과정을 이루어가는 바람을 시인은 버림받는 대상으로 위치시키고 있는 것이다.

이와 같은 주체와 객체의 전도를 포함해 이 시에서는 주체와 객체의 경계가 모호하다. 나무의 죽음에 결정적인 역할을 하는 바람은 결국 죽은 나무와 등가를 이루기도 하고 더 나아가 바람이 모래를 실어 나르는 주체가 아니라 버림받는 객체로 전락하기도 한다. 시적 자아는 이런 모순을 온몸으로 이해하는 존재로 주체이기도, 객체이기도 하다. 이러한 시적 장치가 독자로 하여금 이 시를 모호하게 느끼면서도 그 모호함 속에 동일화되어 있는 감각을 포회하게 하는 것이다.

우리가 읽고 있는 시는 어쩌면 바람에 실려 날아온 "모래 사이 숨은 이야기"가 아닐까. 낯선 것을 익숙한 것으로 만들어 편안함을 유지하고자 하는 것이 인간의 본능이라지만 이 이야기를 듣기 위해서라면 그러한 본능을 기꺼이 유보할 수 있을 것 같다.

학다리 오일장에 다녀오신다더니 날이 저물어도 돌아오시지 않아요 영산포 나룻배는 잘 건너셨을까요 흰 눈 펑펑 쏟아지는데 먼 길을 어찌 오가시려는지요 문밖을 한참 서성여요 언 발가락을 종종거리며 깡충깡충 뛰어요 또다시 마중 나가려는데 두 살배기 동생이 칭얼대며 울고 달래요 그리움도 별빛으로 물이 드는데 엄마는 오시지 않고 문풍지가 방문을 때리며 다그쳐도 쫑긋쫑긋 자꾸만 자라나는 귀, 바싹바싹 마른 귀, 오도독오도독 고드름 같은 귀, 삐쭉삐쭉 날이 서는 귀, 몰아치는 눈보라에 먹먹해진 귀, 찬 바닥에 쪼그리고 앉아 토끼 네 마리, 방문 앞을 지키고 서 있네요

아이, 영순아, 영순아
저 멀리 희미하게 들려오네 울 엄마 오시는 소리 들려오네 서른두 살 과부 인생, 살아보겠다고 휘날리는 눈보라 앞세우며 장사 밑천 한보따리 머리에 이고 돌아오시네 미끄러질세라 고무신을 꽁꽁 동여맨 나일론 끈이 다 풀어진 채, 손을 흔드시네 홀로 차가운 눈밭을 깡충깡충 걸어오시듯 내게로 오시네 따스한 장작불 같던 온기는 어디로 가고 차디찬 링거를 달고 오시네 흰 눈 지그시 밟으시며 돌아오시네 열네 살 내 유년의 속살을 찢고 고통으로 오시네 남은 모든 생(生)이 전이된 채, 내게로 오시네 문풍지처럼 떨고 있는 나를 보시며 손을 흔드시네 손을 흔드시네
— 강경아, 「어느 토끼의 겨울밤」, 『시에티카』, 2020년 상반기.

유년의 기억을 시적 소재로 삼는 경우가 많다. 유년이란 핍진했을지언정 공동체적 유대감에 대한 선험적 기억이 각인되어 있는 시기이며 무엇보다도 지금 여기의 현실에선 상실되어 있는 대상이기 때문이다. 박재삼 시인이 가난했던 유년의 체험을 『추억에서』(현대문학사, 1983.)라는 시집으로 묶어낸 것도 바로 이러한 까닭에서였을 것이다. 위 시는 생계를

책임지는 어머니의 고달픈 삶과 그러한 어머니를 기다리는 아이들을 그리고 있다는 점에서 박재삼의 「추억에서」를 떠올리게 한다. 박재삼의 시가 시각적 이미지를 통해 슬픔을 아름다움으로 승화시키고 있다면 위 시의 경우 공감각적 심상이나 시점의 이원적 구도 등 절묘한 시적 기법을 통해 슬픔을 심화시키고 있다.

위 시는 2연으로 구성되어 있는데 1연은 과거, '열네 살' 시적 자아의 시점에서 전개되고 있다. 그러한 까닭에 "학다리 오일장"에 가서 날이 저물도록 돌아오지 않는 '엄마'보다는 시적 자아와 동생들의 애타는 기다림이 초점화되어 있다. "바싹바싹 마른 귀, 오도독오도독 고드름 같은 귀, 삐쭉삐쭉 날이 서는 귀, 몰아치는 눈보라에 먹먹해진 귀"는 각각 애가 타고, 춥고, 두렵고, 그리운, 기다림의 감각 내지 정서를 모두 '귀'에 대한 묘사로 표현한 것이다. 아이들을 상징하는 토끼의 특징과 방에서 청각에 의지하여 엄마를 기다릴 수밖에 없는 현실, 그리고 그 심정까지 절묘하게 드러내고 있는 탁월한 형상화라 할 만하다.

2연에서는 현재 자아의 시점에서 기술되고 있으며 엄마를 초점화하고 있다. 시인은 기다리던 '엄마'가 드디어 돌아오는 장면에서 갑자기 현재로 전환하여 "서른두 살 과부"의 엄마와 "차디찬 링거를 달고" 오는 '엄마', "남은 모든 생(生)이 전이된" 엄마와 오버랩시킨다. 동일한 구도로 '손을 흔들며 오는' 과거의 엄마는 "문풍지처럼 떨고 있는 나를 보시며 손을 흔드"는 현재의 엄마와 오버랩된다. '돌아오는' 유년의 엄마와 '돌아가는' 현재의 엄마의 이미지가 중첩되며 시적 자아의 깊은 상실감이 드러난다. 서사와 이미지, 감각과 정서를 아우르는 다양한 시적 의장이 돋보이는 작품이다.

일상은 늘 반복되는 보통의 일이라지만 실상 매우 불안정하고 가변적인 것임을 코로나 19를 통해 새삼 각성하게 되었다. 영원이나 신과 같은 불변의 가치에 대한 추구도 어찌 보면 국가의 형태를 구축하지 못했던 고대 그리스 도시국가의 안정적인 '일상'에 대한 욕망에서 비롯된 것이 아니겠는가.

현대 시인들은 달라진 삶의 방식과 일상 속에서 일상에 대한 무의식적 안정감에 대한 경계를 드러내기도 하고 평범했던 일상이 기적이었음을 통찰하기도 했다. 대상 간의 '거리'에 대한 탐구, 일상성에 대한 경계 등 최근의 시에서 일상을 가로지르는 다양한 시의식을 마주할 수 있었다.

우리가 '영원히' 기왕의 일상으로 돌아가지 못할 수도 있다는 발표가 충격적으로 들리기도 했지만 조금만 세심한 이성 내지 감수성으로 접근해보면 기실 우리는 단 한 번도 동일한 하루를, 같은 일상을 보낸 적이 없다. 코로나19로 인해 우리는 달라진 일상에 적응해야 하는 것이 아니라 늘 그러했듯 새로운 일상을 만들어 가는 것인지도 모른다. 이것이 현대 시인들의, 일상을 가로지르는 시의식의 요체가 아닌가 한다.

'너머'에 대한 응시,
그 진실에 이르는 여정

'뭉치면 살고 흩어지면 죽는다.'라는 언표는 옛말이 되었다. 이제 우리는 1~2m 간격을 기본으로, 될 수 있는 한 흩어져야 하며 자칫 뭉치는 행위로 처벌을 받을 수도 있는 시대에 직면했다. 대면, 대화, 신체적 접촉은 물론 사물을 매개로 한 간접적 접촉까지도 주의해야 하는 실정이다. 여기저기서 절망의 탄식이 이어졌다. 그런데 어느 정도 시간이 흐른 후 인간은 적응의 동물이라는 말을 증명이나 하듯 각계각층의 사람들은 다양한 방식으로 단절된 고독의 시공간을, 타자와의 거리를 메워가기 시작했다.

우리가 건너가고 있는 단절의 상황이 코로나 펜데믹으로 인해 강제적으로 주어진 것이라면 시인들의 경우 이를 능동적으로 선취하는 존재라할 수 있겠다. 백석의 '높고 외롭고 쓸쓸'한 주체나 (「흰 바람벽이 있어」) 유치환의 '억년 비정의 함묵에 안으로 안으로만 채찍질하'는 주체에서도 (「바위」) 확인되듯 시인들에게 고독 내지 타자와의 거리란 자아 성찰과 고양의 기제이자 창작의 기반이 된다.

고독의 시공간에서 시인들의 응시는 깊고 내밀해진다. 반복되는 일상의 응시 관계에서 시인들의 시선은 근원적인 층위로 한 걸음 더 들어간다. 그것은 현실적인 대상 너머의 잠재적인 것에까지 육박해간다. 대상의 잠재적인 측면이란 명징하게 인지 가능한 것이 아니다. 그것에는 주체의 기억, 무의식, 욕망 등이 포회되어 있기 때문이다. 명징하게 포착되지 않는 잠재성을 상징화하기 위하여 시인들의 응시는 부단히 깊어질 따름이다.

이러한 사물에 대한 응시를 통해 본질에 접근해가는 과정을 치밀하게 드러내 보여주고 있는 시로 김완하의 「금문교」를 들 수 있다.

그대를 만나기 전 샌프란시스코 하면 언제나 그대를 떠올렸어요. 그대 만나며 나는 세 번 놀랐지요. 처음 숱하게 들었던 명성만큼 그대가 다가오지 않아 놀랐구요. 다음엔 주변을 감싸는 안개로 그대를 좀체 볼 수 없어 놀랐어요. 그래서 여러 번 더 찾아간 뒤에야 그대를 조금 느낄 수 있었는데, 더욱 놀라운 건 그대와 헤어지고 나서 였어요

1년을 그곳에 살며 그대를 여러 번 만났어도 그대의 변덕스런 성정(性情)으로 진정한 모습 보이지 않았지요. 그런데 그대를 돌아서면 화려했던 배경이 사라지고 그대만 홀로 솟아오르는 것이었어요. 더욱이 놀라운 건 그곳을 떠나와서 였어요. 그대를 감싸던 대륙의 모든 풍경은 안개 속에 묻힌 채 그대만 우뚝 솟아 보름달처럼 휘영청 솟아올랐지요

뒤돌아서 보이는 게 있어요. 어두운 골목으로 그대 발걸음 사라지고, 나 홀로 텅 빈 시간에 기대 설 때. 홀연히 솟아오르는 그대의 실루엣. 우리에겐 지난 뒤야 밀려와 닿는 게 있지요. 당장 눈앞에 핀 꽃잎들 모두 떨구고

난 뒤에 열리는 그 문처럼.
　　— 김완하, 「금문교」, 『시와정신』, 2020년 여름호.

이 시에서 서정적 자아와 시적 대상과의 만남은 세 단계로 나뉜다. 첫 번째는 명성에 기대어 형성된 이미지의 단계이고 다음은 실체를 확인하는 단계이다. 여기에는 기대와 현실 사이의 괴리가 있을 수밖에 없다. "숱하게 들었던 명성만큼 그대가 다가오지 않아 놀랐"다는 시구에서 이를 확인할 수 있다. 마지막은 다시 이미지의 단계이다. 그러나 여기에서의 이미지는 실체와의 대면 이후 형성된 것이라는 점에서 첫 번째 단계의 이미지와는 차이가 있다.

주목할 것은 "진정한 모습"이 실제 대상과의 마주침에서 드러나지 않는다는 사실이다. 관념 속의 이미지는 타자의 시선과 언표에 의해 만들어진 가상일 뿐이라고 하더라도 현실적 대면은 다르다. 그럼에도 서정적 자아는 실물로부터 "진정한 모습"을 볼 수 없었다고 토로한다. 그 원인으로 "주변을 감싸는 안개"라든가 "그대의 변덕스런 성정(性情)"을 들고 있지만 사실 문제는 대상 자체가 아니라 응시 주체의 시선이랄까 내면에 있었던 것이다. 그것은 대상과 거리를 두었을 때 진정한 모습이 드러난다는 대목에서 확인할 수 있다.

서정적 자아는 가상의 대상, 현실적 대상에 포획되어 있는 '명성', '화려한 배경', '대륙의 풍경' 등을 지우고 나서야 진정한 모습을 마주하게 된다. 결국 대상의 '진정한 모습'은 표층적인 것에 휘둘리지 않는 서정적 자아의 고요한 시선, 진정성 있는 내면에 의해 드러나는 것이다. 이러한 단계에 이르기 위해 요구되는 것은 "나 홀로 텅 빈 시간", 다시 말해 단절된 시공간이다.

"뒤돌아서 보이는" 것, "지난 뒤야 밀려와 닿는" 것에 대한 통찰은 단순히 시간이 흐른다고 이루어지는 것이 아니다. "당장 눈앞에 핀 꽃잎들 모두 떨구고 난 뒤"라고 해도 '그 문'은 열리지 않을 수 있다. 그것은 진실과 마주하려는 주체의 부단한 노력, 고독한 시공간에서의 대상과 자아에 대한 집요한 응시가 있어야만 열리는 '문'이다. 이 시의 표제이기도 한 '금문교'는 타자의 표상일 뿐이다. 시인은 '금문교'에 대한 구체적 체험을 바탕으로 올곧은 인식과 진정한 관계에 대한 통찰을 밀도 있게 그려내고 있다.

　　나도 이야기를 남기고 싶었을 뿐이었어
　　처음이었지만 처음은 아닌 것처럼
　　매 순간 혼자이었지만 너와 함께 있는 것처럼
　　순간을 박제해 볼 생각이야
　　플래시 앞에서 기억을 바짝 성립시키는 방식이라고 할까
　　고화질 1+1 4,000원
　　넌 1도 못 되고 어디에 있는 거니

　　시작합니다
　　테두리를 선택하세요

　　테두리라니, 가만히 중얼거려도 듣는 사람 전혀 없는데
　　나와 나 아닌 것들만 있는데
　　감추는 게 무슨 소용이 있니

　　여기를 보세요

하나 둘 셋
너 없이 카운터를 세고 말았지

엉거주춤한 포즈
어색하게 부분 헤어스타일
헐렁한 귀밑머리

잃어버리고 놓쳐버린 저 찰나
순식간에 인화된 빈자리
나는 왜 인정하지 못하고
이미지를 끝없이 덧입히고 있는 거니
— 구애령, 「썸컷」, 『시와정신』, 2020년 여름호.

체험을 배경으로 '진정한 모습'을 보기 위한 시적 주체의 응시를 드러
내고 있다는 점에서 위 시는 「금문교」와 동일한 선상에 놓인다. 그러나
후자가 본질에 드리우고 있는 주변적 배경을 걷어내고자 하는 태도를 취
하고 있다면 위 시는 비극적 현실을 가리기 위해 "이미지를 끝없이 덧입
히고 있"는 자아에 대한 성찰을 드러내고 있다는 점에서 다른 경우이다.

이 시의 서정적 자아는 "이야기를 남기고 싶었을 뿐"이라는 궁색한 이
유를 대며 즉석사진관에서 혼자 사진을 찍고 있다. 서정적 자아가 '남기
고 싶었던' 이야기는 무엇일까. "처음이었지만 처음은 아닌 것처럼 / 매
순간 혼자이었지만 너와 함께 있는 것처럼"에서 보듯 적어도 그것이 진
실이 아니라는 것만은 분명한 사실이다. "너와 함께 있"지 않은 세계는
'나'와 '나 아닌 것'들로 이분될 뿐이다. '나'와 '나 아닌 것'들로 나뉜 세계
는 자아의 심리적 고립 상태를 표상한다.

서정적 자아에게는 '나 아닌 것'들은 물론 '나'까지도 속임의 대상이 된다. 아니 어쩌면 '나'야 말로 가장 속이고 싶은 대상이 아닐까. 결국 자아는 스스로 진실이라 믿고 싶은 이미지를, 이야기를 박제하고 싶었던 것이다. 그러나 인화된 순간은 "엉거주춤한 포즈 / 어색하게 부분 헤어스타일 / 헝클한 귀밑머리"의 자아와 그 옆의 '빈자리'이다. 혼자 남겨진 채 '나 아닌 것들'과 섞이지 못하고 부유하는 자아, 이것이 인화로 드러난 현실의 모습인 셈이다.

진실은 자주 외면 내지 왜곡된다. 마음을 불편하게 하거나 효용성에서 어긋나거나 상처를 입히기도 하기 때문이다. 개인적으로든 집단적으로든 진실이라 믿고 싶은 바를 진실로 인식하는 경우가 많은 까닭이 바로 여기에 있다. 진실을 직시하고 그것을 받아들이기 위해서는 용기가 필요하다. 그리고 변화는 이러한 '인정'과 수용의 태도에서 비로소 시작되는 것이다. "인정하지 못하고 / 이미지를 끝없이 덧입히고 있는" 자아에 대한 시인의 응시는 그래서 중요하다. 자칫 관념적으로 느껴질 수 있는 성찰의 행위를 즉석사진이라는 구체적 물질성으로 구현하여 현실감을 높이고 있는 점도 주목할 만하다.

위 두 시들이 개별적 존재의 층위에서 보편적 진실에 대한 통찰을 보여주고 있다면 권순의 「2월은」이나 김일곤의 「회전문 안에서」의 경우 응시의 초점이 현대 사회의 현상에 맞추어져 있다는 점에서 차질적이다.

　새로 시작한 달은 이미 아니고
　너무 멀리 온 것 같지도 않은

　새로운 습관이 몸에 붙기 시작하는

신년 운세를 아직 기억하는 달이다

신종 바이러스가 창궐하고
간절하게 온기를 기다리는 이들이
창문 앞에서 모자를 벗는다
나의 오래된 습성은 달력에서 2월을 지운다

푸른 눈 뱀장어의 등을 쓰다듬는
남반구 아이들의 검은 어깨가 미끄러운 2월이다

긴 머리로 얼굴을 가린 여자는 의도적 살인을 부인한다
우발적 살인이라면 비난을 면할 수 있을까
누구도 반성하지 않는 2월이다

안 밖에서 쏟아진 비난들은 어디로 흘러갈 것인가
아무도 판단할 수 없는 일들이 2월을 통과한다
판결을 유보한 광장에 감염증만 득세한다
로마에서도 2월은 정화되지 못하고 3월로 번져간다

겨울의 끝이기도 여름의 막달이기도 한 2월이
멈추어 선다 감염된 북반구 사람들이
언 땅에 자꾸 묻힌다

나의 몸속에 너를 비난할 수 없는
무엇이 있다 우리는 서로의
증상을 의심하며 증식하고 있다

— 권순, 「2월은」, 『시와정신』, 2020년 여름호.

사르트르는 '오후 3시'를 두고 '무언가를 시작하기엔 너무 늦고 또 끝내기엔 너무 이른 시간'이라 언표했다는데 위 시의 서정적 자아는 '2월'에 초점을 맞추고 있다. 시인이 '2월'에 주목한 까닭은 무엇일까. 사르트르의 '오후 3시'처럼 '2월'에도 무언가 애매한 구석이 있는 것일까. 시인은 먼저 물리적 시간의 관점에서 '2월'에 접근하고 있다. 1년 열두 달을 두고 볼 때 '2월'은 시작은 아니지만 그것에 가까운 달이라는 것이다. 2연으로 가면 신체적 감각의 측면에서 '2월'을 규정한다. "새로운 습관이 몸에 붙기 시작"한다든가 "신년 운세를 아직 기억하는 달"이라는 시구가 그것이다.

2월에 관한 물리적이거나 감각적인 차원은 보편적이며 순환적인 속성이라 할 수 있다. 매년 2월이면 이와 유사한 의식 내지 감각을 가지게 될 것이라는 의미이다. 사실 한해의 시작인 1월이나 봄과 새 학기를 알리는 3월에 비해 2월은 존재감이 없는 편이다. "달력에서 2월을 지"우는 서정적 자아의 "오래된 습성"은 여기에서 비롯되는 것일 터다. 그런데 더 이상 2월을 1월과 3월 사이에 끼어있는, 그저 지나가는 달로 인식할 수 없게 되었다. 서정적 자아는 '2월'을 응시한다.

'지금'의 특수한 2월은 "신종바이러스 창궐"에서부터 시작한다. '우발적 살인'을 주장하고 있는 "긴 머리로 얼굴을 가린 여자"나 여전히 정화되지 못한 '로마', 여기저기서 비난은 난무하는데 "누구도 반성하지 않는" 달이 자아의 시선에 포착된 '2월'이다. '2월'은 북반구에서는 "겨울의 끝"이지만 남반구에서는 "여름의 막달"이기도 하다. 겨울이 끝나면 봄이 오고 여름이 가고 나면 풍요로운 가을이 온다. 그런데 세계는 '겨울의 끝', '여름의 막달'인 '2월'에서 멈추어 서고 만다.

'2월'이 지나가지 않는다는 것은 봄이, 가을이 오지 않는다는 것, 그만큼 희망이 요원하다는 의미이다. 시인은 그 까닭을 비난과 성찰의 측면에서 찾고 있는 듯하다. 밖을 향한 비난은 쉽지만 자아와 자아가 속해 있는 집단에 대한 성찰은 어려운 법이다. 엽기적인 살인을 저지른 '여자'에서부터 '로마'의 성스러운 집단에 이르기까지 예외가 없다. 어쩌면 더 두려워해야 할 감염은 신종바이러스가 아니라 이러한 윤리적 불감증이 아닐까. "나의 몸속에 너를 비난할 수 없는 / 무엇이 있다"라고 고백하고 있는 마지막 연의 의미는 이러한 현실에 대한 시인의 성찰 내지 두려움에서 찾을 수 있을 것이다.

문의 소통은
열림과 닫힘으로 구체화된다
회전문은 소통의 통로를 회전으로 비틀었다
편이(便易)라는 옷을 입혀
강요와 이기(利己)를 숨기는 장치다
편이의 천재 같으나
알고 보면 구속의 천재가 틀림없다
높은 습성을 지닌 빌딩일수록
환대보다 박대의 방식이나
회전의 유혹에 늘 미혹할 뿐이다
빠르고 느림의 보폭을 남의 보폭에 맞춰야 하니
늘 이율배반적이고
서로 등을 떠밀어야하는
배척의 투명한 거리가 있다

문은 본디 여유롭고 싶었지만
열림과 닫힘을 회전으로 바꾸면서
그 이기가 문화를 구부리고 있다
회전문이라는 편이는
판옵티콘 콘트롤 타워가 통제하는 섬뜩함이 있고
늘 자기 입맛에 간 맞추려는
영악한 혀가 날름거린다
— 김일곤, 「회전문 안에서」, 『시와정신』, 2020년 여름호.

위 시의 시적 소재는 '회전문'이다. '문'의 '열림'은 소통으로, '닫힘'은 단절로 의미화된다. 일반적으로 문의 소통은 직접적이다. 열고 닫힘에 따라 안과 밖이 통하거나 단절된다는 의미이다. 그러나 현대 이기(利器) 중 하나인 회전문은 다르다. 실내와 실외의 차단을 유지한 채 출입을 실현하기 때문이다. 온방과 냉방 등 실내의 에너지를 유지하는 데 효율적인 방식인 것이다.

시인은 이러한 방식에 대해 "소통의 통로를 회전으로 비틀었다"라고 표현하고 있다. '비틀었다'에는 '소통의 통로'를 틀어지게 했다는 의미와 돌아가는 회전문의 특징이 중층적으로 담지되어 있다는 점에서 절묘한 표현이라 할 만하다. 이어지는 "편이(便易)라는 옷을 입혀 / 강요와 이기(利己)를 숨기는 장치"라거나 "편이의 천재 같으나 / 알고 보면 구속의 천재"라는 대목에서는 시인의 강한 주관적 해석과 비판적 의지를 더욱 표나게 드러내고 있다. 시인은 '회전문'에 관한 응시를 통해 '편이'에 가려진 현대 자본주의 사회의 억압의 코드를 드러내 보여주고 있는 것이다.

"우리는 회전의 유혹에 늘 미혹"하다. "높은 습성을 지닌 빌딩"의 그것일수록 더욱 그러하다. 그러나 "높은 습성을 지닌 빌딩"의 '회전'은 사실 "환대보다 박대의 방식"이다. '강요'와 '구속'을 배태하고 있기 때문이다. 편리와 효율, 자본을 등에 업고 교묘하게 작동하는 억압은 쉽게 드러나지 않을 뿐더러 현대인들의 '회전문'에 대한 동경과 욕망이 그것을 더욱 가리는 역할을 한다. '회전문' 안으로 발을 들여놓으면 나만의 "빠르고 느림의 보폭"은 불가능하다. 돌아가는 회전의 속도에 보폭을 맞추어야 한다.

　시인의 '회전문'에 관한 응시의 시선은 자본주의 현대사회의 심연에 자리한 "판옵티콘 콘트롤 타워가 통제하는 섬뜩함"으로까지 육박해 들어간다. 이에 의하면 세계는 하나의 거대한 '회전문'이며 그 안에서 종종 걸음치고 있는 우리는 "늘 이율배반적이고 / 서로 등을 떠밀어야하는 / 배척의 투명한 거리"를 상정하고 있다.

　　　풀들이 꽃을 피울 때였어요
　　　하나씩 촛불을 들고 있는 것 같았죠
　　　어느 광장의 모습을 기억해냈던 것일까요
　　　사람들은 증언자처럼 연속 셔터를 눌러댔어요
　　　초점 밖에서 인화될 노란 군집과
　　　빨갛게 번지는 군락의 타오름
　　　온 들판이 꽃불로 피어올랐죠
　　　이름 있는 것과 없는 것이 구별되지 않았어요
　　　목적이 분명한 개화
　　　나는 들판 밖에서 들판을 보았지요
　　　점점점 경계를 넘어 번져가는 꽃들의 행보
　　　꽃이 아닌 것들도 꽃빛으로 물들고

물들지 못하는 것들은 고도로 떠돌았어요
함성처럼 채색되는 굴곡들
꽃대마다 꽃꽃꽃 찍어 우는 잎새들의 노래
집회처럼 한 계절이 지나가고
또 한 계절이 받아 잇는 축제였던 거지요
얼마나 견고한 어둠을 깨려 했을까요
천수입상의 제단을 밝히는 붉고 노란
촛불을 보았으니까요
— 엄태지, 「봄, 촛불」, 『시와정신』, 2020년 여름호.

　권순의 「2월은」이나 김일곤의 「회전문 안에서」가 일상적 대상에 대한 깊은 응시를 통해 현대 사회가 직면한 비극적 현실을 형상화하고 있다면 위 시는 자연과 사회, 초월적 존재의 교호적 이미지를 통해 의미를 발현하고 있는 경우이다.

　위 시에서 꽃과 촛불의 이미지는 동일화되어 있다. '꽃불'이라는 시어가 이를 말해준다. 서정적 자아는 들판에서 "노란 군집과 / 발갛게 번지는 군락의 타오름"을 보고 "어느 광장의 모습"을 떠올린다. "목적이 분명한 개화"란 광장의 촛불을 의미화한 것일 터다. 동일한 생각과 목적을 가진 사람들이 광장에 모여 그들의 의지를 표현하는 수단으로 촛불을 밝히는 것이기 때문이다.

　주목을 요하는 것은 "들판 밖에서 들판을 보았"다는, 응시하는 시적 주체의 위치이다. 들판 안에서는 함께 군락을 이루고 있는 대상들을 볼 수는 있겠지만 들판은 볼 수 없다. 숲 안에서 나무는 볼 수 있지만 숲은 보지 못하는 것과 같다. 시적 주체의 위치가 '들판 밖'이라는 것은 '들판'으로부터 응시가 가능해지는 거리를 확보하고 있다는 의미가 된다. 이 시에서 꽃이 촛불과 등가를 이루고 있는 것처럼 '들판'은 '광장'과 동일한 관계에 있다.

그렇다면 주체의 시선에 포착된 세계는 어떠한 모습이었을까. "이름 있는 것과 없는 것이 구별되지 않았"고 "꽃이 아닌 것들도 꽃빛으로 물들고 / 물들지 못하는 것들은 고도로 떠돌"았다는 것으로 드러난다. 이것이 "들판 밖에서" 본 '들판'의 모습이다. '들판'과 '광장'이 등가의 관계에 놓인다고 했지만 묘사된 '들판'의 모습이 곧바로 '광장'의 모습이라고 할 수는 없다. 오히려 언젠가는 '광장'이 이르러야 하는 모습, '광장'을 넘어 우리 사회가 이르러야 하는 모습이 아닐까. 결국 묘사되고 있는 아름다운 '들판'의 풍경이란 '자연과 같은 사회'에 대한 시적 주체의 간절한 염원이 투사된 모습이 되는 셈이다.

"이름 있는 것과 없는 것이 구별되지 않"고 "꽃이 아닌 것들도 꽃빛으로 물들고 / 물들지 못하는 것들은 고도로 떠돌" 수 있는, 다시 말해 서로 다른 존재들이 고유한 존재 그 자체로 어우러져 존재할 수 있는 곳, 그것이 '광장'에서 확장된 우리 사회의 모습이길 기원하는 것이다. "천수입상의 제단을 밝히는 붉고 노란 / 촛불"의 의미는 이러한 기원의 맥락에서 찾을 수 있을 것이다.

쏟아지는 수돗물에 등이 매끈한 고등어를 씻다가
눈물이 흘렀다

어쩌다 심장을 파고 들어와 박혔는지
한없이 소금을 만든다

정수리까지 차오른 소금물로 심장이 조여들고
절인 살점은 한 점씩 떼어내었다

나를 열고 들어 온 어둠 속에서
당신은 돌멩이를 가슴에 얹고 사는 것 같다고 말했다

흙무덤 틈으로 빗물에 쓸려온 돌멩이 하나가
발끝에서 머뭇거린다

두루마리 휴지처럼 몸을 말고 앉는 날이면
두 개의 돌덩이가 돌고 있는 거다
— 이경희, 「멧돌」, 『시와정신』, 2020년 가을호.

　서정적 자아는 수돗물에 고등어를 씻는 지극히 일상적인 행위를 하다
가 눈물을 쏟는다. 고등어를 씻다가 도대체 왜 눈물을 흘렸을까. 고등어
와 눈물을 연결하는 고리는 다음 연에 등장하는 '소금'이다. "어쩌다 심장
을 파고 들어와 박혔는지 / 한없이 소금을 만"드는 존재는 소금에 절여
진 고등어이기도 하고 슬픔에 잠겨 한없이 눈물을 흘리는 서정적 자아이
기도 하다. 머리를 빗다가도 울컥 감정이 북받치는 때가 있다. 코미디 프
로그램을 보다가 오열을 하기도 한다. 슬픔은 이토록 맥락이 없다. 특히
이별이나 죽음을 통해 누군가를 상실한 경우에 더욱 그러하다. 고등어를
씻다가 눈물을 흘렸던 서정적 자아의 행위도 이와 같은 맥락에서였을 것
이다.
　"정수리까지 차오른 소금물로 심장이 조여들고 / 절인 살점은 한 점씩
떼어"지는 존재 또한 '절여진 고등어'이자 슬픈 자아이다. 아무 생각도 할

수 없는 가슴 아픈 존재, 살점이 떼어지는 듯 아픈 존재가 바로 서정적 자아인 것이다. 서정적 자아가 이토록 아픈 이유는 "나를 열고 들어 온 어둠 속에서" "돌멩이를 가슴에 얹고 사는 것 같다고 말"한 '당신' 때문이다. '나'의 '어둠'이 '당신' 가슴에 돌이 되었던 것일까. 분명한 것은 '나'로 인해 당신이 아파했다는 사실일 것이다. 그리고 이젠 다시 돌이킬 수 없는 날들과 '당신', 아픔을 주었던 '나' 때문에 지금 여기의 서정적 자아가 슬퍼한다는 것이다.

"두루마리 휴지처럼 몸을 말고 앉는 날"이면 서정적 자아는 "두 개의 돌덩이", 즉 '당신' 가슴에 '돌'이었던 '나'와 이젠 '나'의 가슴에 '돌'이 되어버린 '당신'이 한 몸을 이루어 돌고 있는 듯 느끼는 것이다. 또 한편으로는 예전 '당신' 가슴을 누르고 있던, '나'로 인한 돌덩이까지 이젠 서정적 자아의 몫이 되었다는 의미로도 읽을 수 있겠다.

위 시에는 고등어, 소금, 돌멩이, 두루마리 휴지 등 다양한 시적 소재가 등장한다. 이것들은 모두 서정적 자아와 동일화하거나 긴밀하게 관련되어 있는 대상들이며 마지막엔 이 시의 표제이기도 한 '맷돌'로 수렴된다. 이 소재들을 관류하는 정서는 슬픔이며 서정적 자아는 슬픈 존재이다. 다소 거리가 멀다고 할 수 있는 다양한 소재를 하나로 꿰어 슬픔의 정수를 향해 치달아 가는 시적 의장이 돋보이는 작품이다.

단절의 시공간과 타자와의 거리가 일상이 되어가고 있다. 시인들에게는 이 상황이 낯설면서도 또 한편으로는 익숙할 것이다. 시인들에게 이 낯설고도 익숙한 고독의 상황은 사물에 대한 응시의 밀도가 높아가는 시공간이다. 익숙해서 그저 스쳐가는 사물에 지나지 않았던 대상이 시인들의 응시를 통해 생의 진실을 포회하고 있는 특수한 존재로 거듭난다. 그러한 대상들과의 만남을 통해 우리는 인식과 감각, 정서를 가로지르는 소통의 통로를 발견하게 된다.

대상 너머에 대한 시인들의 응시란 결국 세계에 대한 애정에서 발로하는 것이었음을 알게 된다. 시인들은 이를 통해 생에 대한 통찰이나, 존재의 발견, 현실에 대한 비판이나 상처에 대한 위무 등 다양한 의미를 그들의 시에서 발현하고 있다. 우리가 시를 읽는다는 것은 이러한 응시의 행위에, 인간과 인간 아닌 모든 존재에 대한 애정에 조응하는 것이라는 점에서 지극히 개인적이면서도 또 공동체적인 행위라 할 수 있을 것이다.

사라지는 시간과 '마주침', 일상 속 그 징후들

공지영의 『무소의 뿔처럼 혼자서 가라』에서는 스무 살 시절을 '제발 우리에게 무슨 일인가가 일어나게 하소서.'라고 기도하던 때로 묘사한다. 무료함의 표현일 터인데 이는 시간에 대한 감각과도 연관되어 있다. 시간이 느리게 가는 것으로 느낀다는 의미이다. 시대에 따라 '스무 살'뿐만 아니라 각 세대가 처해지는 환경과 그에 따른 현실 감각이 달라지는 것은 사실이다. 그러나 시간의 흐름에 대한 감각이 존속 시간에 비례한다는 사실은 변하지 않는다. 다시 말해 나이가 들수록 시간의 유속을 빠르게 느낀다는 의미이다.

이런 감각의 변화는 뇌의 정보전달 속도, 기억의 양, 도파민의 분비량 등 여러 과학적인 근거를 바탕으로 설명되고 있다. 가령 어릴수록 그들에게 세계는 익숙한 것보다 낯설고 새로운 것이 많은 곳일 수밖에 없다. 또 신경세포의 정보전달 속도도 어릴수록 빠르다. 이는 낯선 것보다 익숙한 것이 많은 기성세대에 비해 동일한 시간에 처리하는 정보가 많다는 의미이다. 따라서 감각하는 시간의 흐름도 상대적으로 느린 것으로 느끼게 된다는 것이다.

　같은 강물에 발을 두 번 담글 수 없다는 말이 있듯 흐르는 시간 속에서 우리는 어느 한 순간도 동일한 존재로 같은 경험을 할 수 없다. 그럼에도 인간은 끊임없이 낯선 것을 익숙함의 영역으로 편입시킨다. 알지 못하는 것, 낯선 것이란 불편, 두려움, 비효율 등과 연결되기 때문이다. 익숙한 것은 의식의 차원에 어떠한 충격도 주지 못한다. 그것들은 기호화된 자아의 세계에 내부화된 대상, 다시 말해 이미 정보처리가 되어 있는 대상들이기 때문이다. 매일 오가는 길과, 그 길에 놓여 있는 대상들을 거의 아무 의식 없이 지나치게 되는 것도 이와 밀접한 관련이 있다.

　들뢰즈에 의하면 이러한 마주침은 진정한 경험이 될 수 없다. 스치고 지나가는 대상들은 보았으나 본 것이라 할 수 없고 들었으나 들은 것이라 할 수 없는 것이다. 기호화된 자아의 세계에 교란을 일으키는 것, 그리하여 은폐되어 있던 무의식적 기억들을 환기하게 하고 사유하게 하는 것, 이것이 진정한 마주침이자 경험이다. 그것이 반드시 큰 사건일 필요는 없다. 견고한 의식의 세계에 균열을 일으키며 무수한 타자를 출현시키는 것이 의외로 우연하고 사소한 것에서 비롯될 수도 있는 까닭이다. 또 낯설고 새로운 대상에 한정되는 것도 아니다. 익숙한, 너무도 익숙한 대상이 의식을 건드리는 징후가 될 수도 있다.

　　홀수와 짝수를 구분할 수 있게 된 때부터 나는
　　홀숫날에만 울었고
　　혼자서만 울었다

　　내 무릎엔 진한 점이 하나 있다 너무 진해서

점 같지 않고 살아 움직이는 무엇 같다

무릎을 오그리고 앉아
책을 읽거나 자판을 두드리거나 딴생각을 하고 있다가
문득 시선이 쏠리면
벌레라도 앉아 있는 줄 알고 화들짝 놀라
공연히 쏘아보게 된다
무릎에 진한 점이 하나 있다는 걸 나는 매번 잊는다

그날도 그 사실을 망각하고 있었다
그날은 짝숫날이라 울지 않았고

눈부신 흰 벽을 벅벅 긁으며
손톱이 다 사라졌으면 좋겠다, 고 생각했다
뜨거운 방바닥에 몸을 최대한으로 붙이고서
이 밑으로 내가 푹 꺼져 버렸으면 좋겠다, 고 생각했다

하도 없어지고 싶어서 왜소한 몸을 동그랗게 말고
더 작아지다, 작아지다, 마침내 소멸하는
그런 상상을 했다

하지만 그 자세로 다섯 시간을 붙박여 있어도
나는 소멸하지 않았고
머무적거리며 엉성하게 고개를 들었을 때
무릎의 점과 눈이 마주쳤다
점 같지 않은 그것이, 한없이 꿈틀거렸다

내 무릎에 진한 점이 있다는 것
아무도 모르는, 나조차 가끔씩만 인식하는
작고 작은 비밀

어떤 날은 점이 흉측했을 테고
어떤 날은 찬연하기도 했겠지

그런 비밀을 간직하고 있는 한은 아무래도
존재할 수밖에 없겠구나, 생각했다
그리고 아마 그날 나는,

누군가의 앞에서 비밀을 누설하고
조금 울어 보고 싶었을 것이다
— 최은별, 「무릎의 점」, 『시와정신』, 2020년 겨울호.

"홀수와 짝수를 구분할 수 있게 된 때"란 새로운 단계, 라캉에 의하면
상징계로의 진입을 의미한다. 모성과의 합일이 가능한 통합적 감성의 세
계가 상상계라면 질서와 규범으로 이미 코드화되어 있는 세계, 자아가
수용하고 내부화하는 것만이 남은 세계가 상징계이다. 또 한편으로 상징
계는 기표와 기의가 맞물려 있는 짝수의 세계라 할 수 있다. 서정적 자아
가 "홀숫날에만 울었고 / 혼자서만 울었다"는 것은 이러한 '짝수' 세계와
의 불화, 그로 인한 처연한 고독을 형상화한 것이라 할 수 있다.
　'홀숫날'에는 그나마 울 수라도 있다. 운다는 것은 감정의 표출이자 자
기를 드러내는 행위이다. 그러나 짝숫날에는 그것조차 허락되지 않는다.
그러할 때 자아의 자기부정은 극에 달하게 된다. 서정적 자아는 "이 밑으

로 내가 폭 꺼져 버렸으면 좋겠다"고 생각하고 "더 작아지다, 작아지다, 마침내 소멸하는 / 그런 상상을" 한다. 이는 관념적인 것에서 그치지 않는다. "왜소한 몸을 동그랗게 말고", "다섯 시간을 붙박여" 있다. 소멸하고 싶어서이다.

이러한 자기부정은 스스로를 '무릎의 점', 즉 점인데 "점 같지 않고 살아 움직이는 무엇"에 동일화하고 있는 데서도 확인된다. "벌레라도 앉아 있는 줄 알고 화들짝 놀라 / 공연히 쏘아보게 된다"라든가 "무릎에 진한 점이 하나 있다는 걸 나는 매번 잊는"다는 대목에서 그러하다. "아무도 모르"고 "나조차 가끔씩만 인식하는" 존재가 '무릎의 점'이자 바로 자신이었던 셈이다.

중요한 것은 자주 존재조차 망각하게 되는 '무릎의 점'이 자아의 의식을 건드리는 징후로 작용하고 있다는 사실이다. 서정적 자아는 '무릎의 점'과의 마주침, 그것에 대한 관찰을 통해 자기 존재에 대한 사유에까지 이르게 된다. 세계에 내던져진 존재, 자아는 완결된 동일성을 가진 불변의 존재가 아니다. 무수히 많은 요소들이 접하면서 끊임없이 생성 변이하는 존재이다. "어떤 날은 흉측했을 테고 / 어떤 날은 찬연하기도 했"을 거라는 표현은 바로 이러한 통찰에서 나온 것이다. 이렇게 있는 그대로의 자기를 인정할 때 "아무래도 존재할 수밖에 없겠"다는 긍정에 이르게 되고 타자와의 소통도 가능해지는 것이다.

'무릎의 점'이라는 지극히 사소한 대상을 통해 현실과 초월, 우연과 필연, 익숙함과 낯섦의 간극을 가로지르며 마주침의 의미를 밝혀 보여주는 시이다.

공터에는 무엇이 살고 있을까? 공터에는 듬성듬성 잡풀이 자라고 얼굴

가린 돌맹이들 땅 속에 박혀 있고 부지런히 자리를 옮겨 다니며 비둘기들 브레이커 부리로 바닥을 쪼고 불쑥 생각난 듯 바람이 찾아와 조용히 잡풀을 흔들다가 냅다 비닐봉지를 걷어차고 풀잎 아래 그늘이 키를 늘이다가 줄어들고 일개미들이 자신들보다 큰 짐들을 실어 나르고 걸레 뭉치인 냥 획, 새의 그림자가 지나가고 한구석 어디로 굴러왔는지 널브러진 폐타이어 찢어진 틈새 먼지가 쌓이고 창창울울 우거지는 고요의 공터에 분주한 일상이 있다

　　― 이재무, 「공터」, 『시와정신』, 2020년 겨울호.

　이 시의 공간적 배경은 '공터'이다. 공터는 말 그대로 비어있는 공간이다. 그러나 위 시에서 공터는 '고요'가 "창창울울 우거지는" 곳이자 "분주한 일상이 있"는 공간이다. 이 공간을 채우고 있는 존재들은 '잡풀', '땅속에 박혀 있는 돌맹이들', '부리로 바닥을 쪼고 있는 비둘기들', '잡풀을 흔드는 바람', '바람에 날리는 비닐봉지', '자신들보다 큰 짐들을 실어 나르고 있는 일개미들', '걸레뭉치 같은 새의 그림자', '찢어진 폐타이어' 등이다.

　이들 대상은 모두 '마주치기' 어려운 존재들이다. 지나치면서 분명 마주친 적 있겠지만 의식에 어떠한 파동도 일으키지 못했을 가능성이 높다는 뜻이다. 보았으되 본 적 없고 들었으되 들은 적 없는 존재들인 셈이다. 그럼에도 시인은 정감 어리게 하나하나 호명한다. 이는 모든 존재를 '시름 차게' 사랑했던 백석이 「모닥불」이라는 시에서 '헌신짝', '소똥', '갓신창', '개터럭' 등등의 온갖 미미한 사물들을 하나하나 호명했던 마음과 다르지 않을 것이다.

　이 시의 매력은 기호를 배반하는 데 있다. '공터'의 기의는 무(無), '비

어있음'이다. 그런데 이 시에서 '공터'는 가득 차 있다. 이는 내용에 그치는 것이 아니라 형식적인 측면에서도 그러하다. 우선 이 시는 1연, 1행으로 이루어진 시이다. 시각적으로도 빈틈이 없거니와 긴 호흡으로 단절감 없이 이어지기도 한다. 이런 의장들은 밀집, 분주, 부단의 심상을 불러일으키는데, 이는 '공터'라는 기표와 그것에 당위적으로 대응하는 기의의 관계를 비틀게 된다. 코드화된 세계에 균열을 일으키는 것이다.

또한 이 시는 두 문장으로 구성되어 있다. "공터에는 무엇이 살고 있을까?"라는 물음이 그 하나이고 답변에 해당하는 대상들의 열거가 다른 하나이다. 마치 무심한 질문 내지 '공터'라는 기표가 시적 자아의 의식을 톡 건들자 지금껏 있었으나 있지 않았던 대상들이 저마다의 의미를 입고 줄지어 나오는 형상이다.

이 시의 첫인상은 '공터'라는 제목처럼 공허하고 싱겁다. 그러나 호명되는 존재들을 꾹꾹 눌러 읽어가다 보면 어느새 쓸쓸하면서도 따뜻하고, 멈춰있는 듯 분주한 공동체적 공간 한 가운데 서 있는 느낌이 든다. "창창 울울 우거지는 고요의 공터"는 어쩌면 온갖 미미한 존재들이 발자국을 남기는 시인의 마음일지도 모르겠다.

> 옛날 어디 누굴 그리워할 줄도 몰랐을 때
> 우리는 우연히 만났답니다
> 자꾸자꾸 삶에 바빠 서로 잊었는가봅니다
> 해 두고 달 두고 한 50년 지나 수소문해보니
> 병마(病魔)란 새 손님과 동거하고 있네요
> 반월성 갈대는 보나마나 설경설경 톱질이고
> 첨성대 촌공 두둥실 구름 혼자 놀겠지요

아서라 아서라 그리운 그 여자
혹여 몰라 내 시든 귓속 그냥 열어두지만
— 서상만,「마음 한군데」,『시와정신』, 2020년 겨울호.

위 시의 서정적 자아는 과거를 회상하고 있다. 구체적으로는 "옛날 어디 누굴 그리워할 줄도 몰랐을 때" 만났던 '그 여자'를 추억하고 있는 것이다. 그리움이란 부재하는 대상을 향한 마음으로, 결핍을 전제로 발현되는 정서이다. 그러므로 "그리워할 줄도 몰랐을 때"란 상실, 부재, 결핍에 대한 인식이 없었을 때, 사랑이나 이별에 대한 경험이 없었을 때를 의미한다. 서정적 자아와 '그 여자'는 "우연히 만났"고 또 그렇게 서로에게 잊혀졌다.

처음에는 그런 흔적들이 문득문득 생각났을 것이다. 그러다가 "자꾸자꾸 삶에 바빠" 어느덧 '그 여자'라는 존재는 무의식의 한구석으로 밀려나 있게 된 것이다. 이 시에는 프루스트의『잃어버린 시간을 찾아서』에서 나오는 '마들렌 과자와 차'처럼 과거의 시간을 되살리게 되는 계기랄까 마주침의 찰나가 드러나 있지는 않다. 그것은 나무를 흔들고 지나가는 바람이었을 수도 있고 하늘에 떠 있는 구름 한 조각이었을 수도 있겠다. 어떻든 서정적 자아가 오랜 시간 가라앉아 있던 "마음 한군데"를 의식의 차원으로 끌어올렸다는 것이 중요하다.

"마음 한군데"의 '군데'라는 단위어에서 보듯 위 시의 '마음'에는 장소성이 함의되어 있다. '마음'의 장소성은 곧 항구성이다. 어쩌면 이 시에서 중요한 것은 '그 여자'가 아니라 '그 여자'가 머물 수 있었던 이 "마음 한군데"가 아닐까. 일시적이고 휘발적인 세계에서 '자꾸자꾸 바쁘기만 한 삶'을 영위해 가야 하는 것이 현대인의 삶이자 서정적 자아의 삶이었다. 이

가운데서도 순수, 사랑, 그리움 등과 같은 영원의 감수성이 자리할 수 있는 "마음 한군데"가 있다는 것, 그리고 자신에게서 그것을 확인한다는 것은 삶의 의미를 규정하는 매우 중요한 사건이 아닐 수 없다.

"반월성 갈대는 보나마나 설경설경 톱질이고 / 첨성대 촌공 두둥실 구름 혼자 놀겠지요"라는 시구는 단순히 일상적 풍경을 그리고 있는 것이 아니다. 이 또한 "마음 한군데"에 자리하고 있는 항상적인 풍경이다. "옛날 어디 누굴 그리워할 줄도 몰랐을 때"부터 누군가를 그리워하고 또 그것을 삼킬 줄도 아는 지금까지, 부단히 사라지는 시간 속에서도 변하지 않는 "마음 한군데"의 풍경인 것이다.

이 시는 뜨겁고 치열한 언어의 시와는 또 다른 밀도를 보여준다. 그래서일까. 시를 반복해서 읽으면서 헐겁고 성긴, 그러면서 항구적인 그 '어떤 것'에 대해 생각하게 된다.

　　풀들은 자라서 잡초가 될 시간이 필요했으니

　　방이 공간이 되는 동안
　　기억이 덜컥이는 널빤지로 돌아오는 동안
　　벽이 제 뼈를 허물고 제 살을 허무는 동안
　　창가에 쌓인 어제의 저녁 햇살은 지붕 깊숙이 숨어들어
　　등뼈를 잔뜩 웅크려야 한다

　　별을 베고
　　밤새워 나누었던 우리의,
　　가난한 귓속말이 꽃으로 피고 나비로 날아오를 때까지

발을 숨긴 고양이처럼 작은 기척에도 움찔 몸을 떨어야 한다

적막의, 적막이 환승을 다 마칠 때까지
— 박해림, 「환승 - 옛집 2」, 『시와정신』, 2020년 겨울호.

옛집은 인간의 의지에 따라 쉽게 제작되는 것이 아니다. 옛집의 본질이 시간의 흐름에 있기 때문이다. 집을 이루는 재료와 자연 조건, 기후, 사람들의 손길 등등 다양한 객체들과 부단히 흐르는 시간의 상호 작용 속에서 이루어지는 것이 옛집이다. 그러므로 옛집의 현존은 옛집으로의 생성이면서 동시에 소멸의 과정이 되는 셈이다. 기실 이는 시간 속에 존재하는 모든 사물의 속성이라 할 수 있다. 인간이라는 존재 또한 예외가 아니다. 인간의 현존 또한 생성의 과정과 소멸이라는 양가적인 의미를 함의하고 있는 것이다.

이 시의 제목인 '환승'에는 이러한 생성과 변이, 소멸의 의미가 복합적으로 포회되어 있다. 이 시에 오래 눈길이 머무는 까닭은 존재의 생성과 소멸에 대한 시인의 시의식과 그것을 드러내는 시적 의장에서 찾을 수 있다.

시인은 "풀들은 자라서 잡초가 된다"라 하지 않고 "풀들은 자라서 잡초가 될 시간이 필요했"다고 표현한다. 전자의 경우 '풀'과 '잡초'는 시간에 수동적인 객체로 존재하는 까닭에 소멸이라는 의미에 경도되게 된다. 그러나 후자에서 '풀'은 "잡초가 될 시간"을 '필요'로 하는 주체로 자리한다. 이러할 때 '잡초'는 시간에 굴복해 어쩔 수 없이 수용해야할 소멸의 표상이 아닌, 변이 내지 생성의 의미를 포지하게 되는 것이다. 따라서 이 시에서 '옛집'의 의미 또한 예전에 살았던 낡고 삭아버린 폐허에 한정되지 않

는다. '옛집'은 생성의 결과이자 시간을 들여야 이르게 되는 어떤 의미의 표상이다.

온갖 서사를 품고 있는 '장소'였던 '방'이 서사가 삭제된 물리적인 '공간'이 되는 시간, 그토록 절실했던 순간에 대한 기억들이 "덜컥이는 널빤지로 돌아오는" 시간, 시간의 무게에 못 이겨 스스로 "제 뼈를 허물고 제 살을 허무는" 그 시간들은 분명 소멸의 시간으로 보인다. 그러나 과거는 그저 흘러간 시간이 아니다. 그것이 부정적인 것이든 긍정적인 것이든 과거는 현재의 주체를 형성하는 근본 기반으로 작용하기 때문이다.

"별을 베고 / 밤새워 나누었던 우리의, / 가난한 귓속말이 꽃으로 피고 나비로 날아오를 때까지"라는 시구에서 보듯 시간은 그저 존재를 낡아가게 하는 것은 아니다. 그 주름 속에 켜켜이 온갖 순간들을 담지하고 있는 것이 시간이다. 이 시가 의미가 있는 것은 그러한 시간의 흐름을 생성과 소멸 어느 하나에 경도되지 않고 거리를 두고 통찰하고 있다는 사실이다. 소멸이라는 코드화된 시간의 그물망을 찢고 "밤새워 나누었던 우리의 / 가난한 귓속말"이 출현하기도 하고, 또 그럼에도 "발을 숨긴 고양이처럼 작은 기척에도 움찔 몸을 떨어야 한다"는 겸허의 태도가 이를 잘 보여준다.

우에노 동물원의 판다를 보려고 사람들이 끝없이 줄을 서 있었어 마치 판다를 보기 위해 살아온 것처럼

방과 후의 교실에서
그 아이는 그렇게 말했다

그러나 우리가 함께 동물원에 가는 일은 없었다 이 시에서 당신이 생각하는 그런 일은 일어나지 않는다

길에서는 흰 고양이를 보았다 검은 개가 그걸 보고 짖는 것도 보았다 당신이 생각하는 것과는 무관하게

사라지는 한여름의 저녁
동물원에서는 판다 모자를 팔고 있다고 했고

혼자 돌아가는 길은
좁은 골목길
길어진 그림자 말고는 아무것도 보이지 않았다

사라진 모자는 여전히 돌아오지 않았다
그것은 당신이 생각하는 그런 일은 결코 아니었다
— 황인찬, 「모자가 사라진 날」, 『시와정신』, 2020년 겨울호.

이 시의 제목은 "모자가 사라진 날"이다. 표면적으로 이 시를 읽는다면 시에 그려지고 있는 상황을 모자가 사라진 것과 관련하여 이해하거나 추측하려 할 것이다. 그러나 시인은 "이 시에서 당신이 생각하는 그런 사건은 일어나지 않는다"고 선언한다. 시를 읽는 익숙한 흐름이 차단된다. 시인은 다시 "당신이 생각하는 것과는 무관"하다고 강조한다. 이렇게 되면 시를 읽을 의지조차 꺾이게 된다. 그런데 아이러니한 것은 시인이 이렇게 개입할수록 독자는 이미 읽고 지나온 상황을 다시 돌아가 되짚어보게 된다는 사실이다. 또한 시인이 부정한 "당신이 생각하는 것"의 정체, 곧

'내가 이 시를 읽으며 무엇을 생각했나' 내지 '무엇을 생각하려고 했나'를 반추하게 된다.

그 과정은 이렇게 진행되는데, 우선 시적 자아는 모자를 잃어버렸다. 전개되는 내용으로 봐서는 아마도 판다 모자일 것이고 동물원에서 잃어버렸을 가능성이 크다. 이 이야기를 들은 '방과 후의 그 아이'는 자신이 경험한 우에노 동물원의 번잡함에 대해 이야기한다. '그 아이'와 모자를 찾으러 가지 않을까, 생각하는 순간 그런 일은 없었다는 목소리가 들린다. 시적 자아는 길에서 흰 고양이와 검은 개를 본다. 판다 모자가 떠오르겠군, 하는 순간 그것과는 무관하다는 차폐막이 드리운다. "동물원에서는 판다 모자를 팔고 있다고 했고" 시적 자아가 동물원에 갔는지는 확실치 않다. 결국 독자는 시적 자아로부터 "사라진 모자는 여전히 돌아오지 않았다"는 사실을 확인하게 된다. 그런데 마지막에서 결정적으로 "그것은 당신이 생각하는 그런 일은 결코 아니었다"고 단단히 못 박는다. "결코 아니었다"니, 독자는 다시 처음으로 돌아갈 수밖에 없다. '우리가 생각하는 그런 일'이 도대체 무엇인지. 지금까지 시를 읽으며 했던 생각을 다 뒤집어야 한다. 그러기 위해선 지나쳐왔던 생각을 세심하게 더듬어 올라가야 한다.

코드화된 인식의 그물망에 균열을 일으키는 것이 타자와의 마주침을 통해서라면 이 시는 타자적이라 할 수 있다. 시를 읽는 독자의 의식의 흐름을 끊고 왜곡시켜 예측할 수 없는 방향으로 이끌어 가기 때문이다. 독자는 시의 의미를 이해하려고 하거나 그런 의지와는 관계없이 자신의 경험과 마주치는 지점에서 시적 자아와 서정적으로 동일화되기도 한다. 시인은 의도적으로 그것을 차단하고 있다. 그러나 독자는 결코 시 밖으로 밀려나지 않는다. 더 적극적으로 시 속으로 들어갈 수밖에 없다. 종국에 가면 시인으로부터 주어져 있었을지도 모를 시의 의미는 그리 중요하지 않게 된다. 계속 되짚게 되는 것은 끊임없이 시인이 '그것이 아니다'라는 부정의 형식으로 묻고 있는 '나의 생각', 의식에 머물 틈도 없이 미끄러져 갔던 편편의 무의식적 단상들이기 때문이다.

진정한 마주침 없이 시(詩)란 있을 수 없다. 시인들의 마주침, 곧 시인들의 의식에 균열을 일으키고 무의식적 기억과 조우하게 하는 것은 그리 특별한 사건이 아니었다. 그것은 신체의 점이나 모자, 시간의 흐름에 잊혔거나 낡아간 대상들, 공터의 이름 없는 사물들 등이었다. 시인들은 이들, 일상성에 매몰되어 있던 대상들을 매개로 자아와, 타자, 세계와 새로운 관계를 이루어나간다. 이것이 부단히 사라져가는 시간, 점점 가속화되어 가는 현대 사회의 시간 속에서도 시인들의 시간만은 느리게 흘러가는 까닭이다.

가을이다. 시를 읽는 독자의 시간도 잠시 멈추어 선다.

일상을 치유하는 일상 너머의 언어들

영원이 깨져버린 근대 이후, 인간은 그 잃어버린 낙원을 찾기 위해 지난한 노력을 펼쳐왔다. 하버마스의 말처럼, 인간은 영원에 의한, 고정된 혹은 안정된 존재가 아니라 스스로 나아갈 방향에 대해 끊임없이 방황해야 하는 주체가 되어버렸다. 이후 실존의 완성을 이루는 것이 인간의 당위적 임무임에도 불구하고 거기로 향하는 길은 결코 만만한 것이 못되었다.

무엇이 그리로 향하는 길을 어렵게 만든 것일까. 당연한 것임에도 불구하고 왜 그 자연스런 해법에 도달하지 못하는 것일까. 이런 난제에도 불구하고 이에 이르는 답 또한 이미 마련되어 있는 것이 사실이다. 바로 제어되지 않는, 팽창하는 인간의 욕망 때문에 그러한 것인데, 이를 제어하면 되는 것이다. 그러나 지상의 존재라면, 어느 누구도 이 욕망의 덫으로부터 자유롭지 않다. 그러니 일상의 고통으로부터 벗어나는 초월의 길이 어려운 것이 아니겠는가.

지금 우리 사회는, 아니 세계는 여태껏 경험해보지 않았던 코로나19

에 의해 고통받고 있다. 이 이질적인 바이러스 앞에 인간은 무력하기 짝이 없다. 마스크를 써라, 집에 있어라, 몇 명 이상 모이지 말라, 몇 시까지만 영업하라 등등 맥락 없이 보면 저급하기 짝이 없는 규칙이건만 만물의 영장으로 불리는 인간은 이 저급한 규칙에 안전을 내어 맡길 뿐 마땅히 할 수 있는 일이 없다. 이런 현실에 대해 과연 어디에 하소연해야 하는가.

이 무시무시한 바이러스가 어디에서, 무엇으로부터 시작되었는지 정확히 모른다. 다만 그럴 것이라는 추정만이 난무할 뿐, 그 진정한 실체는 여태 미정형의 상태로 남아있다. 그럼에도 이에 관한 한 가지 분명한 사실은 있다. 인간의 생존을 위협하는 이 이질적 바이러스 또한 인간의 욕망과 불가분의 관계에 놓여있다는 것이다. 가령, 소비하려는 욕망, 보다 많이 충족하고자 하는 욕망, 무언가를 견고히 지배하려는 욕망 등등이 결부되어 이처럼 불온한 사회를 만들었다는 사실이다.

2020년 겨울호 『시와 정신』에 수록된 시편들을 꼼꼼히 읽어본다. 파편화된 일상이 그야말로 새로운 일상이 되어버린 현실을 시인들은 다양한 시각에서 다양한 방식으로 드러내 보여주고 있다.

먼 옛날 우화가 있다
황사로 호흡하고
황사로 연명하고
황사로 게장을 끓이고
황사로 길쌈질을 하고
특히,
황사가 없는 날은 숨이 가빠 오는

고통을 참을 수 없어
황사를 찾아 헤매는 사람들이 천지를 이루었다는,

지금 아직은 진화가 덜 된 인간들이
아우성이다
미세먼지로 호흡하지 못하는 인간
집으로 스며드는 미세먼지를 막으려는
아직 진화가 덜 된 인간 이야기이고
진화를 맞은 인간들이 미세먼지를 찬양하고
미세먼지를 찾으러 길거리를 헤매고 있다는
봄의 우화들이 난무하는데

한쪽에서는 무서운 진화의 무리도 있다
핵 방사능을 안고 무럭무럭 자라는 인간
핵을 찾아서
핵발전소를 찾아서
헤매면서
진화하는 인간
점점 진화하는 인간이 있다
화석연료로 하늘 가득 미세먼지로 호흡하고
방사능 가득한 핵을 소화하는
인간이 진화하고 있다는
뉴스가 매일 나오는 일상의 우화가 있는 오늘
— 반원희, 「미세먼지」, 『시와정신』, 2020년 겨울호.

한때 '황사'가 자주 뉴스에 오르내리던 때가 있었다. 시간이 지나자 그

자리는 '미세먼지'로 채워졌다. '미세먼지'에 대한 공포는 '황사'보다 깊었다. '미세먼지'는 일급 발암물질로 분류되어 있는 데다 연일 쏟아지는 기사로 그것에 대한 시민들의 공포감이 극대화되었기 때문이다. 마스크 논쟁이 벌어지기도 했다. '미세먼지'에는 마스크가 필수라는 의견과 산소 결핍에 따른 부작용을 들어 일상적인 마스크 착용에 반대하는 의견이 그것이었다. 마스크 미착용시 처벌이 따르는 지금 여기의 현실에서 보면 그야말로 배부른 고민으로 보일 따름이다. 코로나19가 나오자 뉴스에서 '미세먼지'는 사라져버렸다. '황사'나 '미세먼지'나 상황이 크게 달라진 것이 없지만 뉴스에서도 우리의 뇌리에서도 지워진 것이다. 우리가 점점 더 강력한 위험 요인에 노출되고 있는 까닭이다.

시인은 이를 '진화'라 명명한다. 이 시에서 "아직 진화가 덜 된 인간"은 인간에게 닥치는 해악에 '아우성'치며 이를 막으려고 한다. 반면 "진화를 맞은 인간"은 이러한 해악을 '찬양'하고 찾아 헤매기까지 한다. 위험한 환경이라도 시간이 지나면 익숙해지는 것은 자연스러운 일이지만 인간의 안전을 위협하는 것들을 '찬양'하고 '찾아 헤맨다'는 것은 심한 비약으로 느껴진다. 이러한 비약이 가능한 까닭은 이 해악들이 인간의 팽창하는 욕망을 담보로 발생하는 것이기 때문이다.

눈부신 발전과 그에 따른 문명의 이기는 인간에게 달콤한 유혹일 수밖에 없다. 그것이 초래하는 '영원의 상실'은 먼 후일 타자의 일인 것만 같다. "진화를 맞은 인간"이란 이 유혹에서 헤어나오지 못하는 인간이다. 브레이크 없는 욕망의 전차에 올라타 끊임없이 새로운 달콤함을 찾아 헤매는 인간이 바로 '진화한 인간'인 것이다. 브레이크 없이 가속만 되는 전차의 종말이 파멸임은 누구나 아는 자명한 사실이다. 그럼에도 인간은 "점점 진화"하고 있다. 시인이 '일상'을 '우화'라 일컫는 까닭이 여기에 있다.

황사, 미세먼지, 핵 방사능, 그리고 코로나19… 인간을 위협하는 요인은 점점 강력해지고 인간은 그 앞에서 무력할 따름이다. 원인은 인간이 제공했으되 수습은 난망한 일이 되어버린 것이다. 나아갈 길이 모호한 안개 속에 갇혀 있을 때, 인간에게 할 수 있는 선택지가 많지 않은 것이 사실이다. 그렇다고 절망의 목소리를 내지르며 암흑 속에서 허우적거리는 것 또한 정당한 일은 아닐 것이다. 적어도 예지력이 있다고 믿어져 왔고, 현재에도 그렇게 인식성으로 지지받고 있는 시인이라면 더욱 그러할 것이다.

그러나 시인의 예지력이 그냥 무작정 길러지고, 자연스럽게 생성되는 것이라고 생각하는 것은 큰 오산이다. 그러한 예단이 나오기 위해서는 이를 뒷받침하는 근거랄까 밑바탕이 있어야 하기 때문이다. 이를 벌충하는 근거 가운데 가장 신뢰성이 있는 것은 어떤 확증된 진실일 것이다. 가령 지나온 과거의 진실이라든가 항구적인 신화 등등이 그러하다. 신뢰할 수 있는 과거라든가 신화는 진실성과 예지성이 담보되는, 지금 여기의 일상에서 방황하는 인간들이 기댈 수 있는 최선의 것들이다. 신화적 진실이 있기에, 혹은 과거의 교훈이 있기에 미완의 현재를 진단하고 또 미래로 나아갈 수 있는 것이 아니겠는가. 현재와 미래를 추동하는 지나온 진실들, 우주의 섭리들이 중요한 것은 모두 이 때문이라 할 수 있다.

나무는 포기할 줄을 모른다
소나무, 참나무나 동백나무나
나무는 하나같이 단순하고 눈부시게
치솟는 놀라운 충동으로

대지의 수많은 비밀을 끌어올리며
대지의 뜨거운 말을 전하려고
감 대추 사과나무도 이름을 벗어버리면
나무 아닌 게 아닌 것을 알려주려고
그 설레는 초록 잎새의 일렁임
그 씩씩한 초록 기둥의 순수함으로
나무는 지칠 줄을 모른다
하늘은 고요하고 바람도 잔잔할 제
시퍼런 만행 하나가 숲을 휘젓는 시간의
톱날에 묻어나는 나무비린내
초록의 피 낭자한 대지의 열기에도
나무는 한결같이 단순하고 눈부시게
숲을 함초롬히 혼드는 라일락의 기적을
베어도 베어도 다시 솟는 불가사의를
이제 가만두고 보라고 한다
우듬지로 솟구치는 신의 푸른 분수
우듬지 위로 흐르는 구름의 자유 항로
저녁이면 반짝이는 별들의 노래와 함께
기적이 오는 것을 보라고
기적은 이미 내 곁에 머물러 있음을 보라고
나무는 감히 쓰러질 줄을 모르는
고요하고 찬란한 대지의 초록기둥이다
　　— 고재종, 「대지의 초록기둥 노래」, 『시와정신』, 2020년 겨울호.

'대지의 초록기둥 노래'라는 제목에서 드러나는 바와 같이 이 시는
'초록기둥'에 대한 예찬이다. '초록기둥'의 정체는 바로 '나무'다. 그런데

이 시에서 묘파되고 있는 '나무'가 예사롭지 않다. "포기할 줄" 모르고, "지칠 줄" 모르는 "단순하고 눈부신" 존재, "대지의 수많은 비밀을 끌어올리"고 "대지의 뜨거운 말을 전하"는 존재다. 이보다 중요한 것은 "베어도 베어도 다시 솟는 불가사의"의 존재, 즉 영원성을 함의하고 있는 존재라는 사실이다. '나무'의 이러한 속성은 '숲'을 신화적 공간으로 만든다.

인간은, 문명은 이 영원의 공간에 "시퍼런 만행"을 저지른다. '톱날'로 '나무'를 베고 '대지'를 '초록의 피'로 물들이는 행위가 바로 그것이다. 그러나 '나무'는 '불가사의'의 존재, 항구적 존재라 하지 않았던가. "한결같이 단순하고 눈부시게" 자리하고 있을 뿐이다. '숲'은 재생의 공간, 부활의 공간이다. 이 "고요하고 찬란한 대지의 초록기둥" 위로 "신의 푸른 분수"가 펼쳐지고 '구름'과 '반짝이는 별들'이 조화를 이룬다. 시인은 이것이 기적이라고 말하고 있다. 그에 따르면 기적이라는 것은 멀리 있는 거창한 것이 아니다. 뿌리를 내릴 수 있는 대지, 숲을 이루는 나무, 구름이 흐르고 별이 뜨는 하늘, 어찌 보면 당연한 이 모든 자연의 섭리를 결코 당연하게 보지 않는 자의 눈에, 마음에 기적은 깃들어 있는 것이다. "기적은 이미 내 곁에 머물러 있"다. 그것을 알아차리는 자의 몫인 셈이다.

위 시는 근대 이후 인간과 영원, 문명과 자연과의 관계를 숲이라는 공간과 나무를 대유로 적실하게 드러내 보여주고 있는 작품이다. 흔히 인위적인 것은 자연과 상충하는 것으로 인식되어 왔다. 위 시에서도 인위는 자연을 파괴하는 힘으로 작용하고 있다. 그런데 이채롭게도 오히려 인위가 개입하여 자연의 질서를 회복하는 내용의 시가 있다. 바로 이중도의 「눈 있는 자는 볼지어다」라는 작품이다.

이곳 군도群島에서

봄은
색색의 가오리 떼를 따라 섬에서 섬으로 번져 갑니다

그런데 올해는
상죽도에 도착해 섬을 한 바퀴 돈 봄이 움직이질 않습니다.

건너편 하죽도 주민들이 팔방으로 뛰어다니며 알아보니
가오리 떼를 이끌고 다니는 대왕 가오리가
미역이 무성한 불두덩처럼 생긴 바위에 붙어 꼼짝하지 않는다는 것입니다

하죽도 한복판 이백 살 먹은 후박나무 아래서 마을 회의가 열렸습니다
한나절 계속된 갑론을박 끝에 후릿배 선주인 이장이 결론을 내렸습니다
대왕 가오리를 배에 실어 오기로 했습니다

대왕을 옮기는 데 사용할 도구는 모두 나무로 된 것을 써야 합니다
몸에 상처가 나면 안 되기 때문입니다
그래야 상처 없는 봄을 맞을 수 있기 때문입니다

늙은 이장이 밤나무 막대기로 조심조심 바위에서 떼어 냅니다
장정 네 명이 서어나무로 만든 미늘창처럼 생긴 것을 하얀 배 밑에 넣어
물 밖으로 들어 올립니다
기다리고 있던 목선 갑판에 천천히 내려놓습니다

드디어

떡갈나무 줄기 같은 팔 두 개가 긴 노를 젓기 시작합니다

물 밑에서는 수천 장의 색종이가
아다지오로 춤추며 노를 따라갑니다

매화 동백 민들레 쑥 벌 나비……
온갖 꽃들과 벌레들이 뒤섞여 만든 거대한 꽃구름이
배를 감싸고 바다를 건너갑니다

아, 눈 있는 자는 볼지어다!
— 이중도, 「눈 있는 자는 볼지어다」, 『시와 정신』, 2020년 겨울호.

시인이 지금 응시하는 곳은 어느 '이름모를 군도'이다. 그런데 그의 시선에는 분명한 낙차가 감각된다. 예전에는 봄이 오면 색색의 가오리 떼들이 몰려오면서 봄이 따라왔는데, 올해는 그렇지가 않은 것이다. 이유를 알아보니 "가오리 떼를 이끌고 다니는 대왕 가오리가 / 미역이 무성한 불두덩처럼 생긴 바위에 붙어 꼼짝하지 않기" 때문이라고 한다. '대왕 가오리'는 자연의 일부이지만 여기서는 자연의 역행자라는 은유로 구현된다. 조화로운 공존을 해치는 이단자 혹은 비동일자인 것이다.

그러니 조화로운 공존을 위해서는 본래의 상태로 복구되어야 한다. 이를 위해 시인은 의도적인 인위를 자연의 질서에 개입시킨다. 마을 회의에서 선주인 이장의 지시를 빌어 "대왕가오리를 배로 실어오기로 하는" 인위적 힘을 가하도록 한 것이다. 하지만 이는 본래의 질서로 되돌리기 위한 계기로 작용한다. "물 밑에서 수천 장의 색종이가 / 아다지오로 춤추며 노를 따라가는" 놀라운 변화, 곧 자연의 회복이 일어나고 있는 것

이다.

인위는 본디 자연의 대척적인 것으로 사유되어 왔다. 하지만 이 시에서는 이러한 구도가 전복되어 있는 것이다. 마치 모든 인위가 부정성을 담보하고 있는 것은 아니라는 듯. 이와 같은 사유의 전복은 이 시만의 독특한 분위기를 자아내는 기제로 작용한다. 인간과 자연, 인간과 영원의 경계가 모호해졌기 때문이다. 이 시의 시공간은 신화적이지만 자연이 근대 이전의 구도와 같이 인간이 두려워하는 대상, 인간이 숭배하는 대상으로 형상화되어 있지 않다. 또 그렇다고 근대 이후 인간의 지배 아래 놓인 대상으로 상정되어 있는 것도 아니다. 자연과 인간은 동등한 관계에서 서로를 존중하며 "상처없는 봄"을 구현하고자 노력하고 있다. 마치 그리스로마 신화의 지극히 인간적인 신과, 신적인 인간을 보는 듯 친근하면서도 신비롭다.

자연과 인간이라는 이분법적인 구도를 벗어난 시인의 사유가 돋보이는 작품이다. 시인은 조화로운 공존이 이루는 아름다운 풍경을 두고 "아, 눈 있는 자는 볼지어다"라고 언표하고 있다. 그것을 상실한 현실에 대한 통렬한 일갈이다.

잔잔한 한 폭의 수채화를 읽습니다
신록이고 태양인 사람들의 이야기입니다
조용한 산골 마을에서 한 해의 여름 이야기가 된
한 열정은
한 젊음은
평생 지울 수 없는 불도장으로 남아
한 생을 다하는 힘이 되기도 합니다

사랑한다는 말이 없어도 사랑에 물들어 읽고 듣는 사람
기다려달라는 말이 없어도
매미 울음 뜨거운 나무그늘 아래서
맨발로 신앙처럼 기다리는 사람

뜨거운 여름 울음에 전신이 데인 여자가
그해 여름의 여름여자가
오지도 않을 누군가, 있지도 않은 무엇을 기다립니까
편백가지를 꺾어
오늘도 서쪽 창에 엎드려 푸른 물빛 번지는
푸른 편지를 씁니다
— 유현숙, 「그해 여름」, 『시와정신』, 2020년 겨울호.

　이 시의 시공간은 신화적 세계로 보아도 무방하다. "한 폭의 수채화"의
세계에 존재하는 "신록이고 태양인 사람들의 이야기"인 까닭이다. 영원
이 가능했던 신화적 세계에서부터 휘발적이고 파편화된 현대에 이르기
까지 끊이지 않고 등장하는 예술적 주제 중 하나는 단연 '사랑'일 것이다.
이 시의 주제 또한 '사랑'이다. '사랑'은 어쩌면 신화의 본령에 가장 근접
해 있는 정서라 할 수 있을 것이다. 그것은 합리성이라든가 효율적인 것
과 거리가 멀기 때문이다.
　위 시의 서정적 자아도 사랑의 주체다. "사랑한다는 말이 없어도", "기
다려달라는 말이 없어도" 끝끝내 사랑하고, "신앙처럼 기다리는" 사랑의
주체다. 나아가 "오지도 않을 누군가, 있지도 않은 무엇을 기다"리는 주
체이기도 하다. 너무도 무모해 보이지만 그 무모함이 바로 사랑의 본질
인 것이다. 그러한 무모한 '열정'과 '젊음'은 무한 경쟁의 시대인 현대 사

회에서 낙오나 도태의 시그널이 되기 십상이다. 이러한 까닭에 누군가는 현명하게 사랑하라 참견도 하겠지만 그것이 사랑의 주체에게 가 닿을 리 없다. 무모한 사랑은 주체에게 오히려 "평생 지울 수 없는 불도장으로 남아 / 한 생을 다하는 힘이 되기도" 한다.

사실 "사랑한다는 말이 없어도 사랑에 물들어 읽고 듣는 사람", "기다려달라는 말이 없어도 / 매미 울음 뜨거운 나무그늘 아래서 / 맨발로 신앙처럼 기다리는 사람"은 바로 시인들에 대한 묘파가 아닌가. "오지도 않을 누군가, 있지도 않은 무엇을 기다"리는 것이야 말로 시를 쓰는 행위 자체이자 시인의 특질이라 할 수 있을 것이다. "뜨거운 여름 울음에 전신이 데인 여자"란 바로 무모한 사랑의 주체인 시인 자신인 셈이다. 그녀가 쓰는 "푸른 편지"가 몹시 궁금하다.

위 시가 무모한 열정, 사랑을 떠올리게 한다면 무구한 사랑의 주체를 만나게 되는 시가 있다. 권선옥의 「뽑힌 못」이 그러하다.

네게 깊이 박히고 싶었으나
망치질을 견디지 못하고 구부러진 나는
너의 고운 살결에 상처만 남기고
나는 돌아왔다
지금, 생각하면
네게서 뽑힌 것이 얼마나 다행인가
끝내 빠지지도 않아서
구부러진 채로 네게 매달려 있다면
네게는 더 큰 아픔이었을 게다
끝이 무디어 네게 깊이 박히지 못한 죄로
뿌리까지 뽑히어 이렇게

잡동사니 어우러진 못그릇에서
뻘겋게 녹이 슬어
세월에 말없이 몸피가 줄어 간다
이젠 네 몸의 상처도
다른 못이 가려줬을 줄 믿는다
다만 나의 구부러진 사랑을
간간이 되씹어 본다
아직도 들척지근한 단맛이 난다
— 권선옥, 「뽑힌 못」, 『시와정신』, 2020년 겨울호.

 이 시에서 서정적 자아는 '구부러진 못'으로, 또 구부러진 탓에 못이 뽑
히는 것은 이루지 못하는 사랑으로 형상화되어 있다. 못의 본질은 대상
속으로 깊이 박히는 것이다. 그런데 서정적 자아는 "망치질을 견디지 못
하고 구부러져" 뽑히고 만다. "뿌리까지 뽑"힌 자아는 "잡동사니 어우러
진 못그릇에서 / 뻘겋게 녹이 슬어 / 세월에 말없이 몸피가 줄어"가고 있
다. 처연하고 애잔할 따름이다.

 처음에는 누군가로부터 지난 사랑의 이야기를 듣는 듯 편하게 읽힌다.
그런데 마지막 행에 이르면 다시 처음으로 돌아가 좀 더 천천히, 오래 읽
고 싶어진다. 이 시에는 시적 긴장을 위한 특별한 기교나 눈길을 잡아두
는 낯선 심상이 있는 것도 아닌데 한 행 한 행 공들여 읽게 되는 것이다.
무슨 까닭일까. 그것은 서정적 자아의, 사랑하는 대상에 대한 무구한 태
도에서 비롯되는 것이 아닌가 한다.

 사랑의 주체인 서정적 자아는 이루지 못한 사랑에 대한 모든 화살을
자신에게로 돌리고 있다. 구부러지게 된 원인으로 따지자면 외부적 힘에

더 큰 책임이 있다고 할 수 있을 것이다. 그러나 서정적 자아는 "망치질을 견디지 못"한 자신의 탓으로 돌린다. "너의 고운 살결에 상처만 남기"게 되었다고 또 자책한다. 그나마 뿌리까지 뽑혀 '너에게 더 큰 아픔'이 되지 않은 것만을 다행으로 생각한다. 지나간 세월에 자신의 몸은 "뻘겋게 녹이 슬"고 "몸피가 줄어" 가지만 그 세월 동안 "네 몸의 상처"는 '다른 못'에 의해 가려졌기를 기원하고 또 믿고 싶어 한다.

자신의 상처는 애써 드러내지 않고 어느 누구도 원망하지 않는 서정적 자아의 낮은 목소리에 독자는 오히려 그의 가리어진 상처를 더듬어 '되씹게' 된다. 시의 말미, "나의 구부러진 사랑"이라는 시어를 한 자 한 자 꾹꾹 눌러 읽게 되는 까닭이 여기에 있다. 여기에는 시간의 흐름과 함께 슬픔, 그리움, 쓸쓸함, 염원 등 서정적 자아의 내밀하고도 다층적인 정서가 함의되어 있기 때문이다. 이 복합적인 정서를 시인은 "들척지근한 단맛"이라는 미각으로 표현했다. 여리고 무구했던 과거에서부터 "뻘겋게 녹이 슨" 현재에 이르기까지를 아우르는, 다층적인 정서에 대한 표현으로 탁월한 선택이라 할 수 있겠다. 시를 다 읽고 나면 "네게 깊이 박히고 싶었"다는 이 시의 첫 행이자 서정적 자아의 소박한 소망이 귓가에 맴도는 듯하다.

시인들이 기대고 있는 지나온 과거의 진실, 신화적 상상력, 사랑 등등은 이토록 불안정한 현실에 한없이 무용해 보이는 것이 사실이다. 그러나 모태에서의 합일에 대한 선험적 기억, 그것에 대한 욕망이 인간 생의 내밀한 섭리이듯 시인들이 보이는 현실 너머의 세계가 삶을 지탱해주는 세심한 힘이 될 수 있음을 믿어 의심치 않는다.

코로나19가 언제 종식될지, 그것이 지나가고 나면 과연 예전의 일상으로 돌아갈 수 있을지 아무도 모른다. 보다 더 강력한 위험 요소에 의해 지

금의 일상조차도 보장받지 못하게 될지, 미래에 대해 그 누구도 예단할
수 없는 실정이다. 이 불확실성 앞에 인간은 무력하고 불안한 존재일 따
름이다. 그럼에도 일상은 이어질 수밖에 없고 또 그래야만 한다. 마지막
으로 유자효의 「미녀」를 읽으며 생의 불확실성 앞에서 우리가 할 수 있
는, 그리고 해야만 할 최소한의 삶에 대한 예의랄까 태도를 생각해본다.

> 꼬부랑 할머니가 딸과 함께 병원으로 들어섰다
> 쓰라는 것을 다 쓰고
> 독감 예방주사를 맞았다
> 마스크를 쓴
> 온통 쭈그러진 얼굴
> 제 발로 걷고
> 말대답도 또박또박 잘하는
> 꼬부랑 할머니
> 예뻤다
> ― 유자효, 「미녀」, 『시와정신』, 2020년 겨울호.

사소하고도 위대한, 그 일상의 미학

　수필은 일상의 문학이라 할 만하다. 대체로 일상에서 일어나는 소소한 사건이나 생각 등을 중심으로 글이 전개되기 때문이다. 물론 시나 소설 또한 일상에서 글감을 찾는다고 할 수 있겠으나 수필은 허구가 아니라는 점에서 일상에 더욱 육박해 있는 장르라 할 수 있다. '매일 반복되는 보통의 일'이라는, 일상의 사전적 의미에서도 드러나듯 일상을 특징짓는 성질이라 하면 '반복'일 것이다. '반복'되는 행위나 사건은 의식 혹은 인식의 대상이 되기 어렵다. 무의식적으로 하게 되는 습관적 행위이기 쉽다. 인식의 차원에서 의미화되지 않는다는 말이다.

　그렇다면 이토록 특별할 것 없이 반복되는 일상을 문학으로 만드는 요인은 무엇일까. 한두 가지로 단선화하여 설명할 수 있는 것은 아니지만 가장 먼저는 '반복'으로 인해 결여된 것, 바로 인식에서 찾아야 한다는 판단이다. 의식의 망에 걸러지지 않는 일상이 언어화 될 수 없음은 물론이거니와 그것은 그저 단순한 물리적 반복에 머무르게 될 뿐이다. 그러나 작가의 의식에 포착된 일상의 면면들은 이러한 반복을 비틀기 시작한다.

일상에 대한 의식은 작가로 하여금 익숙한 것들이 낯설게 보이고 편안과 불편의 경계가 모호해지는 것을 경험하게 한다. 의미는 더 이상 확정적인 것이 아니게 되며 부단히 해석되어야 하는 것임을 터득하게 된다. 일상을 의식하게 되면 섬세하게 들여다보게 되고, 그러면 자연히 매일 반복되는 일상의 어느 한 순간도 똑같은 적이 없음을 깨닫게 된다. 작가에게 일상이란 단순한 반복이 아니라 창조의 반복이 되는 까닭이다. 그렇다면 수필작가의 역량이란 일상성에 매몰되어 있는 의미들을 새롭게 인식의 차원으로 밝혀놓는 것에 달려있다고도 할 수 있겠다.

가령 늘 오가는 길, 만나게 되는 사람들, 지나치는 상점과 건물들, 때 되면 먹고 마시는 일, 먹고 마시기 위하여 치러야 하는 노동 등등, 매일 반복되는 것들은 일상성 속에 매몰되고 그 의미화되지 않은 것들의 흐름은 삶을 공허한 것으로 느끼게 한다. 그러나 매일 오가는 길이 단 한 순간도 같은 적이 없었음을, 같을 수 없음을 깨닫게 된다면, 상점에도 표정이 있음을, 시간에도 냄새가 있음을 알게 된다면 일상은 더 이상 '반복되는 보통의 일'이 아니라 개별적이고 특수한 순간들의 집합이 될 것이다. 그러한 일상은 모여 어떠한 결을 지을 것이며 그 결은 불확정적이고도 생생할 것임이 틀림없다. 수필을 쓴다는 것은 결국 이성적 정서적 인식을 통해 일상의 결을 짓는 과정이자 그 일상의 결을 가로질러 새로운 차원의 인식을 획득하는 행위인 셈이다.

밤새 전기에너지를 채운 핸드폰을 들고 나서는 아침은 태평하다. 그 에너지를 잘 분배하여 하루를 편안하게 보내려고 마음먹는다. 세상을 향한 눈과 귀를 조금 닫으면 에너지 소비를 줄일 수 있다.

새벽마다 비가 왔다. 비 그친 후의 상쾌한 공기에 끌려 산책하러 나갔던 걸 계기로 아침 산책에 재미가 붙었다. 아침 거리는 차분하고 촉촉하다. 검은 아스팔트 도로도 길가에 구르는 돌도 밭의 흙도 순하게 보인다. 마을 어귀로 나가는 출근길의 차들도 몸피를 줄인 듯 다소곳하다. 급한 일이 있는 것처럼 먼지를 일으키며 달려오던 어제와는 사뭇 다른 모습이다. 저들은 밤새 어떤 에너지를 채웠을까.

강아지 한 마리 졸랑졸랑 앞서간다. 어제 골목을 훑고 다니던 강아지다. 보통은 끈 풀린 강아지가 골목에 어슬렁거리면 다른 개들이 일제히 짖기 시작한다. 어제도 집 나온 강아지가 이집 저집 기웃거렸고 이를 본 개들이 동네가 쩌렁쩌렁 울리게 짖었다. 그런데 이상한 건 오늘 아침에는 매어놓은 개들도 풀려있는 강아지도 차가 지나가거나 사람이 가까이 가거나 별 반응이 없다. 그저 제 갈 길을 가고 제 밥그릇에 얼굴을 묻고 있을 뿐이다.

오래전 빨리 아침이 되기를 기다렸던 적이 있다. 다 큰 아들 여럿이 사는 이웃집에서 싸움이 자주 일어났다. 주로 저녁나절에 큰소리가 나기 시작해서는 결국 창유리가 깨지고 유리에 찔려 피가 나고 구경꾼들이 모여드는 과정이었다. 싸움은 늘 그랬다. 수없이 유리를 새로 갈았다. 그렇게 큰 싸움이 났어도 다음 날 아침이면 한 밥상에 둘러앉아 밥을 먹었다.

……

사람을 제자리로 돌려놓는 것은 사랑의 힘이다. 부부 간의 사랑, 부모자식 간의 사랑, 가족 간의 사랑, 좀 멀리 나갔어도 그 사랑의 힘으로 제자리로 돌아오는 것이다.

오늘도 잠자리에서 가만히 손을 뻗어 남편의 따뜻한 체온을 전해 받는다.

— 이옥순, 「밤새 무슨 일이 있었던 걸까」 부분, 『수필과비평작가회의』
제24집, 수필과비평사, 2018.

해가 뜨고 해가 지는 일처럼 어김없이 반복되는 일이 있을까. 1년 365

일이란 밤이 가고 아침이 오는, 혹은 아침이 가고 밤이 오는 현상의 반복인 셈이다. 작가는 이러한 매일 반복되는 밤과 아침을 낮 동안 소모된 에너지가 충전되는 시간, 그 충전된 에너지로 새로 시작하는 시간으로 의미화하고 있다. 밤을 비축의 시간으로 아침을 새로운 시작으로 해석하는 것이 그다지 참신한 관점이 아닌 것은 사실이다. 그러나 자칫 식상할 수도 있을 해석에 대한 우려를 작가는 경험의 구체적인 묘사를 통해 해소하고 있다. 아침은 새로운 시작이라는 인식을 진술이 아닌, 끈 풀린 강아지에 대한 개들의 반응이나 싸움이 잦은 이웃집의 에피소드를 통해 보여주고 있다. 일상에 밀착된 사소하디 사소한 에피소드일수록 독자들은 관념적이 아닌 감각적인 인식으로 받아들이게 된다.

작가에게 아침은 새로운 시작인 동시에 '제자리로 돌아가 있는 시간'이다. 여기서 '제자리'란 고요하고 평안한 상태다. 작가는 인간의 '제자리', 혹은 본성을 평안한 것으로 보고 있는 것이다. 낮의 뜨거움 속에서 그러한 평안이 깨어지기 쉽지만 밤의 정적은 인간으로 하여금 다시 제자리로 돌아올 수 있는 여유를 준다. 그러나 시간의 흐름만으로 모든 것이 제자리로 돌아갈 수는 없다. "사람을 제자리로 돌려놓는 것은 사랑의 힘", 그 사랑의 힘으로 이루어지는 기다림, 인내의 순간들이라는 것이 작가의 통찰이다.

밤과 아침에 대한 이러한 인식과 감응이 없다면 평생 아무 일도 일어나지 않는 밤과 아침의 반복만이 있을 뿐이다. 매일 반복되는 일상이 의미를 획득하게 되는 것은 작가의 대상에 대한 관찰과 해석, 그리고 애정에 의해서다.

대상에 대한 관찰과 해석, 이를 통한 형상화가 잘 드러난 작품으로 김득수의 「동전과 아내」를 들 수 있다.

얼마 전 명퇴한 아내가 말이 없다. 아내는 교사였다. 버거워 은퇴했지만 삼십 년의 보람을 부정하지는 않았다. 나무에 물을 주듯 밑거름을 주며 수천 명의 철부지 소년을 어엿한 청년으로 성장시켰다. 지식도 담아주고 사랑도 심어주었다. 그러는 동안 때론 광택이 벗겨지고 상처도 났다. 하지만 그로 인해 삶의 뒤안길을 부끄럼 없이 돌아볼 수 있었다. 학교를 떠나 집에 들어앉은 지 해가 바뀌어간다. 남편의 사랑스러운 눈길만으로는 부족한가보다. 만삭의 저금통처럼 갈수록 소리가 없다. 아내에게도 은행의 환전소가 필요하다.

나는 한동안 접었던 일을 다시 시작했다. 방과후에 어린이들을 가르치는 일이다. 아내는 나와 함께하며 도움을 준다. 학생들의 고민도 들어주고 상담도 해준다. 특히 여학생들에게 인기가 많다. 비록 오후 반나절 동안 하는 일이고 보수도 없지만 학생들에게 도움을 주고 사랑을 베푸는 일이라 보람을 느끼는 것 같다. 요즘 아내가 조금씩 밝아지고 있다. 말수도 많아지고 소리도 한껏 경쾌해졌다. 예전과 같은 아내의 화사한 표정과 함박웃음을 볼 날도 그리 멀지 않은 것 같다. 아내의 마음에 언제나 꽃피는 사랑이 가득하기를 바라며 오늘도 아내와 함께 집을 나선다.

— 김득수, 「동전과 아내」, 《테마가 있는 에세이》, 2018.

작가는 '동전의 본성'을 '방랑과 소리'로 규정한다. 동전의 소리는 서로의 부딪침에서 나는 것이며 부딪침에는 상처가 따르게 마련이다. 그러나 상처가 날지언정 끊임없이 순환하며 제 할 몫을 해야 하는 것이 '동전'의 본질이라는 것이다. 저금통에서 잠시 휴식을 취하다가도 소리가 나지 않을 만큼 가득 차게 되면 은행을 통해 다시 방랑의 길에 오르게 되는 것은 바로 이러한 까닭에서다.

작가는 이러한 동전의 운명에 아내의 삶을 슬쩍 올려놓고 있다. 교사로 명예퇴직하고 집에 있는 아내를 저금통 속에 있는 동전으로 형상화하고 있다. 시간이 지날수록 말이 없어지는 아내에게 '은행의 환전소'가 필요하다는 것은 이러한 맥락에서 성립되는 것이다. 아내는 다시 학생들에게 도움을 주는 일에 동참하게 되면서 '말수도 많아지고', 밝아지고 있다. 동전의 부딪침과 소리, 그 안에 내재되어 있는 상처는 아내의 명예퇴직과 '말수'에 오버랩 되면서 글의 긴장감을 높이고 있다.

> 아내가 차려 놓고 간 아침식사를 마치고 빈 그릇을 씻어 제자리에 놓는다. 근래 자주 하는 일이지만 오늘따라 왠지 뒤통수가 휑한 기분이다. 어느 책에서 읽었던가 "외로움은 모든 사람에게 반드시 필요하다. 따라서 이따금씩 '심리적 고독 상태'에 놓여 볼 필요가 있다"던 말이 생각난다.
>   ......
> 오후 네 시가 넘어 손자 놈이 올라온다. 심심하다면서 저의 학교운동장으로 자전거를 타러가자고 조른다. 종일 집안에만 있었으니 바람도 쐴 겸 같이 나섰다. 운동장 나무그늘에 앉아 놀고 있는 아이들을 쳐다본다. 삼삼오오 공을 차며 뛰고, 농구대에 열심히 공을 던지고, 트랙 위를 달리면서 신바람이 나 있다. 내가 어리던 옛날의 놀이가 구슬치기, 고무줄놀이 등 지극히 제한적이던 것을 생각하며 빙그레 웃음을 지어 본다. 한편 교실이 부족하여 오전반 오후반으로 나뉘던 시절에 넘쳐나던 아이들 숫자와 견주어 보기도 한다. 손자 놈은 땀을 뻘뻘 흘리며 자전거 페달을 밟는다.
> 집으로 돌아오는 길목. 어느 집 담장에 넝쿨장미가 시멘트 담벼락을 녹일 듯 이글거린다. 누가 보아주거나 말거나 계절 따라 아름답게 피고 지는 꽃들이다. 그 곁을 지나오면서 생각해 본다. '저 장미꽃처럼 열정을 다하던 내 붉은 땀방울은 지금 어디에 녹아 있을까' 집에 오니 아내가 와 있다. 왠지 다른 날보다 반가운 마음이다.
> — 전의수, 「어느 일요일의 단상들」 부분, 『대전문학』 가을호, 2017.

위 글은 제목 그대로 특별할 것 없는 '어느 일요일'의 단상들을 풀어놓은 글이다. 두어 달 분주하게 보내다 아내까지 외출하고 없는 유난히 조용한 일요일을 맞게 된 작가는 적적함을 느낀다. 오히려 더 적극적으로 '심리적 고독 상태'에 있어 보기로 하고 책도 컴퓨터도 멀리해보지만 울리지 않는 휴대폰을 의식하는 것으로 작가의 내면을 들키듯 드러내 보인다.

분주한 일상을 보낸 후 맞는 휴일은 달콤한 휴식의 시간이기 쉬울 터, 왜 작가는 적적함을 느끼는 것일까. 이 글에서 분주한 일상과 그 후 맞게 된 적막한 일요일의 대비는 단순한 경험의 차원이 아니다. 이는 "땀을 뻘뻘 흘리며" 노는 아이들과 나무 그늘에 앉아 이를 바라보고 있는 작가의 대비와 상동의 관계에 놓이는 것이다. 결국 '분주한 일상'이란 '신바람이 난 아이들'처럼, 혹은 '붉은 장미꽃'처럼 열정에 차 있던 작가의 젊은 날의 표상인 셈이다.

덤덤하게 말해지는 슬픔이 더 깊게 전해오는 법이다. 이 글 또한 감정을 진술하는 대신 행위를 묘사하는 것으로 전개되고 있어 정서의 울림이 깊고 여운은 길다. 작가의 하루를 따라가다 보면 적적함, 쓸쓸함, 적막함 등등의 한마디 말로는 적확하게 설명할 수 없는 그 어떤 언저리의 감정이 묵직하게 전해온다. 이 글을 읽다보면 모든 것은 한순간이며 지나가게 마련이라는 사실을 상기하게 되어 쓸쓸하면서도 허무하다. 그러나 다른 한편으로는 그때는 그때대로, 지금은 또 그때처럼 주어진 일상에 최선을 다하는 작가의 변하지 않는 삶에 대한 태도에서 독자는 깨우치는 바가 있다.

전방부대인 화천의 5월 하순은 더웠다. 하늘만 빼곡한 산악지대, 심산의 해는 짧아 어둠은 금세 스멀거리며 그림자를 드리웠고 각지에서 모인 백 오십여 명의 병사들은 낯선 환경에 서리 맞은 풀처럼 무거운 적막에 눌려 있었다. 다행히 우리는 같은 중대와 소대에 편성되어 낯선 내무반 침대에 나란히 누울 수 있었지만 잠을 이룰 수 없었다. 그것은 밤의 한기 때문이 아니라 앞날을 예측할 수 없는 아득함과 불안감 때문이었다.

매일 밤낮으로 이어지는 지옥 같은 고된 훈련에 녹초가 되곤 했지만 너와 나는 피는 흘려도 눈물은 흘리지 말자고 다짐했다. 기억하는가. 훈련이 없는 휴일 어느 날, 우리는 연병장 한쪽 둥구나무에 기대고 앉아 '오디세이아, 일리아스'의 인내와 지혜 그리고 죽음이라는 인간의 운명 등 개똥철학을 한참 나누었지. 힘이 들 땐 '프리드리히 니체'의 시를 중얼거리며 견뎠다. '인생의 목적은 끊임없는 전진이다 … 고난이 심할수록 내 가슴은 뛴다 ….'

면회실은 매일 북적였다. 먼 곳에서 면회를 온 가족들과 병사의 가슴 아픈 이별을 보며 애초 가족에게 참전 소식을 알리지 않은 너와 나는 차라리 마음이 편하다고 했다. 그런데 아무도 찾아올 리 없는 면회실에 우린 왜 그리 자주 눈길을 주었던 걸까. 식당에서, 훈련장에서, 연병장에서, 어느 곳에서든 너와 나는 마주보면 서로 싱긋 웃었다. 머리 위로 총탄이 날아다니는 각개전투장, 힘든 유격훈련장 등 그곳이 어디이든 우린 눈이 마주치면 웃었다. 그것이 서로를 위로하고 격려하는 유일한 방법이었다.

— 강철수, 「헐거운 매듭」 부분, 『글숲』, 도서출판MB, 2017.

위 글은 전쟁이라는 비일상의 시공간을 배경으로, 마음을 나누었던 전우와의 애틋한 우정을 핍진하게 그리고 있다. 보통의 반복을 일상이라 할 때, 언제 어떻게 될지 한치 앞을 예측할 수 없다는 점에서 전쟁은 극단적 비일상의 상황이라 할 수 있을 것이다. 이와 같은 극단적 비일상의 상황에 응전하는 작가의 태도에 주목할 만하다.

"앞날을 예측할 수 없는 아득함과 불안감"이 그야말로 일상이 되는 전
장에서라면 절망을 느끼는 것이 일반적인 경우일 것이다. 그런데 '나'와
'너'는 그 죽음의 공포 앞에서 오디세이아와 일리아스에 대해 얘기를 나
누고 니체의 시를 읊조리고 있다. '어느 곳에서든' 둘은 눈이 마주치면 웃
음으로 서로를 위로하고 격려한다.

전쟁이라는 극한 상황의 고통도 작가를 절망의 나락으로 끌어내리지
못한다. 그것은 오히려 정신적으로든 육체적으로든 작가를 더욱 강인하
게 만드는 기제가 되고 있다. 작가가 인용하고 있는 "고난이 심할수록 내
가슴은 뛴다"라는 언표에서 이를 확인할 수 있다. 이 글을 통해 독자는 고
통이나 행복이란 실상 어떠한 사실에 있는 것이 아니라 사실에 대한 해
석 내지 관점에서 비롯하는 것임을 알게 된다.

"마누라 밥 먹어." 하면 식탁 의자에 앉는다. 된장찌개를 끓였다고 해서
먹어보면 제법 맛있다. 나보다 훨씬 맛있게 끓인다. 친정 올케가 가져온
가지도 납작납작 썰어서 기름에 볶아도 맛있고, 끓는 물에 데쳐서 갖은 양
념으로 무쳐도 맛있다. 밥물도 이제는 적당하게 맞추어서 질거나 되지도
않다. 집안 청소도 제법 깔끔하게 한다. 주방에서 하는 모든 일은 나보다
더 깨끗하게 한다.

삼십 년이 넘도록 화장실 청소가 힘드니 도와 달라고 해도, 콧방귀도 뀌
지 않더니 화장실 청소도 잘한다. 집안에 물걸레 청소는 매일매일 정성으
로 한다. 나는 일주일에 두세 번 했는데 남편은 매일한다. 이유인즉 가끔
하면 힘들기 때문이란다.

……

해도 해도 끝이 없는 주부의 일을 가르쳐 주면서 나를 반성한다. 건강할

때 소소한 일상들이 행복이었던 것을 몰랐다. 시집 일로 친정일로 아이들 일로 자잘하게 싸우며 지냈던 일들이 작은 행복이었다.

남편이 앉았던 식탁 의자에 내가 앉아서 음식을 준비하는 남편의 등판을 보며, 고맙고 미안하고 애처롭기 짝이 없다. 또 가족을 위해 음식을 준비하고 땀을 뻘뻘 흘리며 청소하는 모습을 보며 가여운 생각이 든다. 혼자 남아 쓸쓸하게 밥을 먹고 있을 상상을 하니 가엾기도 하다.

집에 들어오면 말할 상대도 없이 텔레비전을 쳐다보다, 잠을 자겠지 생각하면 눈물이 앞을 가린다. 백세 시대에 호강은 아니어도 빠른 이별을 감당하기가 힘이 든다. 늙어 영양가 없는 말이라도 말벗이 되어 주지 못함을 너무나 애통해 한다. 젊어 다혈질임을 원망하며 나대로 하고 싶은 일과 취미 생활로, 남편에게 소홀했던 일들이 마음속에 미안함으로 남는다.

— 오문재, 「남편 주부 9단 만들기」, 『충북수필과비평』 제2호, 수필과비평사, 2017.

모든 문학의 근저에는 자기성찰이 자리하고 있다고 생각한다. 그것이 겉으로 잘 드러나는지 아닌지의 차이가 있을 뿐. 장르 특성상 수필은 전자에 속하는 경우다. 수필은 일상에서 일어나는 소소한 사건이나 생각을 바탕으로 이루어지는 1인칭 자기고백적 글이자 작가 자신이 그대로 노출되는 장르이기 때문이다.

이러한 까닭에서인지 수필을 쓰거나 읽다 보면 문득 반성이 글쓰기의 습관 내지 관행으로 자리하고 있는 것은 아닌가 하는 회의가 들 때가 있다. 더 나아가면 그러한 작은 반성으로 정작 큰 부끄러움은 봉인하고 있는 것이 아닌가 하는 생각에까지 이르게 된다. 쓰다보면 반성하게 되고 반성에 들면 동시에 자기검열이 작동한다. 이것이 진짜 반성인지, 타자의 시선에 비칠 자아를 의식하며 반성하는 척 하는 것인지, 더 치열하게 성찰해야 할 부분은 여전히 남겨두고 있는 것은 아닌지 등등.

그러나 오문재의 「남편 주부 9단 만들기」를 읽으며 이 또한 관념적인 허영이었음을 깨닫는다. 죽음 앞에서의 성찰에 그 진정성을 의심할 여지는 없다. 죽음이라는, 넘을 수 없는 인간의 한계 앞에서 가장 절실하게 갈구하게 되는 것은 결국 평범한 일상이며 뼈아프게 후회하는 것 또한 거창한 사건에서가 아니라 소소한 일상에서임을 이 글은 보여주고 있다.

이 글에서는 과거와 현재, 미래의 일상이 그려져 있다. 과거의 일상은 이미 지나갔다. 정작 그 일상 속에 있을 때는 몰랐지만 "소소한 일상들이 행복이었음"을 작가는 깨닫는다. 현재에는 과거와는 완전히 달라진, 전혀 예상치 못했던 일상이 펼쳐지고 있다. 결코 원한 적 없었던 일상, 그러나 부부는 그것에 또 묵묵히 최선을 다한다. 부부의 이러한 삶에 대한 태도에 먹먹한 감동을 느끼게 된다. 혼자 남을 남편의, 미래의 일상을 떠올리는 대목에서는 "자잘하게 싸우며 지냈던 일들이 작은 행복"이었다는 작가의 언술이 오버랩 되면서 슬픔이 배가된다.

니체는 '천국은 신앙이 아니라 생활방식'이라고 했다. 생활방식, 즉 일상을 살아가는 방식에 따라 천국은 현실에서 이루어지는 실존적인 시공간이 될 수 있다는 의미일 터이다. 이때의 천국은 고통이 없는 이상적 공간, 죽어서야 갈 수 있는 관념적 공간이 아니다. 고통도 내 삶으로 끌어안고 긍정할 수 있을 때 이미 와 있는 '지금 여기'가 바로 천국이 되는 것이다.

일상이란 '늘 반복되는 보통의 일'이라 했다. 수필은 이 아무것도 아닌 '보통 일'에서 삶의 진리를 드러내 보여준다는 데 존재의의가 있다. 사소하지만 바로 그 사소함이야말로 수필을 위대하게 만드는 요인이 아닐까 한다. 일상이 그러하듯.

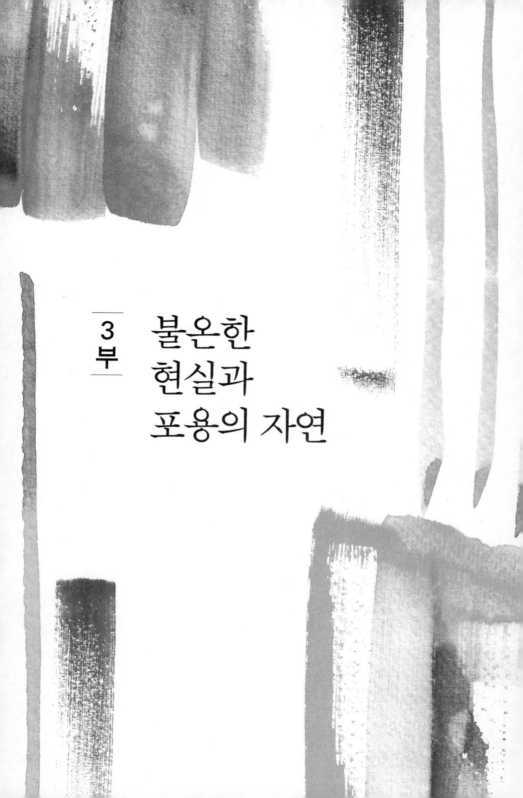

3부

불온한
현실과
포용의 자연

탈중심에 대한 사유와 실천

– 박상률, 『국가 공인 미남』(실천문학사, 2016)

박상률 시인은 1990년 《한길문학》에 시 「진도아리랑」과 《동양문학》에 희곡 〈문〉을 발표하면서 작품 활동을 시작했다. 독특한 이력이다. 한 장르를 섭렵하는 것도 쉽지 않은 일인데 시작부터 성질이 다른 두 분야를 열어두고 출발하고 있기 때문이다. 시인에게 있어 이러한 독특한 이력이 비단 등단 과정에만 한정되고 있는 것이 아니다. 이후 시인은 시와 희곡은 물론 소설, 동화에 이르기까지 전방위적 글쓰기를 보여주고 있다. 이러한 이채로운 특징은 금번에 상재한 시집 『국가 공인 미남』에도 그대로 함축되어 있는 것으로 보인다. 시집이라고는 하지만 수필, 희곡, 동화, 전설, 만담, 콩트 등등 그 내용이나 형식에 있어서 실로 다양한 양태의 글들이 공존하고 있기 때문이다. 이를 외연의 확장이나 다성성으로 설명할 수도 있겠지만 이 글에서는 탈중심에 대한 지향의 측면에서 살펴보고자 한다.

데카르트의 코기토 즉 "나는 생각한다. 고로 존재한다"라는 테제는 근대가 자아의 발견과 이성 중심의 사유를 기반으로 성립되는 것임을 보여준다. 주체와 이성 중심의 사유구조가 그 외의 것들을 주변화하고 억압하는 기제로 작용되어 왔음은 주지의 사실이다. 소수의 중심과 다수의 주변화, 소수의 중심이 다수를 억압하는 구조의 기저에 이러한 근대적 사유가 자리하고 있는 것이다. 이성과 정신이 중심이 되는 세계에서 감정과 육체 등속의 가변적인 것들은 소외될 수밖에 없으며 다수의 타자는 중심이 되는 주체에 환원될 수밖에 없는 것이다.

그런데 박상률은 『국가 공인 미남』에서 이러한 구도를 전복시키고 있다. 시인은 그의 시에서 중심을 해체하고 주변부가 그 주변부인 채로 공존하는 세계를 구현하는 데 끊임없는 노력을 기울이고 있기 때문이다. 『국가 공인 미남』의 거의 모든 시가 이러한 양상을 띠고 있다고 해도 과언이 아니지만 복합적인 층위에서 탈중심에 대한 지향을 보여주고 있는 대표적인 시로 「개 안부」를 꼽을 수 있다.

아들놈이랑 서울에서 고향 진도까지 눈보라 뚫고 걸어가는 길이었다.
가다가 팍팍한 다리도 쉬고 주린 배도 채울 겸 길가 기사 식당에 들어서자
운전기사들 밥 먹다 말고 우리 부자 행색 보고 한마디씩 거들었다.

이 눈 속에 어디까지 가시는 길이유?
진도까지 갑니다.
아, 거시기 진도개 유명한 디 말이유?
예.
지금도 거기 진도개 많슈?
예.

왜 사람들은 진도에 사람도 산다는 생각은 않고 개 안부만 묻는 걸까?

개만도 못한 사람이 넘쳐 나서 사람 안부는 물을 것도 없는 걸까? 그럼 개만도 못한 사람들은 모두 쥐일까? 아님 고양이일까? 이러다가 사람만도 못한 개가 넘쳐 나면 어쩌려고 그러나. 쓸데없는 걱정 하다 말고, 아차, 며칠째 우릴 기다리는 어머니는 점심 식사나 하셨을까, 밥 먹다 말고 고향 집에 전화를 넣는다.

어무니, 시방 충청도 지나고 있는디, 별일 없어유?
내사 뭔 일이 있겄냐만 노랑이가 속쎄긴다.
왜 또 넘의 집 개랑 싸우고 다리 한 짝 부러져서 들어왔소?
아니, 고것이 새끼 낳더니만 입맛이 영 없는갑서, 뭣이든 주는 대로 잘 먹던 입인디 요 며칠 새 된장국도 안 먹고 미역국도 안 먹고 강아지들 젖도 안 멕일라고 그랴. 아무래도 지가 잡아놓은 노루 뼈라도 고아서 멕여야 쓸란갑다.

늙은 어머니, 이녁 안부는 뒷전이고 개 안부만 길게 전한다.
아, 나도 못 먹어 본 노루 뼛국!
— 「개 안부」전문

위 시에서 탈중심의 표상이라 할 수 있는 시적 대상은, 시인 자신이기도 한 서정적 자아의 고향 '진도'와 '진도개'이다. 시적 자아는 '아들'과 서울에서 출발하여 고향 '진도'까지 걸어가고 있다. 그 과정에 들르게 된 '충청도'의 어느 한 '기사 식당'에서 시적 자아는 자신의 고향을 "진도개 유명한" 곳으로 규정하는 것에 의문을 품는다. "왜 사람들은 진도에 사람도 산다는 생각은 않고 개 안부만 묻는 걸까?"라는 것이 그것이다. 그런데 이에 대한 해답을 "개만도 못한 사람이 넘쳐 나서 사람 안부는 물을 것도 없"어서라는 것으로 내려놓고 있다는 것에 주목할 만하다. 만물의 영장이라 하는 인간을 '개'보다 못한 존재로 전복시키고 있기 때문이다. 여기에서 한 발짝 더 나아가 시적 자아는 "이러다가 사람만도 못한 개가 넘쳐 나면 어쩌려고 그러"는지를 걱정하고 있다. 이러한 인식은 '사람'이 '개'보다 못한 존재라는 것이 기정사실화 되어 있는 세계를 상상한 데서 가능한 것이다. 이와 같은 현실은 고향이라고 다르지 않다. 시적 자아의 '늙은 어머니' 또한 "이녁 안부는 뒷전이고 개 안부만 길게 전"하고 있기 때문이다.

이 시에서 드러나고 있는 인간과 '개'의 전복된 위치에서 우리는 두 가지 의미를 간취할 수 있다. 인간에 대한 성찰과 탈중심적 사유가 그것이다. 인간이 만물의 영장이라는 신의 위치에 자리할 수 있었던 까닭이 이성의 전유에 있었음은 잘 알려진 사실이다. 그런데 이성 중심의 세계는 지식과 과학, 기계 산업의 발달을 추동하고 부를 선취할 수 있게 했지만 감성과 육체, 실존으로 대별되는 '인간적인 것'들은 주변화시키는 결과를 가져왔다. 발전과 욕망의 실현을 담보로 하나 둘 포기해버린, 인간을 인간이게 하는 가치들. 이러한 인간 진보의 방향성에 대한 성찰이 박상률의 시세계를 관류하고 있는 주제라는 판단이다. 위 시에서 드러나고 있는, 이성을 전유하고 있는 '사람'과 이에 종속된 '개'의 관계에 대한 전도는 이러한 사유에서 발로한 탈중심적 전략이라 할 수 있다.

이러한 탈중심의 시적 전략은 시적 자아의 이동 경로에서도 드러나고 있다. 시적 자아는 '서울'에서 출발하여 '진도'를 향하고 있다. 서울은 이 나라의 수도로써 정치 행정의 중심이 되는 도시이다. 그에 비해 '진도'는 "상여 맬 젊은이도 이젠 없"는(「비 내리는 섣달그믐」) 주변화 된 공간이라 할 수 있다. '어머니'와의 통화에서 현재 지나가고 있는 지역이 '충청도'라고 표나게 강조하고 있는 것은 '서울'이라는 중심에서 '진도'가 얼마나 거리화 되어 있는 공간인지를 감각하게 하는 장치가 되고 있다. 이동 수단이 기계 발전의 표상이라 할 수 있는 교통수단이 아니라 가장 아날로그적 방식인 걷기라는 사실 또한 중심으로부터 벗어나는 행보인 것이다.

동대문시장에서
일당벌이 지게꾼으로 떠돌았다느니
서울역 앞 골목에서
밑 터진 치마 입고 쏘다녔다느니
우리 이젠 그런 얘긴 그만하자
넓찍한 등짝으로 져 나른 나의 삶이나
통통한 아랫도리로 쓸어 온 너의 삶이나
어차피 눈물인 것은 마찬가지
새벽이면 뜨고
저녁이면 지는 해도
우리 몫은 별로 안 된다는 얘기도
이젠 그만하자
난 나 자신을 보듬지 못했고
넌 너 자신을 흘려보내 버렸지만
눈물로 새롭게 만난 우리
난 너의 것이고 넌 나의 것이니
우리 이제 서로 힘을 보태
우리 사랑 노래나 힘껏 부르자
서로 자신도 못 챙겼으면서

어떻게
서로를 챙기겠다는 건지 하는
그런 얘길랑 이젠 하지 말고
힘껏
사랑 노래를 부르자
혼자의 눈물은 슬픔이지만
두 사람의 눈물은 벌써 사랑이니
이제 힘껏
입을 맞추자

말이야 바로 말이제
사랑을 서울에서만 하란 법 있겠느냐.
　　　　　　　　─「서울을 버린 사랑」전문

　위 시의 공간적 배경 또한 '서울'이다. '서울'은 정치 행정의 중심이라고
는 하지만 아이러니한 것은 '서울'이라는 중심 중에서도 또 다시 중심과
주변이 구별된다는 것이다. "동대문시장에서/일당벌이 지게꾼으로 떠돌
았다"는 것이나 "서울역 앞 골목에서/밑 터진 치마 입고 쏘다녔다"는 것
은 중심과는 거리가 먼 삶의 일면이다. 삶의 모습은 다를지 몰라도 "어차
피 눈물인 것은 마찬가지"인 것이다. 누구에게나 공평하게 주어진다고
인식되는 "새벽이면 뜨고 저녁이면 지는 해"조차도 "우리 몫은 별로 안
된다"는 대목에서 이들의 삶을 얼마나 소외된 것으로 감각하는지 알 수
있다.
　그런데 이러한 현실에 대한 서정적 자아의 응전의 방식에 주목할 필요
가 있다. 소외된 존재라는 자의식에도 불구하고 우선은 "난 나 자신을 보

듣지 못했고/넌 너 자신을 흘려보내 버렸"다는 자아에 대한 성찰에서 시작하고 있다는 점에서 그러하다. 비판의 화살이 바깥이 아닌 자아의 내면에서부터 날아가기 시작할 때 그러한 존재들이야말로 "눈물로 새롭게 만난 우리"라는 공동체를 형성할 수 있고 "난 너의 것이고 넌 나의 것이니 우리 이제 서로 힘을 보태 우리 사랑 노래나 힘껏 부르자"는 연대의 공동체의식이 발현할 수 있게 되는 것이기 때문이다.

이와 같은 인식이 자책에 그치는 것이 아니라는 점 또한 눈여겨볼 만하다. "서로 자신도 못 챙겼으면서/어떻게/서로를 챙기겠다는 건지 하는" 걱정 내지 조롱의 눈빛은 외부로부터 따갑게 받았을 법하다. 그러나 서정적 자아는 "그런 얘길랑 이젠 하지 말고/힘껏/사랑 노래를 부르자"라고 연대를 추동하고 있다. "혼자의 눈물은 슬픔이지만/두 사람의 눈물은 벌써 사랑"이라며 공감과 연대의 힘에 목소리를 높이고 있는 것이다.

이 시의 백미는 마지막 행에 있다. "사랑을 서울에서만 하란 법 있겠느냐"라는 시구가 그것이다. '서울'이라는 중심에서 소외된 존재들이 그 중심에 진입하기 위해 다른 존재들을 소외시키는 것이 아니라 그 중심을 버리는 선택을 하고 있기 때문이다. 이 시의 제목이 "서울을 버린 사랑"인 까닭이 여기에 있다.

이 시에 드러난 바와 같이 박상률 시인이 끊임없이 중심을 버리면서 궁극적으로 구현하고자 하는 것은 유대와 연대의 공동체적 세계이다.

> 아버지 기일을 맞아 진도 고향 집에서 자고 있는 새벽
> 쩌렁쩌렁 울리는 마을 확성기가 새벽잠을 깨운다
>
> 다들 안녕히 주무셨습니까, 이장이 아침 문안드립니다

요즘 좀도둑이 성헌께 낮에 들에 가실 적엔

사립 문단속 잘 허시기 바랍니다

사촌 줄 것은 읎서도 도둑맞을 것은 있다 안 헙니까

또 수상한 사람이나 짐차가 산이나 들에

어정거리믄 바로 신고 바랍니다

며칠 전에 박 씨 선산에 있는 동자석을 다 뽑아가불고

밭둑 길가에 내 논 양파와 마령서 자루를 다 가져가 불었습니다

에, 그라고 여름철을 맞아 위생 관리를 철저히 허시기 바랍니다

먹다 둔 음식은 파리나 쥐가 못 끌게 단속 이정스럽게 허시고

먹을 땐 상했는가 냄시 잘 맡아보고

집 안팎에 모기 벌가지 못 살게 물구덩 있으믄 메워버리시기 바랍니다

저녁엔 모깃불 대신 일반 약국에서 파는 모기약 풍겨서 모기헌티 안 뜯
기게 허시고

쥐 잡는 데는 개만 믿지 말고 농약사에서 파는 쥐약 사다가 놓으시기 바
랍니다

늘 말씸 드리지만

모기 파리약은 일반 약국에 있지만 쥐약은 농약사에 있은께 참고허셔
서

두 번 걸음 하지 않도록 허시기 바랍니다

이상, 이장이 알려 드렸습니다요

아 참, 박 씨 집에서 엊저녁에 제사 모셨은께 아침 식사는 거그서 허시
기 바랍니다

이장의 아침 방송 끝나자

계란차가 일찌감치 마을에 들어와 진도아리랑 가락을 찌렁찌렁 울린다

가는 님 허리를 아드득 잡고

하룻밤만 자고 가라고 사정을 하네
아리 아리랑 서리 서리랑 아라리가 났네~
—「제사 뒷날」전문

　위 시의 시간적 배경은 제목에서도 드러난 바와 같이 시적 자아의 '아
버지 제사 뒷날'이다. 새벽부터 '마을 확성기'를 통해 '이장'의 목소리가
'쩌렁쩌렁' 울린다. 도시에서는 어림도 없는 일이다. 소음이나 사생활 방
해 등으로 민원 신고가 빗발 칠 일이다. 소위 어느 집에 수저가 몇 벌 있
는지 정도까지 알 만큼의 공동체에서나 가능한 일이다. 실제로 '이장'의
방송 내용을 보면 오랜 시간 동안 형성되어 온 가족과 같은 공동체임을
알 수 있다. 며칠 사이 마을에서 있었던 크고 작은 사건들을 전하며 문단
속과 위생관리를 당부하면서 사소한 부분까지 세세하게 이르고 있기 때
문이다.

　가령 "먹을 땐 상했는가 냄시 잘 맡아보"라는 것이나 "모깃불 대신 일
반 약국에서 파는 모기약 풍겨"라, "쥐 잡는 데는 개만 믿지 말고 농약사
에서 파는 쥐약 사다가 놓으시"라 "쥐약은 농약사에 있은께 참고허셔서/
두 번 걸음 하지 않도록" 하라 등등, 삶을 속속들이 알지 못하면 할 수 없
는 구체적인 당부들이다. 이 방송의 압권은 "박 씨 집에서 엊저녁에 제사
모셨은께 아침 식사는 거그서 허시기 바"란다는 대목이다. 온 마을 사람
들과 그것도 아침 식사를 함께 하는 광경은 상상하기도 쉽지 않기 때문
이다. 그야말로 '食口(식구)'라는 말이 어울리는 작고 오랜 공동체임이
드러나는 대목이기도 한 것이다.

　위 시는 첫 연과 마지막 연을 제외하고 시의 내용이 모두 '이장의 아침
방송'으로 채워져 있다. 서정적 자아의 고향 '진도'의 일상을 통해 우리가

잃어버린 가치가 무엇인지 드러내고 있다. 설명이 아닌 보여주기를 통해 더욱 생생하게 감각게 하고 있다. 이것이 시인이 '서울'을, 중심을 버리고 주변화된 공간으로 향하는 까닭이다. '사람'이 '개'보다 못한 취급을 받을 수도 있는 '중심'이 아니라 '개'도 한 '식구'가 될 수 있는 삶의 공동체가 시인이 그리고 있는 '고향 진도', '어머니가 있는 진도'인 것이다.

　박상률 시인이 중심을 버리고 궁극적으로 구현하고자 하는 세계가 어떠한 것인지 분명해졌다. 시인은 그의 시에서 전통적인 유대의 세계 내지 그것을 표상하는 신화적 세계를 부단히 복원하는 작업을 하고 있다. 신화적 세계라고 하여 막연한 관념 속의 유토피아를 상정하고 있는 것이 아님은 물론이다. 그의 시에서 신화적 세계는 늘 현실 세계와 맞닿아 있고 이 유대와 통합의 전통적 공동체를 파괴하는 인간의, 권력의 이기적 욕망을 비판하는 데 있어서도 거침이 없을 뿐만 아니라 매우 구체적이고 직접적이다.

　신화와 현실, 진(眞)과 농(弄), 고상과 비속, 서정과 서사, 나아가 시와 시 아닌 것의 경계를 넘나드는 것이 새로 상재한 시집에서 보이는 박상률 시의 특징이다. 이러한 시적 의장 또한 시인의 탈중심적 행보에서 벗어나는 것이 아니다. 탈중심적 사유는 이처럼 박상률 시의 내용과 형식 양층위에서 다각도적으로 구현되고 있을 뿐만 아니라 이 세계를 새롭게 창조하고자 하는 의지의 연원이라는 점에서 의의가 있다.

　　새벽이다
　　칼날 같은 정월의 추위가
　　살을 에는.
　　너, 돌아보지 말거라

얼굴 보지 않아도 된다
뻔뻔스러운 것은 이제 질색이야
 – 새벽이다
버려야 할 것 버리지 않고
담겨야 할 것 담겨 있지 않은
쓰레기통
어둠과 같이 실려 가는.
그렇다고 탈출은 아니야
 – 새벽이다
아직 잠들어 있는 것이 더 많은
우리의 도시.
아무래도 추위보다
졸음이 더 무섭다
새벽잠이 달더라도, 이젠
일어날 시간이야
—「새벽」전문

시인에게 있어 현실의 시간은 '새벽'이다. 그러나 이 '새벽'이 흔히 의미화되는 것처럼 밝아오는 희망을 표상하는 것은 아니다. 오히려 "버려야 할 것 버리지 않고/담겨야 할 것 담겨 있지 않은/쓰레기통"이 "어둠과 같이 실려 가는" 그러한 시간이다. 이러할 때 깨어있을 것을 시인은 촉구하고 있다. "아직 잠들어 있는 것이 더 많은/우리의 도시", 현재의 안위에 안주하여 보지 않고 듣지 않을 것이 아니라 '이젠 일어나야 한다'는 것이다. 우리가 중심을 욕망하는 것이 아니라 중심을 버리고 흔들 때 주변 또한 주변이 아닌 그것 고유의 존재로 남을 수 있게 될 것이다. 이것이 시인이

지고 있는 '말 지게'(「우리 동네 이 씨 소설가 이문구 선생의 말 지게」)의 요체가 아닌가 한다.

정치를 가로지르는 '문학 정신'

- 도종환, 『사월 바다』(창비, 2016년)

도종환 시인은 1985년 첫 시집 『고두미 마을에서』(창비)를 상재한 이 래 시와 산문, 동화 등 다양한 장르에 걸쳐 실로 왕성한 창작 활동을 보여 주고 있다. 시집 『사월 바다』(창비, 2016년)는 2011년 『세 시에서 다섯 시 사이』(창비) 이후 출간한 그의 열한 번째 시집이다. 그런데 시인은 잘 알 려져 있듯 현직 정치인이기도 하다. 그가 국회에 진출한 것이 2012년이 니 『사월 바다』는 그의 정치 입문 이후 쓰인 작품들을 모은 첫 시집이라 는 점에서도 의미가 있는 경우이다.

도종환 시인은 어느 강연회에서 국회의원으로 임기를 시작하는 첫날 근조 화분이 배달되었던 일화를 소개한바 있다. 시인은 이를 "시인으로 서 이제 끝났다"는 메시지로 생각했다고 밝히며 "진흙탕 속에 있으면서 문학정신을 유지할 수 있는지 늘 생각하게 하는 화분이었다."고 말했다. 그렇다면 시인은 왜 굳이 '진흙탕'이라고 하는 정치 세계에 발을 들였는 가. 시인이 생각하는 '문학정신'이란 무엇일까. 그것은 정치의 세계와 어 떠한 관계에 놓이는 것인가. 시인에게 있어 정치와 시의 공통분모는 무엇일까.

먼저 「겨울 저녁」이라는 시를 보자.

　　　찬술 한잔으로 몸이 뜨거워지는 겨울밤은 좋다
　　　그러나 눈 내리는 저녁에는 차를 끓이는 것도 좋다
　　　뜨거움이 왜 따뜻함이 되어야 하는지 생각하며
　　　찻잔을 두 손으로 감싸쥐고 있는 겨울 저녁
　　　거세개탁(擧世皆濁)이라 쓰던 붓과 화선지도 밀어놓고
　　　쌓인 눈 위에 찍힌 산짐승 발자국 위로
　　　다시 내리는 눈발을 바라본다
　　　대숲을 흔들던 바람이 산을 넘어간 뒤
　　　숲에는 바람소리도 흔적 없고
　　　상심한 짐승들은 모습을 보이지 않은 지 여러날
　　　그동안 너무 뜨거웠으므로
　　　딱딱한 찻잎을 눅이며 천천히 열기를 낮추는 다기처럼
　　　나도 몸을 눅이며 가만히 눈을 감는다
　　　—「겨울 저녁」전문

"겨울 저녁"이라는 시간적 배경은 이 시에서 현실에 대한 암유로 기능한다. 시적 자아가 인식하고 있는 현실 세계가 춥고 어둡다는 의미이다. 이는 '거세개탁(擧世皆濁)'이라는 시어에서도 어렵지 않게 유추할 수 있다. '거세개탁'이란 초나라 충신 굴원이 지은 '어부사(漁父辭)'에 등장하는 고사성어로, '온 세상이 모두 탁하다'는 뜻이기 때문이다. 그렇다면 이 탁한 현실세계에 대처하는 방법은 무엇일까. 탁한 세계에 적극적으로 응전하여 그것의 변화 내지 정화를 꾀하거나 반대로 세계에 적당히 타협하며 안위를 누리는 방법이 있다. 굴원과 같이 탁한 세계와 완전히 절연하는 것도 또 하나의 방법일 수 있다.

위 시에서는 '거세개탁'의 현실 세계에 대한 대응 방법을 '뜨거움'과 '따듯함'으로 대별하고 있다. 혼탁한 세계에 응전하는 태도라는 측면에서 '뜨거움'이 표상하는 바는 격정, 분노, 투쟁, 혁명 등이 될 것이다. 동일한 맥락에서 '따듯함'은 포용, 설득, 이해, 동반 등의 의미를 표상한다 할 수 있을 것이다. 그런데 '뜨거움'이든 '따듯함'이든, 중요한 것은 서정적 자아가 세계와의 타협이나 절연이 아닌 응전의 방식을 취하고 있다는 사실일 것이다.

혼탁한 세계, 춥고 어두운 세계에 대한 응전, 이것이야말로 도종환 시인이 포회하고 있는 시와 정치의 공통분모가 아닌가 한다. 도종환 시인은 정치인이 아닐 때에도 분단문제를 비롯해 교육이나 정치, 민중의 삶에 대한 고민 등을 시를 통해 표출해왔다. 응전의 방식에 있어 이보다 더욱 직핍한 방식으로 나아간 것이 그의 정치적 행보였다는 의미이다.

한편 위 시에서 '뜨거움'은 '술'에 연결되고 있는데, '술'은 이성을 마비시키고 뜨거움을 상승시키는 작용을 한다는 점에서 긴밀한 관계에 놓이게 되는 것이다. '따듯함'을 '차'의 속성으로 표현하고 있는 것은, 이러한 행위에 직정적 감정보다는 이성이 힘을 발휘하게 되는 까닭일 것이다. '차'를 마시기 위해서는 기다림이 필요하고 마시고 난 후의 효과는 진정, 이완, 정화 등이 될 터인데 이러한 상태에 이르는 데 매개가 되는 것이 이성이기 때문이다.

서정적 자아는 "그동안 너무 뜨거웠"음을 고백하면서 "뜨거움이 왜 따듯함이 되어야 하는지"에 대해 생각한다. '뜨거움'에서 '따듯함'으로 나아가는 여정, 이것이 정치인 도종환에게 있어서의 시의 존재의의일 것이다. '너무 뜨겁게' 되면 서로 상처를 입히고 또 스스로 상처 입을 수밖에 없다. 실제로 이번 시집에서 「병든짐승」과 같이 상처 입은 자아를 그리고 있는 시편들의 양이 상당하다. 이 '뜨거움'을 가라앉힐 수 있는 수양과 자기정화, 그리고 세계에 대한 사랑, 이것이 "진흙탕 속에서도" 시인이 끝끝내 견지하고자 하는 '문학의 정신'이 아닌가 한다.

> 별들이 유난히 가까이 내려오는 밤이 있다
> 그믐이 다가올수록 어둠은 더 많은 별을 내보낸다
> 동굴 속에서 몇날 며칠 나무를 비벼 불을 일으킨
> 한 사내를 생각한다 불씨를 만든 것은
> 얼어터진 두 손이었을까 혹독한 한파였을까
> 삼나무를 쪼개 배를 만들게 한 것은 거친 물결
> 지도를 만든 것은 오랜 방황과 잃어버린 발자국
> 기도를 알게 한 것은 고통이 아니었을까
> 사랑을 가르친 것은 형언할 수 없는 외로움
> 경전을 쓰게 한 것은 해결할 길 없는 고뇌
> 시인을 만든 것은 열망이 아니라 슬픔 아니었을까
> 지금 가눌 길 없는 비통함으로 쓰러져 있지만
> 이 통증의 끝에는 어제와 다른 아침이 기다리고 있으리라
> 삶과 죽음이 완만한 속도로 임무를 교대하듯
> 슬픔 속에서 낡은 것이 죽고 새로운 시간이 오리라
> 지금은 다만 천천히 깊은 슬픔의 통로를 걸어나갈 것
> 서둘러 눈물을 닦지 말고 흐르게 둘 것
> 여기까지 우리를 밀고 온 것이 좌절의 힘이었듯
> 약초를 알게 한 것이 상처와 고통이었듯

패배를 딛고 처절하게 한발한발 걸어나갈 것
안에서 타오르는 불길을 다스려 온기로 바꿀 것
지금은 따뜻한 위로의 물 한잔을 건넬 시간
남을 찌르지 말고 피 묻은 분노의 칼을 거둘 것
바람이 불어오는 쪽을 바라보고
바람에 머리칼과 아픈 영혼을 맡길 것
마음의 안부를 물어볼 것
그리고 창을 열 것
그러면 별빛처럼 반짝이는 눈동자들을 만나게 되리니
그쪽으로 갈 것
그러면 신도 우리 옆에서 그쪽으로 함께 가시리니
―「슬픔의 통로」전문

위 시의 시적 배경 또한 '밤', '그믐' 등 '어둠'과 관련된 시간들로, 부정적 현실을 표상한다는 점에서 「겨울 저녁」과 동일한 맥락에 놓인다. 「겨울 저녁」에서 '뜨거움이 따뜻함이 되어야 하는 이유'에 대한 고민을 드러내고 있다면 이 시에서는 '뜨거움'에서 '따뜻함'으로 가는 방법적 의장을 구체적으로 제시하고 있다는 점에서 차질적이라 할 수 있다.

'뜨거움'에서 '따뜻함'으로 가는 방법, 그것은 '슬픔'을 통해서이다. '슬픔'은 '분노'와는 달리 공감과 사랑에 바탕하고 있는 정서이다. '분노'가 '남을 찌르는 피 묻은 칼'이라면 '슬픔'은 "따뜻한 위로의 물 한잔"이라 할 수 있다. "천천히 깊은 슬픔의 통로를 걸어나"가는 것, "서둘러 눈물을 닦지 말고 흐르게" 두는 것이, "안에서 타오르는 불길을 다스려 온기로 바"꾸는 것, "마음의 안부를 물어"보고 "반짝이는 눈동자들을 만나게 되"는 것으로 나아갈 수 있는 까닭이 바로 여기에 있는 것이다.

"오랜 방황"과 '고통', "형언할 수 없는 외로움"과 "해결할 길 없는 고뇌"는 서정적 자아로 하여금 '기도'와 '사랑'을 알게 했고 "경전을 쓰게" 했다. 이러한 고통의 시간, "슬픔의 통로"를 건너가는 동안 "낡은 것이 죽고 새로운 시간"이 올 것이며 "이 통증 끝에는 어제와 다른 아침이 기다리고 있으리라"는 것에 대한 서정적 자아의 확고한 믿음이 드러나고 있다. 이러할 때 시련과 고통은 서정적 자아에게 있어 더 이상 피하거나 제거해야 할 부정적 현실이 아니게 된다. 그러한 현실을 만드는 세력 또한 동일한 맥락에서 배척하거나 폐기해야 할 대상이 아니다. 그들은 '함께 가야 할' 대상인 것이다.

> 그와 함께 가는 길은 멀고 험하다
> 우리 안에 있는 세 마리 짐승을
> 버려야 한다고 가르치면서
> 그 짐승들 데리고 천축까지 간다
> 그들의 도움으로 하루하루 버티며
> 먼 길 간다
> 버려야 한다면서 그들 없으면 못 간다
> 끝까지 그들을 버릴 수 없다는 걸
> 누구보다 잘 안다
> 그래서 멀다, 천축
> ─「서유기4」전문

물론 "함께 가는 길"이 쉽지 않을 것임은 자명해 보인다. 그러나 '천축'으로 표상되는 이상 세계에 '그들'이 "없으면 못 간다." 끊임없이 상충하고 찌르고 찔리며 상처를 주지만 아이러니하게도 '그들'이 있음으로 해서 "하루하루 버티며 먼 길"을 갈 수 있는 것이다. 박근혜 정부의 어이없는 국정농단으로 인하여 우리의 민주주의 의식이 크게 진일보한 것도 그 한 예라 할 수 있을 것이다.

민주주의란 중심을 빈칸으로 둔, 여 야의 변증법적 관계를 통해 그 빈칸을 일정 기간씩 점유하는 형태로 발전해가는 체제이다. '새는 양쪽 날개로 난다'는 리영희의 비유대로 민주주의 또한 견제와 협동을 통해 힘을 조율해나갈 상대편이 요구된다는 의미이다. '천축'이 이상적인 민주주의 사회를 표상한다 할 때 그곳에 이르기 위한 길이 아무리 "멀고 험하다"고 해도 "끝까지 그들을 버릴 수 없"는, '그들'이 없으면 결코 도달할 수 없는 까닭이 여기에 있는 것이다.

기실 도종환의 시에서는 이러한 정치 구도 속의 자아를 어렵지 않게 마주하게 된다. 가령 주체와 객체, 선과 악, 옳고 그름, 진실과 거짓, 약자와 강자, 피해자와 가해자 등등의 뚜렷한 이분법적 구도에서 서정적 자아는 주로 전자에 속하여 상처받고 고투하는 양상을 보이는 것 등이 그것이다. 이는 정신의 층위에서 정치적 자아와 시적 자아가 뚜렷이 구분되지 않는 이상 필연적으로 수반될 수밖에 없는 현상으로 보인다. 중요한 것은 시적 상상력이 이러한 분리와 구분의 정치적 속성을 약화 내지 무화시키는 작용을 한다는 것이다. 잘 알려져 있듯 시의 본질이 주체와 객체가 상호 동화하는 서정적 동일성에 있기 때문이다.

유대와 통합의 시정신이란 전언한 바 있는 '뜨거움'을 '따뜻함'으로 전화하는 '문학정신'과 다른 것이 아니다. 자아와 타자를 분리하여 끊임없이 시시비비를 가리고 스스로 옳다고 여기는 방향으로 전진하고자 부단히 '뜨거워'질 수밖에 없는 정치적 자아를 성찰 · 정화케 하여 포용과 통합의 상상력으로 나아갈 수 있게 하는 것이 바로 동일성의 시정신이기 때문이다. 이러한 자기 성찰과 정화, 포용과 통합의 감수성이 잘 드러나 있는 시가 「오래된 성당」이다.

오래된 성당에 들러 오르간 소리를 듣자
성당 바닥에 낮게 깔리던 합창의 저음 옆으로
가만히 끼어들어가 보자
바람도 고요를 흔들지 못하는데
굵은 황초의 촛불을 흔드는 이는 누구일까
처음 기도를 배우던 시절 두 손 깍지 끼고 올리던
기도의 문장들을 떠올리자
나는 그때의 그 간절함으로부터
얼마나 멀리 와 있는 걸까
기도문 다섯 째 줄에 이르면 염원은 더 절실해지고
성가 이삼절을 따라 부르는 동안
눈물 한줄기가 내 앞에서 나를 데리고 가던 곳을
지금도 기억하고 있다
무릎을 꿇는 것은 겸손에 나를 다시 맡기는 일
채색 유리창을 통해 들어와 나를 지켜보던 햇살
묵상하던 짧은 시간에 떠올리던 사람들
지상에서는 볼 수 없는 이도 물론 있지만
그들도 가끔 용서와 순명의 시간 중에
나를 생각하곤 할까
영성체를 모시러 가던 긴 줄 끝에
어색한 채 떠밀리듯 한발짝씩
앞으로 나아가던 그곳
내 안의 오래된 성당

- 「오래된 성당」전문

　이 시에서 "오래된 성당"은 물리적 공간으로서의 실체가 아니다. "내 안의 오래된 성당"에서 보듯 서정적 자아의 내면의 공간이기도 하고 "처음 기도를 배우던 시절", 기억 속의 "오래된 성당"이기도 하다. 어떻든 서정적 자아의 성찰과 정화에 관계된 상관물임에는 틀림이 없다. 서정적 자아는 "처음 기도를 배우던 시절"의 "그 간절함으로부터 얼마나 멀리 와 있는"지 성찰하고 있다. 이러한 성찰의 시간은 '뜨겁게' 타오르던 마음을 가라앉게 한다. "무릎을 꿇"고 "겸손에 나를 다시 맡기"게 한다.

　'영성체'란 천주교 의식 중 하나로 "예수의 몸과 피를 뜻하는 성체(聖 體)를 받아 모시는 일"을 말한다. 천주교 교리에 따르면 죄를 지은 채로 '성체를 받아 모실' 수 없다. 고해성사를 통해 죄를 고백하고 사함을 받아야 영성체에 임할 수 있게 된다. 따라서 위 시의 '눈물'이라든가 '무릎을 꿇는 것' 등은 서정적 자아의 뉘우침과 타인에 대한 용서에 관련된 것임을 유추할 수 있게 된다. "영성체를 모시러 가던 긴 줄 끝에/어색한 채 떠밀리듯 한발짝씩/앞으로 나아가던 그곳"은 멀리 있는 구체적 공간이 아니다. 그것은 "내 안", 즉 서정적 자아의 내면 그 자체이다. 서정적 자아가 "처음 기도를 배우던" 순수하고 간절했던 때로 돌아가 자신의 잘못을 뉘우치고 '그들'의 잘못을 용서할 수 있는 마음을 가지게 되면 그때 서정적 자아의 내면이 바로 경건한 '오래된 성당'이 되는 것이다.

　도종환 시인은 그의 시에서 "뜨거움이 왜 따뜻함이 되어야 하는 지"(「겨울 저녁」)에 대해 공들여 표현하고 있다. 그러나 '뜨거움'이 없었으면 오늘의 도종환도 없었을 것이다. 분노는 저항과 참여, 변화의 기제가 되는 정서이다. 시인은 분노를, '뜨거움'을 부정하는 것이 아니다. 다만 그것이 증오와 원망으로 나아가는 것을 경계하고 있을 뿐이다. '뜨거움'이 '따뜻함'으로 나아갈 수 있을 때 시인이 간절하게 염원하는 세계가 보다 가까워질 것임은 분명해 보인다. '뜨거움' 후에 오는 '따뜻함'이라야 진정한 것이라 할 수 있을 것이다.

'뜨거움'과 '따뜻함'의 조율, 이것을 가능하게 하는 것이 바로 시인에게 있어서는 시(詩)의 존재 내지 시를 쓰는 행위가 아닌가 한다. 그는 시쓰기를 통해 끊임없이 자신의 내면을 들여다보고, "끓어오르며 소용돌이"(「어느 저녁」) 치는 '뜨거움'을 '따뜻함'으로 돌려놓는 작업을 하고 있기 때문이다.

도종환은 정치인이기 전에 시인이었고, 정치 세계를 떠난 후에도 시인일 것이다. 도종환에게 있어 시 쓰기란 수양과 자기정화의 과정에 다름이 아니다. 그의 '문학정신' 즉 수양과 자기정화, 그리고 타인과 이 세계에 대한 사랑을 올곧게 견지해 나아갈 때 이 '뜨거움'과 '따뜻함'의 조화 또한 담보될 수 있을 것이며 정치와 시의 안정적인 공존도 가능해질 것으로 보인다.

시인이 그린 '스테판 에셀'의 모습, 그것은 아마도 스스로에게 하는 다짐이지 않을까.

> 그는 자신이 쏟은 노력의 타당성을 의심하지 않았다
> 대의를 위한 행군에 투신하기 위해
> 치열하게 살았으나 경직되지 않았으며
> 이제 이 총을 넘겨받으라고 말하면서도
> 레지스땅스의 경건주의에 빠지는 일을 경계했다
> 사랑의 느낌이 그를 부를 때 거절하지 않았고

아름다움을 찬미하는 것이
인생의 중요한 명제라고 믿었으며
행복한 사람이 되어야 한다는 취향을 버리지 않았다
그는 포로수용소에서나 절망의 순간에도
희망은 어찌 이리 격렬한가
이렇게 시를 읊는 레지스땅스였다
인간 정신의 진보를 믿는
이상주의자이며 지치지 않는 낙관주의자인
—「격렬한 희망 – 스테판 에셸을 위하여」에서

'번외의 꽃'을 통해 드러나는 '은유의 실체'

– 정진규,『모르는 귀』(세상의모든시집, 2017)

시력 57년의 정진규 시인은 시를 한마디로 '번외의 꽃'이라 언표했다. '번외'란 사전적으로 '계획에 들어있지 않은 것'이란 의미다. 의미를 확장하면 '번외'의 세계란 우연이나 무위, 더 나아가 자연의 세계라 할 수 있을 것이다. 또한 "시는 번외(番外)의 꽃입니다. 서로의 속 상처를 꽃으로, 꽃의 향기로 어루만져야 합니다. …… 시는 서로가 서로를 섬겨야 응답하는 존재의 세계입니다."라는 시인의 말에서 '번외'에는 차례에서 벗어나 있는, 즉 소외된 존재의 의미 또한 함의되어 있음을 유추해볼 수 있다. '서로가 서로를 섬기는' 세계란 순서나 서열, 계층이 없는 세계로 이러한 계층에서 벗어나 있는 존재들의 긴밀한 관계에서 시의 세계가 형성된다는 의미이다.

혼자 살다 죽은 김판식이 문패가 한 달 넘게 그대로 붙어 있다 김판식이는 세상을 떠나고 판식이네 집만 그대로 남아 있다 판식이는 과수원 주인이었다 그 앞길을 준재가 아침마다 오토바이를 타고 면사무소 안내원으로 출근을 하고 판식이 아들이 관리인에게 과수원을 맡기고 난 다음 덜 팔려나간 사과들이 창고에서 썩고 있는 향내가 마을에 넘치고 있다 죽은 김종삼 시인이 만지면 금방 썩어 났다던 그의 개성 과수원 사과들을 생각나게 했다 김판식이 일을 하고 낮잠을 자던 과수원 그 작은 방, 그가 피우던 담배 갑엔 두세 개 담배가 그대로 남어 있었다 집어서 실경에 소중하게 얹어 놓았다 그의 과수원의 사과 향기와 구겨진 담배 갑이 그리고 그대로 아직도 걸려 있는 문패가 진종일 마을에서 무슨 말로 서로 만나고 있는지 죽은 다음엔 사과 향내도 구겨진 담배 갑도 걸려 있는 문패도 그저 그것으로 남을 뿐인지 죽은 김종삼 시인에게 물어보았으나 그도 대답을 못했다 다만 일찍이 '시가 무엇인지 모른다' 대답해 두었다 하였다 놀랜 것은 혼자 살다 죽은 판식이도 이북(以北)서 김종삼처럼 월남한 '민간인(民間人)' 아버지를 뒷산에 모셨다 하였다 그런 교섭(交涉)이 은유의 실체로 이미 약정되어 있었다 그것이 그들의 '사과'였다 썩는 사과의 향내였다 늘 알고 보면 그러하였다

— 「썩는 사과 향내」전문

위 시의 발단은 과수원 주인 '김판식'의 죽음에서 시작된다. '김판식'은 혼자 살다가 죽음을 맞이했고 김판식이 죽은 후 그의 아들은 돌볼 사람 없는 과수원을 관리인에게 맡긴다. 이후 마을에는 덜 팔려나간 사과들이 김판식의 창고에서 썩고 있는 향내가 넘쳐나게 된다. '혼자 살다 죽은 김판식'에 대한 서정적 자아의 시선은 애틋하다. 아침마다 오토바이를 타고 과수원 앞길을 지나 출근하는 '준재'에게 눈길이 가는 이유도 그 과수원이 김판식의 것이라는 데 이유가 있다. 심지어 '그가 피우던 담배 갑'에 남아있는 '두세 개의 담배'까지도 소중하게 여긴다.

주목할 곳은 "그의 과수원의 사과 향기와 구겨진 담배 갑이 그리고 그

대로 아직도 걸려 있는 문패가 진종일 마을에서 무슨 말로 서로 만나고 있는지 죽은 다음엔 사과 향내도 구겨진 담배 갑도 걸려 있는 문패도 그저 그것으로 남을 뿐인지"를 생각하는 대목이다. 이 시에서 사물은 그저 죽어있는 물건으로 의미화되지 않고 살아 움직이는 것으로 묘사되고 있기 때문이다. 그것들은 모두 김판식을 매개로 서로 긴밀한 관계를 맺고 있다. 그렇다면 김판식이 죽은 후에 이들은 다시 죽어있는 사물로 돌아가게 되는 것인지 의문이 생길법하다. 서정적 자아는 이를 "죽은 김종삼 시인"에게 묻지만 대답을 듣지 못한다. 서정적 자아에게 김종삼은 김판식의 '썩은 사과 향내'를 매개로 떠오른 대상이었지만 알고 보니 "판식이도 이북(以北)서 김종삼처럼 월남한 '민간인(民間人)' 아버지를 뒷산에 모셨다"는 공통점이 있었다.

서정적 자아는 이러한 '교섭(交涉)'을 '은유의 실체'로 파악한다. 은유란 무엇인가. 두 대상 간의 공통점을 근거로 A = B의 관계를 성립하는 수사법이다. '은유의 실체'란 바로 서로 다른 대상들 간에 동일화의 관계가 성립될 수 있음을 현실에서 '실체'로 확인하게 되었음을 의미하는 것이다. 표층적으로는 전혀 관계가 없는 것처럼 보이는 '김종삼'과 '김판식'은 '사과', '썩는 사과의 향내', '민간인'이라는 '번외'의 인연으로 인해 서정적 자아의 심연에서는 동일성을 담보하게 된다. 이것이 시인이 발견한 '실체'인 것이다. 시인에게 시가 '번외의 꽃'인 까닭이 여기에 있다. 사물의 생명성이라는 인식을 초월하는 세계, 무수한 우연과 인연으로 연결되어 있는 존재 간의 관계에서 정진규의 시는 생성되기 때문이다.

'실체'의 의미를 간취해볼 수 있는 또 다른 시편으로 「돌담에 소색이는 햇발같이」가 있다.

말년이다 돌담을 쌓는다 서로 다른 돌들이 서로 만나 서로 든든하다 비인 틈을 용케 닮은 것들이 서로를 채운다 더군다나 소색인다 햇발이 소색이는 게 아니라 서로 다른 돌들이 소색인다 속삭인다가 아니라 소색인다 더 은근하고 부드럽다 소리로 서로 만진다 여러 곳에서 발품 팔아 주워 온 강돌들이다 쌓는 정성도 정성이었지만 여러 강물로 씻긴 것들이어서 소색이는 물소리가 다르다 흐르는 굽이가 서로 다르다 빛깔도 다르다 이 소리들로 이 굽이들로 이 빛깔들로 나는 한 소식 할 작정이다 연주회를 열 작정이다 서로 다른 것들이 한 소리를 내고 있으니 실체의 발견(發見)이다 아직 덜 받아 적었다 열심히 받아 적고 있다 햇살 속에서 내는 한 소리만 영랑께서는 결로 보이며 햇발같이 적어 주셨지만 한밤의 소리를 받아 적노라면 밤을 꼬박 새워도 몸이 가볍다 새벽 먼동으로 몸이 트인다 촉촉하게 담을 넘는다 젖어 있는 햇발을 새벽에 보았다 촉끼**라는 말씀을 비로소 만졌다 보은 송찬호네 대추 마을 앞 강물 것도 있고 이성선이 밟으며 떠난 설악 계곡의 것들도 있고 담양 소쇄원 앞 강물에서 댓잎 바람 소리로 씻기던 것들도 있으며 내 생가(生家) 마을 보체리 앞 개울, 한겨울에도 맨발 벗고 건너던 막돌들도 있다 당신의 꿈결을 흐르던 강물에서 건져진 것들도 있다 태(胎) 끊고 맨몸으로 태어난 것들도 있다 다만 나의 돌담 안에 모옥(茅屋) 세 칸 반 들이고 내 신발 한 켤레 댓돌 위에 벗어 두었다

*영랑.《시문학》2호(1930.5)에 〈내마음고요히고흔봄길우에〉로 발표.

**촉끼 : 슬픔의 가락 속에서 피어나는 싱그러운 음색의 환한 기운(미당)

―「돌담에 소색이는 햇발같이*」전문

사물에 생명성이 부여되고, 서로 다른 대상들이 동일화를 이루며, 이를 통해 서정적 자아가 '실체'에 대한 통찰에 이르게 된다는 점에서 위 시는 「썩는 사과 향내」와 동일한 구도를 취하고 있는 작품이라 할 수 있다.

이 시의 시적 대상은 돌담 쌓는 데 쓰인 '강돌'들이다. 이 '강돌'들은 "송찬호네 대추 마을 앞", "이성선이 밟으며 떠난 설악 계곡", "소쇄원 앞" 등등 각기 다른 곳의 "여러 강물들로 씻긴 것"들이어서 "소색이는 물소리"가 다르고 "흐르는 굽이"가 서로 다르며 '빛깔'도 다르다. 그런데 이렇게 "서로 다른 것들이 한 소리를 내고 있"다. 다른 역사를 가진 '강돌'들이 내는 각기 다른 '소색이는 소리'가 모여 하나의 '소색이는 소리'를 내고 있는 것이다. 서로 다른 대상들 간의 동일화, 그 '실체'를 '강돌'들의 어울림에서 발견한 것이다.

새벽이 되어 서정적 자아는 "촉촉하게 담을 넘어가는 햇발"을 보며 미당의 "촉끼라는 말씀을 비로소 만졌다"라고 고백한다. 각주에 따르면 '촉끼'란 "슬픔의 가락 속에서 피어나는 싱그러운 음색의 환한 기운"이란 뜻이다. "슬픔의 가락"과 "싱그러운 음색의 환한 기운"은 어울리지 않는 조합이다. 오히려 서로 대척되는 관계에 있다고 하는 것이 자연스러울 정도다. 그렇다면 이것이야말로 서로 다른 것들의 동일화라는, '은유의 실체'가 아닌가. 서정적 자아는 "촉끼라는 말씀"을 '들었다'고 하지 않고 "비로소 만졌다"라고 표현하고 있다. 실체를 감각함에 있어 촉각만큼 실질적인 감각은 없을 것이다. 그만큼 서정적 자아가 실체에 대해 생생하게 체험했음을 표출한 것이라 할 수 있다.

- 환멸의 습지에서 가끔 헤어나게 되면은 남다른 햇볕과 푸름이 자라나고 있으므로 서글펐다.(김종삼〈평범한 이야기〉,《신동아》1972.2. 이숭원 발굴)

이렇게 기인 머리 인용문을 달고 있는 것을 내 시에서 본 적이 있는가

〈서글펐다〉가 사무치게 좋았기 때문이다 환멸의 습지가 내 시의 자양으로 늘 거기 있었으므로 그걸 헤어나는 게 내 시였으므로 사랑을 해도 늘 그와 같았으므로 그게 늘 햇볕 공터와의 만남이었으므로 왈칵 쏟아지는 눈물이었으므로 번외(番外)로 오는 남다른 것이었으므로 푸르다기보다는 늘 초록으로 거기 깔려 있던 것이었으므로 그날 이후 꾸역꾸역 몰려오는 충만이었으므로 〈서글펐다〉가 사무치게 차올랐기 때문이다 황홀과 서글픔은 한 몸이다 눈물이 났다 너와 나만의 보석이었다 〈가시내야 가시내야 무슨 슬픈 일 좀, 일 좀 있어야겠다〉* 미당은 그걸 벌써 아득히 매만지고 있었다 겨우 더듬거려 말하고 아련히 떠나는 그의 뒷등에 부는 가을바람이었다 아득한 배고픔이 나를 먹여 살렸다

　*미당〈봄〉

　―「서글펐다」전문

　시적 주체는 "〈서글펐다〉가 사무치게 좋았기 때문"에 이토록 "기인 머리 인용문을 달"게 되었다고 한다. '서글펐다'가 왜 그토록 좋았을까. 그것은 "번외(番外)로 오는 남다른 것"이었기 때문이다. 인용문에서 '서글픔'은 '환멸의 습지'에서가 아니라 그것에서 "가끔 헤어나게 되"었을 때 "남다른 햇볕과 푸름이 자라나고 있"는 데서 발현한다.

　이 시에서 미당의 시도 인용했지만 '푸름 속의 서글픔'을 미당의 「푸르른 날」만큼 잘 표현한 시도 찾기 어려울 것 같다. "눈이 부시게 푸르른 날"은 곁에 없는 "그리운 사람" 때문에 혹은 왠지 모를 이유로 서글픔이 느껴지는 날이다. 미당은 그 푸름 속에서 오히려 절정의 '초록'이 지쳐 가는 것을 보아낸다. 단풍이 드는 것을 '초록이 지쳤다'고 하는 것은 시인만이 할 수 있는 표현인 것 같다. 시인이란 세상의 온갖 슬프지 않은 것에도 슬퍼하는 영혼을 지닌 사람이라 했던 백석의 말처럼 절정의 푸르름,

색의 향연 속에서 조락의 서글픔을 느낄 수 있는 자가 바로 시인이 아닐까.

정진규 시인은 자신의 "시의 자양"은 "환멸의 습지"이며 "그걸 헤어나는 게 내 시"였다고 고백한다. 그것은 "늘 초록으로" 깔려있는 "햇볕 공터와의 만남"으로 표상되는데 "왈칵 쏟아지는 눈물"로도 "번외(番外)로 오는 남다른 것"으로도 표현되고 있다. 이는 '눈이 부시게 푸르른 날' 느껴지는 서글픔과도 같이 '충만함'과 '서글픔', '황홀'과 '슬픔'이 혼용되어 있는 복합적 정서이다. 이러한 까닭에 시는 번외일 수밖에 없는 것이다. 시인은 푸르름 속에는 푸르름만 있는 것이 아니고 슬픔 속에는 슬픔만 있는 것이 아님을 아는 까닭이다. 푸르름 속에도 서글픔이, "슬픔의 가락" 속에도 "싱그러운 음색의 환한 기운"이 스며있음을 시인은 알기 때문이다. "황홀과 서글픔은 한 몸이다"라는 언표 또한 이러한 맥락에서 이루어지는 것이다.

천만에, 아내는 날더러 걷지를 않는다고 성화지만 그렇다면 저 지팡이들이 왜 저리 쌓여 있겠는가 그만큼 원거리를 드나드는 사람이 없다고 지팡이들은 말한다 내 지팡이들은 경계를 안다 경계와 경계의 거리가 있다 지팡이는 복고(復古)의 냄새가 나지만 내 지팡이는 복고(復古)가 아니다 내 가장 큰 두 개의 현관(玄關)을 저 지팡이들이 지키고 있다 지팡이 항아리가 내 첫 번째 현관(玄關)을 지키고 있다 나의 석가헌 이별 길은 언제나 귀환 길로 되어 있음이 돌아오고 있음이 문제이긴 하지만, 그래서 혁명이 없지만, 원점은 혁명 귀환이 아니지만, 오늘도 표천공 할아버지 산소로 해서 보체 연지(蓮池)로 해서 봉구재 들녘으로 해서 나의 느티나무 현관(玄關)으로 그 음예(陰翳)로 씩씩하게 돌아왔지만 혁명이 보이지 않지만, 두 개의 현관(玄關)만이 아니라는 걸 다시 알았다 발견이다 그 지팡이들 발바닥을 살피다가 알았다 여러 개의 현관이 묻어 있었다 혁명의 상처가 묻어 있었다 새들의 현관(玄關), 구름의 현관, 꽃들의 풀잎 이슬들의 현관, 내 생가(生家)의 현관, 지렁이들의 현관, 또 한 여자의 현관을 건드리기 시작했구나 입술들의 현관, 원거리였다 나날의 새 현관(玄關)들 그들 속에 혁명들이 우글거렸다 내 지팡이엔 경계와 경계엔 혁명의 상처들이 물들어 있었다 원점에 당도해 있지만 내 지팡이 잔등엔 진땀이 흐르고 있었다
　　—「내 지팡이는 復古가 아니다」전문

"시는 서로가 서로를 섬겨야 응답하는 존재의 세계입니다."라는 시인의 말을 되새겨 본다. 정진규의 시세계에서 모든 존재에는 그들만의 역사가 존재한다. 역사를 가지고 있는 서로 다른 존재들 간의, 우연히 또는 필연적으로 서로 겹쳐지는 지점에서 또 다른 역사의 갈래가 만들어진다. 이러한 관점에는 주체도 객체도 있을 수 없다. "서로가 서로를 섬겨야" 하는 까닭이다.

위 시에서 서정적 자아는 지팡이를 짚고 집 현관에서 시작하여 늘 돌던 길을 돌아 다시 현관으로 돌아온다. 이처럼 늘 '귀환'하는 일상이기에, 매번 '돌아오기'에 서정적 자아에게는 "혁명이 보이지 않"는다. 그런데 "지팡이들 발바닥을 살피다가" 이들의 발걸음이 원점회귀가 아니라는 것을 알게 된다. '지팡이의 발바닥'에는 새, 구름, 꽃, 풀잎 이슬, 생가(生家), 지렁이, 한 여자, 입술들 등등 온갖 존재들의 '현관'이 묻어 있었기 때문이다. 서정적 자아에게는 일어나지 않는 '혁명'이 다른 온갖 존재들에게서 일어나고 있었던 셈이다.

'현관'은 존재의 역사가 펼쳐지는 관문이라 할 수 있다. 이들의 역사에 어느 순간 '지팡이'가 출현했고 그 경계와 경계엔 혁명의 상처들이 물들

게 된다. '지팡이'는 늘 반복되는 원점회귀로 "복고(復古)의 냄새가 나지만" 그 발바닥에 스미는 온갖 것들의 현관으로 인해 "복고가 아니"게 된다. 반복되는 일상에는 혁명이 보이지 않지만 그 속에 숨어있는 "나날의 새 현관(玄關)들"과 그들 속에 '우글거리는 혁명들'을 '발견'하기만 한다면 일상이 바로 혁명이 될 터이다.

　모든 존재에는 역사가 스며있다고 했다. 그러나 그 역사는 저절로 드러나는 것이 아니다. 세심하게 보고 듣고 느낄 수 있는 감수성이 있어야만 존재의 역사를 느낄 수 있게 된다. 위 시에서 "발견이다"라고 외치는 것과 같이 존재에 대한 '발견'이 필요한 것이다. 정진규의 시에서 '발견'이라는 시어가 많이 등장하는 것도 이와 같은 맥락에서일 것이다. 이러한 역사들의 마주침이 또 다른 역사를 이루게 되고 이렇게 나아가다 보면 모든 존재는 다 연결되어 있는 것이 된다. 그러할 때 존재들 간의 서열이니 계층이니 순서 따위는 의미가 없게 된다. 이것이 바로 정진규의 시정신이자 시의 세계, "서로가 서로를 섬겨야 응답하는 존재의 세계", '번외'의 세계인 것이다.

무구의 서정, 생에 대한 그 '신성한 긍정'

－ 나태주,『틀렸다』(지혜, 2017)

　나태주 시인의 새로 나온 시집『틀렸다』를 읽으면서 니체(Friedrich Nietzsche)가 떠오른 것은 왜일까. 언뜻 보아도 '망치를 든 철학자', '가장 위험한 철학자' 등의 수식어가 따라붙는 니체와 "자세히 보아야 예쁘다/오래 보아야 사랑스럽다/너도 그렇다"라는 시를 쓴 '풀꽃시인' 나태주 사이에 어떤 교집합을 연상하기란 쉽지 않은 일이다. 그러나 실상『틀렸다』에서는 어렵지 않게 니체의 음영과 마주하게 된다. 그것을 가장 먼저 확인하게 되는 것은 '아이'의 표상을 통해서다.

　니체는 인간 정신의 단계를 세 가지로 구분한다. '낙타'와 '사자', '아이'가 그것이다. '낙타'는 성실하고 참을성 있지만 주인에게 굴종하는 수동적인 존재다. 즉 노예와 같은 정신의 상태를 낙타로 표상한 것이다. '낙타'가 "너는 해야 한다"에 복종하는 존재라면 '사자'는 그것을 부정하는 존재이자 스스로 '하고자 하는 것'을 하는 능동적 존재다. 그러나 정신의 가장 높은 단계는 바로 '아이'이다. 니체는 이렇게 말한다. "아이는 순진함이자 망각이고, 새로운 시작이자 유희다. 저절로 굴러가는 바퀴이고,

최초의 움직임이며, 신성한 긍정이다." '아이'란 유희와 긍정의 존재를 표상하는 것이며 사자로 표상되는 부정과 파괴의 정신은 결국 긍정과 창조를 위한 과정인 셈이다.

그렇다면 나태주의 시에서 '아이'는 어떠한 존재일까.

누구나 마음속에 어린 아이 하나 살고 있지요. 눈이 맑고 귀가 밝은 아이, 작은 바람 하나에도 흔들리고 구름 한 쪽에도 울먹이고 붉은 꽃 한 점에도 화들짝 웃는 아이.

우리가 어린 시절 다니던 초등학교 운동장에 두고 온 아이입니다. 고향 떠나올 때 고향 집 초라한 마루 끝에 손사래 쳐 떼어놓고 온 바로 그 아이입니다.

그 아이 불러내야 합니다. 그 아이 손을 잡고 다시금 먼 길 떠나야 합니다. 그리하여 그 아이를 시켜 말을 하게 해야 합니다. 보는 것 듣는 것 생각하는 것 그 아이더러 대신 말하라 해야 합니다.

그것이 바로 당신의 시, 잃어버린 바로 그 시입니다. 다시금 찾아야할 우리들의 시입니다.
　　—「잃어버린 시」전문

인용한 시에서 '아이'는 상실된 가치로 의미화되고 있다. "우리가 어린 시절 다니던 초등학교 운동장에 두고 온 아이"이자 "고향 떠나올 때 고향 집 초라한 마루 끝에 손사래 쳐 떼어놓고 온" '아이'이기 때문이다. 자연과 동일화를 이루는, "눈이 맑고 귀가 밝은" 이 '아이'를 우리가 잃어버리는 이유는 무얼까. 그것은 세속적 욕망에 의해 상실된 순수 때문일 것이다. 서정적 자아는 이 '아이'를 다시 찾아 '불러내'야 한다고 말하고 있다. '시'란 다른 것이 아니라 '아이'로 하여금 "보는 것 듣는 것 생각하는 것"을 말하게 하면 그것이 바로 '시'가 된다는 것이다.

이처럼 나태주의 시에서 '아이'는 '시인'이라는 존재를 표상한다. 「시인」이라는 시에서도 명징하게 드러나는바, '두리번거리고 망설이다가' 늘 '한 발 늦고', 자연을 즐기고 좋아하다가 '빈손으로 혼자서 돌아오는 아이'가 바로 '시인'이다. '아이'는 기존의 규범이나 질서에 길들여지지 않은 존재이다. 기존의 틀에 맞추고자 하기 싫은 것을 억지로 하는 법도 없다. 그저 직관적으로, 느끼는 대로 표현하며 즐겁고 좋은 것을 하는 존재가 '아이'이다. '아이'가 절대 긍정의 존재인 까닭이 바로 여기에 있는 것이다. 따라서 인간을 욕망에 옭아매는 속세의 가치를 좇지 아니하고 자신만의 참즐거움을 찾아가는 존재, 자연의 본연에 충실한 존재가 바로 시인이라는 의미가 된다.

돈 가지고 잘 살기는 틀렸다
명예나 권력, 미모가지고도 이제는 틀렸다
세상에는 돈 많은 사람이 얼마나 많고
명예나 권력, 미모가 다락 같이 높은 사람들이 얼마나 많은가!
요는 시간이다
누구나 공평하게 허락된 시간
그 시간을 어디에 어떻게 써 먹느냐가 열쇠다
그리고 선택이다
내 좋은 일, 내 기쁜 일, 내가 하고 싶은 일 고르고 골라
하루나 한 시간, 순간순간을 살아보라

어느새 나는 빛나는 사람이 되고 기쁜 사람이 되고
스스로 아름다운 사람이 될 것이다
틀린 것은 처음부터 틀린 일이 아니었다
틀린 것이 옳은 것이었고 좋은 것이었다.
　　　　—「틀렸다」전문

　‘돈’, ‘명예’, ‘권력’, ‘미모’ 등등 소위 성공의 기준 내지 조건이 되는 것들
의 가치가 위 시에서는 전복되고 있다. 자본주의 경쟁 사회에서 거의 모
든 사람들이 욕망하고 경쟁해마지않는 이러한 가치들을 맹목적으로 추
구하느냐, 그것을 비판하고 부정하느냐, 자신만의 새로운 가치를 창조하
느냐에 따라 ‘낙타’, ‘사자’, ‘아이’의 정신이 구분될 수 있을 것이다. 이 시
의 서정적 자아는 “내 좋은 일, 내 기쁜 일, 내가 하고 싶은 일 고르고 골
라/하루나 한 시간, 순간순간” 사는 것을 선택한다. 이러할 때 존재는 “빛
나는 사람이 되고 기쁜 사람이 되고/스스로 아름다운 사람이 될 것”이라
고 단언하고 있다. 속세적 가치를 맹목적으로 추구하고 경쟁하는 삶이
아니라 ‘유희’와 ‘긍정’을 통해 매순간을 새롭게 창조해내는 삶을 구현하
고 있는 것이다. 이것이야말로 “순진함이자 망각이고 새로운 시작이자
유희”이며 “저절로 굴러가는 바퀴”이자 “신성한 긍정”인 ‘아이’가 표상하
는 바가 아닌가.
　이러한 ‘아이’의 ‘순진’ 내지 ‘순수’가 무지나 무의식에서 비롯되는 것이
아님은 물론이다. ‘낙타’의 맹목적인 복종과 ‘사자’의 부정을 극복하고 더
나아간 것이 ‘아이’의 ‘유희’요 ‘긍정’이듯이 나태주의 ‘아이’ 또한 끊임없
는 자기수양과 깨달음을 통해서만 도달할 수 있는 경지이다. 그런데 시
인이 ‘아이’의 ‘유희’, 절대 긍정의 정신에 도달하게 되는 매개는 아이러니

하게도 고통이다.

> 오늘도 배가 아프다
> 새벽마다 배가 아프다
> 거의 안 아픈 날이 없다
>
> 아픔은 어디서부터 오는가?
> 뱃속 깊은 곳으로부터
> 머언 우레 소리처럼 온다
>
> 어렵사리 잠에서 빠져 나온다
> 가슴도 아프다
> 숨이 잘 쉬어지지 않는다
>
> 숨을 몰아서 쉬어본다
> 자꾸만 쉬어본다
> 배를 쓸어보기도 한다
>
> 살아야겠다
> 살아나야겠다
> 기어코 오늘도 살아야겠다
>
> 고통은 나의 스승
> 나를 살게 해주는 고마운 벗
> 고통은 나를 늘 깨어 있게 한다.
> ─「고통」전문

위 시는 어떤 특별한 시적 장치 없이 '새벽마다' 찾아오는 통증에 대한 감각을 담담하게 풀어내고 있다. 가령 1연의 "오늘도 배가 아프다/새벽마다 배가 아프다/거의 안 아픈 날이 없다" 등의 시구는 시적 긴장을 고려한 흔적을 찾아볼 수 없을 뿐만 아니라 간단한 메모나 일기처럼 느껴지기도 한다. 4연까지는 이와 동일한 어조로 경험한 바를 있는 그대로 기술하고 있다.

그러나 5연에 이르러 이러한 기조는 전화된다. "살아야겠다/살아나야겠다/기어코 오늘도 살아야겠다"와 같이 반복과 결의에 찬 어조로 삶에 대한 강한 의지를 드러내고 있는 것이다. 주목할 점은 삶에 대한 강한 의지의 기제가 되고 있는 것이 '고통'이라는 사실이다. '고통'은 일반적으로 삶에 대한 희망을 앗아가는 경우에 해당한다. 그런데 이 시의 서정적 자아에게 '고통'은 살아있음에 대한 감각으로 기능한다. '고통'으로 인해 자아는 매순간 깨어 삶을 섬세하게 감각할 수 있는 것이다. "고통은 나의 스승/나를 살게 해주는 고마운 벗"이라는 고백이 가능한 것은 바로 이러한 까닭에서이다.

한편 나태주 시인의 시의식이나 어법, 시 창작 태도 등은 '아이'의 그것과 다르지 않다. 「시」라는 시편에서 이를 확인할 수 있는데 "돌아서 돌아서/머뭇거리지 말고/빠르게 곧장 오너라/준비 차리지 말고 오너라"라는 대목이 그러하다. '곧장'이라는 시어에서 간취되는바 시인의 시는 직관적이고 직서적이다. 그의 시에서는 각별한 언어의 조탁이라든가 화려한 수식, 복잡다단한 수사법 등을 찾아보기 어렵다. 특히 위 시와 같이 '고통'을 소재로 하는 시편의 경우 더욱 그러하다.

봄 햇살

봄 바람

더 보고 싶어

마른 입술
마른 침

마음이 아파.
―「마른 입술」전문

그냥 좀
앉아 있고 싶다

줄 위에 앉은
비둘기처럼

그냥 잠시
쉬었다 가고 싶다.
―「의자」전문

　위 시들은 '고통'을 소재로 하고 있는 시들이지만 '고통'이라는 단어가
무색할 정도로 그것과 관련된 감정과 표현을 절제했다. 아니 절제라기보
다 더 할 수 없이 잘라내고 잘라내어 형해만 남겨놓은 느낌이다. '아이'가
맥락 없이 저 하고 싶은 말만 툭 던져놓은 것 같은. 그럼에도 위 시들에서
아픔의 무게가 오히려 더욱 처연하게 느껴지는 까닭은 무엇일까. 그것은

말하는 주체인 이 '아이'가 비어있는, 아무것도 없는 순수가 아니라 고통을 가로질러 비로소 성취하게 된 순수이기 때문이다. "더 없이 편안하고/좋은 얼굴//어머니 뱃속에서 나올 때/데리고 나온 얼굴//그 얼굴 하나 만나려고/그렇게 오랜 날 힘겹게/살았던 거다"(「데드 마스크」)라는 시에서도 드러나듯 '아이'의 순수에는 '힘겹게 산 오랜 날'이 배태되어 있는 것이다.

동일한 맥락에서 "봄 햇살/봄 바람//더 보고 싶어"라든가 "그냥 좀/앉아 있고 싶다"는 서정적 자아의 소박한 바람은 아이의 가벼운 투정처럼 흘려듣기 십상이지만 그것은 "뱃속 깊은 곳으로부터/머언 우레 소리처럼" 오는 '고통'에서 비롯되는 절실한 바람이라는 것을 알아야 한다. 돌려 말하지 않고 과장하지 않으면서 대상의 정수를 드러낼 수 있는 것은 자신의 민낯을 피하지 않고 진솔하게 마주해온 시인의 오랜 삶의 태도에서 오는 것이 아닌가 한다. 이러한 무구의 서정과 '고통'에 대한 통찰은 시인으로 하여금 생에 대한 절대 긍정에 이르게 하는 기제로 작용한다.

> 날마다 오늘이 첫날/날마다 오늘이 마지막날/날마다 그렇게 우리는/기적의 사람들//언제나 내 앞에 있는 너는/최초의 사람이고 또/최후의 사람인 것이다.
> ─「날마다」전문

나태주의 시에서 '고통'은 살아있음을 예민하게 감각하도록 하고 '기어코 살아야겠다'는 삶에 대한 의지를 추동하는 기제로 작용한다고 하였다. 이처럼 '고통'까지도 삶의 일부로 긍정하게 될 때 살아있는 하루하루가, 매순간이 '기적'임을 깨닫게 되는 것이다. "날마다 오늘이 첫날"인 듯 새롭게 시작하고 "날마다 오늘이 마지막 날"인 듯 가장 좋은 일에 몰두한다면 그것이야말로 스스로가 자기 삶의 주인이 되는 경지, '아이'로 표상되는 정신의 단계가 아닐까.

시인은 "사람이 세상에서/천국을 살지 못하면/나중에 죽어서/천국에 가서도 천국을/살지 못할 것이다"(「그러므로」)라고 단언한다. 생이란 결코 '천국'에 가기 위한 과정이 될 수 없으며 그것 자체로 완성되어야 하는 것이라는 의미이다. 생에 대한 절대 긍정, '신성한 긍정'이 전제되지 않고서는 나올 수 없는 언표라 할 수 있을 것이다.

니체는 '아이'의 정신 단계를 설명하면서 "창조의 유희를 위해서는 신성한 긍정이 필요"하다고 했다. 나태주 시인의 37번째 시집 『틀렸다』의 의의는 바로 이 '유희'하는 '아이'의 무구한 서정을 바탕으로 생에 대한 신성한 긍정을 구현하고 있다는 점에서 찾을 수 있겠다.

불모의 세계를 가로지르는 몰락의 상상력

- 나호열, 『이 세상에서 가장 슬픈 노래를 알고 있다』(시인동네, 2017.)

나호열 시인이 2015년 시집 『촉도』를 낸 데 이어 그의 열여섯 번째 시집 『이 세상에서 가장 슬픈 노래를 알고 있다』를 상재한다. 1986년《월간문학》으로 등단한 이래 30여 년간 평균 2년에 한 권 정도로 시집을 낸 셈이니 실로 왕성하고도 꾸준한 창작열을 보여주고 있다 하겠다. 이러한 시력이 시인 스스로에게는 부담으로 작용하는지도 모르겠다. 시적 발전이 보이지 않으면 시를 그만 써야할지도 모르겠다는 말을 시인으로부터 벌써 수차례 들어온 터이기 때문이다.

만약 시인이 시를 놓아야 하는 순간이 있다면 그것은 어떤 때일까. 그것은 아마도 진실을 드러낼 완벽한 말을, 표현을 찾았을 때이거나 진실에 대한 욕망 자체가 사라졌을 때가 아닌가 한다. 진실을 포착해 적확하게 전달할 수 있는, 그것이 아니면 그 어떤 것으로도 대체 불가능한 '말'을 찾을 수 있다고 할 때 시인은 흔히 하는 말로 '하산'해도 될 것이다. 그러나 굳이 소쉬르니 데리다를 언급하지 않더라도 말이 진실을 지시하지 못한다는 것은 자명한 사실이다. 진실에 근접해갈수록 말은 미끄러지고 의미는 산종되고 만다. 시적 긴장과 시인들의 치열함은 바로 이 말들의 실패에서 기인하는 것이 아닐까.

나호열의 『촉도』 이후의 신작시들에 대해 필자는 '모호하고 불확정적인 의미'를 그 특징으로 규정하고, "모호하고 애매한 의미는 그것의 본질 속으로 더 깊이 탐구해 들어가는 통로가 되고 있으며, 상충되는 이미지는 서로의 그 심상과 정서에 깊이를 더해주는 기능을 하고 있는 것"[1]으로 평한 바 있다. '모호하고 불확정적인 의미'를 말의 미끄러짐 내지는 말의 실패로 이해해도 무방하다. 중요한 것은 이것이 난해함을 위한 장치가 아니라 본질을 탐구하는 과정이라는 것에 있다. 이는 시인이 진실을 드러내기 위한 '말'과 '이미지'를 찾기 위해 치열한 고민과 실패를 거듭해왔음을 방증하는 것이라 할 수 있다.

한편 진실에 대한 욕망은 우리가 살고 있는 이 세계에 대한 사유와 사랑에서 비롯된다. 시가 세계와의 불화에서 연원한다는 의미 또한 동일한 맥락에서이다. 관심과 사랑이 없으면 관찰도 사유도 없으며 결핍감을 내재할 까닭도 없는 것이다. 결핍을 느끼지 못하니 욕망이 따르지 않는 것은 자명한 이치이다. 나호열의 시에서 세계는 '촉도'로 인식된다. '촉도'란 말 그대로 '촉으로 가던 매우 험난한 길'을 일컫는 것으로 그의 시에서 그 것은 불화의 세계, 불모의 세계를 표상한다.

이처럼 나호열 시인은 여전히 '지금 여기'를 불화 · 불모의 세계로 인식하고 그 속에서 진실을 드러내기 위해 '말'과의 치열한 고투를 하고 있으니 시를 놓을 일은 없을 것으로 보인다.

---

1) 「정신의 벼림과 불확정성의 시학」, 『시인정신』(통권 75호), 2017년 봄.

1.

나호열 시인의 '촉도'로 표상되는 세계에 대한 인식은 『이 세상에서 가장 슬픈 노래를 알고 있다』에서도 그대로 이어지고 있다. 그의 시에서 세계는 "탈출이 곧 유배"가 되는 폐쇄된 공간이자 "더 이상 열매 맺지 못하는" 불모의 땅으로 암유되고 있기 때문이다.

> 어떤 사람은 나를 쇼핑카트라고 불렀고
> 어떤 사람은 짐수레라고 나를 불렀다
> 무엇이라 불리우든
> 그들의 손길이 닿을 때마다 나는 기꺼이 몸을 열었다
> 내 몸에 부려지는 저 욕망들은
> 또 어디서 해체되는 것일까
> 지금 나는 더 이상 열매 맺지 못하는
> 살구나무 아래 버려져 있다
> 탈출이 곧 유배가 되는
> 한 장의 꿈을 완성하기 위하여
> 나는 너무 멀리 왔다
> 누가 나를 호명할까봐 멀리 왔다
> 뼈 속에서
> 한낮에는 매미가 울었고
> 밤에는 귀뚜라미가 우는
> 풀섶 어디쯤
> ―「후일담 後日譚」전문

위 시의 시적 자아는 누군가에게는 '쇼핑카트'로 불리고 또 누군가에

게는 '짐수레'로 불린다. 이렇든 저렇든 이 세계에서 자아가 고유한 존재가 아니라 도구라는 사실, 타자의 '욕망이 부려지는' 대상이라는 사실은 달라지지 않는다. 그런데 "그들의 손길이 닿을 때마다 나는 기꺼이 몸을 열었다"는 시구에 주목할 필요가 있다. 타자의 욕망을 내면화하는 것이 강제적이라기보다는 시적 자아 스스로가 능동적으로 대응하고 있는 것임을 함의하고 있기 때문이다. "인간은 타자의 욕망을 욕망한다"는 라캉의 언표를 떠오르게 하는 대목이기도 하다.

자본주의 현대 사회의 구성원으로 살아간다는 것은 치열한 경쟁의 대열에 서있다는 의미와 다른 것이 아니다. 이러한 페러다임에서 앞서있는 계층의 다양한 표상들을 욕망하게 되는 것은 필연적이라 할 수 있을 것이다. 그러나 이와 같은 사회가 궁극적으로 이르게 되는 지점은 "더 이상 열매 맺지 못하는" 불모의 세계, "탈출이 곧 유배가 되는" 폐쇄적 세계일 터이다. 존재의 진정한 가치가 맹목적인 경쟁을 통해 구현될 리 없으며 그렇다고 이 대열에서 '탈출'하게 된다면 그것이 사회에서는 낙오로 받아들여지기 때문이다. 무리와 다른 길을 간다는 것, 현대 사회에서 그것은 '유배'의 의미에 다름이 아니다. 그럼에도 이 시의 시적 자아는 '버려짐', '유배'를 택한다. 누군가의 '호명'을 피해 '멀리' 와 있다.

니체의 『차라투스트라는 이렇게 말했다』에는 '줄타는 광대'의 이야기가 나온다. 광대는 군중의 머리 위를 지나가는 줄 위를 걸어가고 있다. 그 뒤를 이어 알록달록한 옷을 입은 익살꾼이 광대를 조롱하며 따라가고 있다. 광대가 아슬아슬하게 줄의 반쯤 갔을 때 빨리 가라고 재촉하던 익살꾼은 광대를 뛰어넘어 버린다. 간신히 중심을 잡으며 줄을 타던 광대는 중심을 잃고 허둥대다 밑으로 떨어져 죽고 만다. 이를 두고 차라투스트라는 이렇게 말한다.

"나는 사람들에게 그들의 존재가 지니고 있는 의미를 터득시키고자 한다. 그것은 위버멘쉬요, 사람이라는 먹구름을 뚫고 내리치는 번갯불이다. …… 밤은 어둡고 차라투스트라가 갈 길 또한 어둡다. 자, 떠나자, 너 차디차게 굳어버린 길동무여! 나 손수 너를 묻어 주겠거니와, 그곳으로 너를 등에 지고 가겠다."[2]

위버멘쉬, 그것은 인간 존재가 지니고 있는 고유의 의미를 터득한 자다. 어떠한 계기로 누군가 혹은 특정한 계층에 의해 인간에게 주어진 획일적이고 확정된 의미를 초월하는 자다. 군중이라는 '먹구름'에 끌려가는 것이 아니라 그것을 "뚫고 내리치는 번갯불"과 같은 존재다. 이러한 존재가 무리에서 환영받을 리는 만무하다. 무리에서 일탈하는 행위란 줄 위에 서있는 것과 같은 위험천만한 일이며 그럼에도 줄 위에 설 경우 감당해야 할 위험이 어떠한 것인지 보여주는 역할을 하는 이가 바로 익살꾼이다. 광대의 죽음을 목격했다면 어느 누가 다시 그 줄 위에 서겠는가.

차라투스트라가 광대를 '길동무'라 칭하며 손수 묻어 주겠노라 위무하는 까닭은 광대가 바로 위버멘쉬로 나아가는 과정에 있는 자이기 때문이다. 니체는 정작 위버멘쉬, 즉 초월한 자보다는 그 과정에 있는 인간, 구체적으로는 초월하기 위해 몰락하는 인간에 초점을 맞추고 있는 듯하다. 차라투스트라가 "몰락하는 자로서가 아니라면 달리 살줄을 모르는 사람들", "깨치기 위해 살아가는 자"들을 사랑하노라 고백하는 까닭도 이러한 맥락에서 이해할 수 있는 것이다. 광대는 비록 저편으로 건너가지 못한 채 죽음으로써 그야말로 '몰락'했지만 니체에게 그것은 결코 실패의 의미가 아닌 것이다. 이러한 몰락의 움직임들이 위버멘쉬의 세계를 구현할

---

2) 니체, 『차라투스트라는 이렇게 말했다』(정동호 옮김), 책세상, 2010, 27쪽.

근본 동인이 될 것이기 때문이다.

"괴물이 되지 않으려고 세월을 붙잡고 보니/어느덧 고물이 되었다"(「맹물」)는 시구에서도 확인할 수 있듯 나호열의 "탈출이 곧 유배가 되는/한 장의 꿈" 또한 동일한 맥락에서 설명될 수 있지 않을까. 존재가 지니고 있는 고유의 의미를 구현하기 위한 '몰락', 군중의 '호명'을 거역하기 위한 능동적인 '유배' 말이다.

2.

시적 자아가 '기꺼이 몸을 열어' 받아들인 욕망, 자신의 것인 줄 오인하며 좇았던 '타자의 욕망'은 '이카루스'의 날개와 같은 것인지도 모른다. 잘 알려져 있듯 이카루스는 그리스 신화에 등장하는 인물로 그의 아버지 다이달로스가 만들어준 밀랍 날개를 달고 날다가 너무 높이 나는 바람에 태양의 열기에 밀랍이 녹으면서 추락하고 만다. 진정한 자아는 외면한 채 타자의 욕망을 좇아 맹목적으로 달려가는 현대인의 삶을 이카루스의 날갯짓에 비유할 수 있을 것이다. 자신의 것이 아닌, 가짜 날개를 달고 하늘을 나는 이카루스의 비상은 불안하기만 하다.

> 당신은 나의 바닥이었습니다
> 내가 이카루스의 꿈을 꾸고 있던
> 평생 동안
> 당신은 내가 쓰러지지 않도록
> 온몸을 굳게 누이고 있었습니다
> 이제야 고개를 숙이니
> 당신이 보입니다

바닥이 보입니다
보잘 것 없는 내 눈물이 바닥에 떨어질 때에도
당신은 안개꽃처럼 웃음 지었던 것을
없던 날개를 버리고 나니
당신이 보입니다
바닥의 힘으로 당신은
나를 살게 하였던 것을
쓰러지고 나서야
알게 되었습니다
　　　　　　　　—「땅에게 바침」 전문

　위 시의 시적 자아는 평생 '이카루스의 꿈'을 꾸고 있었다고 고백한다. '이카루스의 꿈'과 대비를 이루고 있는 것이 '바닥'이다. "없던 날개를 버리고 나"서야 보이는 것이 '바닥'이라는 대목에서 그것은 타자의 허울을 벗어버리고 난 뒤의 자아, 그 단독적인 자아의 고유한 가치를 의미하는 것으로 해석할 수 있다. 자본주의 현대사회에서 우리가 내면화한 '타자의 욕망'이란 결코 채워질 수 없으며 끊임없이 재생산될 뿐이다. 우리가 성취한 듯한 가치도 기실은 우리가 입고 있는 옷 내지는 본래 "없던 날개", 있다고 착각하고 있는 '이카루스의 날개'에 불과한 것이다. 존재의 의미가 결코 이러한 가변적인 것에 의해 규정될 수 없음은 자명한 이치이다.

쓰러지면 지는 것이라고
사나운 발길에 밟히고 밟혀
흙탕물이 되는 눈처럼 스러진다고

쓰러지지 않으려고
상대방의 샅바를 질끈 쥐었으나
장난치듯 슬쩍 힘을 줄 때마다
나는 벼랑에서 떨어지지 않으려는
나뭇잎처럼 가볍게 흔들거렸다
눈물이 아니라 땀이라고 우겨보아도
몸이 우는 것을 막지는 못하는 법
나를 들어 올리는 상대가 누구인지
지금껏 알지 못하였던 어리석음을 탓하지는 못하리라
으라찻차 힘을 모아 상대를 쓰러뜨리려는 찰나
나는 보았다
내가 쥐고 있던 샅바의 몸이
내가 늘어뜨린 그림자였던 것을
내가 쓰러져야 그도 쓰러뜨릴 수 있다는 것을
허공은 억세게 잡을수록
더 억세진다는 것을
씨름판에 억새가 하늘거린다
—「씨름 한 판」전문

    현대인이 자아의 진정한 가치를 잃어버린 채 타자의 욕망을 좇아 고투하고 있는 원인에 외부의 요인이 전혀 없다고는 할 수 없겠지만 근본적으로는 자아 내면의 문제임을 위 시에서는 드러내 보여주고 있다. 경쟁에서 지면 "사나운 발길에 밟히고 밟혀/흙탕물이 되는 눈처럼 스러진다고" 믿고 있기에 시적 자아는 "벼랑에서 떨어지지 않으려는 나뭇잎처럼" 안간힘을 다해 위태로운 삶을 영위해가게 되는 것이다.

그런데 이러한 삶은 허망으로 귀결되기 마련이다. 시적 자아는 경쟁을 타자와의 필연적인 그것으로 알고 "으라찻차 힘을 모아 상대를 쓰러뜨리려" 온 힘을 모으지만 그 대상은 결국 자기 자신의 '그림자'임이 드러난다. 자기 '그림자'와의 싸움은 끝내 이길 수 없는 싸움일 뿐만 아니라 그것이 자신의 그림자임을 인식하기 전까지 결코 끝나지 않는 싸움이기도 하다. 이 싸움은 자신이 쓰러지는 것 외에는 상대를 쓰러뜨릴 방법이 없기 때문이다. '허공'을 붙잡겠다는 의지와 같은 것이다.

이 싸움이 끝나기 위해서는 싸우는 대상이 자신의 그림자임을 깨닫고 스스로 멈추거나 힘이 다할 때까지 싸우다가 쓰러지는 길밖에 없다. "허공은 억세게 잡을수록/더 억세"지기 때문에 집착할수록 에너지 소모는 그와 비례해 커지지만 그럼에도 손에 잡히는 것이 없기는 마찬가지인 것이다. 이 시의 "내가 늘어뜨린 그림자"나 '허공'을 현대인이 내면화하고 있는 타자의 욕망으로 의미화할 수 있을 것이다. 타자의 욕망을 좇는 삶이란 이처럼 자아 성찰에 따른 인식의 변화나 에너지의 탕진으로 인한 무너짐이 있기 전까진 결코 멈출 수 없는 폭주 기관차와 같은 것인지도 모른다.

"네 자신을 알라"라는 말이 있다. 흔히 소크라테스가 남긴 경구로 알려져 있고 우리는 속된 말로 '네 주제를 알라'라는 의미로 써온 것이 사실이다. 그러나 이는 델포이 신전에 적혀 있는 신탁 중 하나로 그 진의는 우리가 알고 있는 것과 정반대라 할 수 있다. 그것은 '네 자신이 고귀한 존재임을 알라'라는 의미이며 더 구체적으로는 '그러므로 고귀한 존재에 걸맞은 덕을 행하라'는 뜻이기 때문이다. 이 신탁이 지시하는 인간의 고귀한 존재로서의 가치가 결코 타자의 욕망으로 표상되는 가변적이고 휘발적인 것에서 찾을 수 있는 것이 아님은 분명하다.

인간을 고귀한 존재로 남게 하는 것, 그것은 결국 존재의 고유한 가치
에 대해 주체가 인지하느냐에 달려있는 것이다. 이카루스의 비상이 추락
을 예정하고 있는 것과 같이, 자기 그림자와의 싸움이 패배로 귀결되듯
이 맹목적으로 욕망을 좇는 현대인의 삶 또한 종국에는 '괴물'이(「맹물」)
되거나 허망함만이 남게 될 것임을 나호열의 시에서는 적실히 드러내 보
여주고 있다.

3.

나호열 시인의 『이 세상에서 가장 슬픈 노래를 알고 있다』에서 가장
먼저 느껴지는 정서는 쓸쓸함이다. 많은 시편들에서 '텅 비고 사그라들
고'(「가을과 술」), 스러지고(「저 너머」), 저물고(「낙엽」), 무너져 내리는
(「서 있는 사내 2」) 등 소멸 내지는 '몰락'의 이미지를 발현하고 있기 때
문이다. 그렇다고 이 '몰락'의 이미지가 '몰락'의 의미 그 자체에 머물러
있는 것이 아님은 물론이다. 나호열의 시에서 '몰락'의 이미지는 존재의
고유한 가치에 대한 탐구의 기제로 작용하고 있다. 그 대표적 예가 「낙
엽」이다.

공손히 허공에 내민 손은
한번도 움켜 쥔 적이 없는 손은
깃발처럼 휘날리던 손은
벌레 먹어 구멍 송송 뚫린 손은
그윽하게 저물어가는 어느 가슴을 닮은 손수건 같은 손은

이제

새 이름으로
새 출발을 한다

낙엽
　ㅡ「낙엽」전문

　'낙엽'은 흔히 소진, 쇠락, 소멸, 죽음 등과 관련하여 의미화 된다는 점
에서 몰락의 표상으로 볼 수 있다. 이는 시간의 흐름에 따라 성장하고 채
우는 것이 아닌 절정을 지나 기울고 저무는 과정에 위치지어지기 때문이
다. 위 시에서 '낙엽'이 "벌레 먹어 구멍 송송 뚫린 손"이라든가 "그윽하게
저물어가는 어느 가슴을 닮은 손수건"으로 비유되고 있는 것도 동일한
맥락에서다. 그러나 '낙엽'의 의미가 단순히 상실이나 소멸에 그치고 있
는 것은 아니다. '공손히 내민 손'에서는 겸허의 태도를, "한번도 움켜 쥔
적이 없는 손"에서는 비움의 의지를 발현하고 있다. 또한 "깃발처럼 휘날
리던 손"은 참여, 결의, 변화 등과 같은 의미를 떠올리게 한다. 이처럼 이
시에서 '낙엽'은 단순히 쇠락이나 소멸의 과정으로 의미화되는 것이 아
니라 삶에 대한 성숙한 태도를 함의하고 있는 것으로 드러나고 있다. 더
나아가 '낙엽'은 "새 이름으로/새 출발"을 하는 대상으로 규정되기에 이
른다.
　'낙엽'이 '새 이름'으로 '새 출발'을 할 수 있는 까닭은 무엇인가. 그것은
존재 가치에 대한 인식의 전환에서 찾을 수 있다. 나무를 세계 내지 인생
의 표상이라 할 때 새싹은 중심의 가능성을 내재한 존재이며 절정의 푸
른 잎은 에너지를 창출해 내는 중심이라 할 수 있다. 동일한 맥락에서 낙
엽은 나무에 붙어있을 힘조차 없는 쓸모없는 존재에 해당한다. 그러나

이러한 목적론적 인식, 중심주의적 관점에서 벗어나게 되면 모든 존재는 그것 나름대로의 고유한 가치를 지닌 것이 된다. 가령 아이는 어른이 되기 위한 혹은 되기 전의 미숙한 존재가 아니며 노인은 여생을 살고 있는, 중심에서 벗어난 존재가 아니다. 아이는 아이만의, 노인은 노인만의 고유한 가치를 지니고 있는 존재인 것이다. 낙엽이 "새 이름으로/새 출발을 한다"는 표현에는 바로 시인의 이러한 존재론적 인식이 함의되어 있는 것이다.

한편 나호열 시의 또 다른 특징 중 하나는 중심에서 벗어난 대상, 주변화된 대상을 소재로 하고 있는 작품이 많다는 것이다. 이는 존재의 고유한 가치에 대한 인식의 측면에서 그려지기도 하고 주변화된 대상의 상처, 이에 대한 시적 주체의 연민의 시선으로 그려지기도 한다. 전자는 이미 살펴 본 「낙엽」이라는 시편에서 확인할 수 있고 소외된 대상의 상처와 이에 대한 연민의 정서는 「생각하는 사람 2」외의 여러 시편들에서 드러나고 있다.

바람이 소리치는 줄 알았다
바퀴가 투덜대는 줄 알았다
접시가 깨지며 비명을 지르는 줄 알았다

바람을 맞으며 아파하는 것들이 있다
접시에 닿아 먼저 깨지는 것들이 있다
바퀴에 눌리는 바닥이 있다

수동태 문장은 주어가 슬픈가

저 소리들의 주어를 슬그머니 되찾아 주고 싶은 밤

바람도, 접시도, 바퀴도 아니었던 소리의 주인은
성대가 없다
—「생각하는 사람 2」전문

　사실 주변화된 대상, 소외된 대상을 시적 소재로 삼는 것은 그리 드문
경우가 아니다. 그런데 나호열 시의 경우 그 대상을 설정함에 있어서 매
우 섬세하다는 특징이 있다. 또한 중심과 주변, 지배와 피지배라는 보편
적 구도의 틀에 얽매이지 않는다. 가령 위 시에서 '바람'이나 '접시', '바퀴'
의 경우 명확하게 중심의 편에 서는 대상은 아니다. 이들 자신도 깨지고
부딪히는 존재이기 때문이다. 그럼에도 서로 맞부딪히면서도 '소리'조차
내지 못하는 대상이 있게 마련이다. 시적 주체는 이 '소리'조차 내지 못하
는 대상에 초점을 맞추고 있는 것이다. 나쁜 의도에 의해서가 아니라도
이 세계에서 누군가는 '수동태 주어'의 자리에 놓이게 되는 것이 현실이
다. 이들은 때로 "주인공이 분노에 가득차서 제멋대로 휘젓고 내버린 풍
경의 소품"(「소품들」)과 같이 취급될 때도 있다. 이들 존재가 느꼈을 슬
픔과 설움 생각에 시적 주체는 "눈시울이 뜨거워"진다.(「소품들」) 하여
'소리'낼 줄 모르는 그들에게도 '소리의 주인'의 자리를 찾아주고자 하는
것이다.

　　초식의 질긴 기억이 스멀스멀 몸으로 스며들 때가 있다
　　날카로운 발톱도 치명의 송곳니도 갖지 못한
　　쫓기는 자의 슬픔

그 슬픔을 용서하지 못할 때
불끈 뿔은 솟구쳐 오른다
그 누구도 거들떠보지 않는 한숨과
눈물로 범벅이 된 분노는
높은 굴뚝을 타고 오르는 연기가 되거나
못으로 온몸에 박히는 뿔이 된다

나도 뿔났다
— 「뿔」전문

　위 시에서도 중심과 주변의 경계는 명확하지 않다. "초식의 질긴 기억"
을 가진 시적 대상이 소외된 존재임에는 분명하다. "날카로운 발톱도 치
명의 송곳니도 갖지 못한/쫓기는 자"이면서 "그 누구도 거들떠보지 않는
한숨"과 "눈물로 범벅이 된 분노"를 지니고 있는 존재이기 때문이다. 그
러나 이에 상응하는 중심 내지 핍박의 주체는 이 시에서 찾아볼 수 없다.
또한 이러한 '슬픔'과 '한숨'은 그저 "높은 굴뚝을 타고 오르는 연기"가 될
뿐이다. "눈물로 범벅이 된 분노"는 그나마 '뿔'이 되지만 이 '뿔'은 오히
려 "못으로 온몸에 박히는 뿔"일 뿐 상대를 찌르는 '뿔'이 아니다.
　시적 자아가 '뿔'이 난 이유가 여기에 있는 것이다. 상처받고 소외되는
존재가 분명 있지만 수없이 얽혀있는 관계 속에서 중심과 주변, 지배와
피지배의 이분법적 구도가 뚜렷하게 드러나지 않는 경우가 더 많을지도
모르기 때문이다. 상처받은 존재에게서는 오히려 자신의 "온몸에 박히는
뿔"이 돋아날 뿐이다. 이 세계에 "그 누구도" 책임지지 않는, "그 누구도
거들떠보지 않는" 슬픔이 부유하게 되는 까닭이기도 하다.

4.

그렇다면 나호열 시인은 왜 이토록 주변화된 대상을, 그들의 상처와
슬픔을 그리면서 이와 관련한 뚜렷한 비판의 대상을 상정하지 않는 것일
까. 그것은 먼저 '슬픔의 지속'의 측면에서 설명이 가능하다. 위의 시뿐만
아니라 「비가 悲歌」, 「봄눈의 내력」, 「수오재 守吾齋를 찾아가다」 등등 많
은 시편들에서 시인은 슬픔을 끝내 해소되지 않을 무엇으로 남겨두고 있
다. 슬픔의 해소가 끝끝내 유보되는 양상, 이는 시인 자신에게나 독자에
게 이 세계의 상처와 결핍, 슬픔 등을 쉽게 흘려보내지 않고 포회하게 하
는 장치로 기능한다. 그렇다고 시인의 의도가 비극적 정서를 발현하는
데에 있는 것은 아니다. 오히려 그의 시에 드러나고 있는 슬픔의 정서나
몰락의 이미지에서는 쓸쓸하면서도 무언지 모를 따뜻함이 느껴진다. 이
러한 감수성을 잘 드러내고 있는 시가 「저 너머」이다.

> '저 너머' 라는 말이 가슴 속에 있다. 눈길이 간신히 닿았다가 스러지는
> 곳에서 태어나는 그 말은 목젖에 젖다가 다시 스러지는 그 말은 어디에든
> 착하다. 주어가 되지 못한 야윈 어깨에 슬며시 얹혀지는 온기만 남기고 사
> 라지는 손의 용도와 같이 드러나지 않아 오직 넉넉한 거리에 날 세워두는
> '저 너머' 그 말이 아직 환하다.
> ― 「저 너머」 전문

이 시의 시적 자아가 "'저 너머'라는 말"을 "가슴 속"에 품고 있는 이유
는 바로 "눈길이 간신히 닿았다가 스러지는 곳에서 태어나"기 때문이며
"목젖에 젖다가 다시 스러지"는 말이기 때문이다. 다시 말해 '저 너머'라
는 말은 중심에서 벗어나 있는 존재와 등가를 이루며 '스러짐'과 같은 몰

락의 이미지를 함의하고 있기 때문이라는 의미이다. 그런데 주목을 끄는 것은 '저 너머'라는 말이 "어디에든 착하다"는 대목이다. 소외와 몰락의 이미지를 선(善)에 연결하고 있는 것이다.

그의 시에 드러나고 있는 슬픔의 정서나 몰락의 이미지에서 따듯함이 느껴지는 이유가 바로 여기에 있다. 시인이 굳이 이들 존재와 이항대립의 관계에 있는 중심적 존재를 상정하고 비판하는 구도를 만들지 않는 까닭도 동일한 맥락에서이다. "모든 죽어가는 것을 사랑해야지"라고 노래했던 윤동주와 같이, 나호열의 시는 불모의 세계에 대한 날선 비판보다는 그 세계에서 소외된 존재, 몰락   소멸하는 모든 존재에 대한 연민 나아가 사랑의 정서에 초점이 맞추어져 있는 것이다.

어쩌면 이러한 시인의 행위는 "주어가 되지 못한 야윈 어깨에 슬며시 얹혀지는 온기만 남기고 사라지는 손"과 같은 것인지도 모른다. 그러나 시인에게 '저 너머'로 표상되는 대상은 미미한 존재일지언정 중심이 아니기에, "드러나지 않"는 주변적 존재이기에 오히려 "넉넉한 거리"일 수 있는 것이다. 그 "넉넉한 거리"에는 또 다른 많은 주변적 존재들이 공감이나 이해, 연대라는 이름으로 자리하고 있다. '저 너머'라는 말이 "아직 환하다"는 이유가 여기에 있는 것이다.

이러한 맥락에서 비판의 대상을 뚜렷하게 상정하지 않는 또 다른 이유로 사랑에 대한 시인의 의지를 들 수 있을 것이다. 즉 세계와의 불화를 극복하는 근본적인 방안은 날선 비판이 아니라 사랑이라는 것이 시인의 판단이라는 의미이다. 나호열 시의 주제는 사랑이다. 그것이 전면화되었든 아니든 그의 시정신에 포진해 있는 정서의 바탕은 단언컨대 사랑이다.

이는 시집 『이 세상에서 가장 슬픈 노래를 알고 있다』의 머리말격인 「自序」에도 잘 드러나 있다.

천만 번 겨루어
천 번 만 번 진다해도
부끄럽지 않은 일
사랑을 주는 일

천번 만번 내 주어도
천번 만번 부족하지 않은
가난해지지 않는 일
사랑을 주는 일

이 세상 끝나는 날까지
끝끝내 남아 있을
우리들의 양식
이제야 그 씨앗을 얻어
동토에 심으려 한다

눈물 한 방울
백년 뒤에라도 좋다
피어주기만 한다면
—「自序」전문

　　시인은 "천만 번/겨루어/천 번 만 번 진다해도/부끄럽지 않은 일"이
"사랑을 주는 일"이고 "이 세상 끝나는 날까지/끝끝내 남아 있을/우리들
의 양식"이 '사랑'이라 표현하고 있다. '저 너머'라는 말에 함의되어 있는
감수성을 이 글에서도 엿볼 수 있다. "눈물 한 방울/백년 뒤에라도 좋다/

피어주기만 한다면"이라는 대목이 그것이다. 시인이 '저 너머'라는 말을 '소외'와 '몰락'의 이미지로 의미화하고 있으면서도 또 한편으로 "아직 환하다"고 단언하는 이유는 바로 그의 내면에 '피어주기만 한다면 백년 뒤에라도 좋다'는 '사랑'에 대한 절실함과 그것에 대한 믿음이 자리하고 있기 때문이다.

　살펴본 바와 같이 나호열 시인의 몰락의 상상력은 그의 시에서 불모의 세계에 대한 응전의 방식으로 드러나기도 하고 주변화되고 몰락한 존재의 군상들을 드러내는 방식으로 표현되기도 한다. '몰락'이 새로운 세계로 나아가는 매개, 스스로의 고유한 가치를 인식하는 존재로 거듭나기 위한 과정으로 의미화되는 경우가 전자에 해당한다. 이를 창조를 위한 파괴, 긍정을 위한 부정의 맥락으로 이해해도 무방하다. 타자의 욕망을 내면화한 채 맹목적으로 질주하는 현대인의 삶의 궤도로부터 스스로를 추방하고 유배시키는 것, 이것이 나호열 시의 '몰락'에 함의되어 있는 의미 중 하나다.

　또 다른 한편으로 '몰락'은 세계에서 타자화된 존재를 표상한다. 이들 존재는 깨지고 부서지는 슬픈 존재들이지만 분노를 표출하거나 타자에 날을 세우지 않는다. 이러한 유의 시편들에서 타자화하는 주체에 대한 비판 또한 찾아볼 수 없다. 이와 같은 양상의 까닭은 시인이 '몰락'의 정서에 대한 공감, 그러한 존재에 대한 애틋한 사랑의 표출에 초점을 맞추고 있지 중심과 주변이라는 세계의 폭력적 구도에 대한 비판에 목적을 두고 있지는 않기 때문이다.

　스스로를 세계의 질서로부터 주변화하는 존재, 동일한 맥락에서 '몰락'에 새로운 가치를 부여하는 존재가 나호열 시의 서정적 자아이다. 그는 스스로 '몰락'하는 자이자 모든 '몰락'하는 것들에 대한 애틋한 사랑을 품고 있는 존재다. 밟지 않으면 밟히는 냉혹한 세계에서 '밟히는' 존재이며, 모두의 욕망이 향하고 있는 위치에서 거리화되어 있는 존재가 '몰락'이 표상하는 바이기 때문이다. 이번 시집『이 세상에서 가장 슬픈 노래를 알고 있다』를 관류하고 있는 것은 바로 이 불모의 세계를 가로지르는 지극히 불온하면서도 애틋한 '몰락'의 감수성이 아닌가 한다.

포용과 조화, 그 자연성의 시학

- 신봉균, 『이슬 편지』 (시와시학사, 2017)

1. 자연

가뭄으로 속을 태우는가 싶더니 어느새 폭우로 피해를 입은 지역이 연일 뉴스에 등장하고 있다. 이는 비단 한반도에 한정된 현상이 아니다. 세계 곳곳에서 가뭄, 태풍, 홍수, 지진 등 갖가지 자연재해로 인한 피해 소식이 들려온다. 갈수록 빈번해지는 자연재해가 결코 '자연'스러운 현상이 아니라는 것은 잘 알려진 사실이다. 인간의 무분별한 개발과 기계발달에 따른 기후변화, 이와 맞물린 여러 환경의 변화가 가져온 예정된 재해인 것이다.

연이은 가뭄과, 폭염, 폭우로 온 나라가 몸살을 앓고 있는 때 신봉균의 시를 읽었다. 그의 시집은 공교롭게도 자연에서 시작해 자연으로 끝난다고 해도 과언이 아닐 정도로 전편이 자연을 주된 소재로 하고 있다. 신봉균의 시에도 「바다 모기」와 같이 인간 문명에 훼손되는 자연에 대한 안타까움을 드러내고 있는 시가 있지만 그렇다고 그의 시가 환경보호나 생태

주의를 표방하고 있는 것은 아니다. 어찌 보면 시인 자신은 자연을 그리 크게 의식하고 있는 것 같지 않다는 느낌까지 준다. 자연은 시인의 삶의 터전으로, 시인의 일상과 결코 분리되지 않기 때문이다.

이러한 언표가 시인에게 있어 자연은 단순히 익숙한 주변 환경에 지나지 않는다는 의미가 아님은 물론이다. 그의 시집에서는 시인의 시선에 포착된 대상은 물론, 시인의 인식과 사유 모두 자연이라는 프리즘을 통과하여 현상되고 있는 듯한 인상을 준다. 신봉균 시에서 자연은 그만큼 깊숙이 그리고 넓게 포진하고 있으며 시의식의 주조에도 주요한 인식틀로 작용하고 있다.

시집은 총 4부로 구성되어 있다. 명확하게 나뉘는 것은 아니지만 1, 2부에는 일상에서 소재를 취한 작품들을, 3부에는 주로 가톨릭 신앙과 관계된 시편들을, 4부에는 대체로 시인이 터를 잡고 있는 지역과 지역 인물에 관한 시편들을 수록하고 있다. 신봉균의 시집에서 이러한 다양한 소재들이 자연이라는 하나의 커다란 카테고리에 수렴될 것이란 사실을 우리는 어렵지 않게 유추할 수 있다. 자연은 과연 이 다양한 소재들과 어떠한 맥락에서 관계를 맺고 있으며 이를 통해 도출되는 자연의 궁극적인 의미는 무엇일까.

2. 삶의 초상

신봉균의 시집에는 가족이나 일상에 관한 시(「능수버들을 보며」, 「내겐 언제나 싱그런 바람이 있다 - 아내에게 -」, 「해질녘」, 「밤새 안녕」 등)가 있는가 하면 종교에 관한 시(「양들의 행렬 - 고백성사」, 「아침 기도

－성체조배」등)와 지역에 관한 시(「금오산」 외 「예산찬가」 시리즈)도 상
당수 수록되어 있어 그 스펙트럼이 매우 넓은 편이라 할 수 있다. 시의 내
용은 대체로 일상에 대한 성찰과 감사, 성숙한 삶에 대한 기원 등을 담고
있는데 많은 양은 아니지만 몇몇 시에서 이와는 다른 방향의, 생에 대한
인식을 드러내고 있어 눈여겨 볼 만하다.

> 자고 나면 우렁차게 동녘에 해 오르고
> 앞산 철조망에 달이 걸려 있다
>
> 한해가 가고
> 계절 바뀌어도 내 영혼
> 삶에 후회만 남기고 점점 약해진다
>
> 오며가는 세월 붙잡을 수 없어
> 내 머리는 백발로 변해 가는데
>
> 온 산의 푸르름 짙어만 가고
> 하얀 산벚꽃 무르익는다
> —「산벚꽃」 전문

'해'는 "자고 나면 우렁차게 동녘에" 솟아오른다. 이와 대비되는 시적
대상으로 "앞산 철조망에" 걸려 있는 '달'이 등장하는데 이는 "삶에 후회
만 남기고 점점 약해"지는 서정적 자아의 표상이기도 하다. 3연의 "오며
가는 세월 붙잡을 수 없어" "백발로 변해 가"는 서정적 자아 또한 4연의
"온 산의 푸르름" 속에 아름답게 무르익어가는 "하얀 산벚꽃"과 대비를

이루며 서정적 자아에 내재되어 있는 회한과 무력감을 표출하고 있다.

위 시가 서정적 자아의 회한과 무력감을 드러내고 있다면 「고요 어둠에 묻혀」에서는 "어둠만이 어설프게 미소 지으며/철없는 나를 아프게 끌고 간다"라며 "살아가는 아픔"을 그리고 있다. "홀로 서있다는 건/살아간다는 것을 배우는 일이다"(「짠맛 인생」)라고 생을 '외로움'으로 표현하는가 하면 "나는 어디로 가고 있는가/어떤 종점으로 향해 치닫고 있는가"(「바람소리」)라며 삶의 종착에 대한 불안을 토로하기도 한다. 신봉균의 많은 시편들은 대부분 자아성찰과 성숙한 삶에 대한 염원을 드러내고 있지만 그 기저에는 이처럼 아프고 불안하고 "태산같이 외로움 사무치"는(「할미꽃」) 것이 인생이라는, 생에 대한 인식이 자리하고 있었던 셈이다.

이러한 생에 대한 인식을 총체적으로 의미화하고 있는 시가 바로 「선영 가는 길」이다.

벌초 길 사라지고
잡초들만 무성하다
지난여름 장맛비가 지도를 바꾸어 놓았는가

길 찾으려 낯을 쳐대니
옛길 반가이 얼굴 내민다

소낙비에 무너져 내린 비탈진
언덕길 폭우 속에 숨어있더니

드디어 고개드는 봉분들

나의 고단한 삶의 이력서

내 걸어온 삶의 길이 가려있다
　　―「선영 가는 길」전문

　　인용한 시는 "지난여름 장맛비"와 '소낙비' 등으로 바뀐 지형과 '무성
한 잡초'들 때문에 가려진 길을 어렵게 찾아 '선영'에 당도하게 되었다는
내용을 담고 있다. 언뜻 보면 별다른 의미를 함의하고 있지 않은, 일상에
서 흔히 있을 법한 현상을 그린 시 같다. 그런데 이 시의 제목이기도 한
"선영 가는 길"이 바로 "내 걸어온 삶의 길"이라는 대목에 주의를 기울일
필요가 있다. 어렵게 찾은 '봉분'의 의미가 단순히 '선영' 즉 조상의 묘에
서 그치는 것이 아니라 서정적 자아의 생의 종착점을 환유하는 것에까지
이르고 있기 때문이다. "드디어 고개드는 봉분들"을 "나의 고단한 삶의
이력서"라 표현한 시구도 동일한 맥락에서 이해할 수 있다.
　　위 시는 "내 걸어온 삶의 길"이 '무너져' 있고 '숨어' 있다는 점에서 생
의 고단함과 불확정성을, 그 종착점이 '봉분' 즉 죽음이라는 사실에서 생
에 대한 고독과 허무를 현현하고 있는, 그 함의하고 있는 의미가 결코 가
볍지 않은 시이다. 이 시가 고달픔과 불안, 고독과 허무 등 시인의 생에
대한 인식을 총체적으로 의미화하고 있는 시라 한 까닭이 여기에 있다.

3. '아버지의 자리'

「선영 가는 길」이 시인의 생에 대한 인식을 다각도적으로 표출하고 있

는 시라 할 때 주의를 기울여 살필 점이 두 가지 있다. 시인은 왜 생을 외롭고 고단하고 불안한 것으로 인식하고 있는 것일까 하는 것이 그 하나이고 두 번째는 조상의 묘를 왜 자신의 그것과 동일화하고 있을까 하는 것이다. 이는 일상, 종교, 지역 등 신봉균 시에서 보이고 있는 넓은 스펙트럼의 시적 소재에도 불구하고 이를 수렴하고 관류하는 시의식의 근본 동인이 되는 것이기에 매우 중요한 사안이라 할 수 있다.

　두 양상은 판이하게 다른 것으로 보이지만 동일한 원인에서 출발한다. '아버지의 부재'가 바로 그것이다. 「밤새 안녕」이란 시를 보자.

　　해오름
　　둥근 초가지붕이 먼저 해를 맞이한다

　　하루를 그리는 태양 볕 짙어지고
　　아버지 밭으로 나가고
　　마당에 콩을 펴 말리는 어머니
　　어제 늘어놓은 들깨다발 어느새 바삭 마른다

　　석양이 마루에 걸터앉고
　　마당귀퉁이 멍석 깔아 자리 잡은
　　저녁 밥상 가족을 기다린다

　　밤새 안녕 초상집으로 변한 우리 집
　　내 나이 10살 초록의 나이에 아버지 저 세상 가시고
　　허무하게 무너져 내린 내 꿈

새털구름 몽실몽실 내 꿈을 싣고
십자가 별빛 따라 흘러만 간다
　　　　　―「밤새 안녕」 전문

　"둥근 초가지붕이 먼저 해를 맞이"하는 어느 날, "태양 볕"을 받으며 아버지는 "밭으로 나가고", 어머니는 "마당에 콩을 펴 말리"고 "석양이 마루에 걸터앉"으면 "마당귀퉁이 멍석 깔아 자리 잡은/저녁 밥상"이 "가족을 기다"리고 있다. 이것이 3연까지의 내용이다. 어느 농가의 평안하고 단란하기까지 한 하루 일상을 그리고 있는 듯하다. 그러나 4연에 이르면 "밤새 안녕 초상집으로 변한 우리 집"이라는 시구로 시작하는, 매우 당황스러운 전개를 보이고 있다. 3연에서 어떠한 연결고리도 없이 급작스럽게 180도 분위기를 전환해버린 것이다.

　이는 그대로 서정적 자아가 느꼈을 황망함의 표현일 터이다. "내 나이 10살 초록의 나이에 아버지 저 세상 가시고" '내 꿈'은 "허무하게 무너져 내"렸기 때문이다. 시인이 정성들여 묘사한 평화로운 일상은 이 황망함을 극대화하는 장치였던 셈이다. 서정적 자아의 '꿈'이 구체적으로 묘사되고 있지는 않지만 분명한 것은 그 '꿈'이 "십자가 별빛 따라 흘러"가고 말았다는 사실, 곧 희생되었다는 점이다.

　시인이 생을 고단하고 불안하고 고독하고 허무한 것으로 인식하는 이유는 바로 어린 나이에 급작스럽게 경험한 '아버지의 죽음'과 아버지의 부재로 인해 상실되어야만 했던 꿈, 그리고 일찍부터 짊어져야 했던 가장이라는 책임감에서 기인하는 것이었다. 「선영 가는 길」에서 조상의 묘와 자신의 그것을 동일화하고 있는 시적 자아의 행위 또한 동일한 맥락에서 설명이 가능하다.

이상의 「오감도 시 제2호」를 기억할 만하다. 어린 나이에 백부에게 양자로 들어간 이상은 "나는왜드디어나와나의아버지와나의아버지의아버지와나의아버지의아버지의아버지노릇을한꺼번에하면서살아야하는것이냐"라 읊조리고 있다. 이상에게는 아버지와 큰아버지 모두 아버지인 셈이다. 아버지의 과잉 또한 아버지의 부재와 다르지 않다. 자아의 무의식에서 '아버지의 자리'는 아버지의 것이기도 하고 큰아버지의 것이기도 한데 이 말은 곧 온전하게 어느 누구의 자리도 될 수 없다는 뜻이 된다. 스스로가 '아버지의 자리'를 채워야 하는 것이다. 이상이 '나와 나의 아버지의 노릇을 한꺼번에 하면서 살아야' 한다고 노래한 까닭이 여기에 있는 것이다.

「선영 가는 길」의 서정적 자아가 조상의 묘를 자신의 그것과 동일시하는 것 또한 이러한 '아버지의 부재', 그로인해 비어있는 '아버지의 자리'를 자아 스스로가 채워야 한다는 무의식에서 발로한 것으로 볼 수 있다.

> 온 가족 배불려주는 산골 다랑이 밭
> 이슬에 등 적삼 적시며 가꾸던 채(菜)
> 우리가족 미래를 그려 봅니다
>
> 뉘엿뉘엿 해는 기울어가고
> 어깨는 천근만근 무게에 눌려도
> 반겨줄 가족 있어 터벅이는 발걸음
>
> 한 짐 가득 지고 온 세월도 머뭇거리고
> 세상사 덮어두고 아버지 홀로 길 떠난다

헛간 깊이 나뒹굴던 지게목발은
어느새 내 어깨 위에 반달로 걸쳐있고

나이 들어 지난날 그려보는 마굿간
힘든 내 육신을 나이 탓으로 돌려 봅니다
―「따비밭」전문

위 시는 가족을 부양하는 '아버지'의 삶의 태도와 그 무게를 구체적으
로 보여주고 있다. 해가 지면 "어깨는 천근만근 무게에 눌려도" "가족의
미래"와 "반겨줄 가족"을 생각하며 "터벅이는 발걸음"을 집으로 옮기는
이가 '아버지'이다. "머릿속엔 오로지 가족들의/평안 생각만이 가득"(「해
질녘」)한 존재가 바로 아버지인 것이다. 그런데 3연에서는 이러한 '아버
지'의 죽음이 등장하고 4연에 이르면 '아버지'의 모습은 그대로 서정적
자아와 오버랩 된다. '아버지'의 것이던 "헛간 깊이 나뒹굴던 지게목발"
이 '어느새' 서정적 자아의 어깨 위에 걸쳐 있다는 것이나 아버지의 어깨
를 짓누르던 "천근만근 무게"가 "힘든 내 육신"으로 자아의 것이 되어 있
다는 대목이 그것이다. 신봉균의 여러 시편들에서는 이처럼 시적 자아가
끊임없이 '아버지'의 부재를 의식하는 동시에 스스로 '아버지'로서의 책
임감을 추동하는 양상을 어렵지 않게 확인할 수 있다.

4. 사랑과 성숙

시인에게 있어 생이 고단하고 불안하고 고독하고 허무한 것이라 할

때, 시인이 이러한 생에 응전하는 방법은 무엇일까. 시인은 어떻게 이러한 부정성을 끌어안으면서 생에 대한 긍정에 이를 수 있었을까. 그것의 해답은 단언컨대 사랑이다. 보다 구체적으로는 가족에 대한 사랑과 신에 대한 사랑이다.

가족에 대한 사랑에는 가장으로서의 책임과 모성에의 의지가 함의되어 있다. 가장으로서의 책임은 앞서 살펴본 바 있거니와, 시인이 의지하는 모성은 그의 시에서 '어머니'와 '아내', 그리고 모든 것을 포용하는 자연으로 표상된다. 먼저, 자연은 시인에게 있어 공기와 같은 존재다. 삶의 터전이자 일상과 분리되지 않기 때문이다. 기실 특정 시를 인용하기 어려울 만큼 그의 모든 시는 자연에 바탕하고 있고 자연에서 비롯되고 있다. 자아와 거리화 되어 있지 않다는 점에서 시인에게 있어 자연은 어머니의 자궁과 등가의 관계에 자리한다 하겠다.

'어머니'는 일정부분 '아버지'의 역할을 해주고 있어 시인이 의지하는 경우이다. 정신분석학에서 '아버지'는 금기, 규율, 질서의 기표이다. 자아는 '아버지'를 통해서 사회로 진입하게 되며 타자와의 관계를 맺게 되는 것이다. 그런데 신봉균의 시에서는 이러한 과정이 '어머니'를 통해 이루어지고 있어 이채로운 경우이다.

> 올곧게 살아라 살라시던 어머니
> 함부로 올려다보지 말아라
> 허튼 꿈도 버려라
>
> 버들가지처럼 숙이고 살어라
> 헛되이 높이보지 말라하시고

아래만 봐도 몸통 굵어져
건강하게 될거라며

윗길은 거리가 너무 머니
아래만 보고 살아라! 살아야 한다시며

이리저리 휘둘려도
강한 마음만 있으면 다되는 것이니……

폭 고개 숙인 능수버들에서 어머니를 본다
　　―「능수버들을 보며」 전문

　　인용한 시에서 "올곧게 살아라", "함부로 올려다보지 말아라", "허튼 꿈
도 버려라", "버들가지처럼 숙이고 살아라" 등과 같은 명령조의 반복은
매우 강한 남성의 언술을 떠올리게 하지만 기실은 '어머니'의 전언을 옮
기고 있는 경우이다. '여자는 약하지만 어머니는 강하다'는 말도 있듯 위
시의 '어머니' 또한 자신은 정작 "폭 고개 숙인 능수버들"로 표상되고 있
지만 그 전언만큼은 '아버지의 자리'를 상기하게 하는 힘을 내뿜고 있는
것이다. 이러한 '어머니'의 언표는 서정적 자아의 삶에 있어 금기와 규율
로 작용할 것임이 자명하다.

지난 밤 태풍 과일밭을 뭉개고
묵은 소나무의 허리를 부러뜨리며
거친 황야의 격정을 토해내도

먼지 마시며 돌을 다듬는 내게 다가와
맑은 손 올려 땀을 씻어주고

더러는 영혼의 울분을 씻어주는 바람
바람은 지상에서 제일 가까운 나의 친구

부족한 내게 따스하게 살아가는
싱그런 바람이 있다 내겐 언제나
　　―「내겐 언제나 싱그런 바람이 있다 ‑ 아내에게 ‑ 」전문

　신봉균의 시에서 '어머니'가 '상징적 아버지'의 기능을 하고 있다면 '아
내'는 그야말로 대지적 모성을 구현하는 존재로 자리하는 듯하다. 위 시
에서 '아내'는 서정적 자아에게 "싱그런 바람"으로 항존하는 존재이기 때
문이다. 이 "싱그런 바람"은 서정적 자아의 고된 "땀을 씻어주"기도 하고
"영혼의 울분을 씻어주"기도 하는 "지상에서 제일 가까운 친구"이다. '태
풍' 혹은 "거친 황야의 격정"으로 암유되고 있는 서정적 자아의 핍진한
현실도 "맑은 손"으로 씻어줄 수 있는 존재가 바로 '아내'인 것이다.
　'아내'는 서정적 자아를 정화시키면서 끝없이 포용하는 대지적 모성으
로 표상되고 있는 것이다. 그렇다고 '아내'가 '어머니'와 동떨어진 존재는
아니다. "부드런 여인이지만 강한 어머니/따뜻한 포대기가 되어/나를 받
아주는 말없는 사랑"(「나의 아내」)이 '아내'라는 표현에서 이를 확인할
수 있다. 결국 부드러우면서도 강인하고 자아를 모질게 채찍질하면서도
한없이 포용하는 존재가 '아내'이고 '어머니'이며 나아가 '자연'이었던 것
이다.

이처럼 시인이 생의 부정성을 끌어안고 한발 한발 긍정성으로 나아가는 데에 가족에 대한 사랑, 즉 가장으로서의 책임과 모성에의 의지가 한 축을 이루고 있다면 또 다른 한 축에는 신에 대한 신뢰와 사랑이 자리하고 있다 하겠다. 신에 대한 신뢰와 사랑은 끊임없이 자아로 하여금 스스로를 성찰하게 하고 이를 통해 성숙한 인간으로 올곧게 나아가기를 갈구하도록 한다.

어둠 속 눈을 감습니다
흐르는 땀줄기 폭포 되어
쉬지 않고 쏟아져 내립니다

빈손으로 태어난 어린 생명
무엇을 잡으려 해도 헛손질 할뿐

항아리에 힘들여 욕망을 담아도
내 단지는 텅 비어 갑니다

가만히 들여다보니
하늘을 향해 드리는 기도만이
내 목숨의 빈 그릇을 채워줍니다

남는 건 흥건히 젖은 눈물기도뿐이다
　　―「이슬 편지」전문

서정적 자아는 "어둠 속"에서 눈을 감고 있다. '어둠'은 서정적 자아의 내면 내지는 처한 현실의 암유일 터이다. 고독일수도 불안일 수도 회한일 수도 혹은 고달픔일 수도 있겠다. 이 모든 생의 부정성은 외부로부터 오는 것이 아니다. 바로 채워도 채워도 채워지지 않는 '욕망'에서 기인하는 것이다. "항아리에 힘들여 욕망을 담아도/내 단지는 텅 비어"가기만 한다는 대목에서 확인되는 바이다. 이러한 '어둠' 앞에서 서정적 자아는 결국 눈을 감는다. 눈을 감는다는 행위에는 다양한 의미가 함의되어 있다. '힘들여 욕망을 채우던' 행위의 멈춤, 자아에 대한 성찰과 기도 등이 그것이다.

"쉬지 않고 쏟아져 내리"는 '땀줄기'는 시의 말미에서 '눈물'임이 밝혀진다. 따라서 이 "쉬지 않고 쏟아져 내리"는 '눈물'은 참회의 눈물이자 감사의 눈물임이 자명할 터, 이는 참회의 기도, 감사의 기도와 다른 것이 아니다. 이러한 '눈물기도'는 "기도만이 내 목숨의 빈 그릇을 채워"줄 수 있다는 서정적 자아의 깨달음과 믿음이 있을 때 가능한 것이다. 이 '눈물기도'를 통해 서정적 자아는 헛된 욕망을 비우고 생에 대한 긍정과 감사에로 나아가게 되는 것이다.

5. 다시, 자연

신봉균 시인의 몇몇 시편들에서 그의 생에 대한 인식을 간취해볼 수 있었다. 고독, 불안, 고달픔, 허무 등이 그것인데 이러한 인식의 기저에는 어린 나이에 경험한 아버지의 상실과 부재, 그로인해 성장과 동시에 내면화해온 가장으로서의 책무감이 자리하고 있었다. 그의 시에 자주 등장하는 소재인 가족과 종교, 지역 등도 이와 무관한 것이 아니다. 정신분석학에서 '아버지'는 금기와 규율, 질서의 기호이며 이를 통해 자아는 사회화되고 주체로 나아가게 된다. 비어있는 '아버지의 자리'에 이를 수행할 대상, 즉 자아로 하여금 주체로 서게 하며 자아의 정체성을 보증해 줄 대타자가 요구되는데 시인에게는 그것이 가족이고 종교였으며 그가 터전을 잡고 있는 지역이었던 것이다.

중요한 것은 이 모든 것이 자연에 수렴된다는 사실이다. 이는 단순히 그의 모든 시가 자연을 소재로 취하고 있다는, 외연적 의미에 그치는 것이 아니다. 신봉균의 시에서 자연은 성질로 녹아있다고 할 수 있겠다. 자연(自然)이란 말 그대로 '스스로 그러한' 상태를 뜻한다. 의미를 확장하면 자연의 성질이란 '스스로 그러함'과 동시에 또 다른 '스스로 그러함'을 배척하지 않는 것, 그것을 인정하고 포용하고 서로 어울리는 것일 터이다. 다시 말해 자연의 성질, 곧 자연성이란 주체적이되 배타적이지 않은, 이런 상호동화적 주체성을 이르는 것이 아닐까. 이 러한 자연성이야말로 신봉균 시를 관류하는 시의식이 아닌가 한다.

지난 일들은 모두 잊어버리고 성장 한다지만
계절도 모르고 떨어지는 가랑잎들

부를 쌓고 높낮이를 서로 재본다지만
산속에서는 부질없는 일

욕심 없이 흐르는 물이
조용조용 길을 내듯이
불가의 뜻 받들며 성숙해지는

부드런 여인이지만 강한 어머니
따뜻한 포대기가 되어
나를 받아주는 말없는 사랑
―「나의 아내」 전문

신봉균의 시에서는 '아버지의 자리'가 매우 중요한 기호로 작동하고
있지만 또 다른 한편으로 모성성이 이와 동일한 무게로 요구되고 있다.
사실 '아버지'나 신의 개념은 절대적인 권위를 담보하고 있다는 점에서
가부장적이다. 그러나 신봉균의 시에서 이러한 관념은 성립하지 않는다.
이를 여실히 구현하고 있는 시가 바로 「나의 아내」이다.

이 시에서 '아내'는 부드럽지만 강하고 모든 것을 포용해주는 대지적
모성으로 표상되고 있다. 따듯하고 넓은 모성 앞에서 서정적 자아는 순
수한 아이가 된다. 눈여겨 볼 것은 이러한 모성이 "불가의 뜻"에 연결되
고 있다는 점이다. "욕심 없이 흐르는 물이 조용조용 길을 내듯이 불가의
뜻 받들며 성숙해지는" 존재가 바로 '나의 아내'이기 때문이다. 잘 알려져
있듯 가톨릭의 신은 유일신으로 절대적 존재다. '절대', '유일'이라는 말에
는 이미 배타성이 담보되어 있다. 그러나 위 시에서는 배타의 영역에 자
리하고 있을 "불가의 뜻"이 '아내'라는 가장 친밀한 존재, 근원이라 할 수
있는 모성의 성질에 융합되어 발현되고 있는 것이다.

신봉균의 시에서는 이처럼 남편과 아내, 부권과 모성, 심지어는 가톨
릭의 절대신과 부처 사이에도 이항대립적 경계가 존재하지 않는다. 전자
가 중심이 되어 후자를 객체화하거나 주체에로 환원시켜 동일화하지 않
는다. 그의 시에서 드러나고 있는 이러한 상호주체성의 구현은 자연성에
기반하고 있는 시인의 시의식에서 발로하는 것이라 할 수 있다.

스스로 그러하고(自然) 또 타자의 스스로 그러함을 인정하는 자연성, 이것이야말로 신봉균 시를 관류하는 시의식이며 그의 시에서 구현되고 있는 자연의 지평이자 궁극적 의미가 아닌가 한다.

불화의 상상력과 '내밂'의 시학

-나호열론

나호열 시인은 얼마 전 그의 열여섯 번째 시집 『이 세상에서 가장 슬픈 노래를 알고 있다』(시인동네, 2017)를 상재했다. 시집을 내고 나면 은행에 잔고가 하나도 남아 있지 않은 것 같은 기분이 든다는 말을 몇몇 시인들에게서 들은 적이 있는데 나호열 시인은 연이어 신작 열 편을 새로 내고 있으니 실로 왕성한 창작열이라 하지 않을 수 없다. 오랜 시간 시인이 천착하고 있는 주제는 불화의 세계와 그 세계에서 주변화된 존재들에 관해서이다. 『이 세상에서 가장 슬픈 노래를 알고 있다』를 비롯하여 『타인의 슬픔』(연인M&B, 2008), 『눈물이 시킨 일 』(시학, 2011), 『촉도』(시학, 2015) 등 최근 십 년 동안 시인이 상재한 시집의 표제명만 보아도 확인되는바, 그의 시를 관류하고 있는 모티프는 '촉도'로 표상되는 불화의 세계와 그 세계에서 삶을 영위해가고 있는 슬픔의 존재들이다.

『이 세상에서 가장 슬픈 노래를 알고 있다』에서는 특히 스스로에 대한 주변화가 능동적으로 이루어지는 양상을 보이고 있어 특징적이다. 이 시집의 시적 주체는 세계의 질서로부터, 모두의 욕망이 향하고 있는 자리

로부터 끊임없이 스스로를 주변화하는 존재이며 스스로 몰락하는 자이
자 모든 몰락하는 것들에 대한 애틋한 사랑을 품고 있는 존재이기 때문
이다. 새로 발표한 신작시들에서도 불화의 세계와 슬픔의 존재라는 모티
프는 동일하게 유지되고 있지만 불화의 세계에 응전하는 시적 자아의 위
치 내지 세계와 자아의 관계 구도는 사뭇 다르다.

> 손이 그리워져 본 적이 있는가
> 휘청, 몸이 중심을 잃고 쓰러지려 할 때
> 내가 그토록 믿었던 다리도 소용이 없고
> 허공을 쓴 웃음으로 붙잡으려 할 때
> 내게 간절한 것은 또 하나의 손이다
>
> 어디에선가 불쑥 아무도 모르게
> 돋아오르는 여린 싹처럼
> 저도 어쩔 줄 모르면서
> 어쩌자고 내게 내미는 손
>
> 그러나 처음 나를 잡아준 것은
> 방바닥이나 벽처럼 무정한 것들
> 기억하지 않으려고
> 도리질한들
> 상처는 쓰담을 수 없어
> 슬며시 내밀었던 손을 거두어들였던
> 마음을 만나는 날
> 넘어지고 위태롭게 매달려 있는 날

날카로운 송곳이라 해도
온기가 스며있다면
내게는 그리운 손이다
　　　　―「손」전문

　　몸을 지탱하는 데에는 '손'보다 '다리'가 중요한 역할을 하지만 "몸이
중심을 잃고 쓰러지려 할 때"는 튼튼한 다리도 소용이 없다. 외부에서 잡
아주는 힘, 즉 "또 하나의 손"이 필요하다. 그런데 위 시에서는 시적 자아
가 간절한 마음으로 내민 손을 잡아주는 "또 하나의 손"은 끝내 나타나지
않는다. 시적 자아는 자신을 잡아준 것이 "방바닥이나 벽처럼 무정한 것
들"이었음에 절망한다. 이는 상처로 남아 일상 속으로 불쑥불쑥 틈입해
들어오게 되고 자아는 결국 마음의 문을 닫게 된다. "슬며시 내밀었던 손
을 거두어들였던 마음"이라든가 "넘어지고 위태롭게 매달려 있는 날"이
란 바로 이 닫힌 "마음의 문"에서 연원하는 것이다.

　　억압된 상처는 사라지지 않고 회귀하게 마련이다. 독립운동가와 그 유
가족들, 일제 강제 노역자와 위안부, 국가폭력 희생자와 유가족, 세월호
미수습자 가족과 유가족 등등 우리 사회에서 그 예를 찾기란 어려운 일
이 아니다. 의도적으로든 아니든 이들의 상처와 고통은 외면과 왜곡, 잊
혀짐을 통해 더욱 가중되어왔을 터이지만 결코 사라지지도, 사라질 수도
없을 것이다. 진정성 있는 화해와 위무가 따르지 않는다면 말이다.

　　그런데 위 시의 2연에 주목할 필요가 있다. 서정적 자아가 초점을 맞추
고 있는 대상은 결코 권력이나 중심이 되는 주체가 아니다. 그가 간절하
게 기다리던 것은 "어디에선가 불쑥 아무도 모르게/돌아오는 여린 싹
처럼/저도 어쩔 줄 모르면서/어쩌자고 내게 내미는 손"이다. 어쩌면 무

너지고 쓰러지고 있는 자아와 별반 다를 것 없는, 무력하고 주변화된 존재의 '온기'가 바로 서정적 자아가 간절히 염원하는 바라는 의미이다. 슬픔을 위로하는 것은 결국 또 다른 슬픔이라는 말이 떠오르는 대목이다.

> 내가 사는 하루하루는
> 늘 타향이었고
> 내가 닿는 곳이면
> 모두 이국 異國이었다
> 분명히 아는 사람이었는데
> 전생이나 후생 어디쯤에서라도
> 만나고 옷깃 스친 인연이었는데
> 모두들 안녕?
> 내가 내뱉은 말이 사투리이었나
> 나그네의 흰 소리였나
> 고개를 갸우뚱하며
> 그들은 말한다
> 누구시더라?
> ─「누구시더라」전문

위 시에서도 동일한 구도를 확인할 수 있다. 시적 자아는 "내가 사는 하루하루는/늘 타향이었고/내가 닿는 곳이면/모두 이국 異國이었다"라고 토로할 만큼 세계로부터 철저하게 타자화되어 있는 존재다. 이러한 고립적 상태는 '나'와 '그들' 간의 대립에서 더욱 구체적으로 드러난다. "분명히 아는 사람이었는데" 서정적 자아의 '안녕'이라는 인사에 '그들'은 "누구시더라"라고 대답하고 있기 때문이다.

중심과 주변의 대립에 관한 문제가 아니다. 같은 고향, 같은 민족으로 표상되는, 동일성의 범주에 속하는 대상들 간의 타자화, 불통, 불공감을 형상화하고 있는 것이다. 서정적 자아에게 있어서 '그들'은 "분명히 아는 사람", 즉 자아의 슬픔을 나눌 수 있을 만한 사람들이지만 '그들'은 외면하고 만다. 슬픔을 위로하는 것은 또 다른 슬픔, 슬픔을 겪어본 사람이 타인의 슬픔에 공감할 수 있다는 언표가 위 시들에서는 통용되고 있지 않은 셈이다.

자본주의 현대사회에서는 사람들 간의 위계질서가 점차 세분화되어가는 듯하다. 심층의 차원에서 보면 인간은 모두 동일한 범주에 속하지만 현실에서 인간은 잠시 입고 있는 옷과 같을 뿐인 다양한 층위의 권력을 자신 고유의 것인 양 전유하며 타자와의 차별성을 끊임없이 모색한다. 그 결과 소위 '갑'과 '을'이라는 구도가, 또한 '을' 사이에도 또 다른 '갑'과 '을'의 구도가 생성 되는 등 위계질서가 세분화되고 견고해지는 것이다. 이러한 관계에서 진정한 소통이란 요원한 일이 되어버린다. "저도 어쩔 줄 모르면서/어쩌자고 내미는 손"이 아니라 "저도 어쩔 줄 모르"는 까닭에 "누구시더라" 하고 돌아서는 '등'이 시인이 감각하고 있는 세계의 표상인 것이다.

시집 『이 세상에서 가장 슬픈 노래를 알고 있다』의 시적 주체가 스스로를 능동적으로 주변화하면서 온갖 주변화된 대상들에 대한 애틋함을 발현하고 있다면 위 시들에서는 서정적 자아가 타자화된 대상이며 타자화하는 주체와의 명백한 대립구도가 제시되고 있다는 점에서 차질적이다. 이러한 경우 의미의 명징함과 계몽성을 획득할 수는 있겠지만 풍요로운 정서와 아름다움이 틈입할 가능성은 기대하기 어렵게 된다.

기실 나호열 시의 탁월함은 중층되거나 균열을 일으키는 이미지, 유보되는 의미, 상충하는 정서의 공존 등 여러 층위에서 발현되고 있는, 대상에 대한 불확정적이고 다성적인 감수성에 있다 하겠다. 이러한 겹쳐짐과 균열, 머뭇거림과 상충에서 시적 긴장과 아름다움이 발로하고 있기 때문이다. 가령 「동문서답」이라는 시편을 보자.

> 나에게는 문신으로 남은 어둡고 긴 골목이 있다. 그 골목을 드나드는 문장은 혹독한 겨울바람이다. 울음과 눈물을 겨누는 비수 같은 그 골목은 너무 비좁아 쓰러질 수 없는 골이고 하늘을 향해 길어져만 가는 목이다.
> 아무리 걸어도 우리는 동녘을 만날 수 없고 뒷걸음쳐 서쪽으로 가도 서역을 만날 수 없다. 달이 이울다 차고 다시 여위는 동안 문신은 뼈로 파고들었다
> ─「동문서답」전문

이 시에서 불화의 세계는 "어둡고 긴 골목"으로 표상되고 있다. 사실 나호열 시인에게 있어 이 "어둡고 긴 골목"은 시의 세계일 수도, 정신의 영역일 수도 있다. 이러한 맥락에서라면 "골목을 드나드는 문장"이란 시의 말이거나 사유의 비유일 터이다. 분명한 것은 이 불화의 세계가 "울음과 눈물을 겨누는 비수 같"다거나 '뼈로 파고드는 문신'으로 비유될 만큼 서정적 자아에게 깊게 각인된 슬픔이라는 점이다.

한편 위 시에서는 가장 핵심적 의미를 담지하고 있는 기표인 '골목'이 '골'과 '목'으로 분리되는 대목에 주의를 기울일 필요가 있다. 이러한 분리로 "너무 비좁아 쓰러질 수 없는 골"에서 보듯 '골'은 '고랑'이라는 기의에, "하늘을 향해 길어져만 가는 목"에서처럼 '목'은 신체의 일부인 '목'이라는 기의에 연결되게 된다. 사전적 의미의 차원에서 이 분리된 '골'과

'목'을 다시 붙인다고 하여도 '골목'의 의미가 될 수 없다. 그런데 시적 의미의 차원에서는 가능해진다는 것을 위 시에서 보여주고 있다. '골목'이 '너무 좁고 길게'만 느껴지는 시적 자아의 정서를 형상화한 것이 '골'과 '목'이기 때문이다.

이를 언어의 불투명성 내지 불안정성으로, 혹은 의미의 미끄러짐으로 설명할 수도 있을 것이다. 그러나 중요한 것은 이러한 시적 의장을 통해 '골목'이 앞으로 나아갈 수도, 뒷걸음질 칠 수도, 쓰러질 수조차 없는 아포리아로 표상되는 데 성공하고 있다는 점이다. '골목'이 아포리아라는 것이 드러났으므로 우리는 이 '골목'을 통해 진리 내지는 이상향에 이를 수 없을 것이라는 시적 자아의 절망감에 공감할 수 있게 된다. "아무리 걸어도 우리는 동녘을 만날 수 없고 뒷걸음쳐 서쪽으로 가도 서역을 만날 수 없다."는 진술이 그것이다. 이때 비로소 "울음과 눈물을 겨누는 비수"라거나 '뼈로 파고드는 문신'이라는, 슬픔과 절망의 강도가 신빙성을 확보하게 되는 것이다.

> 신을 버리는 것보다
> 발을 버리는 것이 어렵다
> 신 때문에 발이 뭉그러진 것인지
> 발 때문에 신이 해진 것인지
> 신의 발이 새초롬하다
> 닳고 해진 발을 위하여
> 신은 지금 어디쯤 오고 있는가
> ―「그믐달 낙관」전문

위 시 또한 '신발'이라는 기표를 '신'과 '발'로 분리하여 의미화하고 있는 것으로 읽을 수 있다. 위 시는 '신'과 '발'을 신체와 관련된 사전적 의미 그대로 읽어도 의미는 통하지만 다른 기의를 차용하고 상징으로 읽어야 의미를 제대로 파악할 수 있다. 즉 '신'을 초인간적 존재인 '신(神)'으로 읽게 되면 '신'과 '발'의 관계는 하늘과 땅, 정신과 육체, 이상과 현실 등의 대립구도로 상정될 수 있다. 이러할 때 "신을 버리는 것보다/발을 버리는 것이 어렵다"는, 너무도 당연해 어눌하기까지 한 이 진술은, 이상이나 신념 내지는 어떤 정신적인 것과 현실이 대립할 때 현실을 외면하는 것이 더 어렵더라는 삶의 태도에 대한 고백이 된다. 위 시에서 불화의 상상력은 이상과 현실의 대립에서 발현되고 있는 셈이다.

기실 이상과 현실의 대립, 그리고 이와 관련된 삶의 태도에 대한 성찰은 문학에서 그리 참신한 내용은 아니다. 그런데 시인은 여기에서 한 걸음 더 나아가 이상과 현실의 위계질서를 무너뜨리고 있다. "신 때문에 발이 뭉그러진 것인지/발 때문에 신이 해진 것인지/신의 발이 새초롬하다"는 대목이 그것인데, 이상과 현실의 괴리와 이에 대한 인식으로 인해 감각되는 현실의 비루함이 이상 때문인지 현실 때문인지를 묻고 있는 것이다.

이 시의 압권은 아무래도 마지막 두 행 "닳고 해진 발을 위하여/신은 지금 어디쯤 오고 있는가"라는 시구이지 싶다. 이상을 좇는 현실이라는 보편적 구도를 뒤집어 이 비루한 현실을 '위하여' 이상은 도대체 무엇을 할 수 있으며 현실에 얼마만큼 가까이 오고 있는지 반문하고 있기 때문이다. 더욱이 이 대목에서 '신'은 초월적 존재인 '신(神)'의 의미에도 걸쳐 있는 것으로 볼 수 있다.

「동문서답」이나 「그믐달 낙관」은 전술한 바대로 나호열 시의 매력이 의미나 이미지의 균열과 중층, 유보, 전복 등에서 발현되는 것임을 여실히 보여주는 작품이라 할 수 있다.

그렇다면 이 불화의 세계를 건너가는 시인의 방편은 무엇일까. 단 열 편의 시에서 어떤 시정신의 흐름을 읽는다는 것이 요원한 일이기는 하나 그럼에도 거칠게나마 간취되는 의미있는 행위가 있다. 그것은 바로 '내미는' 행위이다. "어떤 꽃은 제 몸을 사루면서 빛을 내밀고"(「몽유」), "저도 어쩔 줄 모르면서 어쩌자고 내게 내미는 손", "슬며시 내밀었던 손"(「손」), "길을 찾는 것이 아니라 길을 내미는 것"(「천수관음」) 등 신작 시편들에서 '내미는' 행위는 반복적으로 등장하고 있으며 이는 그만큼 강조되어야 할 중요한 행위라는 의미이다.

아무 곳에도 닿지 않는 천 개의 손이 있다.

움켜쥐기 위한 손이 아니라면 차라리 허공의 틈새를 찾는 눈이 맞겠다.
그렇다면 나뭇가지 하나가 허공을 더듬거리며 하는 일은
길을 찾는 것이 아니라
길을 내미는 것이리라

먼 길 떠나 돌아오지 않는 어미를 기다리는 아이의 눈빛으로
배고픔을 견디지 못하여 독약에 닿으려는 혀처럼

여린 가지는 나무에게
새가 되어 날아가고 싶은
꿈의 길이다
　　—「천수관음」전문

시인은 나무에 이리저리 뻗어 있는 '여린 나뭇가지'를 보고 천수관음을 떠올린 듯하다. '천수관음'은 천 개의 손과 천 개의 눈으로 중생들을 구제한다는 대자비심(大慈悲心)의 보살이다. 따라서 이 천 개의 손이 "움켜쥐기 위한 손"이 아님은 자명한 사실이다. 이러한 사실에 기반하여 시인은 나뭇가지가 뻗어가는 지난한 과정을 "나뭇가지 하나가 허공을 더듬거리며 하는 일"로 묘사하고 이를 자신을 위해 "길을 찾는 것이 아니라" 타자를 위해 "길을 내미는 것"으로 형상화하고 있다.

그런데 무력하기 짝이 없는 이 '여린 가지'가 '내미는 길'이 "먼 길 떠나 돌아오지 않는 어미를 기다리는 아이의 눈빛"이나 "배고픔을 견디지 못하여 독약에 닿으려는 혀"로 표상되는 절실한 존재의 "꿈의 길"이 된다는 것에 주목할 필요가 있다. 나호열 시인의 시정신이라 할 만한 어떤 일관적 면모를 간취할 수 있는 대목이기 때문이다. '여린 가지'와 같은 주변적 존재의, 무력하기 짝이 없는 '내미는 행위'가 또 다른 어떤 이에겐 간절한 '꿈'일 수 있다는 인식이 바로 그것이다. "저도 어쩔 줄 모르면서/어쩌자고 내게 내미는 손"(「손」)을 간절히 기다리는 서정적 자아의 마음 같은 것 말이다.

나호열 시에서 자아는 불화의 세계에 놓여 있다. 자아와의 불화, 타자와의 불화, 세계와의 불화, 언어와의 불화 등등. 시인은 이 불화의 세계를 가로지르며 끊임없이 주변적 존재에 천착해왔다. 기왕의 시집에서 시적 자아가 능동적으로 스스로를 주변화시키면서 타자화된 존재와의 연대, 이들에 대한 애틋함을 드러내고 있다면 이번 신작 시편들에서 자아는 타의에 의해 세계로부터 철저하게 배제되는 존재로 등장한다.

이렇게 불화하는 자아, 고립된 자아는 부단히 손을 '내밀며' 소통을, 합일을 염원한다. 그런데 특징적인 것은 고립된 자아를 구원해 줄 염원의 대상이 어떠한 중심이 되는 힘이나 초월적 존재가 아니라 "저도 어쩔 줄 모르는" 주변화된 존재라는 점이다. 고독과 슬픔 속에 침잠해 있는 자아가 그토록 간절히 기다리고 있는 것은 바로 이 무력한 존재의 '어쩌자고 내미는 손'인 것이다. '내미는' 손에 또 다른 손이 놓이고 마주 놓인 두 손이 꽉 잡아질 때 존재의 고립은 해제되고 슬픔은 해소될 것이다. 그러나 나호열의 시에서는 '내미는' 행위와 이에 함의되어 있는 간절함과 고독, 슬픔만이 드러나고 있을 뿐 그것이 해소될 기미, 즉 합일의 제스처는 보이지 않는다.

문득 이 '무력한 존재'가 나호열 시인에게는 시(詩)일 수도 있겠다는 생각이 든다. 자아와의 불화, 타자와의 불화, 세계와의 불화, 언어와의 불화 등등 이 모든 불화의 상상력은 결국 시와의 화해를 위한 것이 되는 셈이다. 의미와 이미지의 질서를 파기하는 그 균열의 지점에서 아름다움이 발현되는 나호열 시의 특징 역시 동일한 맥락에서 설명이 가능하다. 그렇다면 불화는 지속되어야 하고 심화되어야 하는 것이 아닌가. 나호열의 시에서 동일성 내지 합일의 정서를 찾아보기 힘든 까닭도 여기에서 찾을 수 있겠다. 화해에 이르기 위한 불화, 진정한 합일에 이르기 위해 끝끝내 합일을 유보하는 정신, 이것이 나호열의 시를 이끌어가는 힘의 요체가 아닌가 한다.

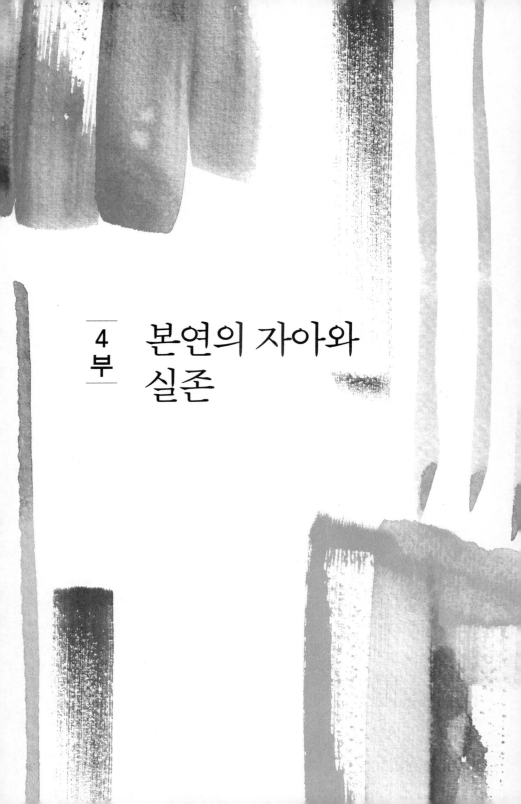

4부 본연의 자아와 실존

진정한 자아를 향한 '위험한' 탐색

– 박정선, 『잉크가 마르기 전』(문학의전당, 2020.)

박정선 시인이 첫 시집 『라싸로 가는 풍경소리』(詩와에세이, 2014) 이후 6년 만에 『잉크가 마르기 전』을 상재했다. 시집을 상재하는 간극으로 볼 때 6년이라는 시간은 다소 긴 시간으로 보인다. 이 시간을 시인은 "잡힐 듯 잡히지 않는 / 신화 속 그림자 찾아 헤매던 날들이었다."고 밝히고 있다. "잠든 아니무스 가면 속 / 타협은 언제나 위험했다."고 토로하고도 있다. '헤맴'의 시간이란 결국 무언가에 대한 탐색의 시간에 다름 아니다. 시인은 무엇에 그토록 천착해 있었던 것일까. '타협'의 대상은 무엇이며 그것이 "언제나 위험했"던 까닭은 또 무엇일까.

신화의 세계란 계몽 이전의 세계이다. 인간이 자연의 일부였던 일원적 세계이자 영원이 담보되는 마법의 세계이다. 반면 계몽이란 이성을 중심으로 이루어지는 탈마법의 과정이다. 이 과정을 통해 인간은 만물의 영장으로서 새로운 질서를 구축하게 된다. 그러나 아도르노가 지적한 것처럼 인간은 신화의 세계를 탈피해 자연을 지배하는 위치에 자리하게 되었지만 인간 자신이 도구적 존재, 지배의 대상이 되는 아이러니에 직면하게 된다.

　박정선 시인이 언급한 '신화'가 이러한 계몽 이전의 세계와 정확하게 맞아떨어지는 것은 아니다. 자서나 그의 시에서 '그림자', '아니무스', '페르소나' 등이 운위되고 있는 것을 보면 무의식의 세계를 지시하는 것으로 보인다. 그러나 시집을 꼼꼼히 읽어보면 박정선의 시세계가 그리 단순하지 않다는 것을 알게 된다. 그가 헤맸던 '신화'의 세계란 자아의 무의식과 계몽 이전 마법의 세계, 그 교집합에 자리하는 중층적이고 복잡다단한 세계라 할 수 있다. 그만큼 치열한 탐색의 과정이 내재되어 있음은 물론이다.

　　기억 없는 사실을 찾아 나선다

　　사다리조차 없는 지하 깊은 곳에서
　　더듬더듬 찾은 것은
　　오래전 틀어진 너와의 약속
　　잃어버린 시간들이 뒤엉켜 있다

　　누군가 벗어놓은 허물이
　　버려진 채 녹물을 삼키고 있다

　　맨발로 어둠을 퍼 올리다 다시 쏟고
　　벽면을 타고 오르다 미끄러진 흔적들이
　　갈라진 틈에 끼어 곰팡이 피어오른다
　　변명이 녹아 있는 긴 터널 지나
　　부러진 손톱들을 주워야 할 시간

젖은 기억 흩어지기 전
머리를 말린다,
마음의 드라이로 말린다
—「틀어진 시간」 전문

위 시는 "틀어진 시간"을 더듬어 가는 과정을 그리고 있다. 마지막 연
의, '머리'를 "마음의 드라이로 말린다"는 대목에 주목할 필요가 있다. '머
리'는 이성, 계몽, 의식의 세계를, '마음'은 합일이 가능했던 근원, 무의식
의 세계를 표상하는 것이기 때문이다. '기억'은 언어 습득 이후에 형성된
다. 언어는 이성의 표상이며 계몽의 도구이다. 또한 언어를 습득한다는
것은 언어를 매개로 금기, 질서, 규범 등에 의해 구동되는 상징계로의 진
입을 의미한다. '사실'은 있으되 이를 구사할 언어가 없을 경우 그것은 상
상계에 자리하게 된다. 그러므로 위 시에서 "기억없는 사실을 찾아 나선
다"는 것은 근원의 세계, 상상계를 탐색한다는 의미이다.
"버려진 채 녹물을 삼키고 있"는 '허물', '곰팡이', '부러진 손톱' 등에서
이 "사다리조차 없는 지하 깊은 곳"인 상상계는 오랜 시간 방치되어 있었
음이 드러난다. 이 세계에는 "오래전 틀어진 너와의 약속 / 잃어버린 시
간들이 뒤엉켜 있"다. "자라지 않은 어린아이가 울고 있"는 곳(「트라우
마」)이기도 하다. '틀어진 약속', '잃어버린 시간들', '자라지 않은, 울고 있
는 어린아이' 등은 모두 긴밀하게 연관되어 상호작용하고 있는 관계이
다. 이것들은 해결도 요원하거니와 들여다보는 것만 해도 매우 지난한
과정이다. 시인은 방기해버린 '약속'과 '시간들', 그리고 그것을 합리화하
기 위해 갈음해온 변명까지도 치열하게 들여다보고 있는 것이다.
현대인들의 내면에는 '자라지 않는 아이, 울고 있는 어린아이' 하나씩

은 존재하고 있다. 자본주의의 발달에 따른 분리주의적인 현대사회에서 합일에 대한 자아의 욕망은 이와 비례해 심화되어 왔기 때문이다. 그러나 이 내면의 '아이'를 인식하기는 쉽지 않다. 사회에서 강요하는 페르소나에 자아가 충실할 수밖에 없는 구도가 견고하게 구축되어왔고 아직도 진행 중이기 때문이다. 또 인식한다고 해도 이 '뒤엉켜 있는 잃어버린 시간들'에 집중한다는 것은 너무 불안한 일이다. 자칫 도태나 낙오의 반열에 오를 수도 있기 때문이다.

현대 자본주의 사회에서는 대체로 성공이라는 지표가 뚜렷하다. 자본과 권력, 사회적 지위, 계층 등이 톱니바퀴처럼 맞물려 돌아간다. 이러할 경우 자아는 소위 사회가 요구하는 성공의 조건에 집착할 수밖에 없다. 그러므로 이 사회적 자아와 상충되는 내면적 자아를 돌아본다는 것은 효용적이지 않은 행위에 해당되는 것이다. 시인은 결과가 어떠할지도 모를 이 지난한 과정에 천착하고 있는 것이다. 그 까닭은 진정한 자아에 대한 탐색에서 찾을 수 있다. "앞만 보고 달리던 발걸음이 시무룩하다"(「가면 우울증」)에서 보듯 시인은 외면적 자아의 '가면'에 회의를 느끼기 시작했기 때문이다.

겉과 속이 다른 연기파 배우

오늘도 한 치 오차 없는 표정으로 눈물 흘린다
매일 밤 꽃에 묻혀 잠든다

기다리던 신데렐라 꿈이 이루어지던 순간
마차에서 뛰어내려

허물 벗고 정글 숲을 기어 다니며
잃어버린 가면을 찾고 있다

쏟아지는 의문과 추문에 한마디 변명도 없이

험한 길 되돌아 슬픈 기억을 가만히 들여다보고
물길 따라 엄마 자궁 속에서 헤엄도 치고
희미한 탯줄을 잡고 그네도 탄다

비밀의 문에 들어가려면 가면을 쓰세요
말을 타고 무대에 뛰어오르는 남자,

가면을 찾으셨나요?
―「페르소나」 전문

위 시의 제목은 '페르소나'이다. 페르소나란 인간이 사회적 존재로 외부 세계와의 관계를 가능하게 하는 외적 인격을 의미한다. 사회적 존재로서의 인간이 외적인격을 가지고 외부세계와 관계를 맺는 것처럼 내면 세계에는 외적 인격과는 대조되는 내적 인격이 존재하게 된다. 남성의 무의식에 자리하고 있는 여성적 인격을 아니마, 여성의 무의식에 자리하고 있는 남성적 인격을 아니무스라 한다. 자아에게 있어 이 외적 내적 인격의 조화가 중요함은 물론이다. 페르소나가 지나치게 강조될 경우 진정한 자아에 대한 감각은 잃어버린 채 외부에서 강요하는 인격이 자신의 것인 양 착각하게 되고, 반대의 경우엔 사회생활을 유지하기 어렵게 되기 때문이다.

위 시의 "겉과 속이 다른 연기파 배우"에서 페르소나와 아니무스의 관계를 떠올릴 수 있다. 그렇다면 "기다리던 신데렐라 꿈이 이루어지던 순간"이란 사회적 성공, 결혼을 포함하여 타자에 의해 인정되는 성공의 순간을 의미하는 것일 터다. "말을 타고 무대에 뛰어오르는 남자"는 자아의 아니무스로 볼 수 있다. 그런데 "꿈이 이루어지던 순간"에 자아는 "마차에서 뛰어내려/ 허물 벗고 정글 숲을 기어 다니며 / 잃어버린 가면을 찾고 있다." 이 '가면'은 "비밀의 문에 들어가"기 위해 필요한 물건이다. '가면'을 찾는다는 것은 "슬픈 기억을 가만히 들여다보"는 행위이자 "엄마 자궁", "희미한 탯줄"에서 보듯 언어 이전, 이성이 덧씌워지기 전의 보다 근원적인 자아에 대해 탐색하는 과정이다. 즉 "비밀의 문"을 열면 '진정한 자아'로 존재할 수 있는 신화의 세계가 펼쳐질지 모른다.

눈여겨 볼 점은 '가면'이다. '가면'은 페르소나, 외적 인격에 해당한다. 사회에서 보여주는 자아의 모습은 외부에서 기대하는 모습의 가면이고 무의식에 있는 아니마, 아니무스가 가면을 벗은 진정한 자아의 모습에 더 가까운 것이다. 그런데 시인은 이러한 구도를 전복시킨다. '신데렐라'의 가면을 벗고 아니무스에게로 향하는 것이 아니라 "비밀의 문에 들어가려면 가면을 쓰"라는 시구에서 이를 확인할 수 있다. "말을 타고 무대에 뛰어오르는 남자"는 자아의 아니무스이기도 하지만 결국 '가면'인 것이다.

'가면'을, 이것이 과연 진정한 자아일까라는 검열의 단계 내지 과정으로 본다면 이는 진정한 자아에 대한 강한 열망으로 해석할 수 있다. 또 한편으로는 주체적 태도에서 비롯되는 것으로 볼 수도 있다. 페르소나가 가면이고 내적 자아가 진짜라는, 일반적으로 그리고 당연하게 받아들여지는 사실에 대해 회의하는 것이다. 이와 같은 전복의 구도는 "판도라 상자를 열어본 남자의 반칙은 잔인했다"(「반칙」)라는 시구에서도 확인된다. 이러한 회의가 치열하면 치열할수록 진정한 자아에 이르는 길은 요원해 보이는 것이 사실이지만 진리에 최대한 근접하기 위해서는 아이러니하게도 끝끝내 회의적 시선을 유지해야 하는 것이다.

> 계약은 끝났다
> 마지막 비밀 통로를 빠져나오는 남자의 머리가 하얗다
> 이마에선 설산의 계곡물이 뚝뚝 떨어진다
> 산허리에 새긴 길이 구불구불하다
>
> 잃어버린 여자를 찾아 설산을 오르는 남자,
> 가까이 다가가면 사라지고
> 돌아설 듯 다가오기를 거부하는 여자
> 안개 낀 절벽에서 서로 춤을 춘다
> 춤추는 자리마다 꽃이다
>
> 비밀의 문은 어디인가요
> 맨발로 설산을 허무는 여자
> 대답 없는 메아리만 짊어오는 남자
>
> 미끄러운 허공에 찍힌 이름을
> 삭제할까요,
> 시간이 없어진 설산에서 그들은 영원을 살고 있다
> ─「비밀」 전문

「페르소나」에서 '여자'가 "잃어버린 가면"을 찾고 있다면 위 시에서는 '남자'가 "잃어버린 여자"를 찾고 있다. "비밀의 문"을 경계로 현실과 초월적 세계가 나뉘는 구도는 동일하다. '설산'은 신화의 시공간이자 무의식의 세계이다. '남자'와 '여자'를 각각 '여자'의 아니무스, '남자'의 아니마로 본다면 '남자'와 '여자'가 합일을 이루지 못하는 것은 필연적이라 할 수 있다. "안개 낀 절벽", 자아가 접근하지 못할 곳에서 각자 '춤'을 추고 있을 뿐이다. "춤추는 자리마다 꽃"이라는 대목에서 이 초월적 세계에 대한 자아의 인식을 간취해볼 수 있다.

한편 '이름'은 명명된 것, 주어진 정체성이라 할 수 있다. 현실의 자아가 쓰고 있는 가면, 페르소나와 등가의 관계에 놓이는 것이다. '이름'이 "미끄러운 허공에 찍"혀 있다는 것은 '이름'의 허구성을 드러낸다. 이 또한 '가면'의 속성과 동일한 맥락이다. 자아는 "허공에 찍힌 이름을 삭제할까요"라고 묻고 있다. 그러나 "계약은 끝났"고 "비밀의 문은 어디인"지 알지 못한다. '설산'은 영원히 미지의 세계로 남을 뿐이다.

"잃어버린 시간"(「틀어진 시간」), "잃어버린 가면"(「페르소나」), "잃어버린 흔적"(「는개」), "잃어버린 새"(「잃어버린 새」), "잃어버린 티켓"(「비명」) 등등 박정선의 시에서는 끊임없이 틀어지고 잃어버린 대상을 호명해낸다. '설산'과 그 속에서 "영원을 살고 있"는 '그들'도 이에 해당된다. 그렇다고 이 대상들이 반드시 유토피아와 관련되어 있는 것은 아니다. 오히려 근원적인 것, 무언가 덧씌워지기 전의 본연의 모습, 진실 등과 긴밀하게 연결되어 있는 것으로 보인다.

물음표를 던지며 살아온 날들
뒤돌아보니 아득하다

쉼표가 필요하다

불편한 진실이 남긴 흔적은
아무리 조여도 흘러내린다

이상한 옷을 입고
동행할 수 없는 조건을 목에 걸고
키를 쓰고 지뢰밭을 걷는다

콜록콜록
가까이 오지 마라
진실을 건져 올릴
촘촘한 그물이 필요하다
—「쉼표」 전문

'나'는 내가 알고 있는 내가 아니다. 외부에서 요구하는 여러 겹의 가면을 쓰고 타자의 평가에 의해 오랜 시간 다듬어져 온, 허구의 이미지가 내가 생각하고 있는 '나'일지 모른다. 그렇다면 내가 생각하고 말하고 느끼는 것들은 진짜라고 할 수 있을까. 그러한 '나'와 그러한 당신이 만들어가는 관계는, 세계는 또 진짜일까. 시인은 끊임없이 "물음표를 던"지며 살아오고 있다. 시인에게 있어 시 쓰기란 바로 '물음표'를 던지는 행위라 할 수 있을 것이다. 시인의 시선에 포착된 "불편한 진실이 남긴 흔적"이 이 피로한 행위를 계속하도록 추동한다.
　이 세계를 구동하는 집단적인 사유, 욕망, 규칙 등을 끊임없이 회의하고 전복한다는 측면에서 시인의 시 쓰기는 '반칙'(「반칙」)일지도 모르겠다. '타협'이 "언제나 위험했"던 까닭이 여기에 있는 것이다. 그의 시에 흐르는 긴장감, 유폐된 자아와 역동성 사이에서 발현되는 팽팽한 긴장의 실체가 바로 이 '위험한 타협' 때문이 아닌가 한다.

'반칙'과 '타협' 사이에서 헤매는 자, "이상한 옷을 입고 / 동행할 수 없는 조건을 목에 걸고 / 키를 쓰고 지뢰밭을 걷는" 자가 시인이 되는 셈이다. 시인은 "판도라 상자를 열어본 남자의 반칙은 잔인했다"(「반칙」)고 토로한다. 아니무스가 열어버린 '판도라의 상자', 그것이 시인의 '신화 속 헤매임'의 시작이었기 때문이다. "뒤돌아보니 아득하다 / 쉼표가 필요하다" 말하고 있지만 시인은 "잉크가 마르"(「잉크가 마르기 전」)지 않는 한 "진실을 건져 올릴 촘촘한 그물" 짜기를 멈추지 않을 것이다. 이것이 시인에게 주어진 운명이기 때문이다.

'완성'을 향해 딛는 애틋한 발걸음

- 박미경, 『토란꽃이 쏟아졌다』(詩와 에세이, 2020.)

『토란꽃이 쏟아졌다』는 박미경 시인의 첫 시집이다. 이 시집에 수록된 시편들 대부분이 고향에서의 유년을 비롯한 과거의 기억을 바탕으로 씌어진 것들이다. 하기야 어떤 작품인들 과거의 기억을 바탕으로 하지 않은 것이 있을까마는 박미경의 『토란꽃이 쏟아졌다』에서는 지명과 인물, 사건이 구체적이면서도 반복적으로 등장한다. 과거 시공간에 대한 현장적, 정서적 감각의 밀도가 매우 높은 편이라는 의미이다.

과거는 이미 지나가버린 것, 그냥 흘러간 시간이 아니다. 과거는 끊임없이 현재에 틈입하여 의미를 생산하거나 수정한다. 특히 고향, 유년 등은 근원적인 것에 해당한다. 공동체적 유대가 포회하고 있는 모성적 시공간이 바로 고향이고 유년인 것이다. 이는 현실에서는 상실된, 기억에서만 존재하는 시공간이다. 그러기에 현실이 각박할수록 근원적인 것에 대한 그리움은 깊어질 수밖에 없다. 그렇다면 시인에게 지금 여기의 현실은 어떻게 감각되고 있는 것일까. 시인이 이토록 과거에 천착하고 있는 까닭은 무엇일까.

시장으로 걸어갔다

깊은 바다, 좌판 보인다

부부는 마치 깊은 바닷속을 쉼 없이 헤엄치듯

물기를 머금은 고등어와 갈치를 건져 올리며

아주 작은 목소리로 부드럽게 웃을 뿐

큰소리로 지나가는 사람을 부르지도 않았다

돈을 담은 고등어 피 말라붙은 압력밥솥

헐거워진 뚜껑으로 빠져나가려는 소금기 돌려 잠그며

너절한 지난날 뜸 들이는 중이다

고등어를 두 동강 내어

검은 비닐봉지에 담아 눈을 가려 버렸다

나는 지금 고등어 눈을 뜨고 있지 않을까

움직일 수 없다

사람들이 출렁이며 밀려올 때마다

균형을 잡아주던 지느러미와

낙망의 그물에 걸리지 않으려던 꼬리가

내장과 함께 제거되어 수북하다

시장으로 허기를 구걸하러 온 것 같은

한 발짝도 떼지 못한 이 비루한 시간

어쩜 우리는 서로의 허기를 채워주는 것인지도 모른다

나는 조용히 파도에 떠밀려 나왔다

　　　—「고등어」전문

　이 시는 서정적 자아가 '시장'에 가는 것으로 시작해 다시 밖으로 나오
는 것으로 끝난다. 이 시에서 '시장'은 타자와 부대끼며 살아갈 수밖에 없
는 세계를 암유하면서 동시에 '바다'로 형상화되어 있다. '시장', '좌판',

'고등어' 등은 일반적으로 실존적 삶의 현장을 떠올리게 하면서 역동적 이미지로 발현되게 마련이지만 이 시에서는 그 양상이 다르다. 부지런히 생선을 팔아야 하는 '부부'는 소극적이기만 하고 돈을 담는 '압력밥솥'에는 '고등어 피'가 말라붙어 있다. "마치 깊은 바닷속을 쉼 없이 헤엄치듯" 무던히 애써왔지만 "너절한 지난날"만이 반복되고 있을 뿐이다. 서정적 자아는 왜 이 좌판 앞에서 "움직일 수도 없"으며 "이 비루한 시간"에서 "한 발짝도 떼지 못"하는 것일까. 그것은 바로 여기에서 이들 부부의 '허기'와, 또 자신의 허기와 마주쳤기 때문이다.

서정적 자아는 스스로를 "두 동강 내어 / 검은 비닐봉지에 담아 눈을 가려 버"린 '고등어'와 동일화한다. 자아와 동일화되어 있는 '고등어'는 지느러미도, 꼬리도, 내장도 다 제거된 상태다. '시장'에서 자아와 타자는 부유하는 존재들이다. "사람들이 출렁이며 밀려올 때마다" 자아는 균형을 잡고 그물에 걸리지 않기 위해 버둥대어야 했다. 그런데 이젠 그 기능마저도 제거된, 불구화된 존재가 서정적 자아의 현실인 것이다.

중요한 것은 자아가 자신만의 절망 속에 매몰되어 있지 않다는 사실이다. 자아의 시선은 '너절'하고 '비루한' 현실에 피투된 존재들에게로 향한다. "시장으로 허기를 구걸하러 온 것 같"다는 시구가 중요한 이유가 여기에 있다. '허기'를 포착하는 시선이 능동적인 것임을 일러주는 대목이기 때문이다. '구걸'이라는 역설적 표현은 서정적 자아의 의지를 더욱 강조하는 장치가 되고 있다. 서정적 자아의 '허기'진 존재에 대한 탐색의 태도는 '허기'를 아는 존재들만이 "서로의 허기를 채워"줄 수 있다는 믿음에서 비롯되는 것이다. 그 믿음이 시인의 경험에서 구축되는 것임은 물론이다.

시인이 과거에 천착하는 이유도 바로 여기에 있다고 하겠다. 시인의 심연에 자리하고 있는 대상들, 그의 시세계에 등장하고 있는 과거의 인물들은 모두 '너절'하고 '비루한' 현실에 놓여있거나 채워지지 않는 '허기'로 고투하는 존재들이기 때문이다. 치유란 상처를 있는 그대로 직시하고 인정하는 데서 시작된다. 이러한 맥락에서 『토란꽃이 쏟아졌다』에 펼쳐지는 서정적 자아의 결핍과 허기의 서사는 곧 치유의 과정에 다름 아니다.

　허기에 잠 못 드는 밤을 보내본 자만이 허기진 자의 심정을 아는 법이다. 시인은 자신 내면의 허기를 깊이 들여다보고 드러내는 데 그치지 않고 또 다른 허기진 존재들에게로 시선을 돌린다. 그의 시에 등장하는 상처주고 상처받는 인간군들, 너절하고 비루한 삶의 주인공들이 바로 그들이다. 관계에 서툰 지아비와 아버지, 시어머니 들, 기구한 운명의 여인들, 바위 같은 무게의 운명을 짊어지고 한발 한발 소멸을 향해 걸어가고 있는 존재들에게 시인은 애틋한 눈길로 말을 걸고 있다.

　　엄마다
　　나만 보면 웃는 아이들의 엄마가 되었고
　　슬프기 그지없는 나의 엄마
　　엄마의 빈자리를 채우려 했던 여인 몇,
　　엄마였다

　　슬픈 엄마는 부지런한 남편을 만나
　　남부럽지 않게 살았지만, 생은 너무도 짧았다
　　떠난 뒤 일 년도 채 안 돼
　　거처가 있던 여인 작정하고 덤볐고
　　아버지와 마주 앉아 밥을 먹고

나란히 안방에 누웠다
모두 잠든 밤, 집은 나 대신 울적해졌다
밥그릇 씻는 소리 요란해지자
아버지는 붙잡기 위한 술책으로
위채 기둥을 뽑아 주었다
아주 잠깐 웃음을 보여주기도 했지만
헛마음만 열어놓았다 닫았다 했다
그 후 뿌리째 뽑혀 나간 여러 개의 기둥에는
무수한 오해들이 달려 나왔다
뭔 일 없는 것처럼 뭔 일은 늘 벌어져 있었다
와중에 오래 머물다 떠난 이 있었다
땡볕 아래에서 캄캄한 긴 시간을 보낸 건
나 혼자만 아니었을 것이다
한 생
엄마도, 나도, 그 몇도
인연이었다
—「불안한 인연」 전문

인간 존재의 가장 근원적인 '허기'는 어머니로부터 비롯된다. 인간의 탄생이 모체와의 분리를 의미한다고 할 때 인간은 세계에 내던져진 존재, 결핍을 내재한 불안한 존재라 할 수 있다. 그러므로 '엄마'는 근원이자 상실된 에덴이며 채워지지 않는 결핍이 되는 것이다. 이러한 결핍을 수용하면서 아버지의 질서의 세계로 진입하는 것이 사회화의 과정일 터이다. 그런데 이 시의 서정적 자아에게는 근원적 상실을 수용할 기회가 주어지지 않는다. '엄마'의 "생은 너무도 짧았"고 죽음을 애도할 시간도 없이 "엄마의 빈자리를 채우려 했던 여인 몇"이 지나갔기 때문이다. 그마저도 이들 "여인 몇"은 "헛마음만 열어놓았다 닫았다 했"을 뿐이다.

"아버지와 마주 앉아 밥을 먹고 / 나란히 안방에 누웠다"라는 시구는 사실에 대한 묘사이지만 상실감, 소외감, 불안 등을 포함한 복합적인 슬픔의 정서를 발현하고 있다. 이어지는 "모두 잠든 밤, 집은 나 대신 울적해졌다"라는 시구 또한 동일한 맥락으로, 감정을 절제함으로써 정서의 깊이를 심화하는 시적 의장이 돋보이는 대목이라 하겠다. 존재론적인 차원에서든 물리적인 차원에서든 어머니의 부재가 일차적인 '허기'의 원인이라면 "엄마의 빈자리를 채우려 했던 여인 몇"은 그 부재를 더욱 각인시키는 요인으로 작용했을 것이다. "결핍은 어머니의 아랫목처럼 우울하여 / 한번도 여물지 못했다"(「오동꽃」)는 고백에서 알 수 있듯 서정적 자아의 '허기'에는 바닥 모를 심연이 자리하고 있다. 「불인한 인연, 번외」나 「늑대」와 같은 작품에서도 이와 같은, 서정적 자아의 가늠할 수 없는 '허기'를 잘 드러내 보여주고 있다.

중요한 것은 이렇게 타자화된 자아, "뭔 일 없는 것처럼 뭔 일은 늘 벌어져 있었"어도 할 수 있는 일이 아무것도 없었던 무력한 존재로서의 자아가 주체로 전화한다는 사실일 것이다. "땡볕 아래에서 캄캄한 긴 시간을 보낸 건 / 나 혼자만 아니었을 것"이라는 시구에서 보듯 결핍된 모성으로 허기졌던 자아는 스스로가 모성적 존재가 되어 대상을 바라보고 있다. 이러한 시선은 "한 생 / 엄마도, 나도, 그 몇도 / 인연이었다"는 생에 대한 통찰로 이어진다. 이와 같은 통찰은 서정적 자아가 '엄마'가 되어서 비로소 터득한 것일 수도 있고 또 한편으로는 이들이야말로 서정적 자아를 "나만 보면 웃는 아이들"의 '엄마'가 될 수 있게 한 요인이었을 수도 있다.

어떻든 박미경의 시에서 결핍이나 시련은 자아를 끌어내리는 중력으로 작용하는 것이 아니라 그것들을 끌어안고 한발 한발 앞으로 나아가게 하는 기제가 되고 있다는 사실이 중요하다. '문두이 여사'의 삶도 그러하다.

패, 모였다고 전화 왔다
밭일 손 놓고는
밤낮으로 띠에 십 원 돈 따먹기 화투를 쳤다
수십 년 화투 돈 따본 적 없는데
먹던 밥숟가락 놓고 털목도리를 감으며
문두이 여사 안마실로 여든셋까지 바삐 걸었다
그럴 때 방에 굴러다니는 동전 챙기고
영화식당 육회 한 접시 딸랑 싣고
팔천 평 능금나무 그늘로 그 패, 찾아갔다
끊을 수 없는 관계를 부정하여 생긴 오래된 상처
적과(摘果)해 주었다

남편, 전쟁에서 절룩거리며 돌아오는 바람에
애지중지 아들들 김치 가져다 바치는 바람에
아래위 두 동서 산후조리조차 못하고 세상 뜨는 바람에
아들 아홉, 딸 넷, 떠안는 바람에
그 바람에 바람이 그녀를 견디게 해줬을까
쩍 갈라진 뒤꿈치 반창고로 통증 달랬다

여든여섯 그녀

이제 겨우 짊어진 짐 다 내렸는데
무거워질 대로 무거워진 몸뚱이 다리 쭉 펴고 쉼을 했다
"잘 살아라, 잘들 살아라." 달구 밟을 때, 아들들
지난날 절반은 땅 아래로 묻고 반은 봉분으로 올렸다
그녀가 퍼주던 고봉밥보다 한참 낮았지만
그녀에게 드디어 봄날이 왔다
　　　 —「문두이 여사의 봄날」 전문

　"전쟁에서 절룩거리며 돌아"온 남편, 손이 많이 가는 "애지중지 아들들", "아래위 두 동서 세상 뜨는 바람에" 떠안은 "아들 아홉, 딸 넷", 이것이 '문두이 여사'를 보여주는 '바람'의 이력이다. 그런데 서정적 자아는 이 '바람'이 오히려 "그녀를 견디게 해줬을" 것이라 추측한다. 결핍이 주체를 형성하는 기제가 되고, 허기진 존재들이 서로의 허기를 채워주는 구도와 동일한 맥락에 자리하는 인식으로 볼 수 있다.
　서정적 자아에게 '문두이 여사'는 그야말로 '허기'를 달래주는 존재이다. "끊을 수 없는 관계를 부정하여 생긴 오래된 상처"를 "적과해 주"는 존재가 바로 '문두이 여사'이기 때문이다. '문두이 여사'의 보다 구체적인 서사는 「완성」이라는 시에서 간취해볼 수 있다. 서정적 자아의 '작은엄마'인 '문두이 여사'는 젊은 시절엔 "목도리로 눈만 빠끔히 내놓고 / 천 길 낭떠러지에서 떨어진 어린 조카들 위해 / 추운 겨울 마을 길"을 올랐었다. 여든다섯의 '작은엄마'는 이제 더 이상 여력이 없다. "오십 년 능금 농사 짓고 남은 힘으로 / 방안에서 보행보조차에 의지"해야 하는 처지다. 그녀는 '여든여섯'이 되어서야 "겨우 짊어진 짐 다 내려"놓고 쉴 수 있게 되었다.

서정적 자아가 그녀의 '죽음'을 "그녀에게 드디어 봄날이 왔다"라고 표현한 것에서 그녀의 삶이 얼마나 고달팠을지 유추할 수 있다. 그러나 '봄날'은 단순히 고달팠던 삶의 종식만을 의미하는 것이 아니다. 여기에는 '완성'(「완성」)의 의미가 내포되어 있다. 주어진 고통을 다 치러내고야 맞게 되는 것이 소멸이자 '완성'인 것이다. 소멸을 완성으로 보는 시각은 『토란꽃이 쏟아졌다』를 관류하는 시의식이기도 하다.

이 시집에는 시간이 흐르고 있다. 삭고 낡고 늙어, 결국엔 소멸에 이르게 되는 시간의 흐름이. 누군가는 절룩거리고 누군가는 비틀거리고 또 누군가는 무릎에 얼굴을 묻고 누군가는 큰소리를 치며 이 비루한 시간을 건너가고 있다. 시인은 이들의 삶을 뭉뚱그리지 않고 그들의 고유한 시간, 그 사람만의 역사로 되돌려주고 있다. 그것이 실패한 삶으로 비치든 무의미한 것으로 보이든 그들은 묵묵히 그들의 "얼금얼금한 삶"(「무」)을 '완성'해 가고 있는 것임을 시인의 원숙한 시선으로 밝혀 보여주고 있다.

우리의 삶은 누군가의 비틀거림을 딛고 굴러가는 것이 아닐까. 이 시집은 문득 그 모든 누군가에게 "부끄럽고 미안하다"는 생각이 들게 한다. "죽을 만큼 부끄럽고 미안하다"는 시인의 고백은 특별한 개인에 대한 소회로만 들리지는 않는다. 내던져진 모든 존재에 대한 애틋한 마음, 비루하거나 말거나 완성을 향해 묵묵하게 걸음을 내딛고 있는 존재에게 보내는 경외의 마음일 것이다.

실존적 삶에 스미는 근원의 세계

– 윤병주, 『풋사과를 먹는 저녁』(현대시학사, 2020.)

윤병주 시인이 첫 시집 『바람의 상처를 당기다』(시와정신사, 2016.) 이후 두 번째 시집 『풋사과를 먹는 저녁』(현대시학사, 2020.)을 상재했다. 『바람의 상처를 당기다』는 생의 구경적 의미를 찾기 위한 시적 주체의 치열한 고투와 그것을 드러내는 시적 의장으로서의 비동일적 서정, '잔인한 서정'이 오래 기억에 남았던 시집이다. 4년여 만에 내놓은 『풋사과를 먹는 저녁』 또한 그 연장선에 놓여있는 듯하다. 시인은 부단히 실존의 고통을 응시하면서 그것의 의미를 고구하고 있기 때문이다. 첫 시집에서 시적 주체의 시선이 자아의 상처와 심연에 주로 머물고 있었다면 이 시집에서는 한 걸음 물러나 자아와 타자, 그들이 이루는 세계로 시선이 확장되었다는 점에서 차질적이다.

플라톤은 세계를 실재와 현상으로 이분화한다. 우리가 감각하는 현실은 가변적인 현상일 뿐이지 실재가 아니다. 영원불변하는 보편의 세계가 실재이며 플라톤은 이를 이데아라 부른다. 윤병주 시의 세계 또한 현실과 초월적 세계로 이분화되어 있다. 플라톤의 인식과 일치하는 것은 아니지만 어떠한 본질, 근원, 진리 등을 포지한 세계, 현실과는 분리되어 있는 초월적 세계를 상정하고 있다는 점에서 공통적이다. 가령 그의 시에서 '바다'가 표상하는 바가 그러하다.

바다의 수심을 기억할 수 없는 생선들은
짜디짠 태양을 지나온 소금에 몸이 채워진다
몸속에 해를 밀어 넣기 전엔
모든 생선은 물이거나 빛나는 순간을 가진 바다였다

햇살과 바람이 사라지기 전 청력을 잃은 생선들과
어판장 노인들은 거대한 해풍의 수온에
가파른 몸을 얻고 응축된 계절에 오른다

생선들은 오랫동안 햇살을 모아들인다
햇살을 찍어 누르면 조금씩 피어나는 소금의 흔적
노인의 시간은 그럴 때마다 라디오 소리처럼
소금물과 냉랭한 시선을 뿌려 주었고
바다를 기억하지 못하게 생선들의 귀에
소금을 덮어 주었다

항구에서 팔리는 것에 실패한 생선들은
다시 구름을 지나 소금의 간기 쪽에서
살을 저미고 있다

이제 남은 것은 살 속에 고여 있는 태양의
희미한 소금이 되는 발자국뿐

간기를 먹고 화석처럼 되어가고 있는 일
저 갑판 위 생선들은 바다를 떠나온 풍경들
이제 더 먼 세상을 떠돌고 돌아와야 한다
　—「소금길에 대하여」전문

　"모든 생선은 물이거나 빛나는 순간을 가진 바다였다." 그러나 '지금
여기'에서 '생선'은 바다와 분리되었을 뿐만 아니라 "바다의 수심을 기억
할 수 없"게 되었고 '청력'마저 잃었다. '물', '바다'가 근원, 초월적 세계의
표상이라면 '갑판', '항구', '어판장' 등은 현실 세계의 표상이다. '어판장
노인들'은 '생선'으로 하여금 "바다를 기억하지 못하게" 하는 역할을 하
고 '생선'은 "간기를 먹고 화석처럼 되어가고" 있다.
　'생선'이라는 명명에는 음식이라는 정체성이 내재되어 있다. 그것이
대상 자체의 고유한 가치가 아님은 물론이다. 실용적 본질이 인위적으로
주어진 것이다. "물이거나 빛나는 순간을 가진 바다"였던 존재가 팔리고
먹히기 위해 소금에 절여지고 전시되는 것이다. 그리고 현실은 존재로
하여금 스스로 빛나는 바다였음을 상기하지 못하도록 구동되고 있다. 이
는 인간의 현실 세계와 다르지 않다.
　사르트르에 따르면 인간은 실존이 본질에 앞서며 실존을 통해 스스로
본질을 만들어 가는 존재다. 그러나 영원으로부터 분리된 이후 인간 또
한 도구화되어 왔음은 자명한 사실이다. 시인은 "참 예의 없는 현실의 노
동들"이라며 "서로의 그림자를 밟고 살다가 짐을 얹을 힘이 없으면 / 빈
병처럼 버려지는"(「생의 그림자」) 현실을 애통해한 바 있다. "항구에서
팔리는 것에 실패한 생선"들이 "소금의 간기 쪽에서 살을 저미"게 되는
상황과 다르지 않다. 위 시는 바다와 항구, 생선의 관계를 통해 근원 내지

영원을 상실한 존재와 그 현실을 여실히 드러내고 있다는 점에서 의미가 있는 작품이다.

플라톤은 현실을 부정하며 이데아의 세계를 추구했고 이데아를 현실에서는 구현 불가능한 것으로 인식했다. 그에 의하면 현실 세계는 이데아의 조악한 모사에 불과하다. 인간은 태어나면서 이데아를 망각했고 삶의 의미란 이성을 통해 그것을 상기하는 것에서 찾을 수 있을 따름이다. 위 시에서 '바다'로 표상되는 세계 또한 인간이 상실한 원초의 세계, 근원의 세계라는 점에서 공통적이다. 그러나 윤병주는 현실을 부정하지도 또 초월적 세계를 관념 속에 가두어두지도 않는다.

가령 「젊은 날의 유산 아우에게」에서 보면 시인은 '아우'가 정해놓은 '높은 산'을 가지 않기로 했다고, "먼저 높은 산의 그림자를 밟고 사는 것을 이제 나는 믿지 않기로 했다"고 선언한다. "나는 오대산에서 자식도 얻었고 / 글 쓰는 것을 잘 이해하는 아내와 잘 살고 있"다고도 밝히고 있다. 여기에서 '높은 산'이란 물리적 공간이기도 하고 정신의 고도를 표상하는 것이기도 하겠다. 분명한 것은 평범한 일상과는 유리되어 있다는 사실이다. 시인은 이분화되어 있는 세계에서 일상의 삶 곧 현실을 택한 셈이다.

그렇다고 시인이 초월적 세계를 등한시하며 온전히 현실적 삶에 몰두하고 있다는 의미는 아니다. 그것은 어쩌면 시인으로 하여금 '바다'를 잊은 채 "간기를 먹고 화석처럼 되어가고 있는" '생선'을 환기하게 하는 일일지도 모른다. "봄 농사일이 한창인데 / 나는 몸이 아프고 밥맛이 씁쓸하다"(「산목련」)는 고백은 초월적 세계와 현실적 삶의 간극에서 길항하는 시인의 내면을 단적으로 보여준다.

산길을 돌고 돌아 돌제단 기도터를 지나는 저녁
산골짜기에서 사그러진 북극성이
산에 든 사람들의 머리 위를 지나면
사람들은 산속 연화장 세계로 온 것이라고 믿었다

까닭 없이 몸이 아프거나 얼굴에 핀 검은 반점과
폐를 다친 사람들은 이곳으로 찾아와 기도하고
희귀한 약초로 밥을 지어 먹으면 몸이 낫는다고 믿었다
누구나 가고 싶은 곳이지만
한번 그곳에 가면 시끄럽고 번잡한 세월 잊고
산 아랫마을로 돌아가고 싶지 않은 곳이다
산에 들어 기도하는 힘이 부족하여
문수보살을 보았다는 사람도 있다는데
눈개승마 핀 언덕에서 소 타는 꿈을 꾸면
심마니가 산삼을 점지받기도 한다는데

그래도 슬픈 나무들이 중생의 그림자를 지나서
한쪽으로 기울어진 북극성이 뜨지 않겠지만
하늘은 늘 인연에 기대고 사는 곳
지금은 심마니 약초꾼 석청꾼들이 한 계절을 살고 간다
　　　—「오대산 조갯골」전문

　　시인이 초월적 세계와 현실적 삶의 간극을 극복하는 방법 중 하나는
매개적 공간의 설정이다. 위 시의 '오대산 조갯골'과 같은 공간이 그것이
다. '오대산 조갯골'은 현실과 동떨어져 있으면서 또 동시에 현실에서 벗
어나 있는 공간이 아니다. '속세' 혹은 '산 아랫마을'과 거리화되어 있는

곳이면서도 "북대산에서 한나절 가야 겨우 갈 수 있는" 곳, 즉 실재하는 물리적 공간이기 때문이다.

'연화장 세계'에 비유되고 있는 것에서 알 수 있듯 '오대산 조갯골'은 평범한 장소가 아니다. 몸이 아픈 사람들이 찾아와 '기도'하는 곳이며 희귀한 약초와 산삼을 캐고 문수보살을 만나기도 하는 곳이다. "누구나 가고 싶은 곳이지만 / 한번 그곳에 가면 시끄럽고 번잡한 세월 잊고 / 산 아랫마을로 돌아가고 싶지 않은 곳"이기도 하다. '다람쥐 눈물 바위'(「오대산 – 다람쥐 눈물 바위」) 또한 동일한 의미망에 자리하는 공간이다. 그곳은 "사람들이 사람들 속에서 몸에 병을 얻으면" 기도하는 곳이고 "가슴에 주먹만 한 울음을 토해내며 / 미워했던 사람을 떠나보내기도" 하는 곳이다. "몸속 어디선가 버리지 못한 말과 / 꿈속에서 병이 된 몸을 물속에 두고 / 바라보며 머물 수 있는 곳"이기도 하다.

'오대산 조갯골'이나 '다람쥐 눈물 바위'는 치유와 정화의 신령한 공간이라는 점에서 공통적이다. 중요한 것은 이러한 공간들이 하늘과 인간, 초월적 세계와 현실 세계의 소통이 가능한 곳이라는 사실이다. "하늘은 늘 인연에 기대고 사는 곳"이라는 시구에서 이를 확인할 수 있다. 하늘과 인간의 관계라면 인간이 하늘에 기대어 산다는 것이 보편적 인식일 터이지만 이 시에서는 이를 전복하고 있다는 점도 주목할 만하다.

윤병주의 시에는 이 외에도 '홍천, 내면'(「홍천, 내면에서 하룻밤」), '안반데기'(「안반데기」) '산삼 자리'(「산삼 자리」) 등등 시원(始原)이나 정신의 고양과 긴밀하게 연결되는 공간들이 다수 등장한다는 특징이 있다. 이들은 '높은 산', 즉 시인이 가지 않기로 마음먹은 그 '높은 산'과 현실적 삶을 매개하는 기능을 한다. 시인의 초월적 세계에 대한 지향은 이처럼 맹목적이지도 관념적이지도 않은 것이다. 윤병주 시의 독특한 분위기와 긴장감은 바로 이 초월적 세계와 현실 세계의 길항 관계에서 비롯되는 것이 아닌가 한다.

지상의 날짜들을 잘못 짚고 떨어진 것은 아니었을 것이다
서둘러 잎을 떨군 나무들의 일정 때문일 것이다
기온을 잘못 읽은 어떤 충동들이
제 몸 안의 자각 없는 고행을 바라겠는가
고행의 날을 단맛으로 숙성시키고 싶지 않았을까

지금은 풋내 나는 불온한 계절을 건너가고 있는 저녁
태양의 궤도를 착각한 사과를 먹고 있다
나는 가끔 단맛을 채우지 못하고 빛을 투과해
명중할 수 없는 빛의 자각을 채우지 못한 것들이
궁금해지는 저녁이 있다

나무와 햇살과 바람이 단맛을 채우며 뒤척이던 밤을
시큼한 맛이 고이는 궤도의 시간으로 걸어가 보고 싶기도 했다

양분을 놓칠 수 없는 안간힘을 다했던 꼭지를
더 붙잡았던 힘을, 열매는 수차례 들어가 보기도 했을 터
허나, 떨어진 것들의 궁핍한 맛들은
어느 계절의 바람에 단맛이 말소되었던 경계지점일까

사과 껍질을 벗기면 고스란히 드러날 것 같은 빛이,
빗나간 각도의 맛이 시큼한 저녁
지붕이 끝난 맛을 별빛 속에 끌어들인다

이 시의 소재는 '풋사과'다. 풋사과는 '단맛을 채우지 못한' 덜 익은 것으로 불완전한 존재를 표상한다. 바다를 망각한 '생선'과 같이 인간은 영원을 상실하고 결핍을 내재한 불온한 존재다. 시적 주체가 "지금은 풋내 나는 불온한 계절을 건너가고 있는 저녁"이라고 현실을 언표한 까닭이다. 현실 세계가 '풋내 나는 불온한 계절'인 셈이다.

"나무와 햇살과 바람이 단맛을 채우며 뒤척이던 밤"이나 "시큼한 맛이 고이는 궤도의 시간"이란 타자와의 관계로 이루어지는 삶의 과정, 완결성이 유보된 생의 어느 지점을 의미화 한 것이다. '나무', '햇살', '바람'은 '열매' 자신과 함께 단맛을 만들어갈 주요 요소로, '타자'의 표상이다. 시인 자신이기도 한 시적 주체는 이 불완전한 존재와 불온한 현실에 천착하고 있는 것이다. 인간은 에덴동산에서 추방당한 존재, 세계에 내던져진 존재다. 이미 '지불'이 끝났고 "떨어진 것들의 궁핍한 맛"은 돌이킬 수 없는 것이 되었지만 "양분을 놓칠 수 없는 안간힘", "더 붙잡았던 힘", "단맛이 말소되었던 경계지점" 등 시인은 떨어지기 전 세계에 관심이 많다.

위 시는 이 시집의 표제작이다. 표제작은 예사롭게 읽히지 않는 법이다. 시집을 관류하는 시의식이랄까 혹은 그것과의 관계성을 짚어보게 되기 때문이다. 표제작이라고 해서 모두가 그런 것은 아니지만 「풋사과를 먹는 저녁」은 초월적 세계와 현세계의 길항 관계에서 의미를 추구하는 시인의 정신사적 맥락을 잘 보여주는 시로서 의미를 획득하고 있다.

가장 낮은 바닥까지 가서

사랑이 지나간 줄도 모르고 웃음으로
서로를 보내줄 수 있어서 다행이다
욕망을 품고 가는 것이 죄다
수천 가지 환상과 물거품이 꺼질 때까지

거짓 사랑을 덮어 줄 진실이 서로 필요했는지
바닥에 엎질러진 물처럼 혹은 착한 사람처럼
사랑을 증명할 숭고한 결말은 없고
불안한 과정만 남은 그런 관계
여전히 거품으로 가득한 욕망과
불행했던 시간을 소중한 날이라고 믿어본다

일그러진 별들이 어둠에 잠기고
수많은 비극이 우리 사이에 놓였는데도
단순한 세상 법으로는 인연이라고 한다
불길한 빛을 내며 일어나는 거품 같은 현상을
허허로운 환영에서 그대의 배후가 되어
결박을 풀지 못한 채 세월은 가고 있는데
구름처럼 높아진 그대 곁에 가기 위해서는
몇 상자의 슬픈 예감이 필요하다
밤하늘의 구름을 터트릴 압정들이
더는 참아내지 못하고 나처럼 일어서는데
부디 꿈이 건너간 거품 같은 낮이 아니기를
그대의 아픈 상처도 더는 덧나지 않기를
　　—「구름의 실루엣 2」 전문

위 시의 시적 소재는 사랑 혹은 이별이다. 그러나 흔히 사랑이나 이별, 하면 떠올릴 법한 상황이나 정서를 이 시에서는 찾아볼 수 없다. 사랑은 사랑이되 '거짓 사랑'이고 사랑이 이미 지나갔지만 사랑의 대상은 그것을 모르고 "웃음으로 서로를 보내"주고 있는 상황이기 때문이다. 시적 주체가 파악하고 있는 이 사랑의 실체는 '욕망'이고 '수천 가지 환상과 물거품'일 뿐이다. '불행했던 시간', '일그러진 별', '수많은 비극' 등 사랑의 관계를 수식하는 언표는 부정적이기만 하다. 이들의 관계는 '밤'의 '어둠'에 잠겨 있다.

중요한 것은 이러한 사랑이나 사랑의 관계가 있는 그대로 수용되지 않는다는 사실이다. "거짓 사랑을 덮어 줄 진실"을 찾아 사랑을 증명하려하고 "불행했던 시간을 소중한 날이라고 믿"고자 한다. "불안한 과정만 남은 그런 관계"는 '인연'이라는 말로 단순화시킨다. 이러한 사랑의 주체들은 '거짓 사랑'의 "결박을 풀지 못한 채 세월"만 보내고 있다. 시적 주체는 "더는 참아내지 못하고" 일어선다. 사랑이 깨지는 것은 어떤 형태로든 상처를 남긴다. 시적 주체는 상대의 '아픈 상처가 덧나지 않기'를 기원한다. 그렇다면 사랑을 깨고 난 뒤의 상황은 진실에 가까울까. 확신할 수 없지만 시적 주체는 그러하기를 바란다. "부디 꿈이 건너간 거품 같은 낮이 아니기를" 염원하는 마음이 그것이다.

이 시에서 '구름'은, 부풀기만 했지 알맹이는 없는 '거품'과 등가의 관계에 놓인다. 사랑의 형상은 바로 이 '구름의 실루엣'이 되는 셈이다. 시적 감동을 고려한다면 사랑을 배음으로 깔고 그 위에 이별의 슬픔이나 그리움의 정서를 발현시키는 것이 일반적인 구도일 것이다. 그러나 시인은 사랑 그 자체를 회의한다. "가장 낮은 바닥"까지 내려가서 사랑이라는 이름 아래 가리어진 욕망, 환상, 거짓 감정 등등 불편한 사실들을 시인은 언표화하고야 만다.

윤병주의 시에서는 이처럼 대상에 대한 객관적 시선, 아니 냉정하고 비정하리만치 대상과의 거리를 확보하고자 하는 시인의 의지를 느낄 수 있다. 직관성 또한 윤병주의 시적 특징 중 하나이다. 그의 시에서는 선취하고 있는 이미지에 가까워지기 위해 다듬어지거나 매만져지지 않는다는 느낌을 받는다. 갓 떼어낸 원석 혹은 화장하지 않은 민낯을 보는 듯하달까. 이는 매끄럽게 읽히지 않는다는 의미도 될 수 있다. 그러나 그것은 직관적 인식, 이미지 등을 오염시키지 않겠다는, 대상의 원초적인 모습에 육박해 들어가고자 하는 의지에 의해 압도된다. 진실에 대한 희구, 진실에 근접하려는 의지와 동일한 맥락이라 할 수 있다.

플라톤의 이데아가 순정한 이성을 통해 상기하는 것이라면 윤병주의 초월적 세계에 근접하는 방법은 진실과의 대면이다. 바다를 망각한 '생선'으로 표상되는 자아와 타자, 이들이 이루는 관계의 진실에 시인이 천착하고 있는 까닭이 바로 여기에 있다. 영원, 근원, 진리 등등 본래 초월적 세계는 관념의 영역에 속하는 것들이다. 윤병주의 그것 또한 예외일 수 없다. 그러나 윤병주는 그것을 실존의 장으로 끌어들인다. 시원을 환기하게 하고 정화와 정신적 고양을 가능하게 하는 매개적 공간이 그러하고 불완전한 존재의 '궁핍한 맛'에 대한 부단한 탐구가 그러하다. 결코 조응할 수 없는 세계가 윤병주의 시에서는 마주치고 비껴가고…, 중요한 것은 끊임없이 시도되고 있다는 사실이다. 현실에의 기투가 초월적 세계로의 지향이 되는 구도, 윤병주의 시 쓰기가 의미가 있는 것은 이러한 불가능성에 대한 가능성을 함의하고 있기 때문이 아닌가 한다.

『풋사과를 먹는 저녁』에는 유난히 '푸른'이라는 수식어가 많다. 서정적 자아가 '때늦은 저녁'을 먹는 일도 잦다. 시집을 덮으면 청청한 고독이 느껴지는 까닭이 혹시 이 때문일까. 시인은 오늘도 '푸른' 상처를 더듬으며 '때늦은 저녁'을 먹고 있을지 궁금하다.

'목포'를 가로지르는 공동체적 감수성

– 최기종, 『목포, 에말이요』(푸른 사상, 2021.)

최기종 시인이 『목포, 에말이요』(푸른 사상, 2021.)라는 독특한 제목의 시집을 상재했다. "에말이요"란 "내 말 좀 들어보라"(「에말이요~」)는 뜻의 목포 방언이다. 제목대로라면 '목포, 내 말 좀 들어보라', 곧 '목포'에 말을 거는 형식이 되는 셈이다. 제목에서도 드러나거니와 시집을 읽어보면 왜 최기종을 '목포의 시인'이라 부르는지 알게 된다. 시집 속에는 목포의 항구, 골목, 동네, 샘, 섬, 산 등과 같은 온갖 장소가 펼쳐진다. 시인은 이 장소성 자체에도 큰 의미를 두고 있지만 그곳에서 흐르는 시간, 이루어진 절실한 생들, 나아가 그것들이 구축해온 목포의 역사와 문화에 이르기까지 어느 하나 소홀히 넘기는 법이 없다. 뿐만 아니라 〈시인의 말〉에서부터 거의 모든 시가 방언으로 이루어져 있다.

시인에 따르면 그가 이토록 목포에 애착을 보이는 까닭은 '목포에서 살아온 세월' 때문이다. '세월'에는 36년이라는 시간과 '6월 항쟁', '전교조 해직과 복직', 다양한 교육운동, 시민운동 등 탈일상적 경험들이 축적되어 있다. 이것이 시인에게 있어 목포가 물리적 '공간'이 아닌, 주체의 경험과 기억이 포지되어 있는 '장소'로 인식되는 까닭이다. 그런데 시인은 아직도 "목포는 생소하기만 하다"고, 그 까닭은 "목포에서 태어나서 자라지 않았기 때문"이라고 밝히고 있다. 물론 이를 단순히 목포에서 학창 시절을 보내지 못한 아쉬움의 표현으로 볼 수도 있다. 그러나 그의 시를 꼼꼼히 읽어보면 시인에게는 근원적 합일에 대한 강한 욕망이 내재되어 있음을 알 수 있다.

'근원'이란 인간이 자연으로부터 분리되기 이전의 유대와 합일의 시공간이다. 이 시공간에서 존재는 전일적이고 고유한 주체로서 타자와 관계를 맺게 된다. 인간은 모체와의 합일이 가능했던 시공간에 대한 선험적 기억을 간직하고 있다. 어쩌면 인간의 탄생이란 모체로부터의 독립이자 동시에 낙원으로부터의 추방을 의미하는 것인지도 모른다. 동일한 맥락에서 인간의 성장은 낙원으로부터의 거리화라 할 수 있다. 인간은 세계에 내던져진 존재이며 인간의 채워질 수 없는 욕망은 바로, 다시는 돌아갈 수 없는 이 충만함의 시공간으로부터 비롯되는 것일 터이다. 인류 사회의 발전 내지 진보 또한 진행될수록 근원의 세계와 멀어진다는 점에서 인간 성장의 패러다임과 등가의 관계에 놓인다. 근대 이후 인간은 전일적 존재로서의 가치를 잃어버린 채 끊임없이 파편화, 도구화의 길을 걸어온 것이다.

최기종의 시에서 '목포'는 이 근원적 세계의 메타포이자 이를 회복하고 지키기 위한 투쟁의 장으로 의미화된다.

　　유달산 둘레길에
　　어민동산 지나서
　　코끼리바위를 끼고 돌면 거기

버려진 우물이 하나 있어

옛날에는
봉후 사람들 북적북적
물도 긷고 빨래도 허고 푸새도 씻었지
아짐들 모여서 애기꽃도 피웠는디
지금은 마을이 없어지고
걷는 사람들 쉼터야

그 우물 속 들여다보면
구름이 비치고 별이 뜨고 새가 날고
거기 내 그림자도 어리는디
'아' 하고 소리치면 저도 따라서 허고
두레박 내려 물 퍼 올리면
봉후 사람들 찰방찰방 깨어나는디

낙조대 오르면서 생각혔어
우물이란 사라지는 것이 아니라
영원을 사는 거라고
아무리 퍼내도 솟아나는 징험이라고
봉후 사람들 예나 지금이나
목 축여주고 땀 씻어주고
오가는 사람들 발소리로 항상 하는 거였어
　　　　　　　　　　　　─「봉후샘」 전문

　이 시의 시적 대상은 '우물'이다. '우물'은 '봉후 사람들'의 공동체성이 담보되는 공간이라는 점에서 근원의 세계로 의미화할 수 있을 것이다. 그런데 이 '우물'은 '버려진 우물'이다. "마을이 없어"졌기 때문이다. '북적북적'하던 '봉후 사람들'도, '얘기꽃을 피우던 아짐들'도 이제 더는 존재하지 않는다. 마을이 사라진 까닭이 드러나 있지 않지만 공동체가 와해되었다는 점에서 근원적 세계의 상실이라 할 수 있을 것이다.

그런데 시적 주체는 '버려진 우물' 안에서 대상과의 동화를 경험한다. '구름'과 '별', '새'와 어우러지는 '내 그림자'가 그러하며 소리의 반향 또한 그러하다. 두레박으로 퍼 올린 물에서는 "봉후 사람들 찰방찰방 깨어"난다. 시적 주체는 이를 통해 "우물이란 사라지는 것이 아니라 / 영원을 사는 거라고 / 아무리 퍼내도 솟아나는 징험"이라는 인식에 도달하게 된다. '우물'로 표상되는 근원의 세계가 영원히 사라진 것이 아니라면 그것을 상기하고 복원하는 것은 인간 주체의 몫일 터다.

최기종의 『목포, 에말이요』가 의미를 획득하고 있는 까닭이 바로 여기에 있다. 근원의 세계를 찾고 그것에 이르는 길을 끊임없이 탐구하고 있기 때문이다. 그 여정을 잘 드러내보여주고 있는 시가 「화도(花島)」이다.

　　화도 가는 길을 물으니
　　앞서가는 벌 나비 따라가라고 했다
　　그게 가장 손쉬운 방법이라며
　　그렇게 훌훌 가다 보면 거기가 화도라고 했다
　　그런데 그렇게 꽃길을 가다가 길을 잃었다
　　꼬리에 꼬리를 물던 벌 나비는 보이지 않고
　　방축에 바닷물만 차오르고 있었다

화도 가는 길을 물으니
밀물이 나고 썰물이 들어야 한다고 했다
객선이나 어선은 번잡하다고
물때가 바뀔 때까지 느긋하게 기다리면
바다가 갈라지고 쭉 뻗은 노두가 나온다고 했다
그런데 꽃길에서 해찰하다가 물때를 놓쳤다
개미기 잔치에 떠들고 환호하다 보니
어느새 노두길 사라진 것이다
화도 가는 길을 물으니
여기가 거기라고 내 살던 곳이 화도라고 했다
물어물어 찾지도 말고 걷고 걸어 닫지도 말라고
꾸린 짐 홀홀 내려놓으면
신기루처럼 길이 열리고
꽃 피고 새 우는 화도에 닫는다고 했다

그에게 가는 길은 치열하지도 않았다
그에게 가는 길은 성급하지도 않았다
느리게 천천히 쉬엄쉬엄 걷다 보면
벌 나비 꼬리에 꼬리를 물고 따라오고
불모의 바위섬에도 해당화 피어난다고 했다
　　　　　—「화도(花島)」 전문

　「봉후샘」이 지금은 사라진 세계를 환기하는 것이었다면 위 시는 현실에서 이상향의 세계를 찾아가는 구도를 취하고 있다. '화도'가 그것이다. "꽃 피고 새 우는 화도"는 평화롭고 아름다운 근원의 세계를 표상한다. 시적 주체는 "화도 가는 길"을 끊임없이 묻고 있다. 누군가는 "앞서가는 벌 나비 따라가라고"도 하고 또 누군가는 "물때가 바뀔 때까지 느긋하게 기다리"라고도 했다. 이런 구체적인 방법을 들었음에도 시적 주체는 번번이 길을 잃거나 물때를 놓치고 만다. 그런데 "물어물어" 화도를 찾아다니고 있는 시적 주체는 "여기가 거기라고 내 살던 곳이 화도"라는 말을 듣게 된다. 그뿐인가. "그에게 가는 길은 치열하지도 않"고, 또 '성급할' 필요도 없다. 그저 "꾸린 짐 훌훌 내려놓"고 "느리게 천천히 쉬엄쉬엄" 걸으면 된다.

트리나 플러스의 『꽃들에게 희망을』에는 하늘 높이 솟은 커다란 기둥이 등장한다. 그것은 애벌레 무더기이다. 애벌레들은 꼭대기에 무엇이 있는지 알지 못하지만, 열심히 위만 바라보며 다른 애벌레의 머리를 밟고 기어오른다. 모두가 욕망하는 자리이기 때문이다. 꼭대기에는 아무것도 없다. 그러나 오른 자만이 알 수 있다. 아무것도 없음을 알게 되었어도 오른 자는 내려갈 생각이 없다. 그 까닭 역시 모두가 욕망하는 자리이기 때문이다. 주인공 애벌레도 삶의 정체성에 대한 궁금증을 안고 애벌레 기둥을 기어오르지만 결국 내려와 고치를 만들고 나비가 된다.

그들이 그토록 원하던 것은 과연 무엇이었을까. 하늘 꼭대기에 이르는 것이라면 그것은 다른 애벌레의 머리를 밟고 기어오르는 것이 아니라 날아서 가야 하는 것이었다. 그러나 꼭대기에는 아무것도 없다지 않은가. 결국 가치는 꼭대기라는 장소가 아니라 존재의 변이에 있었던 것이다. 애벌레에서 나비로의 변이, 기는 존재에서 나는 존재로의 변이 말이다. 나비에게는 꼭대기가 큰 의미가 없다. 그가 날고 앉는 어느 곳이든 좋은 곳, 이 시의 '화도'와 같은 곳일 터다. 그가 지닌 날개, 자유롭게 날고 있는 삶 자체가 궁극적 가치이자 의미였던 셈이다. 위 시의 시적 주체 또한 물어물어 이상의 세계를 찾고 있지만 결국 '화도'는 주체와 떨어져 있는 것이 아니라는 것, 주체가 발을 딛고 서 있는 지금 여기에서 구현될 수 있다는 것을 보여 주고 있다.

「봉후샘」이나 「화도(花島)」를 통해 시인의 근원의 세계에 대한 인식을 간취해볼 수 있다. 그것은 지금 여기에는 부재하는 시공간이나 영원히 사라진 것은 아니며 여기저기 치열하게 찾아다닌다고 해서 찾아지는 것이 아니다. 시인이 생각하는 그것은 어떤 특정한 시공간, 물리적이거나 초월적인 시공간이 아니다. 그것은 바로 주체의 삶에 대한 태도, 아니 삶 그 자체다. 애벌레의 삶과 나비의 삶이 극명한 차이를 보이듯 어떻게 사느냐에 따라 지금 여기를 근원에 근접한 세계로 만들 수도 있고, 또 그것을 상실한 파편화된 세계로 만들 수도 있는 것이다.

그렇다면 어떻게 살아야 하는 것일까. 이를 단선적으로 밝히는 것은 어려운 일이나 분명한 것은 공동체적 감수성이 필요하다는 사실이다. '화도'라는 세계는 나비 하나로 이루어질 수 있는 세계가 아니다. 꽃이 만발한 세계를 이루기 위해서는 더 많은 나비가 필요하다. 최기종 시인이 이 시집에서 광범위한 스펙트럼을 통해 드러내고 있는 것은 바로 이 공동체적 감수성이다.

어젯밤, 아픈 사람한테서 전화가 왔다. 태풍으로 땅이 열려서 상사화가 죽순처럼 돋아났다고 고사리처럼 피어났다고 그런데 곧 진다고 내일 만나자고 했다. 아침에 일어나서 전화했더니 그걸 기억하지 못하고 딴소리다. 뜬금없이 시가 뭐냐고 물어온다. 나야, 말문이 막혀서 그게 뭐냐고 되물었더니 '인정머리'라고 했다. 그것 없으면 시도 뭣도 아니라고 했다. '아, 시가 사람을 감싸는 것이구나.' 이런 생각이 들면서 뒤가 켕겼다. 이제까지 그가 귀찮아서 거리만 두었다. 오늘은 시가 되어서 자리 깔아놓고 들어주기로 했다. 길게 들어주는 게 시였다.
　　―「이런 시」 전문

　잘 알려져 있듯 이성의 영역에서 벗어난 사람, 넓은 의미에서의 광인
이 처음부터 '아픈 사람', 즉 환자는 아니었다. 푸코에 따르면 광인은 오
랜 시간에 걸쳐 권력 계급에 이익이 되는 방향으로 그 정체성이 달라졌
다. 초기에는 광인이 초월적 세계의 언어를 운위하는 영험한 존재로 인
식되었지만 이성 중심의 사회로 나아가면서 부랑자, 이교도 등과 함께
비이성적, 비정상적 존재로 격리되어야 했다. 경제적 활동이 중요한 시
대에 이르러서 광인은 치료의 대상이 되었다.
　이 시의 '아픈 사람' 또한 이성의 영역에서 이탈한 사람으로서의 환자
이다. 현실과는 거리가 먼 이야기를 하고 다음 날에는 기억조차 하지 못
하기 때문이다. 그러나 이 시에서 '아픈 사람'은 타자화된 광인과는 차질
적이다. 시적 주체로 하여금 새로운 인식에 이르게 하고 자신을 성찰하
게 하고 있기 때문이다. 이러한 맥락에서 이 시는, 이성과 비이성, 중심과
주변이 분리되기 이전의 세계, 근원의 세계를 환기하게 한다. 이 세계는
어떠한 이유로든 어느 한쪽이 중심이 되어 다른 한쪽을 타자화시키는 세
계가 아니며 통합과 유대의 공동체적 시공간이다. "부지깽이가 춤추고
/ 시앙쥐가 들락날락 콧노래 부르"는 세계(「고향집에서」), "팔푼이도 칠
푼이도 못난 것이 아"닌 세계(「가을에」)이다. 중요한 것은 시인에게 '시'
란 '인정머리' 즉 공동체적 감수성과 분리될 수 없는 것이라는 사실이다.
나아가 '시'는 "사람을 감싸는" 행위이자 그러한 존재 자체로 의미화되고
있다.
　『목포, 에말이요』는 4부로 구성되어 있다. 대체로 1부에는 목포의 공

간, 사람, 말 등 목포에 관한 시가, 2부에는 고향과 가족에 관한 시가 수록
되어 있다. 3부에는 자연과 환경에 관한 시가, 4부에는 목포의 음식, 역
사, 민중의식 등을 그린 시가 모여 있다. 서정성이 강한 시에서 사회 참여
적인 시에 이르기까지, 압축과 긴장미가 돋보이는 시에서 구호에 가까운
시에 이르기까지 최기종의 시세계는 그 스펙트럼이 상당히 넓은 편이다.
그러나 서정적 동일성을 구현하는 시이든, 부당한 억압에 항거하는 투쟁
을 그린 시이든 근원적 세계, 내지 공동체성에 관한 지향을 배태하고 있
다는 점에 있어서는 공통적이다.

특히 참여적인 시의 경우, 마치 기억하기 위해 기록하는 듯 사건을 매
우 구체적으로 진술하고 있다는 특징이 있다. 「귀항」에서 침몰한 세월호
가 항구로 돌아온 날을 '2017년 3월 31일, 금요일'로 명시한다든가, 목포
시민의 항쟁의 역사를 육하원칙에 따라 구체적으로 기술하고 있는 것 등
이 바로 그러하다. 이는 시의 의미에 대한 시인의 의식에서 비롯되는 것
으로 보인다. 시인에게 시는, 그리고 시를 쓴다는 것은 '사람들을 감싸는
것'이자 그러한 공동체적 사회를 만들어가기 위한 참여적 행위 자체이기
때문이다. 이러한 시인의 의지를 잘 드러내고 있는 시가 「일등바위」이다.

유달산에 올라서
다도해 섬들을 보면
내가 하늘 아래 우뚝허네
속세에서 벗어나서 자유이고자 허네

흐린 날에는 숨어들고
맑은 날에는 제 빛깔을 드러내는

날씨에 민감한 섬들을 보면
내가 두렷한 위안이고자 허네

바닷속 깊이 뿌리를 내리고
우러러 환호하는 섬들을 보면
내가 오케스트라 지휘자이고자 허네
내가 천군을 이끌고 북방으로 나르샤 허네

오늘도 유달산에 올라서
크거나 작거나 높거나 낮거나
저마다 알맞은 섬들을 보면
내가 깃발이고자 허네
내가 외로움이고자 허네
　　—「일등바위」전문

　제목에서 드러나는 바와 같이 위 시의 화자는 '일등바위'이다. '일등바위'는 유달산 꼭대기에 있는 것으로, 이를 의인화함으로써 시인의 진취적인 기상과 능동적인 태도, 강한 의지를 잘 표현하고 있다. "내가 하늘 아래 우뚝허네", "오케스트라 지휘자이고자 허네", "천군을 이끌고 북방으로 나르샤 허네" 등과 같은 시구에서 이를 확인할 수 있다. 이 시에서도 시인의 공동체적 감수성이 감각된다. "크거나 작거나 높거나 낮거나 / 저마다 알맞은 섬"이 그러한데 이는 공동체적 사회를 환기하게 한다. 개별적 존재가 저마다의 고유한 가치를 인정받고 서로에게 '두렷한 위안'이 될 수 있는 사회가 바로 공동체적 사회이기 때문이다.
　최기종의 시에서 과거는 영원히 사라진 시간이 아니며 역사는 과거의 죽은 자료가 아니다. 시적 주체의 인식과 행위를 통해 근원의 세계는 지금 여기의 현실에서 구현되고 역사적 진실은 그것의 든든한 디딤돌로 작용한다. 시인이 그의 시에서 부당한 억압에 항거하며 "죽어도 같이 죽고 살아도 같이 살자"(「암태도 소작쟁의」)는 민중들의 의식을 부단히 되새기는 것은 "밀려난 사람들이 새로이 돌아오고 / 밀려난 거리들이 새로이 생겨나고 / 밀려난 파도들이 새로이 밀려오고 / 밀려난 역사들이 새로이 피어"(「목포 옛길」)난다는 것을 굳건히 믿고 있기 때문이다.

이러한 믿음이 시인의 의지를 추동하는 강한 힘으로 작용할 것임은 자명하다. 시인은 오늘도 스스로가 "자유이고자", "깃발이고자", "외로움이고자" 부지런히 '목포 옛길'을 거닐며 사람을 읽고 시를 쓰고 있을 것이다.

아폴론적 세계에 이르는 자아 고양의 여정

- 전의수, 『하얀 철부지』(이든북, 2021.)

전의수 작가가 수필집 『하얀 철부지』를 상재했다. 전의수 작가는 2012년 시로 등단하고 2016년 수필로도 등단한 시인이자 수필 작가이다. 시 산문집 『사막을 지나온 발자국』과 시집 『홍시 얼굴』, 『오늘』을 출간한 바 있다. 시 · 산문집을 발간한 바 있지만, 온전한 수필집으로는 『하얀 철부지』가 첫 작품집인 셈이다.

수필은 삶의 기록이다. 문학은 장르를 불문하고 넓은 범위에서 모두 삶의 기록이라 할 수 있을 것이다. 그러나 그중에서도 특히 작품 속 화자가 작가 자신으로 인식되는 수필의 경우 이러한 테제에 가장 근접한 장르로 볼 수 있을 것이다. '글은 곧 그 사람'이라는 말도 동일한 맥락에서 수필에 가장 가까운 언표가 아닐까 한다. 시보다는 산문이, 소설보다는 수필이 작가를 적나라하게 드러내게 되기 때문이다. 따라서 수필에는 여타의 문학 장르와는 다른 감상의 층위가 따르게 된다. 그것은 바로 작가 자신, 혹은 작가의 삶인 까닭이다.

수필집의 경우 문장, 구성, 내용 등의 아름다움도 중요하지만 이를 통

4부 본연의 자아와 실존 **319**

해 드러나는 작가의 삶, 곧 그의 신념, 사유, 인격, 사랑 등의 깊이가 미의 기저로 작용하게 된다. 또한 그러한 글이 작가의 삶과 이반될 경우 감동을 담보하기 어려운 것이 수필 장르의 속성이라 할 수 있겠다.

전의수 작가의 작품집 또한 예외가 아니다. 시집을 두 권이나 낸 시인이기에 적절한 비유와 수사적 표현 등 밑줄을 긋게 되는 문장도 많지만 수필집을 덮고 나면 잔상처럼 오래 남는 것은 작가의 삶에 대한 진지한 태도이다. 하이데거의 말처럼 인간은 자신의 의지와는 상관없이 세계에 내던져진 존재이다. 그 세계에서 타자와의 관계를 통해 새로운 세계를 열어가는 것이 인간의 삶일 터이다. 선택의 여지없이 주어진 세계, 그 선험적 세계에 응전하는 작가의 실천적 자세에 주목할 필요가 있다.

1.

니체는 예술의 발전이 아폴론형과 디오니소스형의 투쟁 과정 속에서 이루어진다고 했다. 잘 알려져 있듯 그리스 신화에서 아폴론은 태양의 신으로 질서와 이성을 관장한다. 디오니소스는 술의 신으로 비질서, 본능을 대표한다. 법, 질서, 논리, 절제, 이성, 조화 등이 아폴론적인 것이라면 혼돈, 영감, 격정, 본능, 황홀경 등이 디오니소스적인 것이다. 아폴론적인 것과 디오니소스적인 것의 대립에서 한쪽이 상승하게 되고 어느 시기가 되면 반대급부로서의 다른 한쪽이 상승하게 되는, 이러한 진행의 반복이 예술의 발전과정이라는 것이다.

이러한 구도가 예술에만 적용되는 것은 아닐 터이다. 인간의 삶이나 자아의 개성 또한 양자의 조화에 따라 달라지는 것은 자명한 이치이다. 아폴론적인 것이 지나치게 강조되면 자유로운 창조성을 잃게 되고 디오니소스적인 것이 조절되지 않는다면 사회에서 용인하기 어려운 타락으로 빠질 가능성이 있다. 둘의 조화가 사회적 존재로서의 자아와 긴밀하게 연결되고 있는 셈이다.

이런 시대적 토양 위에서 성장한 내 생각들은 그것들의 테두리에서 맴돌 수밖에 없었던 것 같다. 부지런하고 성실해야 했고 업무처리는 신속해야 했으며 청렴해야 했다. 자수성가를 한 사람이라는 지칭을 받는 고급공무원이 된 이후로는 내면의 그 틀에 더더욱 엄격해야 하였다. 자칫 실수로 힘겹게 일군 나름의 정체성을 잃을 수는 없다는 생각이 그 틀을 더 좁게 고착시켜 놓지 않았나 싶다. 마치 우물 안 개구리처럼 말이다.
　—「세상을 보는 시력」에서

전의수 작가의 글은 굳이 분류하자면 아폴론형에 속한다고 하겠다. 그의 언어는 정제되어 있으며 내용은 윤리적 삶과 사회의 안녕과 질서, 자연 섭리에 대한 통찰 등에 경도되어 있기 때문이다. 그 까닭을 위 글에서 간취해볼 수 있다. '시대적 토양'과 '공무원'이라는 사회적 위치로 인해 '근면', '성실', '신속', '청렴', '엄격' 등등이 작가 생각과 내면의 틀을 규정하는 속성이 된 것이다. 작가는 이러한 자아를 '우물 안 개구리'에 비유하고 있다.

그의 작품을 꼼꼼히 읽어 보면 작가는 끊임없이 자신을 돌아보고 진단하며 현재의 자아를 초월할 대안을 고민하고 실천하고자 한다. 그러므로 그의 작품 경향이나 작가 의식 또한 직업적 특징이라는 단선적인 원인으로 설명할 수 없다. 그것은 보다 길고 지난한 작가의 노력에 의한 결과임을 알게 된다.

2.

아폴론적인 것은 정신분석학의 '아버지의 세계'를 떠올리게 한다. 문학이나 정신분석학에서 아버지는 이성, 질서, 규율의 표상이기 때문이다. 인간의 탄생은 한 몸이었던 어머니와의 물리적 분리를 의미한다. 그 상실과 결핍을 내면화한 채 질서와 규율의 세계로 진입하는 것이 인간의 사회화 과정이라 할 수 있을 것이다. 어머니와의 합일에 대한 욕망은 본능의 영역에 해당한다. 어머니와의 합일에 대한 불가능성을 수용하고 아버지와의 동일화를 시도하는 것이 소위 오이디푸스 콤플렉스의 극복을 통한 주체의 형성 과정이 되는 것이다.

인간의 사회화란 거칠게 말하면 본능, 무의식적인 것을 이성을 통해 통제하면서 양자의 조화를 추구하는 과정으로 정의할 수 있다. 이는 아폴론적인 것과 디오니소스적인 것의 관계와 무관한 것이 아니다. 중요한 것은 무의식과 의식의 경계에서 자아의 주체 형성에 관계하는 타자로서의 '아버지'의 역할이다. 본능에 해당하는 어머니와의 합일 관계를 파기하고 최초의 타자라 할 수 있는 아버지와의 관계를 정립하는 것은 곧 타자의 집단인 사회와의 그것과 등가에 놓이는 것이라 할 수 있다. 전의수 작가의 경우 이러한 아버지의 자리는 부재였다. 「쉬」라는 작품에서 아버지의 부재에 대한 작가의 심정을 간취해볼 수 있다.

> 내게 가장 크게 다가오는 것은 '아버지'라는 단어다. 너무 어린 나이에 아버지를 여의다 보니, 평생 아버지라는 호칭을 잃어버렸기 때문이다. 시 중에 나오는 아들은 예순이 넘게까지 아흔을 넘긴 아버지를 수발하였단다. 고령의 부모님을 섬기는 일은 얼마나 힘겨운 것인가. 겪어 보지 않은 사람들은 모를 어려운 일임이 분명하다. 하지만 아버지가 기억에 없는 내

겐 그마저도 한없이 부럽게 여겨졌다. 그 '아버지'라는 호칭, 수백 번 소리
쳐 불러 보고 싶어진다.
　　—「쉬」에서

　위 글은 문인수 시인의 '쉬'라는 시를 읽고 난 후의 단상을 쓴 작품이
다. 작가는 "평생 아버지라는 호칭을 잃어버렸다"고 고백하고 있다. 너무
어린 나이에 아버지를 여의었던 까닭에 불러 볼 기회가 없었음을 의미하
는 것이다. 예순 넘은 아들이 아흔 넘은 아버지를 수발하는 것이 부럽게
여겨질 정도로 작가의 아버지에 대한 결핍감은 큰 것이라 할 수 있겠다.
　본능적 관계인 '어머니와'의 합일을 파기하면서 동일화해야 할 대상이
자 타자의 표상이 '아버지'이다. 그러므로 인간이 성숙하고 사회적 존재
로 나아가는 데 무의식적 과정으로서의 아버지의 자리, 아버지의 역할
은 매우 중요하다. 소설 「날개」, 시 「오감도」의 작가 이상은 잘 알려진 대
로 초현실주의적인 작품을 썼다. 난해, 언어유희, 통사 질서의 파괴 등이
이상 작품의 특징이다. 작품뿐 아니라 삶에서도 일반적이지 않은 행보를
보였다.
　이상은 동일화해야 할 대상, 즉 아버지가 많았던 경우에 해당한다. 어
릴 때 큰아버지의 양자로 들어갔기 때문이다. 친아버지와 큰아버지에 할
아버지까지, 많은 동일화의 대상이 이상에게는 혼란만 줄 뿐 결국 어느
하나도 제대로 된 동일화의 대상이 되지 못했다. 이상의 작품이나 삶이
기존 질서를 파기하는 방향으로 나아가는 양상을, 오이디푸스 콤플렉스
와 연결지어 분석하는 경우가 많은 까닭이기도 하다.
　위 글에 나온 것처럼 전의수 작가는 너무 어린 나이에 아버지를 여의
었다. 이상과 상황은 다르지만 동일화의 대상이 부재하다는 점에서 공통

적이라 할 수 있겠다. 그런데 전의수 작가의 작품 세계는 이상과는 정반대로 펼쳐진다. 전언한 바와 같이 내용상으로나 형식적으로 정제, 질서, 조화에 긴밀하게 연결되어 있기 때문이다. 그렇다면 동일화 대상의 부재와 아폴론형 작품 세계의 간극을 어떻게 설명할 수 있을까.

그 까닭의 첫 번째는 어머니의 존재에서 찾을 수 있다.

3.

전의수 작가의 작품에서 '아버지'라는 이성 규율의 세계를 대체한 것은 어머니였다. 작가의 작품에 드러난 '어머니'는 '삼십 대 젊은 나이에 남편을 여의고' 작가와 누이 둘을 홀로 키워낸 분이다. '어머니'의 강인함과 따뜻함, 지혜로움은 작품 곳곳에서 드러나고 있다.

> 어머니는 닭이 잠을 깨워주면 살포시 방문을 열고 나가셨다. 풀잎에 맺힌 이슬방울을 발길로 틸며 논밭을 한 바퀴 돌아보고 오신다. 그런 후 아침밥을 준비하신다. 그러는 사이 누님은 잠에서 깨어 부엌으로 들어간다. 그러면 딸에게 대강의 아침 식사 준비를 맡기고 대문을 나서신다. 농사일과 관련해서 사람을 만나 날짜를 받고 품앗이를 조절하는 일이 그 시간에 이루어지는 것이다. 지금같이 전화가 없던 시절이니 일일이 발품을 팔 수밖에 없었다. 소를 키우고 있는 집에 가서 소를 빌리는 일도 미리 조정해야 제때 농사일을 추스를 수 있다. 동네를 한 바퀴 돌면서 일을 마치고 집에 돌아와 아침 식사를 하셨다. 그러고 나면 주인의 손길을 기다리는 논과 밭으로 일감을 찾아 하루 종일 고된 농사일을 하셨다.
> —「닭이 일깨우는 향수」에서

학교를 다녀온 후 누나들에게 들은 이야기로는 어머니께서는 나를 학교에 보낸 후에 그 아저씨 집에 찾아가 항의를 하고 사과를 받아내었다고 했다. 지금 생각해 보면 홀로 사는 어머니는 논의 물을 빼앗긴 것도 화가 났지만, 당신을 얕보는 것 같은 마음에 더 분하지 않았을까 싶다.

내가 어른들의 일에 끼어들 형편은 아니었다. 하지만 어린 마음에도 어머니가 속상해하시는 모습에 은근이 화가 치밀었다. 아저씨를 마을 길에서 만나더라도 곱게 인사를 하지 않았다. 그러고는 자랑이라도 하듯이 어머니께 이야기를 하였다. 어머니는 그것은 어른들의 일이니 그러면 안 된다고 하시며 다음부터는 만나는 대로 공손하게 인사를 하라고 타이르셨다.

─「물 시비」에서

「닭이 일깨우는 향수」에는 '어머니'의 하루가 그려져 있다. 집안일은 물론이거니와 바깥일이라 할 수 있는 농사일을 주관하는 것도 '어머니'의 몫이다. 그야말로 '어머니'는 '안사람'이자 '바깥양반'의 역할을 다 해내는 주체적 존재였다.

「물 시비」에서도 이러한 면모를 엿볼 수 있다. 작가의 어린 날, 극심한 가뭄으로 온 마을은 논에 물을 대기 위해 각고의 노력을 기울인다. 양수기 펌프를 설치하고 지하수를 끌어 올려 물을 대지만 충분하지 않다. 결국 위쪽 논부터 시간을 정하여 물을 대기로 하였다. 작가네 논에 물을 대는 시간은 새벽이었다. 그런데 잠도 거른 채 일찍 삽자루를 들고 논으로 나갔던 '어머니'는 새벽이슬에 흠뻑 젖은 채 돌아와 평소 하지 않던 욕을 했다. "나쁜 놈! 여자 혼자 살며 농사일을 한다고 깔보는 게 분명해." 위쪽 논을 가진 '아저씨'가 몰래 물길을 자기 논으로 열어 놓아 배정된 시간 동안 물을 제대로 공급하지 못했던 것이다. '어머니'는 찾아가 항의를 하고 사과를 받아내었고 앙심을 품은 작가에게는 어른들끼리의 일이므로 만나면 도리를 다하라고 타이른다. 강하면서도 지혜로운 참다운 어른의 모습을 보인 것이다.

'어머니'에게 작가는 외아들로 "흔하게 하는 말로 쥐면 꺼질까 놓으면 날아갈까 애지중지, 당신 몸보다 더 소중하게 여기며 키우던 아들"(「회초리 매」)이었다. 그럼에도 작가가 잘못하는 일이 있으면 회초리를 들어 엄하게 훈육했다. 성인이 되어 작가가 해외 출장을 가면 늘 정화수를 떠 놓고 기도를 하였으며(「청심환 수난」) 작가가 직장이나 사회에서 감정적으로 대처하려고 하면 바르고 현명한 길을 넌지시 보여주는 존재가 '어머니'였다. (「어머니의 속도」) 작가에게 '어머니'는 분리 이전, 합일의 충만함을 깊이 각인시키면서도 작가가 질서, 규범의 세계에 두 발을 단단히 딛고 설 수 있도록 분리하는 일도 감당했던 존재였다.

4.

전의수 작가의 아폴론형 작품 세계나 작가 의식의 한 축이 '어머니'라는 존재를 기반으로 하고 있다면 다른 한 축은 작가 자신의 성실한 탐구와 실천적 노력에 의해 구축된다. 유아기에 '아버지'라는 이성 규율의 세계를 대체한 것이 '어머니'였다면 '어머니'와의 분리 이후 철학, 종교적 교리, 자연의 섭리 등과 같은 로고스를 적극적으로 탐구하고 수용한 것은 작가 자신이었기 때문이다.

1967년 봄부터 일 년 가까이 서당에 다니면서 한문 공부를 하였다. 그러면서 틈틈이 시험공부를 한 결실을 거두었다. 그해 11월 경기도의 지방 공무원채용시험에 합격한 것이다. 이듬해 4월 초, 당시 용인군 외사면사무소 근무 명령을 받았다. 훈장 어른께서는 사회에 첫발을 딛는 나에게 좋은 글귀 하나를 주셨다. "접인당무화경(接人當務和敬. 사람과 화목하게 지내며 존경하는 데 힘쓴다) 여섯 글자였다. (……)

사회생활을 하면서 사람들과의 관계에서 '화(和)와 경(敬)' 두 글자의 의미를 마음에 새기며 살았다. 일 년도 채 안 되는 서당에서의 한문 공부와 붓글씨 쓰기가 40여 년의 공무원 생활에 소중한 자산이었음을 늦게 깨달았다. 문득 벽을 보고 앉아 윗몸을 흔들며 글을 읽던 모습이 아른거린다. 자왈, 순천자 천보지이복(子曰, 順天者 天報之以福)하고……

─「초짜 면서기의 큰절」에서

여기서 알 수 있는 바와 같이 전의수 작가는 공무원 시험에 합격하기 전 서당에 다니면서 '명심보감'으로 한문 공부를 했다. 사회에 첫발을 딛는 작가에게 훈장 어른이 주신 글귀를 마음에 새기며 살던 작가가 실제 사회생활에서 그 말씀을 실천하여 덕을 보았다는 것이 이 글의 요지이다. 잘 알려져 있듯 명심보감은 중국 고전에 나오는 선현들의 금언과 명구를 모아 엮은 책이다. 작가는 "일 년도 채 안 되는 서당에서의 한문 공부와 붓글씨 쓰기가 40여 년의 공무원 생활에 소중한 자산이었음"을 고백하고 있다.

작가는 금언뿐만 아니라 책이나 강의, 강론, 법문 등을 통해 동서양의 철학, 종교적 교리 등을 섭렵하고 그것을 삶에 적용한다. 그의 지향은 동양과 서양은 물론, 유교, 불교, 천주교라는 종교의 경계까지 초월한 지점에 자리하고 있다.

내가 너무 추워하며 덜덜 떨고 있는 것을 알아차린 형님은 "이제 그만 하면 되었다." 하고 집으로 돌아왔다. 나는 새뱅이가 담긴 바가지를 내동댕이치고 방안으로 뛰어들어와 화롯불에 얼은 몸을 녹였다. 형님은 늦가을에 무, 배추 등을 저장해 놓은 구덩이를 찾아 무를 꺼내 왔다. 누님은 어머님의 말씀을 따라가며 무를 잘게 썰어 넣고 고추장을 풀어 얼큰하게 맛을 낸 새뱅이 매운탕을 끓여 내었다. 어머니께서는 동여매었던 머리끈을 푸시고 "아! 시원하다"를 연발하시면서 감기가 다 나은 것 같다며 밥 한 그릇을 뚝딱 드셨다. 친정 조카의 새뱅이 매운탕 덕분인지 약을 사다드린 효과인지 어머니는 이튿날 몸을 일으키셨다.

　이때는 내가 중학교 1학년의 철부지 나이였다. 어른을 공경하고 부모에게 효도해야 한다는 가르침은 많이 들어 왔던 터였다. 그러나 구체적인 방법을 눈으로 보고 몸으로 체험하기는 형님과의 새우잡이가 처음이었다. 돌아보면 그야말로 산 체험교육이었다고 여겨진다.

　—「어느 한겨울의 새뱅이탕」에서

　"공무원은 어떤 경우라도 남의 돈이나 물건을 함부로 받으면 안 된다."

　"나중에 간부가 되더라도 부하 직원 신세를 지지 말고 자기 지갑을 열 줄도 알아야 한다."

　"공직의 권위는 청렴과 공정에서 나오는 것이다."라던 말씀은 지금까지도 귓가에 남아 있다. 시원한 수박 화채를 먹고 있는데도 온몸에는 이슬을 맞은 것 같이 땀에 젖고 있었다. 정겹게 그리고 엄숙하게 들었던 그 날의 교훈은 오랜 내 공직생활의 금과옥조가 되었다.

　—「수박 한 덩이」에서

「어느 한겨울의 새뱅이탕」은 설을 쇠고 병이 난 어머니의, 새뱅이탕이 먹고 싶다는 한마디에 사촌 형님이 작가를 데리고 새뱅이를 잡아와 탕을 끓이게 했다는 이야기다. 정작 아들인 작가는, 어렸다고는 하나 '이 추운 겨울에 어디에서 새뱅이를 잡는다고 저런 말씀을 하실까.' 하면서 귓전으로 흘려버린 말을 사촌 형님은 어려움을 무릅쓰고 받든 것이다. 「수박한 덩이」는 관사로 부른 군수의 연락에 빈손으로 가기 어려웠던 작가가 수박 한 덩이를 사 갔다가 호되게 꾸지람을 들은 내용이다.

인용한 글들에서는 작가가 관념적인 것에서뿐만 아니라 일상 속에서도 적극적으로 삶의 윤리를 체득하고 있음을 확인할 수 있다. '어른을 공경하고 부모에게 효도해야 한다.', '공무원은 청렴하고 공정해야 한다.' 등과 같은 언표는 너무도 당위적인 것이라 오히려 인식의 차원에 충격을 주기 어렵다. 그냥 흘려듣기 쉽다는 의미이다. 그러나 작가는 그들의 '구체적' 실천을 마음에 새긴다. 그리고 그것을 준거로 자아를 진단하고 삶의 '금과옥조'로 삼는다.

5.

전의수 작가는 '아버지의 자리'를 관념적 로고스와 실천적 윤리 의식 등으로 메워갔다. '어머니'나 작가 스스로나 아버지의 부재에 대한 의식으로 인해 작가에게 더 엄격한 윤리 의식을 요구했을 것이다. 그의 글은 그러한 삶의 여정이자 자아를 구축해가는 과정이었다. 그러한 여정이 쉽고 단순하게 결정되었을 리 없다. 막연한 관념적 결정도 아니다. 그 길에는 수많은 흔들림과 시행착오, 머뭇거림이 산재해 있다.

언젠가부터는 신앙을 가지고 삶의 모습을 바꿔보고자 천주교에서 '세례'를 받았다. '이냐시오'라는 세례명도 갖게 되었다. 성경을 읽고 일요일마다 미사에 참례하였다. 어느 해인가는 신구약 성경을 모두 베껴 쓴 사람에게 준다는 대전교구 주교 명의의 '축복장'이라는 것도 받았다. 겉으로 보기에 제법 성실하고 신심이 두터운 신자처럼 보였다. 하지만 그놈의 그런 짓들이 모두 거짓된 행동이었음이 드러났다.

올해 초부터는 제 맘대로 제도에도 없는 '안식년'을 갖겠다면서 성당에 나가는 일을 중단하고 있다. 물론 예전에 매일 하던 기도도 하지 않는다. 평소에 자주 보던 가톨릭 방송인 '평화방송'보다 '불교방송'을 더 많이 켜 놓고 지낸다. 하지만 이놈은 가타부타 묵묵부답이다. 아무리 생각해 봐도 또렷한 묘책이 없어 보인다. 분명 이놈을 붙잡아 매고 바른길로 가도록 해야 할 텐데 걱정이 크다. (······)

불가에서는 수행하는 사람들이 '화두'라는 것을 가지고 마음을 다스리는 방편으로 삼는다고 들었다. 그들은 이것을 자나 깨나 놓지 않고 붙들고 지낸다고 한다. 하지만 그 방법을 모른다. 나는 이놈의 나쁜 버릇을 고치기 위해 '조심'이라는 말의 의미를 새기며, 외도를 일삼으려는 놈을 굵은 동아줄로 묶어 매 놓기로 작정을 해 본다. 그런 다음에야 마음의 평화도 신체의 건강도 지킬 수 있겠다는 생각에서이다.

오늘따라 왠지 이놈이 말썽을 안 일으킨다. 연일 계속되는 무더위에 지쳐 게으름을 피우는가 싶다. 항상 그렇게 지내면 내가 얼마나 편안하게 지낼 수 있을까. 돌아보면 어려서부터 절제에 대한 교육이 부족했던 모양이다. 이제 칠순이 넘은 나이에 그놈을 다잡으며 살려니 마음대로 되지를 않는다. 칠십이 되면 마음에 일어나는 대로 살아도 규범에 어긋나지 않는다고 했다는데 나는 아직 철이 나지 않은 칠십인 모양이다.

조심이라. 나는 그 거친 놈을 언제까지 조심조심 달래며 살아야 할지.

—「조심(操心)」에서

작가는 생의 어느 순간에 이르러 "삶의 모습을 바꿔보고자" 천주교에 입문한다. 세례를 받는 것은 물론, "성경을 읽고 일요일마다 미사에 참례"한다. 그뿐이 아니다. 신구약 성서를 모두 필사하여 "대전교구 주교 명의의 축복장"을 받기도 한다. 보통 성실하고 신심 깊은 신자의 태도가 아니다. 그런데 작가는 스스로 이러한 모습이 "모두 거짓된 행동"이었음을 고백한다. 그러고는 정반대의 행보를 보인다. 성당에도 나가지 않고 평소 매일 하던 기도도 하지 않는다. 더욱이 가톨릭 방송보다 불교 방송을 더 많이 켜놓고 지낸다.

이 글에는 '이놈', '그놈', '거친 놈' 등으로 불리는 '놈'이 등장한다. 이는 분열된 자아 중 하나이다. 마치 이상 시 「거울」의 '나'처럼 말이다. 이상적 자아와 현실적 자아, 혹은 이성적 자아와 본능적 자아 중 '놈'은 후자에 속한다. "이놈을 붙잡아 매고 바른길로 가도록 해야" 한다거나 "외도를 일삼으려는 놈"이라는 표현에서 이를 확인할 수 있다. 이상 시의 거울 속 '나'가 "악수를 받을 줄 모르는", 즉 화해할 수 없는 관계라면 이 글의 '놈'은 '조심조심' 달래며 살아야 하는 존재라는 점에서 차질적이라 할 수 있겠다. 중요한 것은 이상의 「거울」이라는 시나 윗글이나 진정한 자아를 찾아가는 탐구의 과정에 놓인다는 사실일 것이다.

이 글에서 주목을 요하는 부분은 작가의, 삶에 응전하는 태도다. 현재의 자아를 진단하고 그것을 초월할 방책을 정하면 작가는 그것에 매우 적극적으로 기투한다. "삶의 모습을 바꿔보고자" 시작한 종교 생활에 있어서도 그러했고 그것의 반대급부로서의 생활에 대해서도 그러했다. 이는 그의 작품 세계와 작가 의식이 현실을 맹목적으로 억압하거나 막연한 관념에 의해서가 아니라 현실에 기투했던 자아의 치열한 응전을 통해 선택된 행로였다는 것을 의미한다.

형님, 저는 오랜 직장 생활을 끝내고 시와 수필 쓰는 공부를 하고 있답니다. 그런데 글을 쓴다는 것이 책상머리에 앉아서 몇 시간씩 좋은 글귀를 찾는 땀을 흘려야 하거든요. 몇 년째 그렇게 지내다 보니 저의 생각이나 행동이 자꾸만 작은 옹달샘을 파듯이 옹색해지고, 너무 정적(靜的)으로 치우치는 느낌이 들더군요. 그래서 다른 무엇인가 동적(動的)인 것을 찾던 중에 평생교육원에서 장구를 가르치는 수업이 있는 것을 알게 되었습니다. 그게 2년 전 일이니 1년 반을 장구 교실에 다니면서 가락 장구 장단을 배웠지요. 세마치, 굿거리장단, 자진모리… 등등을. (……) 형님, 이번에 상을 탄 노래가 무엇인지 아십니까. 바로 형님께서 저의 어머니께 불러주시던 '노랫가락' 대목이었답니다. '가고 못 올 님이면 정이나 마저 가져가지…' 그러면서 생각했지요. 4, 50년 전 형님의 그 모습을요. (……) 형님께서 그렇게도 정중하게 모시던 어머니께서 살아계셨다면 당신 친정을 닮았다고 무척 기뻐하셨을 텐데 하는 생각을 해 봅니다.

　　—「하늘로 가는 우체통에」에서

인용한 글은 작가가 국악 경연 대회에서 상을 받은 내용을 사촌 형님에게 편지를 쓰는 형식으로 쓴 작품이다. 형님에게 편지를 쓴 이유는 작가가 대회에서 불러 상을 탄 노래가 '형님'이 '어머니'에게 불러주던 '노랫가락'이었기 때문이다. 엄밀히 말하면 작가가 '형님'을 떠올린 것은 노래 때문이 아니라 '어머니' 때문이다. '형님'은 작가의 '어머니'를 무척이나 '정중하게 모시던' 분이었고 그런 '어머니'를 기쁘게 하는 매개 중 하나가 노래였기 때문이다.

어떻든 이 글에서 눈여겨볼 점은 '균형'에 대한 작가의 의식이다. 작가는 오랜 공무원 생활을 끝내고 몇 년째 시와 수필 공부에 매진하는 중이었다. 그러다 보니 "생각이나 행동이 자꾸만 작은 옹달샘을 파듯이 옹색해지고 너무 정적으로 치우치는 느낌"을 의식하게 된다. 그 대안으로 찾게 된 것이 장구요, 경기민요였다. 이는 정적 / 동적, 글 / 말, 이성 / 감정 등, 이 이항 대립적 가치들의 균형을 이루기 위한 의식적 무의식적 행위였을 것이다. 다시 말하면 아폴론적인 것에 매몰되지 않기 위해 디오니소스적인 것을 일상 속에 들인 것이다.

> "가던 길을, 평생의 습관을 바꾸는 일이 식은 죽 먹듯 쉬운 것은 아닐 것이다. 그러나 이제껏 살아오면서 그러한 노력을 위해 얼마나 진지하게 고민해 보았는지 스스로에게 묻는다. 선과 악이라는 두 갈래 길이 늘 함께 있어 그것 중에 어느 길을 선택하느냐 하는 것은 전적으로 내 의지에 달린 것이니 말이다. 삶의 순간마다 그것을 깨닫고 실천하는 것 역시 만만치 않은 일임에 틀림없다. 다만 늘 깨어 있으려고 노력을 할 수 있다면 얼마나 좋을까."
> —「길 바꾸기」에서

이성과 본능의 관계가 선과 악의 그것과 등가일 수 없음은 자명하다. 그러나 두 갈래 길이 늘 함께 있어 때때로 그것 중에 어느 하나를 선택해야 할 때가 있다는 점에서는 공통적이다. 작가는 그것을 전적으로 "내 의지에 달린 것"이라 단언한다. 최종 선택이 '본인의 의지'에 의해 이루어지는 것임을 언표하는 것이 당연한 듯 보이지만 그렇게 간단한 일이 아니다. 그것은 모든 책임이 절대자나 외부 요인에 있는 것이 아니라 나 자신에게 있음을 인정하는 일이기 때문이다. 이러한 까닭에 "삶의 순간마다 그것을 깨닫고 실천하는 것"이 만만치 않은 일이 되는 것이다.

가열하게 탐구하고 자아화했던 선현의 금언도, 종교도 작가에게 맹목적인 것이 아니었다. 현실적 자아와 이상적 자아의 길항 안에서 작가는 끊임없이 선택하고 그것에 기투한다. 중요한 것은 그것을 선택한 것도 자신이고 따라서 그 결과에 대한 책임도 자신에게 있음을 작가가 각인하고 있다는 사실일 것이다.

6.

인간은 근원적으로 결핍의 존재다. 어머니와 한 몸을 이루었던, 온전히 충만했던 그 안온한 모성적 세계로는 다시 돌아갈 수 없기 때문이다. 인간을 욕망의 존재라 언표하는 까닭 또한 동일한 맥락에서다. 인간은 끊임없이 욕망을 채우고자 하지만 욕망은 결코 채워질 수 없다. 합일의 온전한 세계로 회귀할 수 없는 것과 같은 이치이다. 결코 채워질 수 없는 욕망을 인간은 명예, 지위, 물질, 사랑 등 그 대상을 바꿔가며 끊임없이 추구하는 것이다. 따라서 인간은 욕망의 구속을 받는다. 이 채워지지 않는 욕망과 그로 인한 번뇌로부터 자유로워지는 것이 불교에서 말하는 해탈일 것이다.

무언가로부터 자유로워진다는 것은 우선 그 무언가에 사로잡혀 있다는 것을 전제한다. 그것에 대한 집착이나 번뇌가 없다면 굳이 자유로워질 필요가 없다. 이미 매어 있지 않기 때문에 벗어나는 과정 또한 생각할 수 없기 때문이다. 이러한 맥락에서 전의수 작가의 작품을 살펴보면 작가는 타자와의 관계에 대해 자의식이 강하다.

만약 우리들의 모습이 모두 같고 생각과 행동이 기계를 닮았다면 인류의 역사가 지금처럼 이어져 올 수 있었을까. 사람들은 일상생활 속에서 많은 갈등을 빚으며 살아간다. 그 중의 대부분은 사람과 사람의 관계에서 비롯된다고 생각한다. 대부분이 상대가 나와 같은 생각과 행동을 하지 않는다는 이유에서 빚어지는 갈등들이다.
— 「시루봉 정자」에서

사람들이 살아가면서 불가피하게 겪는 어려움 중의 하나가 온갖 관계에서 생기는 '불화(不和)'가 아닌가 싶다. 가깝게는 부부관계로부터, 부모자식, 형제자매, 그리고 직장을 비롯한 사회생활에서 필연적으로 내 생각과 다른 많은 이들을 만나고 상대하면서 불화의 씨앗이 뿌려지게 된다. 물론 불화의 원인은 한두 가지가 아닐 것이다. 다만 그 가운데 대표적 원인이 모든 것의 기준을 '나'로 삼고, '나'를 중심에 놓는 생각 때문이 아닐까.

― 「봄날 산책」에서

작가는 "사람들이 살아가면서 불가피하게 겪는 어려움 중의 하나"가 "사람과 사람의 관계"에서 생기는 갈등이며 그 원인이 '나'를 중심에 두는 생각에서 비롯되는 것으로 파악하고 있다. 상대가 '나'와 '같은 생각', '같은 행동'을 하기를 원하는 것에서 갈등이 생긴다는 의미이다. 이러한 생각의 흐름이 최종적으로 어디에 이를지는 어렵지 않게 유추할 수 있다. 갈등의 원인을 제거하는 것, 즉 타자란 본래 '나'와 다른 존재임을 인정하고 더는 '나'를 중심으로 한 동일화를 욕망하지 않아야 한다는 것이 그것이다.

일주일 간격으로 안과에 검진을 받으러 다니며 생각해 본다. 40여 년 공직에서의 내 생활 모습, 그리고 내가 직장과 사회를 바라보고 의식하던 것이 혹시 백내장 수술을 하기 전에 사물을 보고 느낀 것과 같지 않았을까. 주변의 모든 일상은, 모든 사람은 본래의 고운 빛깔을 가지고 있는데 편견이라는 안경, 집착이라는 안경이 눈앞의 모든 것을 왜곡되고, 일그러지고, 어두운 것으로 느끼며 상대하게 하지 않았는지. 또 약해진 시력으로 코끼리 다리를 만져 본 장님처럼 인식하며 판단하고 재단하지는 않았는지. 두려운 마음에 지나온 길을 짚어 본다.

― 「세상을 보는 시력」에서

위의 글 또한 에피소드는 다르지만 주제적인 측면에서는 「시루봉 정자」나 「봄날 산책」과 동일한 맥락에서 이해할 수 있는 경우이다. 세계에 존재하는 모든 대상은 "본래의 고운 빛깔"을 가지고 있는데 '나'를 중심으로 한 주관적인 시선이 그것을 왜곡되게 인식하도록 한다는 것이다. 확장된 의미에서의 타자와의 관계에 대한 의식인 셈이다. 40여 년의 공직생활은 이미 지나가 버린, 다시 돌이킬 수 없는 시간이다. 작가가 '두려운 마음'으로 지나온 길을 짚어 보는 까닭이기도 하다.

욕망으로부터 자유로워지기 위해서는 욕망에 사로잡혀있는 자아에 대한 인식이 선행되어야 한다. "오로지 직장에 충실해야 살 수 있다는 강박관념 탓"에 가족들에게 소홀했던 젊은 날들(「서른 번째 편지」), 절제하지 못하는 자아(「하얀 철부지」) 등 끊임없이 자아를 진단하고 새로운 자아로 거듭나기 위한 길을 모색해 온 전의수 작가의 글에서 성찰의 흔적을 찾는 것은 어려운 일이 아니다. 그중에서도 위 글들에서 살펴본 바와 같이 타자와의 관계에 대한 사유와 성찰이 표나게 많은 것이 특징적이라 할 수 있겠다.

사실 타자와의 관계에 대한 관심과 긍정적 관계에 대한 소망은 일상적 삶의 과정이지 굳이 욕망의 차원에서 인식할 필요는 없을 것이다. 그러나 심층적으로 살펴보면 타자의 정서와 반응은 온전히 타자의 것이라는 점에서 누군가와 잘 지내고 싶다, 그 누군가가 나를 좋아했으면 좋겠다, 혹은 다른 사람들에게 좋은 사람으로 인식되고 싶다 등의 바람은 욕심이고 또 욕망이라 할 수 있다. 욕망에 관한 작가의 의식이 심층적인 데에까지 닿아있음을 그의 작품에서 확인할 수 있다.

어차피 사회적 환경도 그러하겠지만 이제부터라도 조금은 가벼운 생활을 해 보자고 마음먹어 본다. 물론 상황이 호전되어 옛날의 모습으로 돌아가면 좋겠지만. 무엇을 가지고 싶다는 욕심을 버리자. 무엇이 되어야 한다는, 무슨 일을 손에 잡고 있어야 된다는 생각을 버리자. 누구누구와 좋은 관계를 유지해야 한다는 집착도 버리자. 다만, 오늘 여기에 살아 있어서 아이들을 돌볼 수 있고, 하루 세끼 거르지 않으며, 때로 먹고 싶은 것 찾아다니고 가끔은 친구들과 만나 소주 한 잔 나누며 즐거운 시간을 보낼 수 있는 것. 그러면서 그냥 껄껄 웃으며 지내는 모습으로 살아가자고 생각해 본다.

─「깨어있으라네」에서

코로나 팬데믹으로 예전에 별 의식 없이 해왔던 일상을 더는 이어갈 수 없게 되었다. 이 글에서 언급하고 있는 '사회적 환경'이란 바로 '사회적 거리두기' 정책으로 인한 변화된 일상을 의미한다. 무언가를 배워 어떠한 경지에 이르고 여러 단체의 구성원으로 왕성하게 활동하는가 하면, 지인들과 정기적, 비정기적 모임을 해왔던 것이 예전의 일상이었을 터다. 이 모든 것이 제한되는 상황에서 작가는 이를 계기로 오히려 "조금은 가벼운 생활"을 해 보기로 마음먹는다.

"무엇을 가지고 싶다", "무엇이 되어야 한다", "무슨 일을 손에 잡고 있어야 된다"는 것은 사실 평범한 바람이거나, 보다 진취적인 생활을 하기 위한 의지에 해당하는 것으로 보인다. 그러나 작가는 이를 욕심으로 규정한다. 그뿐만 아니라 "누구누구와 좋은 관계를 유지해야 한다"는 마음도 '집착'이라 표현하고 있다. '가벼운 생활'이란 이러한 욕심, 집착, 욕망을 모두 비운 마음, 그러한 삶을 의미하는 것이다.

7.

『하얀 철부지』는 전의수 작가의 첫 번째 수필집인데 통시적으로나 공시적으로 그 스펙트럼이 매우 넓은 편이다. 유년에서 현재에 이르기까지, 지극히 개인적인 일화에서 사회적 사안에 대한 목소리를 내는 것에 이르기까지 소재나 주제의 측면에서 매우 광범위하다는 의미이다. 이는 그의 작품 세계의 경향과도 긴밀하게 연결되는 부분이다.

전언한 바와 같이 전의수 작가의 작품 세계는 아폴론적이다. 그것은 '아버지의 세계'를 스스로 구축하고자 했던 그의 삶에서 연원한다. 자연의 섭리, 세계의 이법, 종교적 교리 등등 선험적 진리를 준거로 작가는 끊임없이 현재의 자아를 성찰하고 그것을 초월하고자 시도한다. 그러나 이것이 작가가 아폴론적인 것을 맹목적으로 추구했음을 의미하는 것은 아니다. 작가는 이항 대립적 관계의 가치 사이에서 균형에 대한 의식을 견지하고 체현해왔음을 작품의 면면을 통에서 확인할 수 있다. 그가 성취한 작품 세계가 의미 있는 것은 바로 이 균형에 대한 감각과 의지를 기반으로 하고 있기 때문이다.

작가는 자아를 성찰함에 있어 진솔했으며 자아 고양을 위한 실천에 있어서는 더할 수 없이 성실했다. 그러나 이러한 고투까지도 어느 순간에 이르러서는 욕망이라는 관점에서 되짚는다. 무언가를 향한 바람과 노력이 집착일 수 있음을, 타자와의 관계에 있어서는 그것이 편견과 타자에 대한 왜곡이 될 수 있음을 매우 섬세하게 통찰하고 그 모든 것을 비울 수 있기를 염원하기에 이른다.

일반적으로, 첫 수필집의 특징 중 하나는 거칠게나마 작가의 전 생애가 그려진다는 점이다. 유년의 기억을 소재로 쓰는 것은 주로 첫 작품집이라는 점에서 그러하다. 이러한 특징적 단면들은 전의수 작가의 『하얀 철부지』에서도 예외가 아닌데, 여기서 그가 거쳐온 삶의 내력을 온전히 읽어낼 수 있기 때문이다. 그 중에서도 주목을 끄는 것은 삶의 고비마다 선택했던 작가의 판단과 그에 따른 책임 의식이다. 이를 이해하는 것은 매우 교훈적인데, 독자는 이를 통해 우연으로 다가오는 불확실성의 세계와, 이에 응전하는 자신의 태도에 대해 반추하는 기회를 갖게 될 것이다. 이것이야말로 전의수 작가의 첫 번째 수필집 『하얀 철부지』가 갖는 의의가 아닌가 한다.

의미와 교호하는 형식의 아름다움

- 김은령론

김은령 시인은 1998년 『불교문예』로 등단한 이후 『통조림』, 『차경』, 『잠시 위탁했다』 등 세 권의 시집을 상재했다. 창작 활동 기간에 비하면 과작(寡作)이라 할 만하다. 시집 간의 시간적 간극이 긴 경우이기도 하다. 그럼에도 시집을 관류하는 시의식이라든가 주제는 일관되게 이어지고 있다. 불교적 세계인식과 식물적 상상력이 그것이다. 금번에 내보인 신작 다섯 편에서도 동일한 맥락의 시의식과 시적 의장을 여실히 보여주고 있다. 「비비상(非非想)」, 「옴(唵)」 이라는 작품의 표제가 그러하고 모든 시에 '해바라기', '연꽃', '백합', '타래난초' 등의 꽃과 나무가 등장한다는 점에서 그러하다.

불교적 관점은 세계관의 문제이기에 그렇다 치고 김은령 시인이 이토록 식물성에 천착하고 있는 까닭이 궁금하지 않을 수 없다. 염무웅 문학평론가는 김은령 시인의 시집 『차경』에 유난히 많은 꽃이 등장함을 언급하면서 이를 상실한 세계, 낙원에 대한 그리움에서 비롯되는 것으로 해석한 바 있다. 꽃이란 "망가진 현재의 삶을 넘어 그가 다시 복원하고자 하는 미래의 화사한 꿈"을 표상한다는 것이다. 신작 시편들에서 '꽃'의 의미는 '꿈'이라든가 '낙원'이라는 미래적 시공간성에 한정되지 않는다. 보다 중층적이고 복합적인 의미가 내포되어 있다는 의미다.

특히 이번에 발표한 신작시에서 눈길을 끄는 것은 이 복합적인 의미를 담아내는 그릇이라 할 수 있는 형식적 측면의 의장들이다. 현란하다고까지 여겨지는 다양한 방식의 기교도 그러하거니와 무엇보다 이러한 기법들이 단순히 기교에 그치는 것이 아니라 복합적인 의미를 직조하고 이 의미들과 조응하여 깊이를 담보해 나간다는 데 주목을 요하는 것이다.

이사를 하고
옹색한 곳이지만
조금은 환하고 싶었다
무엇으로 위로 받고도 싶었다

꽃집에 들러 여러 가지 꽃 중에서 가장 크고, 가장 환한 해바라기 두 송
이 샀다
해, 바라기를 하고 싶었는지도 모른다

목이 긴 유리병에 꽂아 협탁 위에 두고 네 닷새 동안 환했다
그것뿐이었다
뿌리에서 잘려 나와 물속에 담겨졌으니 허물어지는 일이야 당연지사
꽃의 향기 대신 물컹해진 줄기가 내 품는 냄새를 맡게 되었을 때
그 이름이 해바라기였던

꽃을

버리는 일이 성가셨다

—「해바라기」전문

위 시의 시적 소재는 '해바라기'이다. 서정적 자아는 꽃집의 "여러 가지 꽃 중에서 가장 크고, 가장 환한" '해바라기'를 골랐다. "조금은 환하고 싶었다"거나 "무엇으로 위로 받고도 싶었다"는 고백에서 서정적 자아의 현실이 녹녹지 않음을 간취할 수 있다. 그러나 서정적 자아는 "그것뿐이었다"라고 단언하고 있다. '해바라기'로 인해 환했던 시간은 고작 "네 닷새 동안"이 전부고 이제 그것은 허물어져 악취까지 내뿜고 있기 때문이다. 중요한 것은 '해바라기'가 "그 이름이 해바라기였던" 존재로 변이되었다는 사실이다. '해바라기였던', 이젠 더 이상 '해, 바라기'가 아닌 존재는 결국 버려지게 되며 그마저도 성가신 행위로 치부될 뿐이다.

그런데 '해, 바라기'라는 정체성을 부여한 것도, 그것을 "그 이름이 해바라기였던" 존재로 만든 것도 인간이라는 사실을 기억해야 한다. 꽃은 유한성을 특징으로 한다. 꽃의 아름다움은 그것의 유한성에서 비롯되는 바가 크다. 그러나 또 한편으로 꽃은 순환적이라는 점에서 지속성을 내재하고 있는 존재이기도 하다. 그것을 가능하게 하는 것이 바로 '뿌리'이다. 서정적 자아가 "뿌리에서 잘려 나와 물속에 담겨졌으니 허물어지는 일이야 당연지사"라 한 까닭이 여기에 있는 것이다. 인위적으로 '꽃'의 순환적 지속성을 삭제한 것이다.

'당연지사'임을 알면서도 기어이 그 길을 가는 것이 인간이라는 존재다. 세계에 산재해 있는 온갖 폭력과 부조리, 파괴된 환경 등도 기실 '당연지사'가 아니겠는가. 발전 내지 진보를 담보로 영원성을 포기한 결과이며 '당연지사'임을 알면서도 끊임없이 재생산되는 욕망이나 이미 익숙해져버린 편이성을 포기하지 못하는 결과이기도 한 것이다. 이 시는 일상에서 자주 일어날 법한 사건을 통해 인위와 자연, 유한성과 지속성, 휘발적 현실과 근원의 대비를 사유케 한다는 점에서 의미가 있다. 이러한 함의를 압축적으로 표현하고 있는 시구가 "그 이름이 해바라기였던 꽃"이다.

　김은령 시인의 시에서 꽃은 이처럼 다의적이고 함축적인 이미지를 내재하고 있는 시적 대상이다. 이와 같은 의미의 다성성과 중층적 이미지의 발현이 잘 드러나고 있는 또 다른 시로 「연애」를 들 수 있다.

> 세차게 비 내린 뒤
> 꽃잎은
> 축축하게 겹쳐져
> 청록의 긴 목대에 뭉쳐 있다
> 연의 둥근 잎은
> 물먹은 분홍미농지 같은 꽃의 무게를
> 가만히, 가만히 받아서 물 위로 내려놓는다
>
> 물의 마음은
>
> 하(荷)!
> 그 아래에 있다
>
> 서로
> 아주 잠깐 일렁거렸다
> ―「연애」 전문

이 시의 표제는 '연애'인데 내용을 보면 그 제목 자체가 중의적이다. 상대를 서로 애틋하게 사랑하는 마음이나 사귀는 행위를 의미하는 '연애(戀愛)'가 그 하나이고 연꽃[蓮]에 대한 사랑이라는 의미가 다른 하나이다. "서로/아주 잠깐 일렁거렸다"라고 표현되고 있는, '물'과 '연꽃'의 마주침의 순간이 연애(戀愛)이며 연꽃을 향한 서정적 자아의 애틋한 시선 또한 연애(蓮愛)임에 틀림없다. 연애(戀愛)와 연애(蓮愛)가 절묘하게 맞물리는 지점에 표제인 '연애'가 자리하고 있는 것이다. 언어를 운용하는 시인의 감각이 돋보이는 대목이라 하겠다.

'하(荷)!'라는 표현 또한 동일한 맥락에서 시선을 끄는 경우이다. '하'는 한자의 표기로 보면 연꽃을 의미하는 것이지만 함의하는 바가 결코 연꽃이라는 대상 하나에 한정되지 않기 때문이다. '하!'는 먼저 숨이 터지는 소리, 참고 있던 숨을 어느 한순간 토해내는 행위로 감각된다. 이는 감탄이나 긴장감 뒤에 따라오는 것으로 이 시에서 그것은 바로 "세차게 비 내린 뒤"의 '꽃잎'의 안위(安危) 여부에서 비롯된다.

"축축하게 겹쳐져/청록의 긴 목대에 뭉쳐 있는"는 '꽃잎'과 그 "꽃잎의 무게를/가만히, 가만히 받아서 물 위로 내려놓는" '둥근 잎'의 태도에서 희생이랄까 숭고의 이미지를 환기하게 된다. 뒤에 이어지는 '하!'란 그러한 감동과 애틋함의 정서를 함의하고 있는 감탄사로 기능한다. 중요한 것은 이것이 '물의 마음'이자 서정적 자아의 마음이기도 하다는 사실이다. '하'는 또한 '물의 마음'이 자리하고 있는 위치를 내포하고 있다. 연꽃의 '아래[下]'가 그것이다.

이처럼 '하(荷)'에는, 연꽃이라는 고착된 의미에서 벗어난 정서, 감각, 행위, 위치 등 다양한 의미가 복합적으로 교호하고 있다. 하나의 기표에서 팽창해 나가는 기의들이 이 시의 특징적 의장이라 할 수 있다. 그러나 그것은 결코 의미의 미끄러짐이라든가 해체라는 탈구조주의적 귀결로 나아가지 않는다. '연애'이든 '하(荷)'이든 이 복잡다단한 의미를 한 줄로 꿰는, '연꽃'이라는 벼리가 있기 때문이다. 이토록 복합적이면서도 중층적인 의미와 이미지가 응축되어 있는 것이 바로 '연꽃'인 것이다.

김은령 시인의 시에서 '꽃'의 이러한 복합적 성질은 시간성과 긴밀하게 연결되어 있다는 특징을 보인다. 「해바라기」에서의 '네 닷새 동안'이나 「연애」의 '아주 잠깐'이라는 한정된 시간이 존재의 유한성과 휘발적 현실을 드러내 보여주는 것이었다면 「비비상(非非想)」이나 「다소 고전적으로」라는 작품에서는 이와 전연 다른 국면을 보여주고 있다. '꽃'의 유한성 속에 '무량겁'이라는 초월적 시간을 상정하고 있기 때문이다.

절집에 단풍 보러갔다가
스님 처소 섬돌에 바짝 붙어서 핀 백합 한 송이 보았다
시절은 입동인데,
뜬금없고 수상하고 웬일인가 싶어 카메라부터 들이대다

꽃의 낯빛이 유별함을 읽었다

꽃이 가진 날 서린 흰빛은
한 삼천 년쯤 쟁여놓은 시간이라야 가질 수 있을 것이다
또한 그 빛이 감추고 있는 것은
절체절명의 심난과 오매불망의 찰나일 것이다

구근을 끌며 오백 생은 헤매다 온 얼굴로
비로소 안착한,

꽃으로 피었다 지는 시간 또한 무량겁이라는 걸

당신께서만 알 것 같다

—「비비상(非非想)」전문

　꽃은 한철 피었다가 지는 유한성의 존재다. 백합 또한 예외가 아니다. 그러나 이 시의 '백합'에는 "삼천 년쯤 쟁여놓은 시간"이나 '오백 생', 나아가 '무량겁'의 시간이 내재되어 있다. 물론 시인은 '백합'에 범상치 않은 면모를 예비해 두고 있다. "스님 처소 섬돌에 바짝 붙어서" 피었다거나 특히 필 시기도 아닌 '입동'에 피었다는 것이 그것이다. 어쩌면 이 시의 '백합'은 수행하고 있는 '스님'의 대유일지도 모르겠다. 어떻든 중요한 것은 꽃이 발현하고 있는 '빛'에 "절체절명의 심난과 오매불망의 찰나"가 감추어져 있다는 사실이다.

　'절체절명'과 '오매불망', 곧 '어찌할 수 없는 절박함'과 '잊지 못함'은 번뇌와 다른 것이 아니다. '백합'의 '날 서린 흰빛'이란 번뇌와의 고투를 통해 발현되는 빛이라 할 수 있다. "꽃으로 피었다 지는 시간"은 찰나와 같은 현세를 의미한다. 이 찰나가 있기까지 '삼천 년의 시간'과 '오백의 생'이 필요했다. 이 찰나 이후에는 또 얼마나 많은 시간이 흘러야 할지 아무도 모른다. 이것이 "꽃으로 피었다 지는 시간 또한 무량겁"이라 한 까닭이자 현세를 "절체절명의 심난과 오매불망의 찰나"로 표현한 또 다른 까닭이기도 하다.

　꽃은 유한성과 함께 순환적 지속성을 담지하고 있는 존재라는 점에서 불교의 윤회론적 존재와 동궤에 놓인다. 김은령 시인이 꽃에 천착하여 시를 쓰는 까닭도 여기에서 그 원인을 찾을 수 있지 않을까. 꽃에 대한 관찰과 통찰은 인간 존재에 대한 성찰에 다름이 아니다. 온갖 번뇌와 욕망

속에서 허덕이고 있는 우리 생이 그저 찰나에 불과할 뿐이지만 그것은 동시에 '무량겁'의 시간을 함의하고 있음을 이 시는 일러주고 있다.

이 시와 유사한 구조를 보여주는 시로 「다소 고전적으로」가 있다. 「다소 고전적으로」의 시적 대상은 '타래난초'인데 발화 장소가 특별하다든가 발현하고 있는 색이 유별하다는 점에서 위 시의 '백합'과 공통적이다,

시총은
시총(詩塚)*이란 이름같이 그렇고 그런 사연의 무덤인데
그 발치에 충노 억수도 납작 엎드려 있다

수백 년이 흘러 백골이 진토 되었을 억수,
그 억수 무덤에 홀리듯이, 홀리면서
타래난초 피었다
휘감기는 자태가 여우도 홀린다 하고, 꽃말은 인연의 끄나풀이라 하는
데
암튼 알음알음 그 색에 혹한 사람들 끼리끼리 찾아와

음, 음, 음, 음

거리며, 거리며 희롱하고 간다, 갔다

비 내리는 윤유월 그날
혼자 슬쩍 찾아가 수작 걸다 알았다
함초롬히, 자못 의연하기도 한 저 꽃이 감아쥐고 있는
색, 의 실상은 타래타래 펼쳐서 정인(情人)을 품은

별당 아씨 자홍빛 치마폭이라는 것을,

감히 나 따위가 희롱할 상대는 아니었다
―「다소 고전적으로」 전문

위 시 또한 '타래난초'라는 꽃을 중심으로 시상이 전개되고 있다. 그런데 '타래난초'의 근원이랄까 탄생이 주목을 요한다. '충노 억수'의 "무덤에 홀리듯이, 홀리면서" 피어난 것이 '타래난초'이기 때문이다. '억수'는 임진왜란 때 전사한 선비 정의번의 노비이며 죽어서도 정의번의 '시총' 발치에 "납작 엎드려 있"는 '충노'다. 선비 정의번이 아닌, 노비 '억수'의, 그것도 "수백 년이 흘러 백골이 진토 되었을 억수"의 무덤에 홀리어 피어났다는 것이 이채롭게 느껴지는 것이다. 그렇게 탄생한 '타래난초'는 여우도 홀릴 만한 자태와 사람들을 혹하게 하는 색을 지니게 된다.

"인연의 *끄나풀*"이라는 꽃말의 진위를 증명이라도 하는 듯, '타래난초'의 "색에 혹한 사람들"이 찾아와 '희롱'하고 간다. "음, 음, 음, 음//거리며, 거리며 희롱하고 간다, 갔다"라는 시구는 보기 드문 감각적 표현이다. "음, 음, 음, 음"은 '희롱'하는 소리로도 들리고 줄지어 이어지는 사람들의 형상으로도 보인다. 청각과 시각의 공감각적 표현인 것이다. "거리며, 거리며 희롱하고 간다, 갔다" 또한 행위의 반복과 현재에서 과거로의 시점 변환으로 끊임없이 이어지는 "끼리끼리"의 무리들을 감각적으로 표현하고 있다. 서정적 자아가 "비 내리는 윤유월 그날/혼자 슬쩍 찾아가 수작 걸" 수밖에 없었던 까닭이 여기에 있었던 것이다. 사람들 무리를 피해 '타래난초'와 마주한 서정적 자아는 그 '실상'을 알아차리게 된다. 사람들이나 "감히 나 따위가 희롱할 상대"가 아니라는 사실이 그것이다.

선비와 노비, 희롱의 상대와 별당 아씨 등 이 시에는 유교적 위계질서가 존재한다. 그것은 '시총의 발치'에 납작 엎드려 있는 '억수'에서 보듯 "수백 년이 흘러 백골이 진토 되었"어도 여전히 구동되고 있다. 중요한 것은 이 견고한 위계질서가 '타래난초'를 중심으로 전복된다는 사실이다. '타래난초'가 선비 '정의번'이 아닌 노비 '억수'에 홀려 탄생한 것이 그러하고 사람들 무리가 줄지어 희롱하고 간 '타래난초'의 실상이 '별당 아씨'였다는 사실이 그러하다. 약간의 비약을 감수한다면 시인은, 인간 존재가 획득한 권력이라든가 정치·사회·경제적 지위란 현세에서 잠시 걸쳐 입은 옷, 껍데기에 지나지 않는 것임을 "다소 고전적으로", 그러나 매우 감각적으로 전언하고 있는 것이 아닐까.

> 겨울 끝자락
> 가랑비 하염없다
>
> 그,
>
> 하염없음이
>
> 나무의
> 움,
> 자리에 오롯하게 맺힌다
>
> 호시탐탐 노리던 생명 하나가 끌어당겼음, 이리라
> 조건 없이 끌려가 준 그 자리에 차랑차랑 차라랑

삼천대천세계가 모두 걸려들었다

—「옴(唵)」전문

　'음, 음, 음, 음'이 아직도 뇌리에서 맴도는데 다음 작품으로 「옴(唵)」을 읽게 되었다. 재미있는 것은 이 시의 표제는 '옴'인데 시적 소재는 나무의 '움'이라는 사실이다. 이것이 우연이 아님은 물론, 단순한 기교적 의미에 머무는 것도 아니다. 리듬과 음운을 고려하고 음성 상징이나 문장 부호를 사용하는 등의 형식적 의장은 이 시의 미적 쾌감을 증대할 뿐만 아니라 의미를 형성하는 데에도 깊이 영향을 미치고 있기 때문이다.

　위 시는 신작시 다섯 편 가운데 유일하게 '꽃'이 아닌 '나무'가 등장하는 작품으로, 서사나 진술의 밀도가 낮은 경우라 할 수 있다. 다른 작품들에 비해 서사적 내용이 대폭 생략되고 하나의 대상, 곧 나무에 튼 '움'에 초점을 맞추고 있기 때문이다. 여기에 행, 연의 처리나 쉼표의 사용이 또 다른 중요한 요인으로 작용하고 있다. 시의 길이나 내용에 비해 행, 연이 자주 바뀌고 쉼표가 많이 쓰인 편이다. 특히 "끌어당겼음, 이리라"에서 보듯 비통사적 방식으로까지 쉼표를 사용하고 있는 것을 보면 시인이 얼마나 쉼표에 의미를 두고 있는지 짐작할 수 있다.

　이러한 시적 의장은 독자로 하여금 시를 읽는 호흡을 길게 갖도록 한다. 마치 명상을 하며 호흡에 집중하듯 쉼표 뒤, 행과 행 사이, 연과 연 사이의 텅 빈 곳, 호흡이 머무는 곳에 잠시 멈추게 된다. 다음 의미로의 사고의 진행을 유보하게 되는 것이다. 시인은 왜 이토록 뜸을 들이는 것일까.

　"겨울 끝자락", 겨울을 보내며 봄을 기다리는 한때, 가랑비가 하염없이 내린다. 서정적 자아는 나무의 '움'에 가랑비가 "차랑차랑 차라랑" 맺혀 있는 것을 발견한다. 하염없는 것이 어찌 '가랑비'뿐이겠는가. 끝 간 데 없이 아득한 것, 그것은 서정적 자아의 마음이기도 할 터이다. "그,//하염 없음이//나무의/움,/자리에 오롯하게 맺힌다"는 시구에서 '하염없음'과 '움'의 만남은 '가랑비'와 '움'의 결합이기도 하고 자아의 '하염없는' 심연 과 '움'의 마주침이기도 한 것이다.

이 마주침은 우연일 수 없다. '옷깃 한 번 스치는 데 오백 겁의 인연'이 라는 말이 있듯 이 만남에는 "호시탐탐 노리던 생명 하나"의 '끌어당김' 과 대상의 '조건 없는' 응답이 있었다. '움'에 조응하는 대상은 이들만이 아니다. "삼천대천세계가 모두 걸려들"었다고 하였다. 다시 말해 하나의 생명이 탄생하는 데 온 우주의 조응이 필요하다는 의미인 것이다. 이 말 은 곧 모든 존재는 이와같이 온 우주의 조응 속에 탄생하였으며 온 우주 와 연결되어 있다는 의미이기도 하다.

이 시의 표제는 '움'과 유사한 소리로 발화되는 '옴'이다. 옴(唵))은 불 교에서 의식을 수행할 때에 염송하는 진언(眞言)의 최초에 오는 소리로 서, 귀명(歸命), 비로자나불 등의 신성한 상징적 의미를 지닌다. '옴'은 모 든 존재, 온 우주의 생명력과 관계된다. '움'의 '끌어당김'과 '삼천대천세 계'의 "조건 없이 끌려가 줌"의 관계는 이러한 '옴'의 심오한 의미로부터 비롯되는 것일 터다. '옴'에는 삼라만상의 실상과 원리가 들어있고 모든 존재는 '옴'을 통해 현상세계에 재현된다. 나무의 '움' 하나가 무에 그리 대단할까 싶지만 이 미미한 생명 하나에도 온 우주의 힘이 작용하고 있 는 것이다. 이 시에서 '움'은 '옴'이고 '옴'은 '움'이다. '옴', '움'을 번갈아 읊 조리다 보니 기호 또한 하나의 껍데기에 불과한 것이 아닐까 하는 생각 에 이르게 된다.

김은령 시인의 시는 말해진 것이 다가 아니다. 어느 시가 그렇지 않으

랴마는 특히 김은령 시인의 시의 경우 그 진의에 근접하기 위해서는 양파의 껍질을 까듯 한겹 한겹 성실하게 읽어야 한다. 단순히 시어나 시구의 의미를 헤아리는 것이 아니라 그 속에 틈입해 있는 기호, 소리, 리듬, 감각 등을 세심하게 더듬어가야 한다. 그러다 보면 어느 순간 비약적으로 어떤 의미와 마주하게 된다. 그것이 시인이 말하고자 했던 의미가 아닐 수도 있다. 그러나 그것이 김은령 시인의 시가 갖는 매력이 아닌가 한다. 기표에 고착되어 있는 기의가 아닌, 자유롭게 활보하는 의미들. 독자는 그것 중에 자신의 눈에 띄는 것을 잡으면 된다. 마치 보물찾기 하듯.

　기호, 소리, 리듬, 감각 등이란 김은령 시인의 시에 부려져 있는 형식적 의장들이다. 그의 시가 정적인 듯하면서도 역동적이고 엄숙한 듯하면서도 재기발랄하게 느껴지는 까닭은 바로 의미와 조응하여 그것을 생성, 확장시키는 시적 의장들에 있다. 그의 다음 시집이 기다려지는 까닭이기도 하다.

찾/아/보/기

박 진 희

대전대학교 국어국문과에서 박사학위를 받고
대전대학교 국어국문창작학부에서 문학과 이론을 가르치고 있다.
2009년『시와정신』으로 비평 활동을 시작하였고
2013년 청마문학 연구상, 2020년 시와정신 문학상을 수상하였다.
저서로『유치환 문학과 아나키즘』,『박재삼 문학 연구』, 평론집으로『문
학과 존재의 지평』,『서정적 리얼리즘의 시학』, 수필집으로『낯선 그리
움』등이 있다.

상실을 기억하는 말들

초 판 인 쇄 | 2021년 10월 8일
초 판 발 행 | 2021년 10월 8일

지 은 이 박진희

책 임 편 집 윤수경

발 행 처 도서출판 지식과교양
등 록 번 호 제2010 - 19호
주 소 서울시 강북구 우이동108 - 13, 힐파크103호
전 화 (02) 900 - 4520 (대표) / 편집부 (02) 996 - 0041
팩 스 (02) 996 - 0043
전 자 우 편 kncbook@hanmail.net

ISBN 978-89-6764-176-4 93800   정가 26,000원